Jennifer Benkau

Mein Wille geschehe

Weitere Titel der Autorin:

Mit Rosen bedacht

Jennifer Benkau

Mein Wille geschehe

Psychothriller

Ehrenwirth

MIX
Papier aus verantwortungsvollen Quellen
FSC® C083411

Dieser Titel ist auch als E-Book erschienen

Originalausgabe

Dieses Werk wurde vermittelt durch die Literarische Agentur
Thomas Schlück GmbH, 30827 Garbsen.

Textredaktion: Stefanie Kruschandl, Hamburg
Umschlaggestaltung: Jeannine Schmelzer
Unter Verwendung eines Motivs von © istockphoto / Skodadad
Satz: Dörlemann Satz, Lemförde
Gesetzt aus der Weiss Std
Druck und Einband: CPI books GmbH, Leck – Germany

Printed in Germany
ISBN 978-3-431-03981-8

5 4 3 2 1

Sie finden uns im Internet unter: www.luebbe.de
Bitte beachten Sie auch: www.lesejury.de

VII

Ich dachte nicht oft an sie, aber wenn, dann bekam ich sie eine Weile kaum aus dem Kopf.

Sie wurde zum Geist, der mich verfolgte und über meine Versuche zu entkommen bloß höhnisch grinste. Sie kam immer zu mir zurück, wenn ich hoffte, über sie hinweg zu sein. Dann tauchte sie auf. Ein winziger unaufmerksamer Moment genügte. Ein Blinzeln vielleicht, und schon erschien sie auf der Innenseite meiner Augenlider. Sie lächelte, zeigte mir Blut und Tod und schrie meinen Namen.

In diesen Zeiten schien die Welt ihren Kummer zu bündeln und konzentriert auf mich loszulassen. Ich stand im Elend wie ein Schauspieler im Spotlight. Nächtelang lag ich wach, zwang meinen Körper, im Bett zu bleiben, auch wenn es sich anfühlte, als würde ich still liegen, während Wasser in mein Gefängnis gelassen wurde oder Ratten meine Fuß- und Fingernägel abfraßen. Ich blieb unter meiner Decke, auch wenn der Schweiß in Strömen über meinen Körper rann, und kämpfte den Kampf, bis die Sonne wieder aufging.

Ich wusste genau, dass es nur einen schwachen Moment brauchte, um mich an ein Telefon oder einen Computer zu setzen und nach ihr zu suchen. Es wäre leicht, sie zu finden, und mit ihr das, was sie mir in den Albträumen versprach. Blut, Tod und kaltes Grauen.

Ich musste nicht darauf hoffen, dass es ein Traum blieb. Es war ein Versprechen. Verheißung und Drohung.

Einmal konnte ich den Kontakt zu ihr nicht verhindern. Er war einseitig, sie wusste von nichts und hat vermutlich nie davon erfahren. Und trotzdem fürchtete ich lange, dass ich mich verraten hatte und sie mich finden würde.

An das Jahr kann ich mich nicht mehr erinnern, nur noch an die Stimmung damals. Washington schien depressiv und verstimmt, schuld war zweifelsfrei die politische Lage, aber wir schoben es aufs Wetter, weil sich darüber leichter reden lässt. Es war Spätsommer, aber gefühlt schon längst Herbst, und die Menschen waren den Winter leid, bevor er einsetzte. Zwischen zwei Interviews traf ich in einem Hotel eine Frau, die sie kannte, und war eine Sekunde lang unvorsichtig. Wir setzten uns an einen Fenstertisch in der Hotelbar. Tranken ein Glas Wein zusammen. Machten angespannten Smalltalk. Dann fragte ich nach ihr. Wie es ihr ging. Harmlos, sollte man meinen. Aber ich dachte an Blut und Tod und kaltes Grauen.

Die Frau seufzte grabestief. Sie wollte ebenso wenig über sie sprechen wie ich, aber sie war zu höflich, um mich aufzuhalten, und ich einen Moment lang zu fatalistisch.

Einsam ist sie, sagte die Frau. Und noch etwas anderes, was ich später wieder vergessen habe, weil es unbedeutend war. Die Frau schien es zu treffen, sie wirkte tief betrübt, dabei kannte sie sie nur flüchtig.

So bedauerlich, wiederholte sie immer.

Einsam. Das erklärte alles. Das war der Grund, warum sie von Zeit zu Zeit kam und ihre Bilder mit mir teilte; sie mir aufzwang. Blut und Tod und ... Sie wissen schon. Sie musste damit zu mir kommen, denn es gab für sie nur mich.

Ich sagte, das würde zu ihr passen. Ich sagte, sie sei immer einsam gewesen. Ich versuchte nett zu sein, die betrübte Frau aufzuheitern, und sagte, wenn die Einsamkeit je einen neuen Namen haben wollte, sollte sie Deryas nehmen und ihr stattdessen den ihren geben.

Der Versuch war ehrlich gemeint, aber offenbar ungeschickt, denn die betrübte Frau wurde noch trauriger, und vor dem Fenster mischte sich Schnee in den Regen.

Später dachte ich, dass es nicht nötig sei, den Namen zu tauschen. Die Einsamkeit sollte Deryas Namen einfach nehmen. Derya brauchte überhaupt keinen Namen. Es gab ohnehin niemanden mehr, der ihn hätte nennen können.

Niemanden außer mir.

Irgendwann würde ich zu ihr zurückkommen müssen.

Kapitel 01

Es hätte ein normaler Tag werden können. Ein guter Tag. Ruhig.

Stattdessen kommt er zurück, und ihr wird warm ums Herz.

Er kommt zurück, zieht die Brauen zusammen – auf die Art, wie man es tut, wenn man sich an jemanden erinnert, sein Gegenüber aber nicht ganz einordnen kann –, lächelt und hebt zum Gruß die Hand. Er zerstört, was sie hasst und gleichzeitig verzweifelt zu retten versucht. Ihr stinknormales Leben.

Die Zeit, mein Kind, heilt dir alle Wunden, hat ihre Oma immer gesagt. Diese alte Frau mit ihren naiven Phrasen, mit denen sie alles kleingeredet hat, was Derya Schmerz bereitete.

Die Zeit heilt dir alle Wunden, Kind, also müssen wir uns auch nicht weiter drum scheren.

Derya vermisst ihre Oma so sehr, dass der Schmerz ihr manchmal den Atem raubt.

Ihr Atem geht schwer. Sie muss das Tablett in einem Regal zwischen Milchtüten und Zuckerpäckchen abstellen, sich an die Wand lehnen und die Augen schließen, um sich zu sammeln. Ihre Hände zittern, sie kennt das schon: Sie werden nun minutenlang zittern, als wäre sie unterzuckert. Sie wird es nicht schaffen, auch nur ein Glas unfallfrei zu einem Gast zu bringen. Nicht, solange er da draußen sitzt, als wäre er nie fort gewesen.

Mistkerl, verdammter! Wie kann er es wagen, jetzt zurückzukommen? Jetzt, in diesem Moment, als sie nichts weiter als eine Kellnerin ist? Wo ist er gewesen, als man ihr Bild in Zeitungen und Illustrierten abgebildet hatte, als sie auswählen konnte, ob sie zu Markus Lanz oder Günther Jauch in die Show kommen will – oder lieber auf Mettschnittchen und ein paar harmlose Sticheleien bei Stefan Raab? Doch das Leben mit Champagner und Canapés ist vorbei, heute ist sie diejenige, die Getränke und Häppchen serviert. Und die Zeit, diese verdammte Hexe, hatte fünfzehn Jahre Zeit, um die Wunden eitern zu lassen.

Er hat sie bestimmt erkannt, auch wenn sie gleich herumgewirbelt ist, um in die Küche zu flüchten. Beinahe pirouettenartig. Wie damals, im Ballettsaal, als er …

Daran darf sie nun nicht denken – sie darf überhaupt nicht an ihn denken.

Mit dem Rücken an der Kachelwand wartet sie ab, hofft auf eine Kollegin, bei der sie sich unter einem Vorwand entschuldigen kann. Sie ist eine miserable Lügnerin, sie braucht eine gute Ausrede. Denk nach, Derya, mahnt sie sich. Denk an irgendetwas, nur nicht an ihn, nur nicht an ihn!

Ja…

Ein Migräneanfall würde sich anbieten, oder ein Kreislaufzusammenbruch, das würde man ihr glauben. Blass genug ist sie nach dem Schreck bestimmt.

Jak…

Später dann einkaufen – unbedingt einkaufen. Milch, Joghurt und Katzenfutter. Katzenfutter, keinesfalls Odins Lieblingsfutter vergessen, sonst ist er beleidigt und kotzt in ihre Schuhe.

Jako…

Abends hat sie eine Schicht an der Kasse. Von sechs bis zehn, eine gute Schicht, da kommen viele hektische Kunden, allesamt in Eile. Menschen, die die Zeit schneller vergehen lassen. Menschen, die sie als Kassiererin kaum eines Blickes würdigen. Genau so, wie es ihr am liebsten ist. Solche Schichten machen müde, sie lähmen die Gedanken, die stören wollen. Das Einschlafen fällt an diesen Abenden leichter und …

Jakob.

Jakob. Jakob. Jakob.

Hellbraunes Haar. Hellbraune Augen. Leicht sonnengebräunte Haut.

So viele Jahre ist das her. Er hat sich nicht verändert.

Aber sie. Und wie sie sich verändert hat.

Sie denkt an Blut und Tod und kaltes Grauen, einen kurzen Moment lang, den sie sich nicht erklären kann. Ein Déjà-vu?

Sie verdrängt es. Vergisst es. Es ist nie geschehen.

»Derya?« Die Schiebetür wird aufgezogen. Dahinter steht Toni, ihr Chef. Toni heißt eigentlich David Schmitzke, sieht aber mit seinen schwarz getönten Haaren irgendwie italienisch aus und hat sein Café Toni's genannt – mit Deppenapostroph, was Derya tagtäglich zur Verzweiflung bringt, wenn sie das Logo über der Tür, auf den Schürzen und den Papierservietten sieht. Daraufhin begannen alle, ihn Toni zu nennen. Toni blickt verständnislos von ihr zu ihrem Tablett, auf dem der Milchschaum von zwei Latte macchiato langsam in sich zusammenfällt. »Was machst du denn hier, die Gäste warten doch, was ist denn los, und wie siehst du überhaupt aus?«

Derya reibt sich die Stirn. »Ich ... mir ist schwindelig geworden. Ich musste kurz ...« Ihre Wangen brennen, sie fühlt, wie sie vom Lügen rot wird.

»Du musst doch Bescheid sagen!« Kopfschüttelnd schiebt Toni sie zur Seite und greift nach ihrem Tablett. »Ich übernehme für dich, leg dich eine halbe Stunde hin, nur fall uns hier nicht um, und bitte, bitte übergib dich nicht, was sollen die Leute denken?«

»Tut mir leid, Toni«, murmelt sie, aber wie es seine Art ist, hat sich ihr rastloser Chef mitten in einem unverständlichen Wortschwall bereits wieder auf den Weg gemacht. Schon sieht sie seine magere, hochgewachsene Gestalt um die Kurve biegen. Toni steht nie auch nur eine Sekunde still, vermutlich, denkt sie oft, ist er deshalb so dünn wie ein Faden. Er müsste essen wie ein Hochleistungssportler, aber als Gastronom hat er dazu beim besten Willen keine Zeit. Toni trinkt tagsüber nicht einmal seinen eigenen Kaffee, um keine Minute mehr als dringend nötig auf der Toilette zu verbringen.

Deryas Füße fühlen sich an, als ginge sie über Schwämme, als sie zum Pausenraum tappt, wo sie sich in einen Sessel sinken lässt. Mit einer der kleinen Wasserflaschen, die immer bereitstehen, versucht sie, ihre brennenden Wangen zu kühlen, aber das Getränk ist lauwarm und hilft nicht. Hoffentlich sehen die Kollegen sie nicht in diesem Zustand. Von irgendeinem Mann aus ihrer Jugend derart aus der Bahn geworfen zu werden, ist ihr peinlich. Sie ist doch kein pubertierendes Mädchen mehr, sondern eine Frau von zweiunddreißig, mit einer Lebenserfahrung, die für das doppelte an Jahren genug sein sollte! Nichtsdestotrotz fühlt sie sich klein und hilflos – genau wie damals, als sie Jakob kennengelernt hat.

Er taucht auf und dreht die Zeit zurück.

Jakob war bereits Chefredakteur der Schülerzeitung, als sie in der sechsten Klasse war und er in der achten. Seine Finger huschten flink über die vergilbte Tastatur des veralteten Commodore-Computers in dem kleinen Zimmer, das sie als Redaktion nutzten. Die Heizung knackte hier lauter als in jedem anderen Raum der Schule. Bei ihr dauerte das Tippen ungleich länger als bei Jakob, und das Geräusch der Tasten war nicht wie Musik, sondern stockend und ohne Rhythmus. Ihr erster Artikel für die Schülerzeitung war ein Bericht über einen Auftritt der Tanz-AG auf einem Stadtfest. Da sie Ballett tanzte, hatte man ihr die Aufgabe anvertraut. Das Foto war unscharf, ihr Text demütigend schlecht. Aber sie durfte weitermachen.

»Derya, du musst ein Leerzeichen nach den Punkten setzen«, erklärte Jakob und lehnte sich dabei über ihre Schulter, sodass seine Wange dicht neben ihrer war.

»Ist das so?« Sie wollte nicht widersprechen. Sie wollte nur weiter mit ihm sprechen.

»Ja, das ist so.«

»Warum danach? Warum nicht vor den Punkt? Das wäre doch logischer.«

»Weil«, Jakob sah sie an und dehnte das Wort, sodass es ihre Haut streifte, »das so ist.«

»Wer sagt das?« Nur noch ein Hauchen, aber sie fühlte sich mutig und verwegen, als sei ihr Dialog etwas Großes. Ihre Knie zitterten unter dem Tisch, wo er sie nicht sehen konnte.

Ein einzelnes Lachen, knapp durch die Nase gestoßen, war die Antwort. Das Lächeln auf seinen Lippen war sanft. »Mach einfach das Leerzeichen.« Und schon war er wieder fort.

Jakob. Ein einziger Tanz auf der Karnevalsfeier, als sie in der siebten Klasse war und er in der neunten. Zu »Wind of Change« von den Scorpions verlagerten sie ihr Gewicht von einem Fuß auf den anderen und guckten aneinander vorbei. Ihre Hände lagen auf seinen Schultern und seine an ihren Hüften. Sein Gesicht war knallrot. Vielleicht sogar unter dem Teufels-Make-up. Nach dem

Tanz fuhr er mit den Hörnern auf der Stirn auf seinem BMX-Rad heim, und Derya blieb glücklich zurück, weil er zwar vor ihr mit allen anderen Mädchen getanzt hatte, aber nach ihr mit keiner mehr.

Jakob. Ein schüchterner Kuss auf dem Mädchenklo, als sie in der achten Klasse war und er in der zehnten. Sie hatte sich den Finger in der Tür gequetscht, so doll, dass es blutete, und er führte sie zum Waschbecken und ihre Hand unter den Wasserstrahl. Er hielt sie sanft fest, während das eisige Wasser in der Wunde brannte. Dann bewunderte er eine endlose Zeit lang die Tränen in ihren Augen, die sie durch pure Willenskraft nicht hinaus ließ. Schließlich beugte er sich zu ihr hinab und berührte ihre Nase mit seiner. Sie hob den Kopf, und er küsste sie, und es war schön und sonst nichts.

Das ist sechzehn Jahre her, doch der Geschmack seiner Lippen bei diesem ersten Kuss ist immer noch präsent, ebenso wie der Duft des Deos, das er damals benutzt hatte. Nivea. For men – aber was machte das schon? Sie hatte es sich ebenfalls gekauft, um jeden Tag daran riechen zu können und um etwas davon in ihr Bett zu sprühen, sodass es roch, als läge er neben ihr, wenn sie die Augen schloss.

Jakob. Ihr Freund, ihr bester und ihr fester Freund, ihre erste Liebe – und rückblickend auch ihre einzige. Der auf ihrer Abschlussfeier nach der zehnten Klasse verkündete, dass er in die Staaten ziehen würde, wo sich seine Träume erfüllen sollten. Die Bombe hatte Deryas Leben in Schutt und Asche gelegt.

Pläne. Zukunft. Die Aussicht auf einen tollen Sommer, bevor ihre Ausbildung begann. All das hatte er aufgebaut und nun mit seinen Worten zerfetzt. In tausend Teile. Scherben hätte sie wieder zusammenfügen und kleben können. Doch diese winzigen Splitter, die nicht.

»Sprich mit mir!«, flehte sie ihn an. »Warum? Warum hast du es nicht früher gesagt?«

»Hätte es etwas geändert? Du begreifst überhaupt nichts, wirst das nie verstehen. Lass mich in Ruhe!«

Er betrank sich und stieß Derya auf dem Schulhof zur Seite, sodass sie in ihrem kurzen Kleid auf den Asphalt fiel. Jemand musste ihn stützen, so besoffen war er, und Derya konnte nur fassungslos zusehen, wie der einzige Mensch, der ihr Leben sicher und kontrollierbar machte, selbst völlig die Kontrolle verlor. Etwas später kotzte er in einen Mülleimer, und danach heulte er im Arm von Christina Stahlmann – ausgerechnet der – wie ein Baby und ließ zu, dass Christina Derya fortschickte. Derya wollte gern sterben, aber es ging nicht.

Es war das letzte Mal, dass sie ihn sah, bevor er verschwand. Der Moment, als aus der kindlichen Traumvorstellung vom Glücklichwerden die Realität wurde. Und sie für immer zu träumen aufhörte.

Es vergeht eine schier endlose Zeit, bis Derya es wagt, den Pausenraum zu verlassen und hinaus ins Café zu linsen. Jakob ist weg. Natürlich ist er das. Er hat sie überhaupt nicht erkannt, würde sich gewiss kaum noch an sie erinnern.

»Ich bin wieder okay«, lässt sie Toni wissen, empfängt einen Schwall von Anweisungen und nimmt ihre Arbeit auf, als sei nichts gewesen. Das leichte Zittern ihrer Hände ignoriert sie, bis es sich legt, und mit ihm die Angst, Jakob könnte plötzlich wieder im Café erscheinen. Warum sollte er? Selbst wenn er sie erkannt hätte, würde er vorgeben, es nicht zu tun. Es ist ein ungeschriebenes Gesetz, an das sich alle Menschen aus ihrer Kindheit und Jugend halten: Derya erkennt niemanden, und Derya wird von niemandem erkannt. Sie weiß um die Konsequenz, mit der diese Regel eingehalten wird, denn sie selbst überwacht sie.

Sie hat neu angefangen, ganz von vorn, bei null. Ein neues Leben, ein stinknormales, ruhiges, stabiles Leben. Das ist alles, was sie haben will.

Bis er hier aufgetaucht ist. Und Derya erkennen muss, dass sie gar nichts hat.

Am Ende sah es immer wie ein Unfall aus.

Das war das Ziel, aber ebenso wichtig war der Weg. Wenn er sich schon die Mühe machte, jemanden umzubringen, dann sollte derjenige nicht ahnungslos in seinen Tod stolpern und sang- und klanglos aus dem Leben scheiden. Das Opfer sollte sich seiner Rolle langsam bewusst werden. Es sollte bemerken, dass

Blicke auf ihm ruhten, aus Augen, die schärfer waren als die eigenen. Es sollte spüren, dass es Teil eines Plans geworden war, erdacht von einem Geist, der gewitzter war als der eigene. Es sollte behutsam registrieren, dass Sicherheit ein Hirngespinst war, von dem es sich nun lösen musste.

Es sollte Angst bekommen. Sie hatten diese Angst verdient, und er sorgte dafür, dass sie bekamen, was sie verdient hatten.

Als er sein neues Opfer zum ersten Mal in Augenschein nahm, war es noch vollkommen ahnungslos. Er dagegen wusste schon, wie es sterben würde.

Und am Ende würde alles wie ein Unfall aussehen.

Kapitel 02

Deryas Nachbarin und beste Freundin Susanne steht im Flur, als Derya die Haustür aufschließt, und sammelt Orangen auf, die ihr aus ihrem vollgestopften Weidekorb gefallen sein müssen. Ein paar kullern die Treppen hinab. Eine rollt Derya vor die Füße, sie stoppt sie mit der Stiefelspitze.

»Derya, Süße. Hallo! Du kommst genau zum richtigen Zeitpunkt. Das Obst will türmen.«

»Hallo Sonne.« Derya stellt ihre eigene Einkaufstüte ab, um beim Einsammeln zu helfen. Den Spitzname ihrer Freundin auszusprechen, reicht wie immer aus, damit sich in Derya alles leichter anfühlt. Irgendwie heller. Zu niemandem hätte er besser passen können. Susanne ist eine Frau, in deren Gesicht ständig ein Strahlen leuchtet, und ihre blonden, ungebändigten Locken erinnern an die Sonne. Sie hat außerdem rote Apfelbäckchen, die aussehen wie aufgemalt, dabei verwendet sie all ihr Make-up nur, um diese leuchtenden Wangen zu kaschieren. Derya kann sich beim besten Willen nicht vorstellen, warum. Heimlich nennt sie Sonnes Wangen Sommersonnenwangen und beneidet sie darum. Sie selbst ist immer blass, so blass, dass sämtliche Friseure ihr sagen, sie solle aufhören, ihr Haar zu färben. Dass es ihre Naturhaarfarbe ist, will niemand glauben; zu wenig passt ihre helle Haut zu dem schwarzen Haar.

Sonne arbeitet halbtags in einer Versicherung, ihre wahre Berufung allerdings ist ihr kleiner Internetshop, über den sie liebevoll selbst genähte Buchhüllen, Handytaschen, Kissenbezüge und entzückende Kuscheltierchen verkauft, von denen sie sich einzeln verabschiedet, ehe sie sie verschickt. Derya kann sich nicht erklären, warum eine einnehmende Person wie Susanne nicht ein ganzes Rudel Freundinnen hat wie Carrie aus *Sex in the City*. Stattdessen hält Sonne sich an Derya, die sich neben ihr fühlt wie der Mond: bleich und kühl. Es stört Derya nicht; nein, sie muss zugeben, dass sie sich wohlfühlt in der behaglichen Wärme von Sonne.

»Was hast du denn mit den ganzen Früchten vor? Hast du nie von dem gefährlichen Vitamin-C-Schock gehört? Oder Hypervitaminose?«

»Sei jetzt stark! Ich wollte damit zu dir.« Sonne wirft Derya eine der Orangen zu und geht mit ihr die Treppe hoch zu Deryas Wohnung im Erdgeschoss. »Der Wetterbericht droht eine Woche Dauerregen an, und ich dachte, ich mixe uns beiden ein paar Grippe-nein-danke-Smoothies.«

»Lieb, dass du an mich denkst.«

»Reiner Eigennutz.« Sonne lächelt. »Ich brauche nämlich deinen Rat. Außerdem ist mein Mixer kaputt. Du hast doch einen?«

»Ich habe einen Pürierstab. Glaube ich.«

»Damit lässt sich arbeiten.«

Derya schließt die Tür auf, schlüpft aus ihren Schuhen und bringt ihre eigenen sowie Sonnes Einkäufe in die Küche, bevor sie sich den Mantel auszieht und ihn sorgfältig und faltenlos über einen Bügel hängt. Ihr Kater Odin begrüßt sie mit einem Miauen und streicht so penetrant um ihre Beine, als wolle er sie zum Fallen bringen. »Du verfressenes weißes Ungetüm!«, schimpft sie liebevoll. »Du glaubst nicht ernsthaft, dass du dein Abendessen jetzt schon bekommst. Magst du einen Kaffee, ehe wir uns ans Obst machen, Sonne?«

Sonne hat sich ebenfalls ihrer Jacke entledigt, setzt sich an den Küchentisch und hebt den Kater auf ihren Schoß. »Danke, nein. Du weißt doch, dass ich nicht schlafen kann, wenn ich am späten Nachmittag noch Kaffee trinke.«

Derya geht es ähnlich, genau *deshalb* trinkt sie den Kaffee.

»Mich wundert es ohnehin, dass du aus einem italienischen Café kommst und sofort dieses schreckliche Ding einschaltest, kaum dass du zu Hause bist.«

»Gewohnheit«, antwortet Derya und nimmt sich eine Tasse aus der sorgfältig abgestaubten Vitrine.

»Eine Macke trifft es eher, fast so übel wie dein Putzfimmel. Diese Wohnung hier macht mir ein schlechtes Gewissen: Wann immer man sie betritt, sieht es aus, als hättest du gerade erst geputzt.«

»Ich mag es halt sauber.«

»Nein, du hast keine Hobbys.« Ehrlichkeit ist Sonnes zweiter Vorname, da macht sie wenige Kompromisse. Aber sie verfügt über die Art von Gemüt, das dazu führt, dass sogar das Zanken mit ihr etwas Nettes bekommt.

»Ein paar kleine Macken musst du mir lassen, oder wir diskutieren über deine hässliche Porzellanelefanten-Sammlung. Ich trinke jetzt Kaffee. Auf der Arbeit kommt man nicht dazu. Und ich mag meinen ohnehin lieber.« Von meinen eigenen Tassen weiß ich, dass sie sauber sind, setzt sie in Gedanken nach.

»Das soll dein Frauchen bloß nicht ihren heißblütigen, italienischen Chef hören lassen«, sagt Sonne an Odin gewandt. Der Kater dreht sich auf den Rücken und reckt ihr den Bauch zu, den Sonne hingebungsvoll zu kraulen beginnt.

»Der würde mich zum Teufel jagen«, scherzt Derya. »Aber jetzt raus mit der Sprache: Wobei brauchst du meinen Rat?«

Sonne seufzt und Derya kennt ihre Freundin gut genug, um keine weitere Antwort zu benötigen. »Es geht um deinen Bruder, oder? Er braucht …« Wieder Geld von dir, will sie sagen, aber sie kann sich ihre Worte gerade noch verkneifen. Sie möchte Susanne nicht verletzen, genau das würde sie mit zu viel Ehrlichkeit aber erreichen.

»Er hat mich gebeten, ihm noch mal auszuhelfen«, murmelt Sonne. »Aber ich weiß nicht, ob ich ihm damit einen Gefallen tue.«

Derya lässt ihren Kaffee stehen, setzt sich neben die Freundin an den Tisch und nimmt ihre Hand. »Er ist wieder nicht zu dieser Therapie gegangen, oder?«

Susanne schüttelt den Kopf. Sie wirkt plötzlich sehr müde. »Er will mir weismachen, dass er keine Zeit dazu hatte.«

»Du glaubst ihm aber nicht.«

»Nein.«

»Wozu braucht er das Geld diesmal?«

Sonne lacht freudlos. »Um sein Auto reparieren zu lassen. Angeblich fährt es nicht mehr, was eine Katastrophe ist, denn er braucht es ja, um zum Arzt und zur Therapie zu kommen und wohin er sonst noch so dringend muss. Komisch nur, dass es abends vor seiner Wohnung parkt und tagsüber nicht. So kaputt kann es also nicht sein. Warum lügt er nur ständig, Derya, warum?«

Derya hat keine Antwort, die Sonne nicht selbst kennt. Ohne weitere Worte nimmt sie sie in den Arm. Es muss hart sein, mitansehen zu müssen, wie der jüngere Bruder von einer Sucht aufgefressen wird, wenn man selbst bloß hilflos zusehen kann. Sie kennt diesen Bruder nicht und vermag sich nur annähernd vorzustellen, was ihre Freundin durchmacht.

»Er hat doch nur noch mich«, flüstert Sonne. In diesem Moment wirkt sie sehr klein, und Derya möchte sie am liebsten unter ihre Jacke stecken und vor den Grausamkeiten dieser Welt beschützen, die so oft zu hart, zu kalt und zu trist für jemanden wie Sonne ist.

Ihre eigenen Sorgen schrumpfen wie Rosinen zusammen angesichts dieser Probleme. Wie unbedeutend ist plötzlich die Frage, ob ein Mann, den sie aus ihrer Jugend kennt, sie gesehen hat. Wie vollkommen egal ist es, ob er vielleicht hin und wieder an sie denkt?

Aber wem will sie etwas vormachen? Der Mann ist womöglich Jakob.

Und das ändert alles.

Als sie am Abend bei der Arbeit sitzt und die Einkäufe später Kunden abkassiert, muss sie wieder an Jakob denken. Niemand hier sieht ihm auch nur annähernd ähnlich, aber überall, wo sie hinsieht, meint sie, seine Augen zu erkennen. Für gewöhnlich weiß Derya sich hinter ihrer Arbeit gut zu verstecken.

»17 Euro 97, bitte. Haben Sie eine Payback-Karte?«

»Nein.«

»Sammeln Sie unsere Treuepunkte?«

»Ja, danke.«

»Und zwei Euro drei zurück, bitte schön. Haben Sie einen schönen Abend.«

Der Job als Kassiererin ist perfekt für sie und ihre Neurosen, über die sie sich ärgert und die sie gleichzeitig pflegt wie niedliche, kleine Haustiere, weil sie ohne sie nicht sie selbst wäre. An der Kasse oder beim Kellnern im Café gelingt es ihr mühelos, mit fremden Menschen zu kommunizieren, zu lächeln, hin und wieder das kleine bisschen Smalltalk zu halten, das sie braucht, um sicher sein zu können, dass sie nur ein wenig sonderbar ist, aber nicht ernsthaft psychisch krank. Schüchtern, ja – aber nicht soziophob. Früher ist sie regelmäßig in Panik geraten, weil sie glaubte, aus den Bahnen geschlittert zu sein, in denen sich normale Menschen bewegen. Künstler gelten als anfällig für Geisteskrankheiten, sie sollte froh sein, dass es mit der Kunst nicht mehr weit her ist. Ist sie aber nicht.

Inzwischen weiß sie, dass sie zwar ins Trudeln geraten ist, die Kurve aber noch gekriegt hat. Ihre Psychotherapeutin sagt es. Sonne bezeugt es. Und ihre Jobs, in denen sie ohne mit der Wimper zu zucken mit fremden Menschen kommuniziert, beweisen es.

»45 Euro 12, bitte. Haben Sie eine Payback-Karte?«

»Nein. Ich zahle mit EC.«

»Gern. Die Karte bitte hier reinschieben. Den PIN-Code eingeben und mit Grün bestätigen. Sammeln Sie unsere Treuepunkte?«

Ihre Jobs – Schal und Mütze, mit denen sie ihre Einsamkeit wärmt und behütet. Die Phrasen – eine Maske, die ein Lächeln zeigt, egal, wie es dahinter aussieht. Das geht niemanden etwas an.

Kunde um Kunde spult sie ihr Programm ab, in Gedanken ist sie Jahre fort. Früher hatte es an jeder Ecke noch Kioske gegeben, bei denen man abends und am Wochenende Getränke, Süßigkeiten und Zigaretten kaufen konnte. Sie erinnert sich noch genau, was Jakob immer bestellt hat: eine Packung Lucky Strikes und eine gemischte Tüte für zwei Mark. Jakob, der damals noch nicht sicher war, ob er ein erwachsener Mann oder ein halbwüchsiger Junge war. Heute gibt es die kleinen Buden in Düsseldorf kaum noch – wer braucht sie auch, da sämtliche Supermärkte von Montag bis Samstag noch spät in den Abend hinein geöffnet haben? Derya fragt sich, ob Jakob wohl noch immer raucht – er wollte damals schon aufhören – und ob er immer noch so gern Weingummi mag.

Der nächste Kunde legt Lucky Strikes und zwei Tüten Haribo aufs Band. Derya sieht sehr langsam auf. Hofft. Fürchtet. Betet.

Es könnte Jakob sein.

Er ist es nicht, es ist ein Junge von vielleicht fünfzehn Jahren, der die Haare ähnlich trägt wie Jakob früher. Aber seine sind blond, nicht hellbraun. Seine Augen sind blau, nicht haselnussbraun. Er zetert und nennt sie eine Schlampe, als sie wegen der Zigaretten nach seinem Ausweis fragt. Jakob hätte das nie getan.

Er war Mörder aus Überzeugung und zufrieden damit.

Weder unterlag er dem Wahn, etwas Gutes zu tun, noch glaubte er an Unsinn wie eine göttliche Bestimmung, die ihn dazu trieb. Er war nicht gezwungen zu töten. Keines von den erbärmlichen Würstchen, die aus finanzieller oder emotionaler Notlage irgendwo reingerieten, aus Habgier oder anderen niederen Beweggründen.

Er war Pragmatiker, und wenn sich hin und wieder nach sorgsamer Recherche herausstellte, dass ein Mord die effektive Lösung eines Problems darstellte, setzte er sich in sein Stammcafé, bestellte eine Kanne Tee und plante die nächsten beiden Stunden sein Vorgehen; von der Annäherung an sein Opfer über den Angriff, die Phase des Strafens bis hin zu der Frage, wie er die Überreste beseitigen sollte, damit alles wie ein harmloser Unfall aussah.

Er war akribischer als jeder Mensch, den er kannte, intelligent, vorsichtig, aber furchtlos und nicht nur ein Planungs-, sondern auch ein Improvisationstalent. Vor allem aber war er aus tiefster Seele konsequent. Nie hätte er es zugelassen, dass seine Routine ihm zum Verhängnis wurde. Jeder Mord musste so vollendet wie der vorherige ablaufen. Sein Anspruch war hoch. Er war mit allem auf der Welt nachsichtig, nur nicht mit sich selbst. Schließlich kannte er sich gut genug, um Perfektion erwarten zu können. Wenn man ihn fragte, warum er Psychologe geworden war, warum er Tennis spielte oder am Klavier Lieder komponierte, antwortete er: »Weil ich es kann«, und genau das wäre auch die Antwort gewesen, wenn man ihn gefragt hätte, warum er Menschen ermordete. Dass ihn niemand je fragte, bewies es.

Kapitel 03

Es ist fast halb elf, als Derya sich endlich auf dem Heimweg befindet. Der Wind fährt ihr immer wieder unter den Mantel und greift wie eine grobe, kalte Hand an ihren Rücken. Sie ist müde und friert. An einem griechischen Imbiss, der noch offen hat, bestellt sie sich einen großen Kaffee und kippt drei Päckchen Zucker hinein.

»So spät noch unterwegs?«, fragt der Mann hinter der Theke. Er sieht aus wie der Hirte aus der Patros-Werbung, nur dass er einen dunklen Trainingsanzug trägt, der um den Bauchansatz spannt. »Ganz allein?«

Derya tut so, als hätte sie ihn nicht gehört, legt das Geld abgezählt hin und geht.

Der Pappbecher ist warm in ihren Händen, erlaubt ihr aber nun nicht mehr, die Fäuste in die Manteltaschen zu stecken. Der Kaffee hilft nicht gegen das Frösteln und nicht gegen die Erschöpfung, die sich fremd und falsch anfühlt wie eine Falte in der Einlegesohle eines Lieblingsschuhs. Was ist los mit ihr? Sie geht nach der Arbeit immer zu Fuß heim, normalerweise genießt sie die Ruhe der späten Stunden. Irgendetwas ist heute anders. Nein, wenn sie ehrlich ist, war es gestern schon anders. Denn da hat sie zufällig Robert gesehen, ihren Exmann. Er saß in einem vorbeifahrenden Bus – was vermutlich bedeutet, dass er wieder zu viel getrunken hat. Vielleicht haben sie ihm endlich den Führerschein weggenommen. Robert lässt das Auto nie freiwillig stehen. Er hatte sie gar nicht bemerkt – zum Glück! Trotzdem konnte sie danach nicht mehr in aller Ruhe nach Hause spazieren, sondern musste eilen.

Im Stillen flucht sie nun auf ihn und die Tatsache, dass sie sich so leicht wieder von ihm verunsichern lässt. Sie geht langsamer, atmet bewusster. Wenn man Ängste überwinden will, muss man sich ihnen stellen, wiederholt sie die Worte ihrer Therapeutin.

Sie ist keinesfalls gewillt, sich ihre Abendspaziergänge kaputt machen zu lassen – von keinem Mann der Welt und von diesem schon dreimal nicht.

Als sie hinter sich ein Geräusch hört, zuckt Derya zusammen. Sie sieht über die Schulter. Auf der anderen Straßenseite lässt eine alte Frau einen zottigen Mischling in den Grünstreifen kacken. Als der Hund fertig ist, zieht die Alte ihn in den nächsten Hauseingang. Harmlos. Derya richten sich dennoch die Nackenhaare auf. Sie ist vollkommen allein zwischen geschlossenen Türen und herabgelassenen Jalousien. Die Häuser scheinen ihre Augen geschlossen zu haben.

Und dennoch hat sie das Gefühl, jemand würde sie beobachten.

Sie geht schneller. Die Kälte kriecht ihr durch den Kragen und in die Ärmelsäume. Der Kaffee ist in seinem Becher erkaltet, bevor Derya ihn halb ausgetrunken hat, ihre Finger zittern. Sie wirft den Becher im Vorbeigehen in einen Mülleimer und zieht die Hände in die schützenden Ärmel, kaum dass sie sie frei hat. Bibbernd schlingt sie die Arme um sich selbst. Wann ist es plötzlich so kalt geworden? Ihre Füße sind so eisig, dass sie ihre Zehen nicht mehr spürt. Der Weg ist noch weit und Derya flucht innerlich auf alle Taxen der Stadt, die nie vorbeikommen, wenn man eins nötig hat.

Erneut sieht sie sich um. Niemand zu sehen. Sie muss lachen, leise und trotzdem hysterisch. Denn so wenig sie es sich eingestehen will – sie hat Angst. Sie ist gern allein, sie ist am liebsten allein, sie fühlt sich nur allein wirklich wohl in ihrer Haut.

Warum jetzt nicht?, denkt sie, und dann flüstert sie es in die Stille, zum Takt ihrer Absätze. »Wa-rum jetzt nicht – wa-rum jetzt nicht?« Ihr schneller Atem kratzt in ihrer Kehle. Wieder ein Blick über die Schulter. Da ist niemand, verdammt! Wovor hat sie Angst – vor nichts und niemandem? In ihrem Inneren kämpft sie um ihre letzte Bastion. Wenn sie diese Furcht nicht überwinden kann, hat sie nichts mehr: keine Erholungspausen in Einsamkeit mehr, kein bisschen Ruhe zwischen dem stetigen Geschnatter der Leute. Sie ist fast so wütend, wie sie ängstlich ist.

Und dann taucht die Gestalt auf.

Derya muss sich nicht mehr umsehen. Sie weiß, dass jemand hinter ihr ist. Ein Mann; sie spürt das. Er scheint sich lautlos zu bewegen, sie hört ihn nicht, weiß aber, dass er so nah ist, dass sie ihn eigentlich hören müsste. Schlägt ihr Herz zu laut? Das Blut rauscht ihr in den Ohren. Sie weiß nicht, wo der Mann hergekommen ist. Vielleicht aus einer Hofeinfahrt oder einer Haustür. Wahrscheinlicher ist, dass er ihr schon länger folgt und sich bisher nicht zeigen wollte. Hat er sie gezielt ausgesucht? Ein wehrloses Opfer, zierlich und untrainiert, das allein lebt und so schnell von niemandem vermisst werden wird? Sie hat nichts bei sich, was einen Raubüberfall rechtfertigen würde, aber sie ahnt, dass es dem Mann auch nicht um Geld oder ein teures Handy geht. Sie möchte es trotzdem gern rufen: Ich hab kein Geld! Ich trage vielleicht einen teuren Mantel, aber der ist alt. Ich bin bloß eine Kellnerin und Kassiererin. Ich habe nicht mal ein Handy.

Derya geht schneller, hastet nun fast. Der Mann bleibt im gleichen Abstand hinter ihr. Sie will losrennen und tut es nur deshalb nicht, weil sie weiß, dass ihr Verfolger dann ebenfalls laufen wird. Leider ist sie eine erbärmliche Sprinterin, und beim Joggen geht ihr schon nach einem halben Kilometer die Puste aus. Ihre Blicke jagen von Tür zu Tür. Ob sie irgendwo klingeln und um Hilfe bitten kann? Ein Auto kommt ihr entgegen. Sie will auf die Straße rennen und es anhalten, aber sie kann sich nicht schnell genug überwinden, und schon fährt es vorbei. Als Derya ihm nachblickt, sieht sie im Schein der Rücklichter den Mann als massiven dunklen Schemen ohne Gesicht.

An der nächsten Kreuzung zögert sie. Wenn sie rechts abbiegt, muss sie am Friedhof vorbei, hat aber nach einem knappen Kilometer die Hauptstraße erreicht, wo sich Bars und Spielkasinos zwischen die Wohnhäuser pressen. Wo Türen die ganze Nacht lang offen stehen. Wo ein Überfall nicht unbemerkt bleibt.

Sie überlegt nicht länger, eilt um die Ecke und rennt ein paar Schritte, um den Abstand zu vergrößern, ehe sie wieder geht und sich umsieht. Vielleicht irrt sie sich ja. Vielleicht ist das ein harmloser Kerl, der nach Hause zu Frau und Kindern will und sich nur beeilt, weil es so kalt geworden ist. Vielleicht macht sie sich vollkommen lächerlich.

Ja, denkt sie. Bestimmt geht er einfach geradeaus weiter.

Der Mann biegt hinter ihr in die Straße ein. Er ist näher als zuvor, viel, viel näher.

Das Rauschen in Deryas Ohren wird zu einem Pfeifen. Sie ist jetzt schon außer Atem. Eng an der Friedhofsmauer hastet sie weiter, als könne sie sich in ihrem Schatten verstecken. Sie eilt von Straßenlaterne zu Straßenlaterne, im Zentrum des Lichts atmet sie jedes Mal kurz durch, als wäre das Licht ihr ein Schutz, um dann mit angehaltener Luft weiter zur nächsten zu laufen. Auf der anderen Straßenseite gibt es keine Laternen. Nur Bäume und Büsche, die den Gehweg begrenzen. Dahinter liegt der Stadtpark. Robert hat sie immer vor den Pennern gewarnt, die sich nachts in kleinen Gruppen im Park herumtreiben. Jetzt bettelt Derya in Gedanken darum, ein paar Obdachlose zu sehen. Doch da ist niemand. Sie scheint allein auf der Welt mit dem dunkel gekleideten Mann in ihrem Rücken. Er kommt noch näher.

Die nächsten beiden Straßenlaternen funktionieren nicht. Vom Friedhof hallt der Schrei eines kleinen Tieres wider. Vor ihr, noch unerträglich weit weg, erkennt Derya die blinkenden Lichter der Autos, die über die Hauptstraße fahren. Sie will sich Mut machen – Sieh doch, Derya, du hast es fast geschafft –, aber auch ihr Verfolger scheint die Lichter wahrgenommen zu haben. Er weiß, dass sie in Sicherheit ist, wenn es ihr gelingt, die Straße zu erreichen. Das will er verhindern. Er holt auf.

Der Mann beginnt im gleichen Moment zu rennen wie Derya. Und er ist schneller als sie. Der Wind fängt sich in ihrem Mantel, die glatten Sohlen ihrer Schuhe finden auf dem feuchten Boden kaum Halt, und der Atem brennt in ihren Lungen. Dennoch rennt sie, so schnell sie ihre Füße tragen, durchs Dunkel. Sie kann ihren Verfolger hinter sich keuchen hören. Die Friedhofsmauer neben ihr wird niedriger und niedriger, längst kann sie die Grabsteine als helle Schatten ausmachen. Wie Geister stehen sie da. Gaffend und grinsend, weil sie ahnen, dass sie bald Platz für einen weiteren in ihrer Mitte machen dürfen. Derya sieht die fernen Lichter der Straße nur noch durch einen Tränenschleier; es sind brennende Tränen, voller Angst und Wut.

»Ich hab nichts!«, brüllt sie. »Lassen Sie mich in Ruhe! Ich hab kein Geld.« Als ginge es dem Dreckskerl um Geld.

In meiner Tasche ist Pfefferspray!, will sie rufen, aber ihr geht die Luft aus, und dass er sich von einer billigen Lüge dazu bringen lässt, sie in Ruhe zu lassen, glaubt sie ohnehin nicht.

Plötzlich sieht sie vor sich in einer Mauernische am Boden eine zuckende Bewegung, etwas kommt aus der Mauer, doch ehe sie ausweichen kann, hat sich ihr Fuß verhakt. Sie stürzt, knallt mit der Stirn voran gegen die Mauer und sieht Sterne. Eilig versucht sie, sich aufzurappeln, aber immer noch scheint sie mit etwas verkeilt. Etwas Warmem, Beweglichem, das zappelt und strampelt. Zuerst denkt sie an Arme, die aus der Mauer oder aus dem Boden gekommen sind. Ihr eigener Schrei klingelt ihr in den Ohren. Während sie schreit, bemerkt sie allerdings, dass sie über einen am Boden kauernden Menschen gefallen ist. Einen kleinen Menschen, vielleicht ein Kind? Es knurrt eine wüste Beschimpfung und rutscht ein wenig von ihr weg, sodass Derya aufstehen kann. Nervös blickt sie die Straße entlang. Ihr Verfolger – er muss sie fast eingeholt haben, er muss …

Er ist fort. Auf der anderen Straßenseite raschelt es im Gebüsch, dann wird alles still. Er ist wirklich fort.

»Scheiße. Spinnst wohl.« Das, was Derya im ersten Moment für ein Kind gehalten hat, stellt sich als winzige junge Frau mit heiserer Stimme heraus, deren Blick so wild und wütend ist, als wolle sie Derya die Augen auskratzen. Derya will sie am liebsten umarmen.

»Danke«, flüstert sie.

Die kleine Frau schubst sie grob zurück, sie ist verdammt stark für ihre Körpergröße, und Derya kann sich nur mit Mühe auf den Füßen halten. »Verpiss dich!«, faucht sie, rafft etwas um sich zusammen, was vor geraumer Zeit ein Schlafsack gewesen sein muss, und kriecht rückwärts wieder in die kleine Mauernische, wo sie sitzen bleibt. »Was glotzt 'n so, he? Gaffen macht fünf Euro.«

In Deryas Kopf wirbelt alles durcheinander. Der Schock lässt nach, und in einem Strudel kommen Gedankenfetzen nach oben, wo sie sich kurz zeigen, ehe sie wieder im Chaos verschwinden: Sie wäre beinah überfallen worden. Die kleine Frau kam aus der

Mauer. Ihr Kopf tut weh. Was wollte der Mann? Schläft die etwa hier? Ins Krankenhaus? Vergewaltigen? Helfen?

»Sie … Sie können nicht einfach hierbleiben«, stammelt Derya. Ihr Knie pocht, sie muss es sich beim Sturz angeschlagen haben. Ob die kleine Frau auch verletzt ist?

»Kann ich nicht?«, gibt die zurück. Ihr scharfer Ton macht klar, dass sie sehr wohl kann. »Wo ich bleibe, geht dich einen Scheißdreck an.«

»Aber der Mann!«

»Welcher Mann?«

»Mir ist ein Mann gefolgt. Nur deshalb bin ich gerannt. Kommen Sie, lassen Sie uns von hier verschwinden. Bitte.«

Die kleine Frau zieht ihre Beine an den Körper wie einen Schutzwall. »Du hast den Schuss nicht gehört, Lady.«

»Wenn er zurückkommt …«

»Dann grüß ich ihn vor dir und frag ihn nach einem Bier. Jetzt mach dich hier weg.«

Diese dumme kleine Frau. Derya schielt die Straße zurück und dann wieder in die Büsche gegenüber, wo finsterschwarze Schatten mit nachtdunklen spielen. Was, wenn der Mann gar nicht verschwunden ist? Er könnte auch durch den Park gelaufen sein, um ihr den Weg abzuschneiden. Vielleicht hockt er dort, irgendwo im Unterholz, und beobachtet sie noch immer.

Sie richtet sich auf, drückt die Schultern durch. »Ich werde jetzt gehen. Bitte kommen Sie mit, hier ist es nicht sicher.«

»Hier ist es immer sicher«, kommt es verschlafen aus der Mauernische. »Für mich. Immer. Jede verdammte Nacht. Hau ab, Lady.«

Weiterzugehen kostet Derya enorme Kraft, aber sie tut es. Schritt für Schritt, trotz Kopfschmerzen, trotz geprelltem Knie, trotz Schwindel. Schlimmer noch ist die Angst. Jedes Blatt, das sich im Wind regt, jagt ihr erneut den Schweiß aus den Poren. Was, wenn der Mann zurückkommt? Was, wenn er sich die kleine Frau holt, die in ihrer Mauernische hockt und zum Schutz nicht mehr als einen zerrissenen Schlafsack besitzt?

Ich habe es versucht, will sie ihre Schuldgefühle beschwichtigen. Mit Gewalt wegschleifen kann ich sie ja kaum. Und vielleicht ist sie auch gar nicht so hilflos, wie sie aussieht. Sie könnte eine Waffe in ihrem Fetzenschlafsack versteckt haben.

Im Licht der Hauptstraße, zwischen vorbeifahrenden Autos und Bussen, blinkender Neonleuchtreklame und den ersten vorweihnachtlich dekorierten Schaufenstern fällt eine tonnenschwere Last von Derya ab. Niemand scheint ihr zu folgen. Trotzdem – und weil sie wegen ihres anschwellenden Knies inzwischen nur noch humpeln kann – winkt sie sich ein Taxi heran.

»Guten Abend – harten Arbeitstag gehabt – kenn ich auch – über etwas gestolpert und hingefallen – ach herrje, manchmal kommt es knüppeldick – manche Tage kann man wirklich aus dem Kalender streichen – kalt geworden, nicht? – ja, sehr, so richtig ungemütlich – schönen Abend noch.«

Und obwohl wirklich niemand ihr gefolgt ist und sie ihre Wohnungstür und alle Fenster abgeschlossen und die Jalousien hinuntergelassen hat, liegt Derya bis zum Morgengrauen wach. Und friert und grübelt.

»Sie haben das heute sehr gut gemacht«, sagte er und lächelte warm. Seine Patientin verzog die Lippen. Auch sie versuchte zu lächeln, aber er wusste, wie schwer das in ihrer Situation war. »Ist schon gut. Sie müssen jetzt nicht so tun, als wäre alles in Ordnung.« Wie freigelassen rannen ihr ein paar zurückgehaltene Tränen über das verquollene Gesicht. Wie perfekt sie ausgesehen hatte, als sie hergekommen war. Das Haar seidig glänzend und von einer Spange gehalten, die kleinen Unebenheiten der Gesichtshaut unter Make-up verborgen, die Lippen geschminkt in einem unaufdringlichen Pfirsichton. Sie war ein Genie darin, sich selbst in ein Kunstwerk zu verwandeln – makellos und unantastbar.

Jetzt war die Patientin zerzaust, die Schminke verschmiert, und der Lippenstift sammelte sich in den kleinen Fältchen ihrer Lippen. Sie war atemberaubend schön und voller Macht – wie der Moment, in dem der frühe Morgen die Nacht verdrängt. So hatte er sie sehen wollen, um seine Entscheidung zu untermauern. Es gab jetzt keinen Zweifel mehr. Die Haarspange lag noch auf dem Tisch; er hoffte, dass sie sie dort vergessen würde. Er liebte diese kleinen, unverfänglichen Andenken.

»Heute haben Sie einen sehr großen Schritt nach vorn gemacht. Sie können stolz auf sich sein.«

Sie nahm sich ein Papiertaschentuch aus der geblümten Pappschachtel auf dem Tisch und tupfte ihre Augen ab. »Es fühlt sich nicht so an, als gäbe es einen Grund dafür, stolz zu sein.«

»Weil Sie weinen? Das ist in Ordnung. Dieser Raum ist ein geschützter Ort, in dem man Schwäche zulassen muss, um ans Ziel zu gelangen. Zu weinen war eine große Überwindung, nicht wahr?«

Sie schluchzte auf und nickte.

»Na sehen Sie. Und Sie haben es geschafft.« Er stand aus seinem Korbsessel auf. »Ich lasse Sie jetzt allein. Nehmen Sie sich so viel Zeit, wie Sie wollen. Sie können sich gern noch im Bad frischmachen; Sie wissen ja, wo es ist. Bleibt es bei unserem nächsten Termin am Freitag?«

»Ja, vielen Dank«, sagte sie. Er blieb stehen, weil er spürte, dass eine Frage im Raum schwebte, die sie noch nicht gestellt hatte. »Wissen Sie … ich komme nun schon seit einigen Wochen zu Ihnen.«

»Und Sie haben hervorragende Fortschritte gemacht.«

»Ja, das bezweifle ich gar nicht. Es wundert mich bloß, dass wir … dass wir …«

Er setzte sich noch einmal hin und nickte ihr aufmunternd zu.

»Ich bin ursprünglich wegen meines Manns zu Ihnen gekommen«, sagte sie leise, »aber wir haben noch gar nicht über ihn gesprochen.«

»Das ist schon in Ordnung.« Er lächelte wieder. »Alles zu seiner Zeit. Sie sind keineswegs nur wegen Ihres Manns hergekommen. Sie sind in erster Linie für sich hier.«

Außerdem, mein Herz, weiß ich ohnehin schon alles über deinen Mann, was ich wissen muss.

Kapitel 04

»Derya, wie siehst du denn aus? Was ist passiert?« Simone, Deryas Kollegin im Café, sieht sie betroffen an. Derya kann es ihr nicht verdenken. Sie hat versucht, die Schrammen, den Bluterguss in ihrem Gesicht, die Augenringe und die vom Schlafmangel geröteten Lider mit Schminke zu überdecken, aber das hatte es nur schlimmer gemacht. Also hat sie letzten Endes alles wieder abgewaschen. Sie sieht aus, als hätte sie die Nacht durchgeheult. Wie ein Opfer häuslicher Gewalt.

»Ich bin auf dem Heimweg gestürzt«, sagt sie. Es klingt lahm, und sie ärgert sich über sich selbst. Simone ist zwar verheiratet, aber außer ihrem Ehemann und Toni scheint sie jeden Mann auf der Welt für einen potenziellen Gewaltverbrecher zu halten, daraus macht sie selten einen Hehl. Wie zu erwarten, hebt sie kritisch die gepiercte Augenbraue und mustert Derya, als hätte sie übersinnliche Fähigkeiten.

Vermutlich hält sie sich für Lügendetektor-Woman und trägt heimlich ein Cape mit einem rot durchgestrichenen L.

»Was immer du denkst«, murmelt Derya, »es stimmt nicht. Ich hab nicht mal einen Freund.«

Simone zuckt ertappt mit den Schultern, meint: »Deine Sache, Derya, das interessiert mich doch nicht«, und wendet sich ab.

Verdammt. Das war überflüssig. Immerhin hat Simone nichts gesagt, auch wenn ihr Gesicht wie ein offenes Buch zu lesen war. Derya hasst ihre Dünnhäutigkeit, die sie oft reflexartig patzig werden lässt. Es muss am Schlafmangel liegen. Sie will sich bei Simone entschuldigen, doch da betritt eine Gruppe schwatzender Schülerinnen das Café, und Derya greift nach ihrer Schürze, bindet sie um und geht die Bestellungen aufnehmen.

Erst als am späten Nachmittag etwas Ruhe einkehrt, ergibt sich beim Polieren der Gläser die Gelegenheit, noch einmal mit Simone zu sprechen.

»Das vorhin«, sagt Derya, »war nicht so gemeint.«

Simone sieht sie nicht einmal an.

»Es tut mir leid, wirklich. Ich habe überreagiert.«

»Weißt du, Derya, seitdem du hier bist, versuchen wir, dich ins Team zu integrieren.« Simone legt das Geschirrtuch beiseite. »Wann immer wir als Kollegen etwas gemeinsam unternehmen, laden wir dich dazu ein. Doch du kommst nie mit.«

»Ich habe einen zweiten Job.«

»Ja, und wir anderen haben Kinder, Partnerinnen, einen Hund, pflegebedürftige Omas und noch einen Haufen mehr Verpflichtungen. Trotzdem schaffen wir es. Wir haben dir mehrmals angeboten, uns mit einem Termin nach dir zu richten. Aber du bleibst nicht mal eine Viertelstunde länger, um etwas mit uns zu trinken. Und sobald man etwas zu dir sagt, was über das Wetter hinausgeht, blockst du ab.« Simone sieht Derya an, sie wirkt ernsthaft bekümmert. Ihre großen mitfühlenden Augen lassen sie traurig aussehen, als würde es ihr wirklich etwas ausmachen. Derya möchte sich abwenden. Sie spürt, wie in ihrem Inneren eine Mauer hochfährt und in den Schießscharten bereits Worte zur Abwehr bereit gemacht werden. Gleichzeitig tut es ihr leid, dass Simone ihretwegen unglücklich ist. Ein bisschen zumindest, denn Simone ist ja nicht wirklich unglücklich. Doch nicht wegen ihr. Alles nur Fassade.

»Du bist jetzt ein knappes Jahr bei uns, Derya, aber ich weiß bis heute nicht mehr von dir als das, was ich sehen kann. Dass du einen guten Stil hast, Wert auf schöne Schuhe legst – aber das ist alles nur oberflächlich. Ich habe das Gefühl, dass du dich wie das fünfte Rad am Wagen fühlst, und ich würde das gerne ändern, aber ich weiß einfach nicht wie.«

Derya poliert das Glas weiter, obwohl es längst makellos glänzt. »Ich bin eben etwas zurückhaltend.« Ist das schlimm?!

»Aber du bist doch nicht glücklich damit«, erwidert Simone. Eine Feststellung, keine Frage. In Deryas Kopf entsichert der Trotz die Waffen und will etwas Scharfes zurückschießen. Sie beherrscht sich mühevoll und weiß selbst nicht, warum. Weil Simone es nur gut meint? Weil sie möglicherweise recht haben könnte?

Schließlich überwindet sie sich zu einem Lächeln, das ihr wehtut. »Man kann halt nicht aus seiner Haut.«

»Du könntest es aber mal versuchen und dich ein bisschen öffnen.«

»Nun gut«, sagt Derya und beschließt im gleichen Moment zu kündigen. »Was möchtest du denn von mir wissen?«

»Fangen wir doch damit an, dass du mir erzählst, wo du deine wundervolle Handtasche gekauft hast.«

Die Handtasche war ein Geschenk. Robert hat sie ihr damals aus Paris mitgebracht, und jetzt, da Simone die Tasche erwähnt, fällt Derya auf, wie unpassend es ist, sie weiterhin zu benutzen. Sie hat nie darüber nachgedacht. »Gefällt sie dir wirklich? Möchtest du sie haben? Ich schenke sie dir.«

Eine kleine Falte bildet sich zwischen Simones Augenbrauen. »Eigentlich … ich wollte nur etwas Smalltalk mit dir machen.«

Derya nickt. Natürlich. Sie poliert immer noch das Glas und traut sich nicht, es wegzustellen, weil ihre Hände plötzlich zittern. Simone gefällt nichts an der Tasche, sie findet sie vermutlich hässlich. Es geht ihr bloß darum, belangloses Zeug zu reden. Einmal mehr hat Derya sich vollkommen lächerlich gemacht und bewiesen, wie unfähig sie beim Kommunizieren ist, wie überfordert von Alltäglichkeiten. Sie muss wirklich kündigen.

Mit diesem Entschluss geht es ihr besser. Simone kann von ihr denken, was sie will, bald muss sie ihr nicht mehr gegenüberstehen, nie mehr.

»Entschuldige.« Wieder ein falsches Lächeln. »Mein Exmann hat mir die Tasche gekauft. Er hat sie aus Frankreich, glaube ich. Ich würde ihn fragen, aber wir sind seit Kurzem geschieden, und der Kontakt ist … schwierig.«

»Oh. Wie ungeschickt von mir, das tut mir leid.«

Bewundernswert, findet Derya, wie leicht Simone aus dem Fettnäpfchen tritt. »Muss es nicht.«

Simone wirkt einen Augenblick irritiert. »Ach, da fällt mir gerade wieder ein, dass heute Vormittag ein Mann hier war und nach dir gefragt hat. Er kam etwa eine halbe Stunde vor dir. Das wollte ich dir vorhin schon sagen, aber dann habe ich es vergessen. Sorry.«

»Ein Mann?« Derya wird kalt. »Was für ein Mann? Wie sah er aus?« Der Verfolger, schießt es ihr durch den Kopf. Sie blickt die großen Fensterfronten entlang und ist fast sicher, irgendwo eine Silhouette entdecken zu müssen. Nichts.

Simone legt den Kopf schief. »Er sah nett aus. Richtig gut.«

Okay, denkt Derya. Also schlank und groß. Das könnte ihr Verfolger gewesen sein. »Was genau hat er gesagt?«

Deryas Erregung scheint Simone zu verunsichern. »Er hat bloß gefragt, ob du da bist.«

»Mit meinem Namen? Er wusste, wie ich heiße?«

»Ja. Er wusste deinen Vor- und Nachnamen. Er kam rein, sagte ganz höflich: Guten Tag, können Sie mir bitte verraten, ob eine Derya Witt hier arbeitet? Und ich sagte: Das tut sie, aber sie kommt erst in einer halben Stunde.«

Derya beißt sich auf die Lippe. Wer mag das gewesen sein? »Aber er hat nicht gefragt, wann ich Schluss habe, oder? Und du hast ihn heute auch nicht mehr gesehen?«

»Beides nicht, nein. Aber warum regt dich das so auf? Du bist ganz blass. Denkst du, das war dein Ex?«

Diese Vorstellung ist auch nicht angenehmer, als dass der Verfolger ihren Namen herausgefunden haben könnte. »Ich weiß nicht. Möglich.« Erneut huscht ihr Blick die Fenster entlang. Noch ist es nicht dunkel, nur dämmrig. Doch bis ihre Schicht heute zu Ende ist, wird es finster draußen sein, und sie muss den Weg nach Hause gehen, ohne zu wissen, ob er in einer der Ecken verborgen steht und sie beobachtet. »Simone, hör mal. Es ist ja nicht mehr so viel los. Meinst du, ich kann dich alleine lassen und schon mal gehen? Es ist nur eine Stunde, ich habe einige Überstunden aufgeschrieben.«

Simone lehnt sich gegen einen der Hocker hinter dem Tresen und verschränkt die Arme. »Da hat nur einer nach dir gefragt. Kein Grund, gleich wegzurennen.«

Doch, vermutlich schon. »Nein, natürlich nicht. Aber wenn es mein Ex war, muss ich das klären.« Sie senkt verschwörerisch die Stimme. »Er hat Auflagen vom Gericht, weißt du?« Das ist gelogen, aber es funktioniert, denn es ist exakt das, was Simone hören möchte.

Simone nickt heftig. »Oh, ich verstehe. So ein Arsch! Ja, natürlich, dann mach Schluss für heute. Sag Bescheid, wenn du etwas brauchst.«

Derya muss nicht überlegen, ob sie das Geld übrig hat oder nicht, sie bestellt sich ein Taxi. Kaum zu Hause angekommen, ruft sie bei REWE an und meldet sich krank. Im Café kann sie morgen Bescheid sagen, aber sie sucht sich schon einmal die Telefonnummer heraus. Dabei stößt sie in ihrem Taschenkalender auf die Daten von Hanna Seidel, ihrer Therapeutin. Während der Trennung ist sie regelmäßig bei ihr gewesen, aber nun, da sie allein wohnt, schon eine ganze Weile nicht mehr. Vielleicht sollte sie mit ihr über den Verfolger reden? Über die Situation mit den Kollegen im Toni's? Und … über Jakob.

Bevor sie noch lange überlegen kann, wählt sie die Nummer. Sie überlegt, wieder aufzulegen, aber Hanna geht schon beim ersten Freizeichen ran. In knappen Sätzen schildert Derya, was vorgefallen ist. Ihre eigenen Worte beunruhigen sie, bringen ihre Hände zum Zittern, bis sie sie damit beschäftigt, die Kommode abzustauben, obgleich da kein Korn Staub liegt.

»Natürlich können wir uns treffen«, sagt Hanna Seidel mit ihrer Stimme, die immer so ruhig und besonnen klingt, dass Derya an eine weißhaarige Oma mit Strickzeug im Schoß denken muss, obwohl Hanna nicht einmal vierzig ist, feuerrotes Haar hat und mit ihren bunten Kleidern an eine erwachsene Pipi Langstrumpf erinnert. »Sie rufen genau im richtigen Moment an. Eben hat eine Klientin abgesagt, daher habe ich morgen Nachmittag Zeit für Sie. Treffen wir uns im Park, wie immer?«

Derya muss schmunzeln. Selbst im Winter bleibt Hanna also ihrer unkonventionellen Gewohnheit treu und hält ihre Gespräche im Freien ab. »Sehr gerne. Vielen Dank, dass Sie es so schnell einrichten können.«

»Für Sie immer gerne, Derya.« Eine Pause klingt nach, Derya ist sicher, dass Hanna nun überlegt, ob sie nach einem neuen Roman fragen soll. Sie hat immer gefragt, immer. Von *Spiegeltropfen* war Hanna völlig begeistert, weshalb sie ungeduldig auf Deryas zweites Buch wartete. Als es dann kam, fand sie es nett. Nett.

Seitdem fragt Hanna nach einem weiteren Buch, immer. Aber Derya hat sie bisher enttäuschen müssen.

»Bis morgen«, sagt Hanna, und Derya wartet, bis sie auflegt. Dann sagt sie leise: »Es tut mir sehr leid«.

Denn Derya ist langsam so weit, sich einzugestehen, dass es kein neues Buch geben wird. Niemals.

Der Nachmittag ist frisch und windig, aber sonnig. Derya hat sich einen neuen warmen Mantel, einen großen Schal, zwei Paar Handschuhe und mehrere Mützen gekauft und trifft gerade noch rechtzeitig im Park ein. Sie fühlt sich beobachtet. Weniger von dem Mann, von dem sie inzwischen annimmt, dass er nicht gezielt ihr gefolgt, sondern nur zufällig der erstbesten Frau nachgelaufen ist. Sie hat bloß Pech gehabt. Doch offiziell liegt sie krank im Bett – da sollte sie sich besser nicht von Kollegen beim Shoppen oder im Park erwischen lassen.

Sie trifft Hanna wie damals an einer Bank am Teich, wo diese Kinder dabei beobachtet, wie sie die Enten und Schwäne füttern.

»Eigenartig«, sagt Hanna wie in Gedanken. »Setzen Sie sich doch.« Sie wartet, bis Derya ihre Tüten abgestellt und sich neben ihr auf der Bank niedergelassen hat. »Finden Sie nicht auch? Wir sind erwachsene Frauen und bezeichnen uns als Tierschützerinnen, nicht wahr? Waren Sie nicht auch Vegetarierin?«

»Richtig«, sagt Derya. Erstaunlich, dass Hanna sich noch daran erinnert.

»Ich lebe inzwischen vegan«, sagt Hanna. Sie trägt immer noch einen in Gold eingefassten Stern aus Glas an einem Band um den Hals, genau wie früher. »Und ich weiß, dass es für die Tiere und das Ökosystem im Teich eine ziemliche Katastrophe ist, wenn die Enten mit Brotresten gefüttert werden. Trotzdem mag ich nicht zu den Kindern hingehen und es ihnen sagen. Ich will ihnen die Freude nicht ruinieren, verstehen Sie das? Dabei sind ein paar Augenblicke der Freude doch kein großer Preis für gesunde Enten, oder was denken Sie, Derya?«

Derya ist nicht sicher, ob sie wirklich über Enten, Kinder und Brot sprechen. Bei Hanna ist sie nie sicher, worüber sie eigentlich sprechen. Ein Zustand, den sie mag, weil er ihr immerzu Auswege lässt, endlose Möglichkeiten, durch ein »Es war anders gemeint«-Tor zu schlüpfen.

»Vielleicht nicht«, sagt sie. »Aber vielleicht wächst aus den paar Momenten der Freude ja etwas anderes heran. Es könnte sein, dass diese Kinder später zu Naturschützern werden, weil sie so schöne Erinnerungen an die Enten haben, denen sie das Brot hinwerfen.«

Hanna sieht an den Kindern und den Enten vorbei. Ein Schwan schwimmt mit großem Abstand zu den anderen Wasservögeln. Derya findet ihn fett, vermutlich ist er übersättigt und kann das verdammte Brot schon nicht mehr sehen.

»Kindheitserinnerungen«, murmelt Hanna. »Ein mächtiges Werkzeug, das viel bewirken kann. Sie haben recht, Derya.« Sie lächelt sie an. »Sie haben absolut recht. Sie sind Schriftstellerin. Ich will Ihnen keinen Druck machen, ich weiß, dass das Gift für Ihre Arbeit ist. Aber würden Sie mir eine Geschichte erzählen?«

Derya ist bei ihren Großeltern aufgewachsen.

»Deine Mutter wollte dich nicht, sie hat dich bei uns ausgesetzt wie ein Findelkind, und damit ist sie für dich gestorben«, waren die einzigen Worte, die Derya von ihrem Großvater über ihre Eltern erfuhr. Ihr Großvater war ein strenger Mann, der akribisch nach den Regeln und Gesetzen lebte, die er selbst schuf. In der Familie war er Legislative, Exekutive und Judikative zugleich, und sein größtes Problem bestand darin, dass sich die restliche Welt nicht seinen Gewalten unterwerfen wollte.

Sie hatte Respekt vor ihm, regelrechte Angst, konnte sich jedoch nicht daran erinnern, jemals mit etwas Schlimmerem bestraft worden zu sein als mit Fernsehverbot. Allerdings gab es ansonsten auch nichts, was man ihr hätte wegnehmen können. Die Schule – das hatte Derya früh herausgefunden – zählte zu den Dingen, die ihr Großvater nicht verbieten wollte oder konnte, und ansonsten hatte sie keine Freiheiten. Blieben nur noch die *Schwarzwaldklinik*, *Gute Zeiten, schlechte Zeiten* und das *Glücksrad*, das er ihr nehmen konnte, wenn sie Widerworte gab oder in den Augen der Großeltern zu tranig, verträumt oder schlampig war.

Derya lernte von frühster Kindheit an zu flüchten.

Sie flüchtete in ihre Geschichten, wo sie eine Prinzessin war, die von einem habgierigen Drachen festgehalten wurde. Ihre Klassenkameraden wurden nach und nach, stets ohne es zu ahnen, zu Helden, Faunen, Zwergen, Satyren, Nymphen, Hexen, Elfen und Gnomen, die sich allesamt auf die Reise machten, um die Prinzessin zu retten. Doch keinem gelang es, alle wurden sie bei dem Versuch erwischt, gefangen genommen und schließlich auf die unterschiedlichsten Arten zu Tode gefoltert, sodass der Drache ihre Überreste in mundgerechten Häppchen verschlingen konnte.

Eigentlich hatten sie das auch verdient, zupften sie Derya doch permanent an den Zöpfen und nannten sie Schneewittchen. Nicht auf die Art, wie es die Oma manchmal tat – weil Derya bleiche Haut und schwarzes Haar hatte und eben nun mal Witt mit Nachnamen hieß –, sondern abfällig; weil sie ständig zu träumen schien und ihre Umgebung dabei vergaß, als würde sie in einem gläsernen Sarg schlafen.

Nur einer tat nichts davon: der Junge mit den hellbraunen Haaren und den hellbraunen Augen. Sie fand schnell heraus, dass er Jakob hieß und in die Siebte ging, und diese beiden kleinen Informationen reichten ihr, um ihn zum Helden all ihrer Geschichten zu machen, die nun nichts mehr mit Prinzessinnen und Drachen zu tun hatten, sondern mit Gangstern und Entführungen. Coole Gefahren passten viel besser zu Jakob aus der Siebten als Glitzerkrönchen.

Als Derya elf war, starb der Großvater. Das veränderte vieles.

Das Hänseln hörte auf. Zumindest für eine Weile. Jakob bekundete ihr sein Mitgefühl. Es war den ungeschriebenen Gesetzen des Schulhofs zuzuschreiben, dass er nicht mit ihr sprechen konnte, denn sie war in der Fünften, und er hätte sich damit natürlich lächerlich gemacht. Doch der Blick, den er ihr an einem Tag quer über den Schulhof zuwarf, sprach Bände. Eine Trilogie sprach dieser Blick; ach was, ganze Serien. Sein Blick war traurig, mitfühlend, aber zugleich wissend. Als sie diesen Blick erwiderte, zuckten seine Mundwinkel und er schlug die Lider nieder.

Das sagte alles. Alles.

Sie musste ihn näher kennenlernen. Das stellte sich allerdings als gar nicht so einfach heraus, und Derya begnügte sich fürs Erste damit, ihn in den Pausen aus der Ferne zu observieren. Außerdem sah sie ihn manchmal nach ihren Ballettstunden, wenn er mit einem Tennisschläger in der Polstertasche auf den Bus wartete. In ihren Träumen fragte sie ihre Oma, ob sie ihn nach Hause fahren könnten. Dann würde sich endlich die Gelegenheit ergeben, mit ihm zu reden. Vielleicht über Aerosmith oder New Kids on the Block. Was er mochte, wusste sie noch nicht, aber sie wollte es dringend herausfinden.

Leider kannte Derya ihre Oma zu gut. Allein die Tatsache, dass Jakob seinem Nachnamen nach zu urteilen Pole war und man dies möglicherweise an seinem Akzent hören konnte, würde zu einer Standpauke führen. Ihre Oma hatte das Erbe ihres Mannes angetreten und führte seinen Hass gegen Ausländer und Polen im Speziellen fort.

Offenbar erkannte er ihren Konflikt, denn eines Tages – Derya war bereits in der sechsten Klasse und wurde von den anderen nach wie vor Schneewittchen genannt – sprach er sie an. Er sprach sie an, tatsächlich einfach so, auf einem der Flure zwischen dem Chemiesaal und den Mädchentoiletten.

»Hey, warte mal«, sagte er und berührte sie an der Schulter. »Bist du Daria?«

Sie konnte ihn nur anstarren. Alles an ihm war weich. Sanfte Augen, geschwungene Lippen. Die Farbe seiner Haare – karamellbraun – war fast identisch mit der seiner Augen, und alles passte so perfekt zu seiner warmen Stimme. In dem Moment, als er zaghaft einen Mundwinkel hochzog, wusste Derya, dass sie verloren war. Sie würde ihn ihr Leben lang lieben. Er konnte sie auch Daria nennen oder bei jedem Namen rufen, der ihm einfiel, solange er nur weiterhin so schön aussah. Und sie anlächelte.

»Ich hab dich ein paarmal vor der Tanzschule gesehen«, fuhr er fort, nachdem sie ihn eine Weile lang mit offenem Mund angeglotzt hatte, als wäre sie ein Fisch und er der Hai. »Nimmst du da Unterricht?«

Derya nickte zweimal.

»Cool.« Sein Lächeln floss in die Breite. »Vielleicht kannst du uns einen Gefallen tun.«

»Uns?«, fiepte Derya. Sie musste sich räuspern. »Uns?«

»Der Schülerzeitung«, erklärte er, als wäre das selbstverständlich. »Wir suchen noch Anzeigenkunden, die ihre Werbung bei uns schalten wollen, um das Ganze zu finanzieren. Der Schule ist ihr Käseblatt nämlich keine müde Mark wert.«

»Ich soll … meine Balletttrainerin fragen, ob sie Werbung schalten will?« Sie wunderte sich, dass der Satz fast ohne Stocken aus ihrem Mund gekommen war. Das kam einem Wunder gleich, stand sie doch dem erhabensten Jungen der ganzen Schule gegenüber. Sie hatte durchaus bemerkt, dass selbst Mädchen aus der neunten und zehnten Klasse ihm nachsahen. Doch er gab sich nur mit ihr ab. Mit ihr ganz allein. Nun ja, zumindest für diesen Augenblick.

»Genau. Eine halbe Seite kostet zweiunddreißig Mark. Du kannst dich bei mir melden, wenn sie Interesse haben, dann kopiere ich einen Vertrag.«

Derya zuckte gespielt lässig mit den Schultern. »Ich frag mal.« Dann sammelte sie allen Mut, atmete tief durch und hielt ihn zurück, als er sich mit einem »Cool, danke dir« abwenden wollte.

»Jakob?« Verdammt, nun wusste er, dass sie seinen Namen kannte. Aber warum auch nicht? Er kannte ihren doch auch. Beinah. Er schien nicht verwundert, zog nur beide Brauen hoch. Es sah fast so aus, als interessiere er sich dafür, was sie ihm zu sagen hatte. Sie konnte sich diese gigantische Chance nicht entgehen lassen. Keinesfalls!

»Sag mal, sucht ihr noch Leute, die bei der Schülerzeitung mitmachen wollen?«

»Wenn du Artikel schreiben kannst?«

»Ich kann das lernen. Bestimmt.«

»Cool.«

Am nächsten Freitag saß sie nach der sechsten Stunde zum ersten Mal in einer Redaktionsbesprechung.

Von da an ging es bergauf. Langsam, aber unaufhaltsam kam sie Jakob näher. Nach einem halben Jahr kannte er ihren vollen Namen. Kurz darauf sagte er ihn plötzlich ständig, fast, als würde ihm dieser Name gefallen. Als würde er ihn gerne aussprechen. Ein weiteres halbes Jahr später lieh er sich eine Bravo-Hits-Kassette bei ihr aus und schenkte ihr als Dankeschön eine von Michael Jackson. Selbst bespielt, die meisten Songs waren aus dem Radio aufgenommen. *Liberian Girl* war der erste.

Liberian girl, you know that you came and you changed my world.

Im Sommer traf man sich zufällig im Schwimmbad. Derya beobachtete Jakob, wie er vom Fünfer sprang. Mit einem Köpper natürlich, und nicht ohne einen kurzen Blick in ihre Richtung, bevor er Anlauf nahm und sich in die Tiefe warf. Im Delfinstil durchmaß er das Becken und kam zu ihr an den Rand. Er trocknete sich nicht ab, saß nur neben ihr, und so liefen die Wassertropfen noch minutenlang aus seinen Haaren und zogen glitzernde Spuren auf sonnengebräunter Haut.

In ihren Geschichten wurde Jakob zum Sohn eines Gangsterpaares, die ihn zum Stehlen zwangen, bis das Waisenmädchen ihn nach einigen gefährlichen Abenteuern rettete. Manchmal wurden sie in der Schule von Kidnappern entführt, und während einer von beiden grundsätzlich niedergeschossen und lebensgefährlich verletzt wurde, rettete der andere sie beide.

Zum Ende des siebten Schuljahres folgte der Kuss auf der Mädchentoilette, dicht gefolgt von einem zweiten und dritten sowie der öffentlichen Stellungnahme Jakobs: »Wir gehen miteinander.«

Christina Stahlmann, die blond gelockte Schönheit aus Jakobs Klasse mit den kühlen – nein, den kalten – graublauen Augen, spuckte Cola durch die Nase, als sie es erfuhr, und schwänzte daraufhin für eine halbe Woche die Schule.

Kapitel 05

Der Dienstag beginnt mit einem Anruf um 4:43 Uhr. Auf Deryas verschlafenes »Hallo?« antwortet nur ein Atmen. »Hallo? Hallo. Wer ist da? Verdammt, was soll der Mist? – Bist du es, Darth Vader?«

Der Anrufer legt auf. Ruft um 4:45 Uhr noch einmal an. Derya pfeift auf zwei Fingern, so laut sie kann, in die Leitung, der Anrufer legt auf. Um es um 4:47 Uhr erneut zu versuchen.

Derya nennt ihn einen Wichser, zieht den Stecker ihres uralten Wählscheibentelefons aus der Buchse und legt sich wieder ins Bett. Der Kater gesellt sich zu ihr, will schmusen und rollt sich neben ihrem Kopf zusammen. Es gibt kaum etwas, das Derya lieber riecht als das Fell ihrer Katze, aber jedes Mal, wenn sie einnickt, drängt Odin sich dichter an ihr Gesicht, und sie wacht mit dem Gefühl auf, ersticken zu müssen. Schließlich steht sie auf. Es ist nicht mal fünf Uhr morgens, sie ist krankgemeldet, und ihr Magen fühlt sich verkrampft an, als hätte sie etwas Verdorbenes gegessen. Sie macht sich Kaffee. Der wird zu bitter, mit Zucker zu süß und mit Milch zu kalt. Odin steckt sein Schnäuzchen in die Tasse und schlabbert ein wenig von der süßen, lauwarmen Plörre auf.

»Kein Frühstück, bloß mieser Kaffee am Morgen«, tadelt Derya. »Du hast dieselben ungesunden Essgewohnheiten wie ich.«

Sie steckt das Telefon wieder ein, es klingelt, und jemand atmet. Deryas Mund wird trocken. Der kleine Schluck Kaffee hat einen ekligen Geschmack auf ihrer Zunge hinterlassen, sauer und bitter.

»Ach«, sagt sie schließlich in den Hörer, »das ist sicher nur eine technische Störung.« Sie zieht den Stecker wieder raus. Weiß, dass es keine technische Störung ist. Retrotelefone mit Wählscheibe haben keine technischen Störungen. Aber der Anrufer soll sich nicht wichtiger nehmen, als eine technische Störung es wäre.

Als sie gegen neun das Haus verlässt, weiß sie, wozu sie den Tag nutzen wird. Sie plant, ein neues Telefon zu kaufen – ein zusätzliches. Ein Smartphone. Nach der Scheidung hatte sie ihres in Roberts Haus vergessen und keinen Ersatz besorgt. Es war ein gutes Gefühl gewesen, nicht ständig erreichbar zu sein. Nicht überall ihre Mails checken zu können. Es ging ihr gut mit dem Wissen, dass niemand, nicht mal Mark Zuckerberg, wusste, wohin sie ging. In einer Gesellschaft, in der Menschen Konzerte, Boxkämpfe, Fußballspiele, Verkehrsunfälle und sogar Beerdigungen auf ihren winzigen Bildschirmen verfolgten, fühlte sie sich besonders, alles in realer Größe zu erleben. Sie war die Mutige vor Ort, die, die nicht durch ein Fenster lebte.

Nachdem sie nun beschlossen hat, sich ein Fenster zuzulegen – nur der Sicherheit wegen, man kann nie wissen –, tut es ihr ein wenig leid um die Besonderheit, die sie damit aufgibt. Sie hat es genossen, die Frau ohne Smartphone zu sein, sieht aber ein, dass es in ihrer Situation unvernünftig ist, keines zu haben. Mit Schaudern denkt sie an den letzten Donnerstagabend, als sie verfolgt und durch die Straßen gehetzt wurde.

Der Verkäufer im Fachgeschäft ist sehr nett, der Kaffee dort schmeckt gut, und Derya unterschreibt einen Vertrag, von dem sie weiß, dass er zu teuer ist. Der Service ist es ihr wert. Sie bekommt ihr neues Smartphone direkt eingerichtet, und als sie den Verkäufer zwinkernd fragt, ob er ihr seine Nummer einspeichern möchte, tut er es sofort. Es ist so leicht, zu reden, zu lachen und zu flirten, wenn dein Gegenüber gar nicht weiß, wer du wirklich bist. Er ist ganz ahnungslos, denkt Derya, und hält mich bloß für eine unbeschwerte, hübsche Frau. Er findet mich nett.

Sie nimmt die Rolle an, spielt sie für die Minuten, die ihr Gespräch andauert, und trägt das Gefühl wie einen Einkauf bei sich, als sie geht. In einer Schaufensterscheibe lächelt sie sich selbst zu – eigentlich hat sie keinen Grund, nicht zu lächeln – und beschließt, am nächsten Tag wieder zur Arbeit zu gehen. In einem Schuhgeschäft belohnt sie sich für ihre gute Laune mit einem neuen Paar Stiefel und tritt zufrieden zurück auf die Straße, obwohl es inzwischen zu regnen begonnen hat. Die Passanten spannen Schirme auf, eine kleine Frau hält sich eine zur Hälfte aufgeschnittene Plastiktüte wie eine Kapuze über den Kopf. Derya stutzt und sieht genauer hin. Sie kennt diese Person. Es ist die Frau aus der Mauernische. Raspelkurz geschorenes Haar, ein schmales, feenartiges Gesicht und der zierliche Körper wie von einem Kind. Sie trägt sogar dieselben Sachen, von dem Schlafsack einmal abgesehen. Vielleicht ist der in dem gewaltigen Rucksack, den sie mit sich schleppt, obwohl er aussieht, als wöge er mehr als seine Trägerin. Die junge Frau zupft sich ihre Kapuze aus Plastik so weit es geht über die Schultern, aber sie kann sich nur unzureichend gegen das Wetter schützen. Ihre Jeansjacke ist von dem Regenwasser schon ganz dunkel. Derya friert beim bloßen Hinsehen.

Ob ich ihr helfen kann?, denkt sie. Offenbar ist die Frau obdachlos, und immerhin hat sie mir geholfen, den Typen loszuwerden. Vielleicht nicht bewusst oder gar gewollt, aber kommt es darauf an?

Derya folgt der jungen Frau, aber die läuft mal nach rechts und mal nach links, hält den Blick starr auf den Boden gerichtet, als würde sie sich sonst verirren, und reagiert nicht auf das zögerliche »Entschuldigen Sie?«, das Derya wohl zu leise hinter ihr herruft. Schließlich verschwindet sie zwischen dunklen Regenschirmen, und Derya kann sie nicht mehr sehen.

Sollte wohl nicht sein. Doch da taucht die kleine Frau plötzlich wieder auf und marschiert zielstrebig in ein Kaufhaus. Derya geht ihr nach, verliert sie erneut aus den Augen und findet sie schließlich in der Sportabteilung wieder, wo sie abseits aller Spiegel eine Jacke anprobiert. Leuchtend blau mit einem gelben Streifen. Ihre nasse Jeansjacke liegt auf dem Boden. Derya will sie ansprechen und zögert aus irgendeinem Grund. Sie will die Frau zuerst ihren Einkauf machen lassen, dabei wird sie selbst auch ungern gestört. Während des Wartens sieht sie Pullover durch, sportliche Designs, über die Sonne immer sagt, dass sie selbst schlanke Frauen unförmig aussehen lassen. Einen Moment lang spielt sie mit dem Gedanken, einen zu kaufen. Dann hört sie auf den Rat ihrer Freundin und lässt die Pullover hängen.

Die kleine Frau ist mit einem ganzen Arm voller Jacken in eine Kabine gegangen. Anprobiert hat sie offenbar aber nur die eine blaue mit dem gelben Streifen. Sie trägt die Jacke noch, als sie wieder aus der Kabine kommt und ein halbes Dutzend andere auf einen Ständer hängt. Dann geht sie, bleibt noch bei den Pullovern stehen, marschiert an Derya vorbei, ohne sie anzusehen, und schaut auf dem Weg zur Rolltreppe ihre Schuhe an. Ein Mann, der vorher ganz auf die Fußballtrikots konzentriert gewesen ist, geht zu der Kabine rüber, in der die kleine Frau war, und zieht den Vorhang auf. Sein Kopf schnell herum – er nimmt die kleine Frau ins Visier. Die zuckt zusammen und rennt los.

»Keine Panik, ich helf dir«, sagt Derya, aber ihr Mut erlaubt ihr nur ein Flüstern, und die kleine Frau müsste Gedanken lesen können, um sie zu hören. Sie ist wieselflink, aber der Mann – offenbar der Kaufhausdetektiv – erscheint ausgesprochen sportlich. Derya versucht, sich ihm unauffällig in den Weg zu stellen. Mehr als eine Sekunde kostet das den Kaufhausdetektiv nicht, doch manchmal ist eine Sekunde genug. Die kleine Frau flitzt an der Rolltreppe vorbei und springt in den Fahrstuhl. Die Tür schließt sich, bevor der Kaufhausdetektiv den Aufzug erreicht. Er nimmt die Treppe, und Derya folgt ihm; getrieben von dem seltsamen Bedürfnis, der kleinen Ladendiebin helfen zu müssen, ob die ihre Hilfe will oder nicht.

Die Lichter am Aufzug zeigen an, dass er auf dem Weg nach unten ist. Derya läuft die Treppen hinab. Sie weiß, dass sich dort Kundentoiletten und Mitarbeitereingänge befinden, außerdem geht es zur Tiefgarage. Das Klappern von Schuhen auf Beton weist ihr den Weg. Die Ladendiebin hat sich zwischen die Autos geflüchtet. Derya kann sie nicht sehen, den Mann aber sehr wohl. Er ist ihr dicht auf der Spur, rennt zielstrebig und scheint sie dann zu erwischen. Derya hört die junge Frau aufkreischen. Irgendetwas, vermutlich ein Körperteil, kracht gegen ein geparktes Auto. Eine andere Frau, die gerade ihren Wagen abstellt, beschleunigt die Schritte und läuft nach draußen, weg von den Kampfgeräuschen. Derya hält darauf zu.

Der Mann hat die kleine Frau am Kragen der zu großen blau-gelben Winterjacke gepackt und versucht, ihre Hände unter

Kontrolle zu bekommen. Sie windet sich, entzieht ihm ihre Arme immer wieder und tritt nach ihm, aber er gibt nicht nach und presst sie gegen die Betonwand.

»Hey!«, ruft Derya. »Lassen Sie sofort das Mädchen los!« Eine leise Stimme in ihrem Hinterkopf erinnert sie daran, dass das arme Mädchen gerade versucht hat, einen Anorak von geschätzt 250 Euro zu stehlen. Derya sollte dem Kaufhausdetektiv helfen, sie dingfest zu machen. Stattdessen baut sie sich zu ihrer ganzen Größe auf und stemmt ihre Fäuste in die Hüften. »Hören Sie schlecht? Sie Grobian! Lassen Sie das Mädchen los.«

»Dieses Mädchen«, keucht der Mann, immer noch gegen die flinken Arme und Beine ankämpfend, »hat einen Ladendiebstahl begangen. Ich habe das Recht, sie vorläufig festzunehmen, bis die Polizei da ist.«

»Blödes Arschloch, das ist meine Jacke!«, zischt die kleine Frau durch die Zähne. »Fick dich, du Bastard, und fall tot um!«

»Da hören Sie es!« Derya tritt näher. »Sie lassen sie jetzt sofort los! Sie tun ihr weh, merken Sie das nicht?«

»Die Polizei ist schon auf dem Weg«, erwidert der Mann und greift nur fester zu. Die junge Frau wimmert und verstärkt ihre Bemühungen, sich loszureißen, was den Kaufhausdetektiv nur dazu bringt, ihren Arm härter zu umklammern.

»Sofort aufhören!« Derya hört ihre eigene Stimme durch die Tiefgarage hallen. »Ist hier jemand? Hilfe! Hilfe! Hier wird ein Mädchen belästigt!«

»Aber nein! So ein Unsinn, sie …«

»Bitte helfen Sie mir, der Pisser hat mich einfach angefasst mit seinen ekligen Drecksfingern!«

»Hilfe!«, schreit Derya. »Hilfe! Der Mann fasst das Mädchen an!« Das Gesicht des Kaufhausdetektivs wird dunkelrot, und in Deryas Brust freut sich ein böses kleines Kind und hüpft vor Begeisterung auf und ab. Ihr Herz schlägt wie verrückt. Hat sie jemals etwas so Blödes getan?

Zwei junge Männer kommen heran, noch einmal ruft Derya aufgebracht um Hilfe, und die beiden halten entschlossen auf den Kaufhausdetektiv zu. Der eine krempelt bereits die Ärmel seiner Lederjacke hoch. Dem Detektiv wird die Sache zu heikel. Die

Jacke ist zweifelsohne teuer, aber offenbar nicht wert, sich dafür mit zwei zivilcouragierten Möchtegernhelden einzulassen. Er lässt die junge Frau los. Die verpasst ihm noch einen Tritt gegen das Schienbein, bringt ein paar Schritte Abstand zwischen sich und den Mann, zeigt ihm schließlich den Mittelfinger und rennt davon.

»Großartig!«, murmelt der Detektiv und wirft Derya einen bösen Blick zu. »Dank Ihnen ist gerade eine Ladendiebin mit einer Markenjacke geflüchtet. Haben Sie eine Ahnung, was die kostet?«

Sie ist warm, denkt Derya, denn das ist vermutlich alles, was der kleinen Frau an der Jacke wichtig ist. Sie ist warm und hält Regen und Schnee ab. Der Winter wird kalt.

»Alles okay hier?«, fragt einer der beiden Männer, die näher gekommen sind. Sie sehen aus, als würden sie auf ein Nein von Derya hoffen. Gelangweilte Jungs auf der Suche nach etwas zum Aufreiben. Deryas Lächeln und ihr Nicken sind so glatt wie möglich, und die beiden ziehen enttäuscht ab.

»Sie wollte die Jacke gar nicht stehlen.« Hat sie aber. Derya schwankt zwischen dem Gefühl, jemandem geholfen zu haben, der es bitter nötig hat, und der Scham, einen anderen in Schwierigkeiten gebracht zu haben.

»Das können Sie gleich der Polizei erzählen!« Der Kaufhausdetektiv zieht sein Handy aus der Tasche, wirft einen Blick darauf und schüttelt unwirsch den Kopf. Kein Empfang, vermutet Derya. Sie hat Zeit, ihn zu überzeugen, dass die Polizei nicht gebraucht wird.

»Schauen Sie«, sagt sie, »ich glaube, es ist alles nur ein Missverständnis. Die junge Frau dachte, die Jacke wäre bereits bezahlt.«

»Ach ja? Von wem?«

»Was denken sie denn? Von mir natürlich.«

»Sie kennen sie? Na, dann bin ich höchst interessiert an den Personalien der Dame.«

»Die habe ich nicht.« Das ist nicht gelogen. Die Mauerecke, in der die kleine Frau schläft, ist wohl kaum eine amtliche Adresse.

»Sie kaufen einer Fremden eine Dreihunderteurojacke? Wem wollen Sie das denn erzählen?«

»Ich habe schon Dümmeres mit dreihundert Euro angestellt.« Zweifelsohne. Allerdings war sie zu der Zeit nicht in einer finanziell so angespannten Lage wie heute. Ob ihr Konto so viel noch hergibt? Derya bricht der Schweiß aus, aber sie kann nun nicht mehr zurück. Die kleine Frau hat sie in der letzten Woche vermutlich vor einem Überfall gerettet – vielleicht wäre Derya ohne sie sogar vergewaltigt worden oder Schlimmeres. Wenn das kein Dankeschön in Form einer dringend benötigten warmen Jacke wert ist – was dann?

»Sehen Sie, ich bin diesem Mädchen etwas schuldig. Darum geht ihr heutiger Einkauf auf mich. Und nun entschuldigen Sie bitte, dass ich nicht weiter mit Ihnen darüber diskutiere, was ich mit meinem Geld anstelle und was nicht.«

»Wenn Sie vorhatten, ihr die Jacke zu kaufen«, beharrt der Detektiv, »warum hat sie dann die Warensicherung mit einem Metalldraht abgelöst? Beides habe ich in der Kabine gefunden.«

»Was weiß ich. Aus Spaß am Nervenkitzel vielleicht. Weil sie wissen wollte, ob es geht.«

»Und wieso ist sie dann weggelaufen, als ich sie angesprochen habe?«

Derya rollt mit den Augen. »Sie ist schüchtern. Sie haben sie erschreckt. Und mich ebenso – da kann ja jeder wehrlose Frauen bedrängen und sich dann als Detektiv ausgeben. Versuchen Sie es beim nächsten Mal eben etwas freundlicher.«

Der Mann verschränkt die Arme. »Sie meinen das ernst, ja? Sie gehen jetzt mit mir zur Kasse, wir holen die abgetrennten Etiketten aus der Umkleidekabine, und Sie bezahlen die Jacke?«

Derya setzt ein kühles Lächeln auf. »Der Groschen ist gefallen, wenn auch in Pfennigen. Das hätten Sie einfacher haben können.«

Auf dem Weg durch das Kaufhaus geht der Ladendetektiv so dicht hinter Derya, dass sie glaubt, seinen Atem im Nacken zu spüren. Zweifelsfrei erwartet er, dass sie versucht zu flüchten. Derya ärgert sich, dass er sie für so dumm hält – in ihren hohen Keilabsatzstiefeln wäre ein Sprint nicht besonders ratsam.

Ein Tropfen Schweiß rinnt ihr das Rückgrat hinab. Was, wenn nun nicht mehr genug Geld auf dem Konto ist, um die Jacke zu bezahlen?

In der Sportabteilung angekommen sammelt sie die feuchte Jeansjacke ein, die die kleine Frau zurückgelassen hat. Der Stoff ist an den Ärmeln abgewetzt. Im Nackenbereich verrät ein Schild die Größe. 164 – eine Kindergröße. Wie alt mag sie sein, die kleine Frau?

Der Detektiv holt die Etiketten und den Sicherungsclip aus der Umkleide und begleitet Derya zur Kasse. Er wechselt ein paar Worte mit der Kassiererin, die erst kritisch durch ihre Brillengläser lugt, dann aber doch ein Lächeln in Richtung von Deryas EC-Karte wirft. Der Preis wird in freundlichen, grünen Buchstaben auf der Kasse angezeigt. Für Derya schrillen die Zahlen wie Sirenen bei einem Katastrophenalarm. Sie atmet nicht, während sie die Karte abgibt und zusieht, wie sie durch das Lesegerät gezogen wird. Es vergeht viel zu viel Zeit. Die Kassiererin schaut zum Kaufhausdetektiv, der blickt zum Lesegerät, das Lesegerät sieht bösartig aus in Deryas Augen. Ob man ihr etwas anhaben kann, wenn sie die Jacke nicht bezahlen kann? Haben ihre Worte sie nun selbst auch zur Ladendiebin gemacht? Sie erinnert sich an das Schild im Eingangsbereich. Jedem Ladendieb droht eine Anzeige, eine Strafe und Hausverbot. Fast muss sie lachen. Das Kaufhaus ist so unmodern, dass sie es ohnehin niemals freiwillig betreten hätte. Ihre Oma hat früher hier eingekauft.

»Vielen Dank für Ihren Einkauf«, sagt die Kassiererin plötzlich. Derya starrt auf ihre EC-Karte und die Etiketten, die die Frau ihr über den Tresen reicht. Es hat geklappt? Es hat geklappt. Sie muss sich zusammenreißen, um sich ihre Erleichterung nicht anmerken zu lassen.

»Brauchen Sie eine Tüte?«

Derya nickt und bekommt eine große, stabile Hochglanztüte mit dem altmodischen Schriftzug des Kaufhauses darauf. Die Tüte passt zu der geklauten Winterjacke, die sie gerade gekauft hat. Sie wirft die feuchte, kleine Jeansjacke hinein, verabschiedet sich freundlich vom Kaufhausdetektiv und spaziert hocherhobenen Hauptes aus dem Laden.

Erst draußen, im Nieselregen, atmet sie durch. In ihren Ohren rauscht es, ihre Augen brennen. Verdammt, was ist da in sie gefahren? Das Geld auf dem Konto hat gerade noch für die Jacke gereicht – aber nun ist ihr Konto vermutlich leer. Abgesehen von den paar Scheinen, die sie noch in der Tasche hat, ist sie pleite. Nichtsdestotrotz fühlt sie sich gut. Euphorisch, wie früher, wenn sie sich von ihrem eigenen Geld schöne Dinge gekauft hat, die eigentlich zu teuer waren, die sie sich aber trotzdem gönnte. Das Gefühl ist ihr in den letzten Jahren abhandengekommen. Erst wurde es normal, dass sie sich alles leistete, wonach sie sich sehnte. Und dann gab es plötzlich nichts mehr, wonach sie sich sehnen konnte. Wenn sie einkaufen ging, war das nur noch ein Aussuchen und Bezahlen, ohne jedes Glücksgefühl. Sie hat es überall gesucht, dieses Gefühl, bei zahllosen Shoppingtouren, und doch hat sie es niemals wiedergefunden. Bis heute. Die Jacke, die sie gekauft hat und vielleicht nie wiedersehen wird, verschafft es ihr.

Den ganzen Tag über kehrt Derya nicht nach Hause zurück. Sie schlendert durch die Stadt und kichert, wenn sie am Kaufhaus vorbeigeht, als hätte sie dem Laden ein Schnippchen geschlagen. Mittags snackt sie in einer Sushibar, geht danach im Park spazieren und schaut den Enten zu, die bei Regen gelangweilt auf dem Wasser herumdümpeln und von besserem Wetter, Spaziergängern und Brot träumen.

Als sie irgendwann doch nach Hause geht, vermag es ein einfacher Umschlag im Briefkasten, ihre heitere Laune binnen Sekunden zu Boden zu drücken und dort zu zertreten. Derya glaubt, es knacken zu hören, wie ein Käfer, dessen Chitinpanzer unter einer Stiefelsohle bricht. Ihr wird übel.

Auf dem Umschlag steht der Name und die Adresse ihres Exmanns, und im Inneren des Umschlags findet sie einen Brief, einen handgeschriebenen Brief. Wenn Robert Briefe von Hand schreibt, dann sind sie von höchster Bedeutung. Derya will nicht mehr von höchster Bedeutung in Roberts Leben sein. Sie war es lang genug, hat es ausgehalten und zu akzeptieren gelernt.

Wenn Martin damals nicht gewesen wäre …

Sie schüttelt die Gedanken ab. Diese Zeiten sind vorbei. Es

wäre ein Leichtes, den Brief ungelesen in die Mülltonne zu legen – aber heute ist sie stark genug, ihn zu lesen.

Sie trägt ihn in ihre Wohnung und legt ihn auf die Ablage, wo er zwischen Werbeblättchen und der übrigen Post fast unsichtbar wird. Zunächst bringt sie die Kaufhaustüte in den Flur zu den anderen Einkaufstüten von gestern, aus denen die Neue heraussticht wie eine Königin aus dem Fußvolk. Odin stellt laut miauend Fragen, wie es taube Katzen zu tun pflegen. Jede zweite Frage betrifft sein Abendessen. Derya zieht Mantel und Stiefel aus, erzählt Odin dabei von ihrem Tag und glaubt, dass er mindestens so viel davon versteht wie jede andere Katze, die hören kann. Sie hält es nicht für albern, mit einer tauben Katze zu sprechen; nicht alberner zumindest, als mit einer nicht tauben Katze zu sprechen. Außerdem gehört es zum Katzenmenschendasein eben dazu, ein wenig albern zu sein. Sie wirft Odins angetrocknetes Frühstück fort, ist mit ihm einig, dass man das keineswegs mehr essen kann, spült das Schälchen und befüllt es neu. Der Kater beschnüffelt das Futter, befindet es für nicht gut genug und leckt stattdessen Plastiktüten ab, eine Tätigkeit, bei der er ungern gestört wird. Derya findet keinen Grund mehr, den Brief länger zu ignorieren. Sie will es hinter sich bringen, klappt ihn auf und überfliegt die Zeilen.

Robert erkundigt sich scheinbar besorgt nach ihrem Wohlergehen, um gleich im nächsten Satz zu jammern, dass er sich einsam fühlt. Er behauptet, sich den Kopf über ihre finanzielle Situation zu zerbrechen, nur um sie wissen zu lassen, dass er genug Geld für zwei hat. Er redet ihr Unbehagen ein – du warst doch nie gern allein, Derya, und nun musst du es ständig sein! –, nicht ohne seine einzig logische Lösung zu präsentieren: Zwischen uns war nicht alles schlecht!!!

Selbstmitleidiger Emotionalabfall lautet Deryas Resümee. Der Brief ist eine Zusammenfassung ihrer Beziehung: Argumente für ein Zusammenleben. Ein Sammelsurium unterschiedlicher Ausrufezeichen – dicke, dünne, große, besonders große. Eine Auflistung an Vorteilen. Was fehlt, ist der Hinweis auf den einen Punkt, der alle Argumente nichtig macht und dazu führt, dass man jeden noch so großen Nachteil in Kauf nimmt.

Liebe.

Liebe hatte es in ihrer Beziehung nie gegeben – weder vor noch nach der Eheschließung. Nicht einmal als Robert und sie in der Kirche Ja gesagt hatten, war es um Liebe gegangen. Wichtig waren ganz andere Dinge gewesen: Robert hatte eine Frau gewollt. Und sie hatte sich nach Sicherheit gesehnt und danach, Jakob zu vergessen, der aus ihrem Leben verschwunden war, als sie ihn am dringendsten gebraucht hatte.

Natürlich hatte das nicht funktioniert, hatte gar nicht funktionieren können. Obwohl Robert und sie jeweils bekommen hatten, was sie wollten, hatten sie einander nie geben können, was sie wirklich brauchten.

Sie waren damals viel zu jung, redete sich Derya gerne ein. Das mochte stimmen oder nicht. Am Ende waren sie jedenfalls vor allem eines: schrecklich einsam.

»Heute bin ich es nicht mehr«, sagt sie entschlossen zu Odin, der sich auf seinen Kratzbaum zurückgezogen hat und wie eine weiße Sphinx mit halbgeschlossenen Augen auf der obersten Etage thront und zustimmend blinzelt. Wie zur Bestätigung klingelt es an der Wohnungstür. Sonne hat mal wieder keine Milch im Haus, Derya allerdings ebenso wenig, und so setzen sie sich in Deryas Küche und trinken Tee, denn Kaffee ohne Milch können sie beide nicht leiden.

»Ob ich ihn doch mal anrufen soll?«, überlegt Derya laut, denn irgendwo unter dem besseren Wissen puckert ein wenig Mitgefühl. »Nur mal mit ihm reden?«

Sonne stellt ihre Tasse auf den Tisch und verschränkt die Arme. Sie muss nichts sagen, Derya versteht sie auch so.

»Ich rede ja nicht von einer fixen Idee wie: Mein Exmann wird mein guter Freund oder so. Aber meinst du nicht, man sollte irgendwann wieder normal miteinander reden können?«

»Absolut«, sagt Sonne und deutet auf den Brief, der zwischen ihnen auf dem Tisch liegt. »Aber das da ist kein normaler Gesprächsbeginn. Der will nicht reden. Das ist wieder ein neuer Versuch, dich zu Dingen zu drängen, die du nicht willst.«

»Kann schon sein. Aber da habe ich auch ein Wörtchen mitzureden. Dass ich eine Weile – okay, eine ganze Weile – keinen Mann im Bett hatte, macht mich ja nicht gleich willenlos.«

»Du weißt, dass ich das nicht meine. Wenn es nur um Sex ginge, würde ich sagen: Geh, Derya, leg den Ex flach, da weißt du wenigstens, was du zu erwarten hast.«

Derya winkt ab. »Eher, was ich nicht erwarten muss. Was Sex betrifft, ist die Beziehung zu Robert die letzte, die ich wiederbeleben würde. Jakob dagegen …«

»Jakob?«, fragt Sonne, als hätte sie den Namen noch nie gehört.

»Ja, Jakob. Ich hab dir doch von ihm erzählt.«

»Das hast du, aber wie kommst du plötzlich auf den? Das ist doch ewig her.«

Das kleine Wort »ewig« kitzelt die Melancholie in Derya. Sonne hat recht. Es sind so viele Jahre vergangen. »Ach«, sagt sie leise, »ich weiß auch nicht. Neulich dachte ich, ich hätte ihn wiedergesehen. Aber inzwischen glaube ich, es war nur ein Mann, der ihm ähnlich sieht.«

»So ein Wiedersehen mit der Jugendliebe raubt einem meistens die schönen Illusionen«, meint Sonne und nimmt einen Schluck Tee. »In deinem Fall klingt es allerdings, als wäre der Mann immer noch ein Hingucker. Vielleicht siehst du ihn ja wieder, ich drück dir die Daumen. Aber noch mal zu Robert, Derya: Unterschätz den nicht! Ich glaube nicht, dass er Sex will. Nicht nur. Der …« Sonnes Gesichtszüge verhärten sich, während sie nach Worten sucht. »Der will dich. Dich im Ganzen. Dich kontrollieren und … besitzen. Wie damals. Denk mal daran, was du mir alles über ihn erzählt hast. Es hat immer ganz subtil begonnen. Ein paar nette Worte und liebe Bitten, die du unmöglich abschlagen konntest, dann hier und da eine kleine Erinnerung, dass du nichts und niemand ohne ihn bist. Und dann, wenn es dir schlecht ging und du da warst, wo er dich haben wollte – nämlich am Boden –, konnte er sich rausnehmen, was immer er wollte, und du hast es akzeptiert. Der Kerl hat dich systematisch klein und schwach gemacht, Süße. Das war Psychoterror, und zwar verdammt geschickter! Du weißt, wie schwer es dir fiel, dich von Robert zu trennen. Begib dich bitte, bitte nicht in seinen Einflussbereich.«

»So wie du das sagst, klingt es fast, als sei Robert gefährlich.«

»Ist er auch! Er weiß, wie er dich unter Druck setzen und für seine Zwecke benutzen kann, und hat jahrelange Übung darin. Er ist gefährlich für dein Herz, aber noch mehr für deine Seele.«

»Nein, er kann mir nichts mehr anhaben.« Derya ist überzeugt, sich ein für alle Mal von ihrem Ex gelöst zu haben. Sie kann Sonnes Bedenken verstehen – sie würde einer Freundin nichts anderes raten –, aber ihrer Meinung nach besteht kein Risiko mehr: Sie wird sich nicht wieder von Robert einlullen lassen. Er hat lang genug ihre Fäden in der Hand gehalten. Bis sie diese Fäden dann allesamt sauber durchtrennte. Jetzt besitzt Robert keine Macht mehr über sie. Er nicht.

»Du belügst dich selbst!«, sagt Sonne scharf. »Willst du mir erzählen, du hättest keine Angst vor ihm?«

»Nein. Das habe ich nicht.«

»Wirklich nicht?« Sonne schluckt. Ihre Lippen sind verkniffen, als hätte sie etwas Bitteres im Mund. »Das solltest du aber haben. Das solltest du wirklich.«

Kapitel 06

Als Deryas Großmutter erfuhr, dass ihre Ärztin von Alzheimer ausging, brach für sie die Welt zusammen, während Deryas Horizont sich öffnete.

Sie schämte und hasste sich dafür, dass erst die Krankheit ihrer Oma ihr Freiheiten gab, die für die anderen aus ihrer Schule selbstverständlich waren und nach denen sie sich gesehnt hatte. Sie musste ein sehr schlechter Mensch sein, sich über diese Freiheiten zu freuen, und versuchte, die Schuld zu tilgen, indem sie ihrer Oma möglichst viel im Haushalt abnahm. Zudem puzzelte sie mit ihr und hörte stundenlang die peinliche Schlagermusik, die Oma so liebte. Vergessen konnte Derya die quälenden Gefühle nur, wenn sie die Wohnung verließ. Spätestens am Abend kehrte die Schuld jedoch mit aller Macht zurück, und dann lag Derya weinend wach. Doch die Stunden ohne ihre Großmutter waren zu warm und zu sonnig, um auf sie zu verzichten, und die Lieder der Vögel hatten nur ein einziges Thema: die Freiheit. Hatte sie zuvor Ausreden, Lügen und Geschichten gebraucht, um Zeit mit Jakob zu verbringen, musste Derya sich nun nicht einmal mehr zu Hause abmelden. Hin und wieder fragte ihre Großmutter noch, wohin Derya ging und wann sie zurückkommen würde, aber meist hatte sie die Antworten schon wieder vergessen, bevor Derya aus dem Haus war. Ständig ließ sie ihre dritten Zähne an den unmöglichsten Stellen liegen, warf Reklamepost in den eingeschalteten Backofen und das zubereitete Essen in den Mülleimer. Derya versteckte sowohl die Heizdecke als auch das Bügeleisen, aus Angst, ihre Oma könnte damit einen Brand verursachen und in den Flammen umkommen.

Die Freiheit, durch die Derya sich bewegte wie durch Schwerelosigkeit, war spannend und furchterregend zu gleichen Teilen. Manchmal hatte sie Angst, sich zu verlaufen oder entführt zu werden – und niemand würde je nach ihr suchen, weil ihre Großmutter schlicht vergessen würde, sie als vermisst zu melden. Vielleicht würde sie sogar vergessen, dass es Derya gegeben hatte. Vor einem Jahr noch hatte Derya nicht einmal selbst entscheiden dürfen, welche Sendungen sie sich im Fernsehen ansah und welche Hosen oder T-Shirts sie trug. Vor Kurzem noch war es ihr verboten gewesen, den Herd anzufassen, denn sie hätte sich verbrennen können. Nun war sie dafür verantwortlich, die Mahlzeiten auf den Tisch zu bringen. Sobald die Oma es versuchte, mussten die Nachbarn die Feuerwehr anrufen. Ihre Großmutter bestand beharrlich darauf, dass alles in Ordnung sei und alte Leute eben ein bisschen vergesslich seien. Und Derya kochte, putzte und sorgte für alles und löschte das Wort »Alzheimer« aus ihrem Kopf, als könne sie so die Krankheit aus der Realität ausradieren.

Jakob war Deryas Zuflucht, als Geschichten nicht mehr genug waren, um der Realität zu entfliehen. Sie war schön in seinen Augen, sicher in seiner Gegenwart und frei in seinen Armen.

Nur in der Gesellschaft seiner Freunde fühlte sie sich gehemmt. Der anfängliche Stolz, seine Freundin zu sein und von den coolsten Jungs und Mädchen der Schule in deren Reihen aufgenommen zu werden, legte sich. Schließlich konnte keiner von denen ernsthaftes Interesse an ihr haben. Nein, ganz sicher planten sie nur, ihr Vertrauen zu gewinnen, um ihr Jakob auszuspannen.

Die Eifersucht biss empfindlich zu. Der Wunsch, Jakobs Nähe mit niemandem zu teilen. Wenn ihm ein anderes Mädchen in einer freundschaftlichen Geste die Hand auf die Schulter legte oder ihm gar durchs Haar strich, spürte Derya, wie ihr Galle im Hals hochkam. Die anderen Mädchen waren älter als sie. Reifer. Sie hatten Brüste; richtige Brüste, nicht spät und mickrig gewachsene Hügelchen. Wenn Jakob sie berührte – und er berührte sie oft –, dann verbarg ein Lächeln Angst und Unsicherheit. Ein Lächeln, wie es die Rivalinnen mit den schönen Brüsten zeigen würden. Bald schon schlug ihr Herz nicht einmal mehr schneller, wenn seine Hände unter ihr T-Shirt wanderten. Sie lernte, es hinzunehmen; lernte, es zu mögen. Irgendwann vergaß sie, Angst zu haben.

Die Schlange der Mädchen, die auf das Ende dieser Beziehung

warteten – und damit auf ihre eigene Chance, bei ihm zu landen –, war lang. Derya wusste, dass sie sich keinen Fehler erlauben durfte.

Passivität war ein möglicher Fehler, den Derya nicht zu begehen gedachte. Sie beschloss, die Entscheidung »Wir warten noch«, die Jakob ungefragt für sie beide getroffen hatte, infrage zu stellen. Während Jakob unter der Dusche stand, stellte sie Kerzen in seinem Zimmer auf, legte eine zu diesem Zweck mit romantischer Musik bespielte Kassette ein und platzierte ein Kondom auf dem Nachttisch. Sie erwartete ihn in Unterwäsche.

In ebendieser Unterwäsche verließ sie fünf Minuten später weinend die Wohnung.

»Warte, Derya. Derya, bitte.« Jakob rannte hinter ihr her die Treppen hinab. Sie lief schneller, trotzdem erreichte er sie an der Haustür. »Beruhige dich. Hey.« Er versuchte sie an sich zu ziehen, aber sie hatte sein Spiel durchschaut und stieß ihn grob von sich.

»Du hast eine andere!«, schrie sie ihn an. »Spiel mir nichts vor, ich weiß es! Deshalb willst du mich nicht, weil sie … weil sie …« Ihre Stimme brach, sie holte keuchend Luft und hasste sich für die Tränen, die auf ihren Wangen brannten wie Säure. »Ist sie hübscher als ich?«

»Derya, keine ist …«

»Hat sie größere Brüste? Richtig große … große Titten?«

Er antwortete nicht, fuhr sich nur durchs Haar. In seinen Augen standen Ratlosigkeit und Verzweiflung. Ihm fehlten die Worte.

Das sagte doch alles!

»Ich hätte es wissen müssen«, stieß sie mühsam hervor. »Warum solltest du mich auch lieben?«

»A-aber …« Er stammelte, starrte fassungslos an ihrem halb nackten Körper hoch und runter. »… aber ich liebe dich doch!«

»Tust du nicht!« Derya entriss ihm ihre Kleidung, die er über den Arm gelegt hatte. Eine Socke fiel zu Boden, sie ließ sie liegen. »Tust du nicht, tust du nicht!«

Eine Wohnungstür im Erdgeschoss wurde geöffnet, das faltige Gesicht eines alten Mannes erschien. »Was' denn hier los?«

Auch das ignorierte Derya. Jakob warf dem Mann hilflose Blicke zu.

»Tust du nicht«, sagte Derya noch einmal, diesmal leise und tonlos. Nein, denn warum sollte er schaffen, was sonst keinem Menschen auf der Welt gelang? In diesem Moment, als sie hysterisch keifend vor ihm stand, wurde ihr auch der Grund dafür klar. Niemand hatte sie je lieben können – nicht einmal ihre Mutter. Und das war ihre eigene Schuld, sie lieferte sich gerade selbst den Beweis. Niemand konnte eine Furie lieben, wie sie eine war. Niemand bei klarem Verstand. Niemand.

Wie denn auch – sie selbst war unfähig zu lieben. Wie sonst war es zu erklären, dass sie Jakob anschrie, den sie so gern hatte wie nichts anderes auf der Welt, dass sie ihn von sich stieß und ein widerlicher Teil in ihr jubilierte, weil ihn das entsetzte? Sie schämte sich in Grund und Boden und hob das Kinn vor Scham nur höher.

»Es ist aus, Jakob. Du verdienst etwas Besseres.« Und ich gar nichts.

»Derya. Was redest du?«

»Ich mach Schluss.«

Sie stürmte aus dem Haus, zog sich hinter dem nächsten Bushaltestellenhäuschen hastig ihre Kleider an und weinte, bis ihr der Schädel brummte.

Sie lernte an diesem Abend eine der wichtigsten Lektionen ihres Lebens. Sie begriff, dass sie recht gehabt hatte. Sie war nicht liebenswert, sie war ein Monster, hatte Liebe nicht verdient und konnte auch nicht lieben. Wer liebte, verhielt sich nicht so wie sie!

Sie lernte allerdings auch, welche Macht dieses neu entdeckte Monster über einen Menschen hatte, welche Macht es über Jakob hatte. Mehr als sie je gehabt hatte, mehr Macht, als die Liebe besaß. Denn als sie sich Stunden später nach Hause schleppte, saß er auf den Stufen vor der Haustür. Und bat sie mit verquollenen Augen um Verzeihung.

Er brachte sie zurück zu sich nach Hause, wo sie bekam, was sie wollte, und obgleich es trotz seiner Zärtlichkeit und aller Vorsicht keine allzu angenehme Erfahrung war, schlief sie an diesem Abend zufrieden ein.

Kapitel 07

»Oh, hallo Derya, schön, dass du wieder da bist. Ich glaube, jemand hat gestern Abend nach dir gefragt.«

Derya starrt ihre Arbeitskollegin Rima stumm an. Der Vorfall mit dem Verfolger ist sechs Tage her und hat vermutlich gar nichts zu bedeuten. Dennoch sind die bangen Minuten noch immer permanent präsent, wie ein Film, der auf einem kleinen, leise gedrehten Fernseher in einer Ecke ihres Bewusstseins vor sich hin dudelt. Worte wie diese machen den kleinen Bildschirm mit einem Mal leinwandgroß und drehen den Ton laut. Die Bässe wummern in Deryas Brust.

»Eine Frau, vielleicht noch ein Mädchen, bin nicht sicher«, sagt Rima und kratzt sich im Nacken, wo die großen Etiketten der Polyesterkittel alle Angestellten stören. Es ist verboten, sie herauszuschneiden; man muss die Kittel unbeschädigt zurückgeben, wenn das Arbeitsverhältnis endet.

Eine Frau also. Derya fällt ein Stein vom Herzen. »Was hat sie gesagt?«

»Nur, dass sie nach der Kassiererin mit dem schwarzen langen Haar sucht. Damit kann sie nur dich oder mich gemeint haben. Und ich kenne sie nicht.«

»Und wie sah sie aus?«

»Winzig.« Rima ist knappe eins achtzig. Sie deutet auf Höhe ihrer Brust. »Und sie hatte kurzes Haar. Sah aus wie eines dieser Monchichis, kennst du die noch? Diese Äffchen aus den Achtzigern?«

Derya muss lächeln. »Natürlich.« Sie hatte immer eines haben wollen, aber ihre Großmutter hatte sie hässlich gefunden und ihr keins gekauft. Ihre Großmutter hätte sicher auch die kleine Frau, die Obdachlose, die Ladendiebin, hässlich gefunden. Es kann sich nur um sie handeln, die Beschreibung passt genau.

»Ich habe ihr gesagt, wann deine Schicht ist, dass ich aber

nicht sicher bin, ob du schon wieder gesund wärst, weil du ja eine Weile krankgeschrieben warst. Was hattest du denn eigentlich?«

Derya sucht nach Worten und findet keine. Ich wurde nachts beobachtet, bin gestürzt und sah aus wie verprügelt. Reicht das, um nicht zur Arbeit zu kommen?

»Geht mich ja eigentlich nichts an«, meint Rima. »Die Frau wollte sich jedenfalls wieder melden.«

»Danke dir.« Derya nimmt die Kassette mit dem Wechselgeld und geht zu ihrer Kasse.

Sie muss bis zum frühen Nachmittag warten, und zuerst hätte sie die kleine Frau fast nicht wahrgenommen. In der zu großen Winterjacke und mit einer Baseball-Cap schief auf den kurz geschorenen Haaren sieht sie eher wie ein Junge aus, der von seiner Mutter so eingekleidet wird, dass die Sachen noch zwei Winter passen. Derya schaut nur auf, weil neben einem Dreierpack billiger schwarzer Baumwollsocken und einem Paket Gouda zwei Flaschen Bier auf dem Warenband liegen und sie nach dem Ausweis fragen muss. Die Frage bleibt ihr allerdings im Hals stecken, als sie das spitze Gesicht unter der Baseball-Cap erkennt.

»Oh«, sagt sie. »Du.«

»Ja«, erwidert die kleine Frau. »Ich.« Auf der Kasse leuchtet der Betrag auf. Die kleine Frau greift tief in die Tasche ihrer blau-gelben Winterjacke, holt eine Handvoll Münzen hervor und zählt den Betrag mit etlichen Zehn- und Zwanzig-Cent-Stücken ab. Aus der Nähe sehen ihre Augen alt und abgenutzt aus. Die Frage nach dem Ausweis kann Derya sich sparen. Sie nimmt das Geld an, und die kleine Frau stopft die Socken in die Jackentasche, klemmt sich den Käse unter den Arm und greift nach den Bierflaschen.

»Ich würde gern mit dir reden«, sagt sie dabei leise. »Unter vier Augen. Hast du Zeit?«

»Ich habe um zwei Feierabend.«

»Ich warte vor dem Eingang auf dich.«

»Okay. Ich muss dann noch meine Kasse machen und mich umziehen. Es wird also zehn Minuten dauern, vielleicht eine Viertelstunde.«

»Ich warte auf dich«, wiederholt die kleine Frau, und dann geht sie weg, ehe Derya fragen kann, wie sie sie gefunden hat.

»Ich war hier schon häufiger einkaufen und hab dich gesehen«, sagt die kleine Frau zur Begrüßung, als Derya den Supermarkt eine gute Stunde später ausnahmsweise durch den Kundeneingang verlässt. Die kleine Frau drückt sich an die Wand, wo sie vor dem Novemberregen geschützt ist. »Ich vergesse kein Gesicht, daher hab ich dich wiedererkannt und wusste, wo ich dich finde.«

Die kleine Frau lächelt ein winziges bisschen. Es ist ein linkisches Lächeln, sehr vorsichtig. Derya fühlt sich davon trotzdem überfordert. »Beneidenswert«, erwidert sie lahm. »Ich kann mir nur ganz schwer Gesichter merken.«

»Gestern Morgen hast du mich aber gleich wiedererkannt«, stellt die kleine Frau fest. »Obwohl es dunkel war, als wir uns das letzte Mal gesehen haben.« Sie deutet mit dem Kinn die Straße hinunter. »Gehen wir ein Stück?«

Derya ist einverstanden, und sie schlendern Seite an Seite mit gesenkten Köpfen durch den Regen. »Ich konnte dich kaum vergessen«, erklärt Derya. »Schließlich hast du mich irgendwie ... gerettet. Glaube ich.«

»Letzte Woche? An dem Abend?«

»Ja. Ich kam von der Arbeit. Die Spätschicht endet um zehn. Jemand hat mich verfolgt.«

Die kleine Frau zuckt mit den kleinen Schultern. »Ich hab niemanden gesehen. Echt nicht.«

»Aber er ...« Er war da, will Derya rufen. Stattdessen zuckt sie ebenfalls mit den Schultern. »Ach, ich weiß auch nicht. Vielleicht hab ich überreagiert.«

»Macht ja nichts. Ich sehe nachts auch ständig Gespenster. Hier!« Sie reicht Derya eine der beiden Bierflaschen.

Derya zögert. »Für mich?«

»Hab ich extra für dich gekauft. Ich wollte dich auf ein Bier einladen. In der Kneipe kostet es fast das Doppelte. Oder trinkst du nichts?« Im Schatten der Baseball-Cap bilden sich rote Flecken auf den Wangen der kleinen Frau. »Aber ein Danke fand ich schon angebracht. Hab ich es vermasselt?«

»Nein, schon gut.« Derya muss lächeln. Sie mag kein Bier, erst recht nicht am Nachmittag, in der Öffentlichkeit und direkt aus der Flasche. Aber sie will, dass die kleine Frau redet. Sie erinnert sie an ein Buch, dessen erste Zeilen sie fesseln und in dem sie unbedingt weiterblättern will, koste es, was es wolle.

Die kleine Frau zieht ein Feuerzeug aus der Jackentasche, nimmt Derya die Bierflasche wieder aus der Hand, öffnet diese mit einer geschickten Bewegung und reicht sie ihr zurück, ehe sie auch die zweite Flasche öffnet. Dann nimmt sie einen Schluck und lächelt. »Der Typ in dem Laden hätte mich echt drangekriegt, wenn du mir nicht geholfen hättest«, sagt sie kleinlaut. »Hoffe, du hattest keinen Ärger mehr deshalb.«

»Kaum der Rede wert.« Sie trinkt ebenfalls von ihrem Bier und unterdrückt ein Schaudern. Grässliches, bitteres, billiges Bier um kurz vor halb drei am Nachmittag. Wie tief ist sie gesunken? Auf den Schreck nimmt sie gleich noch einen großen Schluck. »Warum machst du so was?«, fragt sie dann.

»Tja, warum?«, sagt die kleine Frau sanft. »Warum klaut man Jacken, wenn man auf der Straße lebt, es Winter wird und man bei der Kleiderkammer nur durchgetragene Blazer und Brautkleider kriegt?« Sie legt den Kopf in den Nacken, um in den Himmel zu sehen. »Vielleicht war mir einfach langweilig.«

»Warum stellst du es so dämlich an, dass selbst diese Schnarchnase von Ladendetektiv dich erwischen muss?«

Die kleine Frau grinst. »Hab ich mich auch schon gefragt.« Sie seufzt, ein viel zu erschöpfter Laut für so einen jungen Menschen. »Ich war übermüdet. Die Nacht war schrecklich, an meinem üblichen Platz hing ein anderer rum – ein ganz mieser Typ. Die meisten von uns sind nette Leute, aber der … Lief alles blöd. Ich war nass, durchgefroren und mit den Nerven am Ende. Sonst hätte der mich im Leben nicht erwischt.«

Ein Bus fährt vorbei. Derya wartet, bis es wieder ruhig ist. Dann sagt sie: »Du hast noch nie geklaut, oder?«

Die Schultern der kleinen Frau sinken ein wenig tiefer. »Doch. Mal ein Päckchen Wurst oder 'ne Dose Bier.«

»Dann lebst du noch nicht lange so? Auf der Straße, meine ich.«

»Wieso?«, entgegnet die kleine Frau gereizt. »Meinst du, wer länger frei lebt, klaut automatisch?«

Derya hebt abwehrend ihre freie Hand. »War nur eine Vermutung, ich will keinem was unterstellen. Ich kenne niemanden, der … wie nennst du es? Niemanden, der frei lebt?«

»So nenne ich es, weil es so ist.«

»Und, habe ich recht?«

Ein weiteres Seufzen antwortet ihr. »Ja. Es ist mein erster Winter. Ich bin im Sommer … hergekommen.« Ihre Betonung lässt vermuten, dass sie eigentlich etwas anderes sagen wollte. Vielleicht von wo sie hergekommen ist? »Es war natürlich leichter im Sommer, total easy, teilweise echt cool. Die Leute waren nett und entspannt, und zu Hause dachten sie …« Die kleine Frau redet immer schneller, ihre Stimme wird lauter. Ihre Worte versuchen, das zu verbergen, was sie nicht erwähnen wollte und was ihr trotzdem ansatzweise herausgerutscht ist. »… dass ich halt etwas durchs Land trampe. Couchsurfing und so. Hab ich zumindest immer von gesprochen.«

Sie ist also im Sommer von zu Hause abgehauen.

Derya wirft einen prüfenden Blick in ihr Gesicht. Ihre Augen sehen immer noch alt und verbraucht aus. Aber auf die Art, wie ein Kind alt und verbraucht aussieht – keine Frau.

»Wie alt bist du?«, fragt sie geradeheraus.

Die Schultern der kleinen Frau schießen nach vorn, ihre Arme bilden um ihren Körper plötzlich einen Schutzwall. Sie schnappt zu wie eine Auster.

Die kleine Frau ist also jung, sehr jung. Wahrscheinlich zu jung, um zu entscheiden, wo oder wie sie leben möchte, wenn der Winter kommt und der Novemberregen erbarmungslos alle Farben fortwäscht.

»Entspann dich mal«, sagt die kleine Frau. Jetzt ist ihre Stimme scharf und ihr Blick abwehrend. Sie öffnet die Winterjacke, gräbt in der Innentasche und zieht einen Ausweis hervor. »Hier, schau. Ansonsten rufst du doch gleich das verkackte Jugendamt an.«

Sie hält die Kunststoffkarte so, dass ihre Finger mit den abgekauten, fransigen Nägeln den Namen verdecken, aber das Foto genügt. Das ist sie. Der Ausweis sieht echt aus. Er besagt, dass die kleine Frau achtzehn Jahre alt ist. Seit ziemlich genau vier Wochen.

Derya seufzt. »Du hast dir da ganz schön was vorgenommen. Meinst du nicht, dass es …«

»Es ist nicht zu hart, nein. Und auch nicht zu gefährlich. Es ist gut. Es gibt keine Alternative. Ich will es so. Ich mache, was ich will, immer, kapierst du? Und jetzt will ich gehen.«

»Bitte warte.« Derya will instinktiv nach dem Arm der kleinen Frau greifen, aber sie hält sich zurück und schiebt die Hand stattdessen in ihre Manteltasche. »Du hast dich für meine Hilfe bedanken können – danke übrigens für das Bier. Aber du hast mir auch geholfen, letzte Woche, als ich verfolgt wurde. Und ich möchte mich auch dafür bedanken. Dann sind wir quitt.«

Die kleine Frau antwortet nicht. Ihr Blick ist gebündeltes Misstrauen, aber sie geht auch nicht weg.

Derya findet eine zerknickte Visitenkarte vom Café in ihrer Manteltasche. »Hier arbeite ich, an den meisten Tagen von morgens bis nachmittags.«

»Du hast zwei Jobs und ich nicht mal einen. Und ich kauf dir ein Bier. Schräg.«

Derya lächelt. »Ja. Komm mal vorbei, wenn du nichts Besseres vorhast.«

Die kleine Frau nimmt das Kärtchen zögernd an. Keine Tricks?, fragt ihre Mimik. Keine Tricks, denkt Derya so intensiv, dass es hoffentlich bei der kleinen Frau ankommt. Sie will ihr helfen, sie hat das Gefühl, ihr helfen zu müssen. Wer, wenn nicht sie?

»Ich weiß nicht. Aber ich schau mal. Vielleicht.«

»Frag einfach nach mir. Ich heiße Derya. Und du?«

Schweigen.

»Du musst mir ja nicht deinen richtigen Namen nennen«, drängt Derya vorsichtig. »Aber irgendwie würde ich dich gerne nennen.«

»Ich weiß nicht«, sagt die kleine Frau, nimmt die Baseball-Cap vom Kopf und fährt sich durch die kurz geschorenen, schmutzig graubraunen Haare. Rima hat unrecht, sie sieht überhaupt nicht wie ein Monchichi aus. Ihr Kopf sieht aus wie eine …

»Kiwi?«, schlägt Derya vor und die kleine Frau grinst. Plötzlich, und nur einen Moment lang, sieht sie wirklich aus wie achtzehn. »Darf ich dich Kiwi nennen?«

»Kiwi finde ich gut.«

Und dann lächelt Kiwi, murmelt leise: »Ich melde mich, wenn ich Zeit hab«, und dreht sich um.

Unbemerkt folgte er ihr, aus keinem konkreten Grund.

Er genoss es, zu beobachten, wie sie lebte, was sie machte, wenn ihre Bahn Verspätung hatte, wie sie telefonierte und danach das Handy wegsteckte und das aufgezwungene Lächeln fallen ließ wie ein Zweig im Herbst das letzte nutzlose Laubblatt.

Hätte sie ihn wahrgenommen, so hätte er ihr zugenickt, ihr einen guten Abend gewünscht und vielleicht auch ein paar höfliche Worte mit ihr gewechselt. Außerhalb seiner Praxisräume waren sie meist sehr kurz angebunden und schauten sich nervös um. Sie wollten weder unhöflich sein noch beim Gespräch mit einem Psychologen gesehen werden.

Ihre Bahn kam, sie stieg ein, und vielleicht wäre er ihr gefolgt. Doch er hatte noch eine Patientin und danach einen Termin mit seinem Klavierbauer, den er nicht warten lassen wollte. Sein Flügel brauchte eine Generalüberholung, das war für den Moment wichtiger. Also machte er sich auf den Weg zu seiner Praxis. Kirsten, seine Sprechstundenhilfe, wartete bereits mit Tee auf ihn. Kirsten hatte ein Händchen für Tee. Sie besorgte getrocknete Kräuter in hervorragender Qualität, kannte jeden Trick zur Lagerung und wusste von jeder einzelnen Sorte, wie heiß das Wasser sein und wie lange man den Aufguss ziehen lassen muss. Er mochte sie, sie hatte nicht nur das Alter, um seine Mutter sein zu können, sie hatte auch eine mütterliche Art an sich, die ihm guttat. Bevor er sie eingestellt und sie ausführlich in die Arbeit einer Rezeptionistin eingewiesen hatte, hatte sie Wurst verkauft, Hunde frisiert und Toiletten geputzt – meist alles an einem Tag. Manchmal brachte er ihr kleine Geschenke. Blumen, Pralinen, einen Douglas-Gutschein. Selten schenkte er ihr etwas Persönliches; ein Geschenk, von dem sie überhaupt nicht wusste, was es ihm bedeutete.

»Ja, aber Machtin!«, rief sie dann und lachte. Er liebte es, wie sie seinen Namen aussprach. Jedes Mal sah er dann wieder den Esstisch zu Hause vor sich und roch das Mittagessen, das seine Mutter gekocht hatte. »Machtin, so ein uraltes Dingen! Das ist doch im Aasch!« Noch so etwas, was er liebte. Das

herzensgute Mütterchen nahm nicht oft Schimpfworte in den Mund, aber wenn sie es tat, dann war die Wirkung furios.

»Man kann es sicher reparieren, Kirsten. Es ist ein gutes Smartphone, ein teures. Von Apple.« Außerdem war es quasi eine Mordwaffe. Er hatte es gestohlen und dann bei dem letzten Toten eingesetzt. Speziell die Diktierfunktion hatte sich dabei als sehr nützlich erwiesen. Der Mann hatte brav sämtliche Anweisungen befolgt, die schließlich zu seinem tragischen Unfalltod geführt hatten.

»Äppel!« Kirsten schüttelte den Kopf. »Ja, aber was soll ich denn damit anfangen?«

So war sie, seine Kirsten. Ein bisschen undankbar fand er sie schon. Er schenkte ihr ein Erinnerungsstück vom Wert eines Menschenlebens, und sie krittelte daran herum, weil ein Riss im Display war. Aber sie konnte natürlich nicht wissen, wie riskant es für ihn gewesen war, das Handy nach dem Unfall aus dem Auto zu holen, ohne aufzufallen. Er hatte sich als Ersthelfer ausgeben müssen und hinterher eine Zeugenaussage bei der Polizei abgegeben. Wobei er zugeben musste, dass er die Herausforderung solcher Spielchen liebte. Er erhöhte die Schwierigkeit und zwang sich dadurch, akribisch zu bleiben.

»Ach Kirsten, mein Liebchen«, sagte Martin und griff nach seiner Teetasse, um sie in den Behandlungsraum mitzunehmen. »Ich dachte, dass du das Ding vielleicht ins Fundbüro bringst. Mit etwas Glück gibt es einen Finderlohn.«

»Ja, meinst du wirklich?«

»Kann gut sein. Den Leuten sind diese teuren Handys doch wichtig. Sie haben ihre Kontakte, private Mails und versaute Fotos drauf gespeichert.«

»Ah«, machte Kirsten. »Ja, dann mach ich das natürlich.«

Lächelnd ging Martin zu seiner wartenden Patientin. Kirsten würde das Handy niemals ins Fundbüro bringen. Sie würde ihr Leben lang erfolglos versuchen, an diese Kontakte, Mails und Fotos ranzukommen. Zumindest hatte sie nun etwas zu tun.

Kapitel 08

Am Nachmittag hört es zum Glück auf zu regnen, und die Sonne kommt hervor. Nadine muss ein wenig länger als üblich arbeiten, und Derya freut sich, weil sich dadurch die seltene Gelegenheit ergibt, mit Felix in den Park zu gehen. Offiziell ist sie seit der Scheidung nicht mehr Felix' Tante, aber weder für sie noch den Siebenjährigen hat sich dadurch etwas geändert. Sein Vater sieht das anders. Sven hält loyal zu seinem Bruder. Mit der Scheidung hat sich Derya in seinen Augen nicht nur von Robert getrennt, sondern gleichzeitig mit der gesamten Familie gebrochen. Felix zu sehen ist seitdem nur noch möglich, wenn seine Mutter so dringend einen Babysitter braucht, dass sie bereit ist, ihren Mann anzulügen.

Felix freut sich nach wie vor, seine einzige Tante zu sehen. Er redet ohne Punkt und Komma und erzählt in wenigen Minuten alles, was er in den letzten Wochen erlebt hat. Derya trägt seinen Schulranzen auf dem Rücken, hilft ihm beim Balancieren über kleine Mauern und lacht über jeden witzlosen Scherz, den er macht. Am Spielplatz mitten im Park schubst sie ihn auf der Schaukel an, obwohl sie natürlich weiß, dass er längst alleine schaukeln kann, und hält sich theatralisch die Augen zu, als er waghalsig in den Sand springt. Die Eisdiele, die sie normalerweise zusammen ansteuern, hat inzwischen Winterferien, aber ein paar Meter weiter steht nun ein Stand, wo man gebrannte Mandeln und Zuckerwatte kaufen kann. Derya bestellt zwei der süßen Wölkchen am Stil, während Felix das Klettergerüst erklimmt und ihr immer wieder zuwinkt. Hoffentlich weiß er, was er sich zutrauen kann, denkt sie mit einem Anflug von Sorge. Nicht, dass er fällt.

»Derya?«, sagt plötzlich eine tiefe Stimme gleich hinter ihr.

Sie fährt erschrocken herum. Die Zuckerwatte kippt und klebt an ihrem Mantel fest. Sie bemerkt es, aber es ist ihr gleichgültig. Selbst Felix' Klettereien sind einen Moment lang vergessen.

Er steht vor ihr und sieht aus wie früher.

»Hatte ich neulich doch recht«, sagt er, lächelt erst scheu und dann auf einmal sehr breit, viel offener und herzlicher, als sie ihn je hat lächeln sehen.

»Jakob«, sagt sie nur, weil sein Name alles ist, was sie denken kann.

»Ja. Ich dachte vor einigen Tagen, ich hätte dich gesehen. Aber plötzlich warst du verschwunden, und ich war mir nicht mehr sicher, ob du es warst. In einem Café.«

»Im Toni's? Dann war ich es bestimmt, aber ich habe dich nicht bemerkt«, lügt Derya.

»Macht nichts, wir haben uns ja wiedergetroffen. Wie schön, dich zu sehen.«

Innerlich ist Derya ein Stein. Kein Gefühl rührt sich in ihr. Sie bemerkt, wie ihre äußere Hülle reagiert. Wie ihr Gesicht sein Lächeln erwidert, wie sie etwas Hohles ruft, wie: »Ja, finde ich auch, Mensch, das ist ja eine Ewigkeit her!« Wie sie über ihr Missgeschick mit der Zuckerwatte scherzt und ihn einlädt, sich etwas zu nehmen. Er pflückt Zuckerwatte von ihrem Mantel und kommt ihr dabei so nah, dass seine Atemwölkchen ihre Wange streifen. In ihrem Inneren registriert Derya, dass das, was früher auf Jakob reagiert hat, tot sein muss. Es ist kalt und hart und regt sich nicht. Aber fort ist es auch nicht, sie spürt es noch schwer in ihrer Brust.

Ein skelettiertes Herz, denkt sie. Was für ein schöner Titel für einen Roman. Doch dann fällt ihr wieder ein, dass sie nicht mehr schreibt, nicht mehr schreiben kann.

»Du hast einen Sohn?«, fragt Jakob. Er schaut über den Spielplatz, auf der Suche nach dem Jungen, der zu dem Schulranzen passt, den Derya noch immer auf dem Rücken trägt.

Am liebsten würde sie ihn raten lassen, welches Kind wohl zu ihr gehört. Felix hat das strohblonde Haar seiner Mutter, und obwohl er für sein Alter klein ist, sieht man ihm bereits die stämmige Figur seines Vaters an. Jakobs Blick schweift über ihn hinweg. »Nein«, antwortet Derya schnell. »Ich bin mit meinem Neffen hier. Der süße Knirps da vorn in der blauen Jacke. Er heißt Felix.«

»Ein hübscher Junge«, sagt Jakob, was Derya mit Stolz erfüllt.

Sie winkt Felix, aber der will noch nicht zu ihnen kommen. Er brüllt, ob er zu den Rutschen gehen darf, sie hält einen Daumen in die Höhe, und Felix flitzt los. »Er hat sehr viel Fantasie. Zum Geburtstag hat er mir eine Geschichte geschrieben.« Wenn Derya davon erzählt, erwidern die meisten Menschen, dass der Junge ganz nach seiner Tante kommt. Jakob sagt nichts. Weiß er vielleicht gar nicht, dass Derya eine erfolgreiche Schriftstellerin war?

»Dann hast du keine Kinder?«, fragt er. »Bist du verheiratet?«

»Geschieden«, sagt sie, es klingt erst schlimm, aber dann, als er lächelt, nicht mehr. »Und du?«

Er seufzt. »Du kennst mich doch. Wer hält es schon lange mit mir aus?«

Darüber muss Derya nachdenken. War nicht sie diejenige, die damals so kompliziert gewesen ist? »Wenn du also nicht geheiratet und keine Kinder hast, was machst du dann so mit deiner Zeit?«

»Mit den letzten Jahren?« Er lacht leise. »Ich fürchte, ich habe sie alle verschwendet.«

»Wer genug Leben hat, kann es sich leisten, ein paar Jahre zu verschwenden«, murmelt Derya ein Zitat aus *Spiegeltropfen*. Dann fällt ihr auf, wie albern es ist, ihren eigenen Roman zu rezitieren. »Erzähl doch mal. Wo warst du all die Jahre? Du hättest dich ruhig mal melden können.«

Jakobs Miene wird undurchdringlich. Er schaut über den Spielplatz, aber sein Blick geht ins Leere. »Ich habe Fehler gemacht«, sagt er dann. »Den ersten damals, als ich dich Hals über Kopf verlassen habe. Ich muss dir sehr wehgetan haben, und das fand ich jahrelang viel zu schlimm, um es auf eine Karte oder in eine E-Mail zu schreiben. Ich hab mich geschämt.«

Sie lacht ein bisschen, aber sie muss sich dazu zwingen. »Wir waren doch jung. Das ist lange her.« Aber fühlt sich gar nicht so an.

Er taucht auf und dreht die Zeit zurück.

»Wir hatten alle verrückte Träume und unerreichbare Ziele damals.«

»Ja.« Er schmunzelt, wirkt geistig abwesend. Wie weit weg. Oder lange her.

Und ich habe meine Ziele alle erreicht, denkt Derya. Nur gebracht hat es mir gar nichts, denn ich habe verloren, was mir das Wichtigste war. »Warst du wirklich in den USA?«

Er nickt.

»Du musst mir unbedingt erzählen, was du alles erlebt hast.«

»Wir sollten in Ruhe reden«, schlägt Jakob vor. »Du hast sicher auch viel zu erzählen. Wollen wir nicht einen Kaffee trinken gehen?«

Derya blickt zur Röhrenrutsche, aus der Felix mit so viel Schwung herausgeschossen kommt, dass er über die Ausrutschzone hinausgleitet und im Sand landet. Sie macht schon die ersten Schritte in seine Richtung, um zu sehen, ob er sich wehgetan hat, da sieht sie ihn lachen. Er springt auf, klettert erneut die Stiege hoch, und Derya atmet durch. »Unbedingt«, erwidert sie, »aber besser ein anderes Mal. Mir fehlt die Routine mit dem Jungen. Um ehrlich zu sein, traue ich mich kaum, ihn einen Moment aus den Augen zu lassen.«

Und das ist nicht alles. Jedes Mal, wenn Derya Felix betreut, riskiert sie einen Streit mit seinem Vater. Sie möchte diesen hitzigen Auseinandersetzungen keinen Zunder geben, indem sie vor Felix' Augen zu lange mit einem fremden Mann redet. Denn sobald Sven davon hört, schlussfolgert er garantiert, sie hätte eine neue Beziehung. Als Jakob ein Treffen in einem Restaurant vorschlägt, ist sie erleichtert. Derya muss arbeiten, aber sie sagt erst mal zu. So hat sie einen guten Grund, Jakob später abzusagen. Denn das sollte sie tun – es geht viel zu schnell. Sie hat doch nicht einmal Zeit gefunden, zu realisieren, dass er wirklich aufgetaucht ist.

»Gib mir doch deine Nummer, falls etwas dazwischenkommt.«

»Wenn ich sie dir nicht gebe«, sagt er, »kann nichts dazwischenkommen.«

Derya lacht. »Denkst du, ich bringe es nicht übers Herz, dich zu versetzen? Oh, da kennst du mein Gewissen schlecht.« Sie nimmt die Zuckerwattewolken in eine Hand und fischt mit der anderen einen Kugelschreiber aus ihrer Handtasche. Es ist ihr liebster Kugelschreiber. Der, der ihr Glück bringt. Sie hat ihren ersten Buchvertrag damit unterschrieben. Sie will Jakobs Nummer aufschreiben, statt sie einfach in ihr Handy zu tippen, aber er nimmt ihr den Kugelschreiber weg.

»Weißt du noch, wie wir das früher gemacht haben?«, fragt er und ergreift ihre Hand. Die Hand reagiert mit einem seltsamen Taubheitsgefühl. Dafür spürt Derya die Berührung im ganzen restlichen Körper überdeutlich. Ihre Haut fühlt sich an wie fast verdorrt, und jetzt, endlich, kommt Wasser. Sie schämt sich dafür, aber sie muss ihr recht geben, ihrer Haut. So sanft ist sie schon lange nicht mehr berührt worden.

Jakob schreibt seine Handynummer auf die Innenseite ihres Unterarms. Blauer Kugelschreiber über blauen Adern auf weißer Haut.

»Wie früher«, sagt sie. »Als wir noch keine Handys hatten und jede einzelne Minute am Telefon Geld kostete.« Sie erinnert sich genau.

Zum Abschied nimmt Jakob sie so selbstverständlich in den Arm, dass Derya es albern fände zurückzuweichen – so, wie sie es sonst immer tut. Sie lässt es sich gefallen und balanciert die beiden Zuckerwattewolken an seinen Schultern vorbei. Als sie bemerkt, wie vertraut sich die Geste anfühlt, löst er sich bereits wieder von ihr. Er geht. Er dreht sich zweimal um, aber er geht. Eine Minute, nachdem Jakob verschwunden ist, fühlt es sich bereits so an, als wäre er nie da gewesen. Erst jetzt beginnen Deryas Hände zu beben und ihre Knie zu zittern.

Ist das wirklich Jakob gewesen?

Felix kehrt mit geröteten Wangen und verschwitzter Stirn zu ihr zurück und greift gierig nach der größeren der beiden Zuckerwattewolken.

Ob er Jakob gesehen hat? Denkt er sich etwas dabei, dass sie ihn umarmt hat, oder wird er Jakob bloß für einen ganz normalen Bekannten halten? Ob er seinem Vater davon erzählt?

Felix erwähnt den Mann, der seine Tante umarmt hat, nicht, und Derya fragt ihn nicht danach.

Als sie etwas später zum Eingang des Parks gehen, wo sie mit Nadine verabredet sind, sitzt diese schon auf einer Bank. Felix kann es trotzdem nicht lassen, auf einen der steinernen Löwen zu klettern, die wie große Wachhunde neben dem Tor stehen. Normalerweise wartet er dort auf seine Mutter, und Derya steht derweil neben der Bank und schaut alle zwei Minuten auf die Uhr.

»Ihr seid spät dran«, begrüßt Nadine Derya und zieht eine Augenbraue hoch.

»Wir sind pünktlich«, erwidert Derya bloß. Meist ist sie zu früh am Treffpunkt, heute nicht.

Nadine zuckt mit den Schultern. »Schon gut. War er brav, der Räuber?«

»Ganz brav. Wie immer.«

Nadines Lächeln wirkt nicht ganz echt. »Bei mir wäre er auch immer lieb, wenn ich ihn ausschließlich mit Eis und Süßigkeiten ernähren würde.«

»Das Privileg der Tanten«, erwidert Derya.

»Dann krieg mal schnell Kinder«, schießt Nadine zurück und stößt sie am Arm an, was wohl eine freundschaftliche Geste sein soll, aber anders bei Derya ankommt. Nadine ruft Felix zu sich, und zu dritt gehen sie in Richtung Bushaltestelle, die Frauen nebeneinander, der Junge ein paar Schritte voraus.

»Gestern hat Robert mit uns gegessen«, erzählt Nadine beiläufig.

Felix schaut über seine Schulter und nickt. »Onkel Robert hat Burger für uns gebraten. Wir haben die Pommes gemacht. Und Salat.«

»Schön«, erwidert Derya. »Das hast du mir ja noch gar nicht erzählt.« Vermutlich, weil Felix eigentlich weiß, dass es sie nicht interessiert. Seine Mutter ist weniger feinfühlig. Oder es ist ihr egal.

»Wir haben noch lange zusammengesessen, als Felix im Bett war«, spricht Nadine weiter. Ihre Stimme wird leiser, sodass ihr Sohn nun nicht mehr mithören kann. »Und geredet.«

Und getrunken, vermutet Derya. Sie kann sich genau vorstellen, wie der Abend abgelaufen ist und warum sich nun diese Schuldzuweisung in Nadines Blick schleicht. Alkohol und Müdigkeit machen Robert redselig, das war schon immer so. Er versteht es, sein Selbstmitleid wie Raumduft zu versprühen, ohne dass es jemand merkt. Am Ende halten ihn alle für stark, stolz und tapfer und schämen sich noch für das Mitleid, dass sie für ihn empfinden.

»Es ist unfair von dir, dass du nicht wenigstens gesprächsbereit bist. Er will doch nur noch mal mit dir reden. Und du tust so, als müsstest du Angst vor ihm haben. Das ist kindisch, Derya.«

Derya zuckt innerlich zusammen. So offensiv hat Nadine noch nie versucht, Robert und sie wieder an einen Tisch zu bekommen. Leider scheint sie nicht zu begreifen, dass es Robert nicht um diesen Tisch geht. Er will nur eins: sie wieder in seinem Haus haben. In seinem Bett. Unter seiner Kontrolle.

»Warum sollte ich mit ihm reden, wenn ich schon weiß, was er will, und sicher bin, dass ich ihm das nicht geben kann?«

Nadine rollt mit den Augen. »Du bist stur.«

Nein, vorsichtig.

»Er weiß, dass eure Beziehung beendet ist. Darum geht es ihm doch gar nicht. Er will doch bloß noch mal mit dir über die ganze Trennung reden. Robert weiß, dass da viel blöd gelaufen ist.«

»Blöd gelaufen?«, wiederholt Derya. Sie würde gern lachen. Oder zumindest zynisch grinsen. Aber nicht mal das gelingt ihr. Stattdessen schießen ihr Tränen in die Augen. »Er hat mir gedroht. Er hat angekündigt, dass er mich fertigmachen wird, wenn ich mich von ihm trenne. Er hat mir versprochen, dass er mir mein Leben zur Hölle machen und erst aufgeben wird, wenn ich in der Geschlossenen sitze. Hältst du das für eine gute Basis, um noch mal über das zu reden, was ›blöd gelaufen‹ ist?«

»Ach, Derya.« Wieder dieses Augenrollen. Es beginnt, Derya zu nerven. »Du weißt doch, wie er ist. Er redet schnell solches Zeug daher.«

Sie weiß es. Sie kennt die Drohungen.

Ich sperre dich in den Keller, wenn du …

Ich breche dir die Finger in der Tür, wenn du nicht …

Ich schlage dir die Zähne aus, solltest du …

Ich ersäufe dich in der Badewanne, solltest du nicht …

Sie ist nie eingesperrt worden, hatte nie einen Finger gebrochen, besitzt alle ihre Zähne und lebt noch. Keine seiner Drohungen hat er wahrgemacht, und alles, was über die Jahre seiner

Wut zum Opfer gefallen ist, war nüchtern betrachtet wertlos. Die Puzzles und Schallplatten ihrer Oma – nur alter Plunder. Das Fotoalbum ihrer Mutter – was hätte sie damit schon anfangen wollen? Ihr ist klar, dass ihre emotionale Abhängigkeit von diesem Krempel schlimmer war als die Wut, die ihn dazu brachte, ihn ihr wegzunehmen und in den Kamin zu werfen. Allerdings hat sie nach diesen Ausbrüchen auch immer getan, was er wollte. Nur ein Mal hat sie ihren Willen durchgesetzt und sich geschworen, trotz all seiner Drohungen nicht einzuknicken. Nicht, weil sie davon ausging, dass er sie nicht wahrmachen würde – sie war sich da gar nicht so sicher –, sondern weil ihre Freiheit es wert ist.

»Wenn er sauer ist, sagt er Sachen, die er nicht so meint«, fährt Nadine fort. »Er würde doch nie jemandem wirklich wehtun. Und dir erst recht nicht.«

Tatsächlich hatte Derya jahrelang gehofft und gewartet, dass er ihr einmal körperliche Schmerzen zufügen würde. Dann hätte sie endlich etwas gegen ihn in der Hand gehabt. Etwas Reales, das sich beweisen ließ. Aber natürlich wusste er das auch und dachte nicht daran, ihr zu geben, was sie wollte. Und so blieb Derya mit leeren Händen zurück und musste zu der bösen Hexe werden, die einen treu sorgenden, fürsorglichen Ehemann in den Wind schoss und ihm das Herz brach.

»Wir wollen wieder ein normales Verhältnis. Das würde es für die ganze Familie leichter machen, und man könnte endlich wieder euch beide einladen. Bald ist doch Weihnachten, und Felix will mit allen feiern.«

»Lass den Kurzen da raus«, bittet Derya. »Ich kann später mit ihm feiern.«

»Das ist aber nicht dasselbe. Und hat Robert denn nicht das Recht, dich wenigstens um Verzeihung zu bitten? Du kannst darüber urteilen, wenn du ihn angehört hast, aber zumindest das solltest du ihm zugestehen.«

Sie erreichen die Bushaltestelle. Felix ist unbemerkt neben sie getreten und schaut mit großen Augen zu Derya hoch. »Onkel Robert will echt gerne mit dir reden, Tante Derya. Und Entschuldigung sagen. Gib ihm 'ne Chance. Das muss man doch, wenn einer Entschuldigung sagen möchte.«

»Muss man das wirklich?«, fragt Derya.

Sonne schüttelt den Kopf, dass ihre Locken fliegen. »Nein, Derya! Nein! Du musst gar nichts. Mehr noch, du darfst nicht. Der hat jedes Recht verspielt!« Sie gießt Deryas Glas mit Orangenlimonade voll, schiebt es ihr hin und fährt fort, hektisch Odin zu streicheln, der auf ihrem Schoß sitzt.

Derya ist dankbar, wenigstens eine Person auf ihrer Seite zu haben. Mit niemandem außer Sonne kann sie über Robert reden. Jeder andere, da ist sie absolut sicher, behauptet früher oder später, sie würde übertreiben.

Du stellst dich an, Derya, hat sie bereits in zahllosen Augen gelesen. *Er hat dir doch nie etwas getan. Andere Frauen werden geschlagen. So schlimm war es doch nicht.*

Manchmal zweifelt sie dadurch an ihren eigenen Empfindungen. Es *war* schlimm. Aber hin und wieder ist sie selbst nicht mehr sicher ist, ob sie womöglich doch übertreibt.

»Ich bin froh, dass du meine Freundin bist«, sagt sie zu Sonne, denn die zweifelt nicht an ihr. Ohne ihren Rückhalt wäre sie schon lange verrückt geworden.

»Dito«, erwidert Sonne, küsst ihre Fingerspitzen und tupft Derya den Kuss auf die Wange. »Es ist bloß schade, dass wir nicht damals schon Freundinnen waren.«

Du hättest mir nicht helfen können.

Sonne kontrolliert den Lack auf ihren Fingernägeln. »Ich hätte ihn einfach vergiftet.«

»Du spinnst ja.« Derya lacht, es fühlt sich allerdings nicht besonders lustig an.

»Nein. Das heißt doch. Manchmal spinne ich. Aber das meine ich ernst, Liebes. Ich bin so was wie deine vernünftige große Schwester, und ich nehme den Job ernst. Ich hätte frühzeitig dafür gesorgt, dass du dich von ihm trennst. Und wenn du das nicht getan hättest, dann hätte ich …« Sie macht eine Pause und sieht Derya auffordernd an.

»… ihm was angetan?«

»Gift«, sagt Sonne. Es klingt wie ein simples Ja, und Derya bekommt Gänsehaut.

»Aber jetzt genug von diesem Vollhorst«, bestimmt Sonne

und schüttelt sich, als würde ihr allein der Gedanke an Robert einen üblen Geschmack im Mund bereiten. »Von dem will ich nichts mehr hören. Versprochen?«

Derya nickt. »Ich hab auch gar kein Bedürfnis nach ihm.«

»Braves Mädchen. Aber in deiner SMS stand, du hättest Jakob wiedergetroffen. Ich will alles hören, jedes Detail.«

»Da gibt es noch nicht viel zu erzählen. Ich habe ihn im Park getroffen, am Spielplatz.«

»Dann hat er Familie?«

»Hat er nicht.«

Sonne rutscht auf ihrem Stuhl umher, bis der Kater die Geduld verliert und von ihrem Schoß hüpft. »Und ich nehme an, er hat in den letzten Jahren weder all seine Haare verloren noch fünfzig Kilo zugenommen?«

»Er sieht immer noch großartig aus«, antwortet Derya. Es fühlt sich eigenartig an, über Jakob zu sprechen, als wäre er ein Flirt, über den man mit der besten Freundin tratscht. Aber sie muss sich eingestehen, dass es auch etwas angenehm Prickelndes hat.

»Mitte dreißig, gut aussehend und Single? Wo ist der Haken? Fehlen ihm wichtige Gliedmaßen?«

»Nicht, dass ich wüsste.«

»Psychopath?«

»Auch das hat er mir zumindest nicht auf die Nase gebunden. Manchmal hat man mit Männern auch einfach mal Glück, Sonne.«

»Das stimmt, und das hast du schließlich auch mehr als verdient.«

Odin begutachtet seinen Napf, der beinah randvoll mit Trockenfutter ist, und maunzt lautstark. Derya steht auf und füllt ein paar weitere Bröckchen in die Schale.

»Deine Katze ist ein bisschen verwöhnt«, stellt Sonne amüsiert fest.

»Nein, ich glaube, er ist mysophob.« Wie ich, setzt sie dazu und hält sich davon ab, Odins Haare mit einem Tuch wegzuwischen.

»Myso … was bitte?«

»Mysophobie. Krankhafte Angst vor Schmutz, Bakterien und Viren. Er frisst es nur, wenn es ganz frisch aus der Verpackung kommt.« Heute straft Odin ihre Worte Lügen, denn kaum ist das frische Futter im Napf, wendet er sich ab. »Jetzt war die Packung vermutlich zu lange offen. Oder er ist satt und wollte sich nur vergewissern, dass noch Futter im Haus ist.«

»Typisch Katze.« Sonne klopft sich weiße Haare vom Rock. »Erst schreit er, dass er gerade verhungert, und dann verschmäht er sein Essen. Findest du das nicht komisch?«

»Er ist eine Katze, Sonne. Man hält Katzen, um sich über ihre seltsamen Eigenarten zu wundern.«

»Verstehe. Das hat seine Vorteile, muss ich zugeben. Egal wie verrückt man ist, man ist nie der Verrückteste im Raum, wenn eine Katze zugegen ist. Na ja, zurück zu deinem Traummann. Fassen wir mal zusammen: attraktiv, solo, keine Kinder – ein Glücksfall. Aber was macht er dann auf dem Kinderspielplatz?«

»Woher soll ich das wissen?«, erwidert Derya. »Er ist durch den Park spazieren gegangen, vermute ich.«

»Wie kommt es«, fragt Sonne mit einem Schmunzeln, »dass du ihn plötzlich so oft siehst? Ich meine, so groß ist die Stadt nicht, man läuft sich durchaus mal zufällig über den Weg. Aber erst triffst du ihn jahrelang gar nicht und plötzlich alle paar Tage. Ist doch komisch, oder?« Sonne leckt sich über die Lippen. »Weißt du, was ich glaube, Derya?«

»Ich ahne es«, sagt Derya, »aber ich glaube eher an den Zufall als ans Schicksal.«

»Und ich vermute, dass der Hübsche es darauf anlegt, dich zu treffen. Kann das sein?«

Als sie Jakob am Abend gegenübersitzt, liegt ihr diese Frage auf der Zunge. Sie schmeckt süß und salzig und ein bisschen rauchig-verwegen. Mit jedem Schluck Wein wird sie intensiver, die Frage. Dennoch stellt Derya sie nicht. Das Fantasieren darüber, was er antworten würde, macht zu viel Spaß.

»Ich bin froh, dass nichts dazwischengekommen ist«, sagt Jakob.

Das schlechte Gewissen zwickt nur ein wenig, nach einem

weiteren Schluck Wein ist es weg. Sie hat bei der Arbeit nicht gelogen, sie hat sich nicht direkt krankgemeldet. Sie hat behauptet, sich nicht gut zu fühlen und krank zu werden, wenn sie käme. Ihrem Schichtleiter war das genug, er weiß ja, dass sie selten krankfeiert. Er hat ihr geraten, sich auszukurieren.

Prost Derya. Auf die Gesundheit. Die seelische.

Sie bestellt ein weiteres Glas Wein und ein Filetsteak, obwohl sie eigentlich seit Langem kein Fleisch mehr isst. Wie sagte Sonne? Gönn dir mal etwas! Wird dir guttun.

»So viele Jahre ist das her«, sagt Jakob. Das Kerzenlicht malt sein Gesicht weich und warm. »Und du hast dich kein bisschen verändert.«

Das ist nur Schein, denkt sie. Nur das Äußere. Aber vermutlich war es genau so gemeint, und sie bedankt sich für das Kompliment und gibt es zurück. Sie redet so leise, dass sie sich selbst kaum hören kann. Aber er versteht sie, er versteht jedes Wort. Es würde sie nicht wundern, wenn er Lippenlesen kann.

»Was hast du in den letzten Jahren gemacht?«, fragt Jakob. Er hält sein Glas, ohne etwas zu trinken. Hin und wieder streicht er kondensiertes Wasser mit dem Daumen fort, so wie er ihr früher oft einen Kuss von den Lippen gestrichen hat.

Die kleine Geste kribbelt in ihrem Unterleib. Deryas Herz mag skelettiert sein. Ihr Körper ist es nicht. Sie muss sich räuspern. »Nun, ich habe geheiratet, wie du weißt. Es hat aber nicht geklappt mit mir und meinem Exmann. Ich bin nicht leicht zu ertragen, so auf Dauer.« Es fällt ihr nicht schwer, sich die ganze Schuld am Scheitern aufzuladen. So stellt sie sicher, dass keine Fragen kommen, die ihr zu nah gehen würden. »Beruflich, kann man sagen, habe ich von dem profitiert, was du mir beigebracht hast.«

Er legt fragend den Kopf schief. »Aha?«

»Dass man nach einem Satzzeichen ein Leerzeichen machen muss«, sagt sie und lacht. Sie lacht so laut, dass die Leute am Nebentisch aufsehen. »Nach einem Satzzeichen – nicht davor. Das hast du mir beigebracht.«

»Tatsächlich? Ich habe dir beigebracht, was ein Plenk ist?«

»Na ja. Du hast mir erklärt, wie man das Satzzeichen machen

soll, aber nicht, warum. Und dass ein falsch gesetztes Leerzeichen Plenk heißt, hast du mir auch nicht gesagt. Du sagtest, das macht man halt so. Und ich habe dir das geglaubt und es bis heute nicht infrage gestellt.«

Er nickt langsam. »Und wobei hat dir das beruflich weitergeholfen? Bist du Deutschlehrerin geworden oder Lektorin?«

Er weiß es wirklich nicht. Er muss noch im Ausland gewesen sein, als *Spiegeltropfen* sämtliche Bestsellerlisten erklomm. Derya sagt: »Ich bin Schriftstellerin.« Das ist sie schon lange nicht mehr, aber ihm gegenüber hat sie nicht das Gefühl, sich wichtiger zu machen, als sie ist.

Er stellt nicht die üblichen Fragen: Hast du schon mal etwas veröffentlicht? Kann man davon leben? Habe ich schon mal etwas von dir gelesen? Welches Genre schreibst du denn?

Er nickt, als hätte er es geahnt. »Das passt zu dir.«

»Ich bin das wandelnde Klischee«, entfährt es ihr. »So ist es doch, nicht wahr? Schwere Kindheit, traumatische erste Beziehung, gescheiterte Ehe, schwieriges Naturell.« Sie hebt ihr Glas. »Eine Neigung zum Alkohol, von der ich nie weiß, ob sie noch im Rahmen oder schon zum Problem geworden ist. So was unterstellen die Leute Schriftstellern doch, oder nicht?«

»Du hast sogar eine Katze«, sagt Jakob.

»Ja. Woher weißt du das?«

»Das sagt mir mein gutes psychologisches Gespür. Du bist der Typ Mensch, der eingehen würde ohne eine Katze.«

»Psychologisches Gespür, so. Sagen dir das nicht eher die Katzenhaare auf meinen Sachen?«

Er seufzt. »Es ist aber auch verdammt schwer, dich zu beeindrucken. Passt das zu deinem Klischee?«

»Menschen durch Zynismus ungewollt vor den Kopf zu stoßen? Oh ja, das gehört zwingend dazu. Weißt du, was das Skurrile an diesem Klischee ist?«

»Erzähl es mir.«

»Es trifft auf niemanden zu. Auf niemanden außer auf mich. Alle anderen Autoren, die ich kennengelernt habe, *schreiben* solche Figuren. Aber sie entsprechen dem nicht, nicht ansatzweise.«

»Niemand? Ach komm.«

»Wirklich niemand! Sie sind allesamt nette, unkomplizierte Leute, die lange bei den Eltern wohnten, heute einen Partner und eine kleine Schar netter Kinder haben, sonntags einen Kuchen backen und zu den frischen Blumen auf den Tisch stellen.«

»Nur du nicht«, sagt er. »Du schwebst in hochhackigen Stiefeln und mit Zuckerwatte bewaffnet durch den Park. Und wenn du dich nicht mit deinem Neffen vergnügst, bist du damit beschäftigt, dich in die Schublade zu stecken, in die du am wenigsten reinpasst.«

Darüber muss sie einen Moment nachdenken. »Du verblüffst mich«, sagt sie dann ehrlich. »Du kennst doch die Regeln eines ersten Treffens mit einer Frau. Eine wichtige lautet: Man hält ihr keine Wahrheiten vor, erst recht nicht solche, die sie nicht wissen will. Das ist ein ebenso großes Tabu, wie ihr zu sagen, dass sie zugenommen hat. Und behaupte bloß nicht, das hier wäre etwas anderes als ein erstes Treffen. Alles, was mehr als zehn Jahre her ist, gilt nicht.«

»Aber beginnt denn nicht da die Kunst, Derya? In dem Moment, wenn man anfängt, die Regeln zu brechen, die man kennt?«

»Willst du mich mit Kunst auch wieder beeindrucken?«

»Das ist aber eine indiskrete Frage. Ich beantworte sie dir, sobald du mir einen Hinweis gibst, ob es mir gelingt.«

Sie muss lachen. Ja, es gelingt ihm, sie zu beeindrucken. Das kann ihm kaum schwerfallen. Er *ist* beeindruckend. Mühelos. Sie kann allerdings nicht sagen, ob es eher an seinen Worten liegt, dem Timbre seiner Stimme oder einfach nur an dem hellen Goldbraun seiner Augen. Vielleicht liegt es daran, dass sie wirklich gern wissen will, ob er auch die erwachsene Derya noch zum Orgasmus bringen kann – wann, wie und sooft er will.

»Woran schreibst du gerade?«, fragt er.

Ihr stockt der Atem. Sie fängt sich mit Mühe. »An gar nichts«, antwortet sie dann. »Ich fürchte, das ist vorbei. Ich kann es nicht mehr, sosehr ich es auch versuche.«

»Keine Ideen?«

»Ich habe so viele Ideen, wie der Himmel Sterne hat. Aber ich erreiche sie nicht. Ich kann sie nicht dazu bringen, zu Worten zu werden, die ich auf Papier schreiben kann. Ich nenne mich trotzdem noch eine Schriftstellerin. Findest du das merkwürdig?«

Er schüttelt langsam den Kopf, aber in seinen Augen glänzt der Wunsch, es zu verstehen wie eine Frage ohne ein Fragezeichen.

»Es ist dasselbe wie bei einem Mörder«, sagt sie und schmunzelt über sein erschrockenes Gesicht. »Egal wie lange es her ist, dass der Mörder sein Opfer getötet hat, und egal was der Mörder danach getan hat oder geworden ist – das Opfer bleibt für immer tot, und der Mörder bleibt ein Mörder. Und so ist es auch, wenn man einen Roman geschrieben hat.«

Er schwenkt seinen Wein und sieht ihm dann beim Kreiseln im Glas zu. »Worüber hast du geschrieben?«

»Mein Roman heißt *Spiegeltropfen*«, antwortet sie. Ihr zweites Buch und alles andere, was sie je geschrieben hat, ist keiner Erwähnung wert. »Er handelt von Martin, einem netten Mann, der als Psychologe arbeitet und hin und wieder jemanden ermordet.«

»Klingt sympathisch.«

»Ja, das war der Grund, warum das Buch so erfolgreich war, auch wenn die Kritiker mir eher durchschnittliches Talent und einen Hausfrauenstil nachsagen. Martin ist durch und durch sympathisch. Aber er hat diese andere Seite, dieses zweite Gesicht, wie bei einem Januskopf. Er sieht es nur in den Blutstropfen seiner Mordopfer, sie sind der Spiegel seiner bösen Seite. Die ist auf bösartige Weise verspielt – wie eine Katze, weißt du? Und Martin ist gut, in dem, was er tut, ein perfekter Mörder.« Sie nimmt einen Schluck Wein, um ihre Worte auf Jakob wirken zu lassen. »Aber dann kommt ihm eine Ermittlerin doch gefährlich nahe.«

»Aber es gibt doch ein Happy End, und er entkommt?«, fragt Jakob mit einem Zwinkern. Doch dann winkt er schnell ab, als sie antworten will. »Sag es mir nicht. Ich werde es lesen.«

Das Essen kommt und sieht fantastisch aus. »Deine Restaurantauswahl war hervorragend, Jakob, ich wollte hier schon länger mal hin.«

»Aber du gehörst zu den Menschen, die einen Anlass brauchen, um sich etwas Besonderes zu leisten.«

Sie winkt amüsiert ab. »Das war doch jetzt mehr als genug von mir. Ich verabscheue Leute, die nur über sich reden, und noch mehr verabscheue ich es, mich dabei zu erwischen, es selbst zu tun. Erzähl mir, was du in den letzten Jahren Spannendes gemacht hast.«

Sein Lächeln wird undurchschaubar, und sie hat das Gefühl, dass er eine Herausforderung darin versteckt. »Woher willst du wissen, dass es spannend war?«

»Spannend oder nicht – das ist eine Frage der Perspektive. Ich saß in dieser Stadt hier fest, mit einer Ehe, die zum Scheitern verurteilt war, und habe 90 Prozent meiner wachen Zeit damit verbracht, den blinkenden Strich in einem ansonsten leeren Worddokument anzustarren. Für mich ist beinah alles spannend, was jenseits von einem Schreibtisch passiert.«

»Und wenn ich dir jetzt gestehe, dass mein Leben ganz ähnlich verlaufen ist?«, fragt Jakob. »Beziehungen, die nach kurzer Zeit zerbrachen, und das Anstarren leerer Blätter. Ich bin Journalist, Derya. Ich mache dasselbe wie du. Ich schreibe. Nur muss ich meine Themen vor der Tür finden und recherchieren, während du sie in deinem Inneren findest. Was nun davon spannender ist, liegt, wie du schon sagtest, an der Perspektive.«

»Und du warst im Ausland.«

»In den Staaten.«

»Ich weiß, ich erinnere mich.«

»Der Bruder meiner Mutter lebte da, hast du das auch gewusst?«

Sie schüttelt den Kopf. Sie wusste bis jetzt nicht mal, dass seine Mutter überhaupt Familie hatte – auch wenn die wenigsten Menschen einfach vom Himmel fallen. Aber in ihrer Vorstellung war die knubbelige Frau immer jemand ohne Vergangenheit und Zukunft gewesen. Jemand, der nur existierte, um eben Jakobs Mutter zu sein und sonst nichts. Ein Detail, das für Jakobs Kosmos notwendig war, aber keinen eigenen hatte.

»Er hat mich eingeladen, dort die Schule zu beenden.«

Das überrascht sie und versetzt ihr auch nach all den Jahren einen Stich. »Das hast du mir nie erzählt. Warum nicht?«

»Um es nicht noch schwerer zu machen. Du konntest nicht

mitkommen, und dabei musste ich es belassen. Ich hatte Angst, du würdest mich bitten zu bleiben, wenn wir erst mal darüber reden.«

»Das hätte ich nie getan«, erwidert Derya. »Es war dein Traum.« Aber sie weiß, dass sie lügt, und er weiß es auch, daher ignoriert er ihre Worte.

»Und ich hätte nachgegeben, weil ich deine Wünsche erfüllen wollte. Immer. Ich konnte gar nicht anders.«

Derya stellt sich Jakob als Flaschengeist vor, als versklavten Dschinn, und sich selbst als verwöhnte Prinzessin. Die Vorstellung widert sie an. Noch mehr, als ihr klar wird, dass genau das ihr Wunschtraum als junges Mädchen war: Sie wollte die Prinzessin sein, die einsame, schöne, grausame Prinzessin, die über den Flaschengeist verfügt, wann immer ihr danach ist.

Er hat die Flasche zerbrochen, denkt sie, und zum ersten Mal kommt ihr die Idee, dass das plötzliche, schmerzhafte Ende ihrer Beziehung vielleicht seine guten Seiten gehabt hat. Wer weiß, was sonst aus ihnen geworden wäre.

»Ich war ja ein Monster damals«, sagt sie und lacht, auch wenn leider nichts daran witzig ist.

Jakob schüttelt bloß den Kopf. »Ich war dir nur nicht gewachsen.«

»Und musstest um die halbe Welt fliehen, um zu entkommen. Erzähl mir davon.«

»Da gibt es nichts zu erzählen«, sagt er.

»Komm schon.«

»Was?« Er dreht die Handflächen kurz nach oben, eine kleine, aber darum nicht weniger schroffe Bewegung. »Da ist nichts zu erzählen, nichts, das dich interessiert.«

»Du hast doch gar keine Ahnung, was mich interessiert«, erwidert Derya. Du interessierst mich. Du und dein Leben und vor allem jede Frau, die meinen Platz eingenommen hat. Warum erzählst du mir nicht davon? Hast du Angst, mich zu verletzen?

»Ich habe das ganze Land durchquert«, sagt er und seufzt, »und gefühlt jede Stadt gesehen, die es dort gibt, aber nie das gefunden, wonach ich eigentlich gesucht habe.«

Ah. Du willst dich selbst nicht verletzen. Aber so läuft das nicht, Jakob. So nicht, nicht mit mir. »Und das war?«, bohrt sie nach.

»Vielleicht hätte ich eine Chance gehabt, es zu finden, wenn ich das gewusst hätte.«

»Bist du deshalb zurückgekommen?« Sie war damals nur ein Mädchen. Ein Kind, noch dazu auf absurde Art vollkommen verzogen. Die Vorstellung, dass Jakob in all den Jahren nicht gefunden hat, was er suchte, weil nur sie es ihm geben konnte, schmeckt fast unerträglich süß.

Er antwortet nicht, weil die Kellnerin kommt und die Teller abräumt. Derya entscheidet sich gegen ein Dessert, aber ein Glas Wein bestellt sie noch. Ein letztes. Als die Bedienung es gebracht hat, sieht sie Jakob auffordernd an.

»Entschuldige«, sagt er. »Ich habe vergessen, worüber wir gesprochen haben.«

»Du wolltest mir erzählen, warum du nach Deutschland zurückgekommen bist. Am Wetter wird es kaum gelegen haben, jetzt im Herbst.«

»Das wollte ich dir erzählen? Dafür gibt es keinen besonderen Grund. Ich war in New York und habe dort beschlossen, dass das Herumreisen ein Ende haben soll. Ich wollte irgendwo ankommen, wo ich nicht gleich wieder überlegen musste, wohin ich als Nächstes gehe. Braucht man einen besseren Grund, um nach Hause zu gehen?«

Es fällt ihr schwer, sich vorzustellen, wie man noch in dieser Stadt zu Hause sein kann, wenn man einmal gespürt hat, wie groß die Welt ist. Derya musste nur ein einziges Mal nach Berlin reisen, um fortan in Düsseldorf überall an zu enge Grenzen zu stoßen und die Stadt als Gefängnis wahrzunehmen, aus dem sie sich nicht traut auszureißen, nachdem sie die Tür aufgebrochen hat.

»Und was machst du nun hier?«

Er sieht sie erstaunt an, als wäre die Frage abwegig.

»Bist du bei einer Zeitung angestellt?«

Er wirkt erleichtert. »Ach, das meinst du. Nein, ich mache noch eine Auszeit. Für eine Weile kann ich mir das leisten. Um ehrlich zu sein …«

»Sei ehrlich«, sagt sie, als er seine Pause weiter ausdehnt.

»Ich schreibe an etwas anderem. An einem Manuskript.«

»Ein Roman?«

»Ja.« Er fährt sich verlegen durch die Haare. »Aber keine Sorge, ich werde dich sicher nicht mit ›Lies mein Manuskript‹ oder ›Stell mir deinen Verleger vor!‹ nerven.«

»Du bist ja auch kein Anfänger.« Sie lachen beide. Und Derya denkt bei sich, dass sie es gern lesen würde, Jakobs Manuskript. Er soll es ihr vorlesen. Nackt im Bett. Oder auf dem Teppich. Wenn es sein muss, auch in diesem rostigen kleinen Cabrio mit dem schimmeligen Verdeck, das er damals fuhr. Aber das wird nach all den Jahren nicht mehr existieren. Sie ist ziemlich sicher, dass es längst verschrottet ist, nur noch ein Haufen zerquetschtes Blech und zerrissene Erinnerungen.

»Es ist bestimmt schon spät«, sagt sie und trinkt ihren Wein aus. Ihr Handy auf dem Tisch zeigt zwanzig vor elf. »Ich gehe noch kurz zur Toilette, dann sollte ich mich auf den Heimweg machen. Ich muss morgen wieder im Toni's arbeiten.«

Im Spiegel der Damentoilette sehen ihre Wangen gerötet aus und ihre Augen trotz des dunklen Glanzes viel müder, als sie sich fühlt. Sie steckt sich die Haare hinter die Ohren. Das hat sie früher immer gemacht, bis sie auf einem Foto in einer Zeitung bemerkte, dass es bei ihr Segelohren verursacht. »Tut es wirklich«, sagt sie zu sich selbst und dann zu ihrem Spiegelbild: »Aber Segelohren sehen hübsch an dir aus.«

Sie geht zum Tisch zurück, packt ihr Handy in die Handtasche und nimmt das Portemonnaie heraus. Jakob möchte ebenfalls zahlen, aber offenbar kann sie ihre Wünsche nach wie vor besser durchsetzen als er seine. Sie zahlt. Sie zahlt die ganze Rechnung, das ist ihr wichtig. Robert hat immer mit Geld gezahlt und sie mit dem Gefühl, ihm dadurch etwas schuldig zu sein. Ihr Geld für den Monat wird knapp, besorgniserregend knapp, aber die Rechnung ist viel kleiner als erwartet, daher wird es schon gehen. Das Restaurant ist längst nicht so teuer, wie es nach außen wirkt. Jakob hat eine wirklich gute Wahl getroffen. Er hilft ihr in die Jacke und öffnet die Tür. Erst draußen in der feuchten Kälte spürt sie, wie heiß sich ihre Wangen anfühlen.

»Ich wohne ganz in der Nähe«, sagt Jakob. Er wirkt auf einmal schüchtern. »Ich weiß, dass du das jetzt falsch verstehen musst, aber ich würde dir wirklich nur einen Kaffee anbieten.«

»Keine Briefmarken?«, neckt sie ihn.

»Nur Kaffee. Instant, leider. Tee wäre das höchste der Gefühle. Pfefferminz aus dem Beutel.«

»Danke, das klingt unwiderstehlich.« Sie kann nicht leugnen, dass die Vorstellung, seine Wohnung zu sehen, in ihrem Bauch kribbelt. Eigentlich war der Abend auch viel zu kurz. Sie will *ihn* sehen, will jeden Zentimeter seines nackten Körpers auf Veränderungen untersuchen und herausfinden, ob seine Zunge, seine Brustwarzen und sein Schwanz noch so schmecken wie im letzten Leben. Aber genau deshalb muss sie absagen. Nur nicht den Kopf verlieren. Bei Jakob kann das schnell geschehen, und es hat sie schon einmal zu viel gekostet.

»Also ja?«, fragt er.

»Nein«, sagt sie und lässt das »Ein anderes Mal« stumm folgen, nur mit einem kleinen Lächeln, in dem sich ein großes Versprechen versteckt.

»Ich darf dich aber nach Hause bringen. Oder wenigstens zur Bahn?«

»Nein.« Übertreib es nicht, Jakob. Wenn du mir zu nah kommst, muss ich weglaufen, und das will ich nicht. »Wir haben uns erschreckend wenig verändert, aber ich bin jetzt ein großes Mädchen, und ich gehe allein.«

»Du irrst dich«, erwidert er.

»Wie bitte?«

»*Du* hast dich kaum verändert.« Es liegt etwas Trauriges in seinen Worten. Aber dann schüttelt er den Kopf, und im fahlen Licht einer Laterne auf der anderen Straßenseite wird sein Blick wieder unbeschwert. »Aber gut, dann gehe ich jetzt nach Hause und bin glücklich darüber, dass du aller Veränderungen zum Trotz immer noch alles bekommst, was du willst.«

Sie muss lachen. Wenn es doch so wäre! »Das denkst du doch nicht wirklich.«

»Ich bin sogar ausgesprochen sicher.«

»Und warum freut dich das?«

»Weil ich kein Idiot bin, Derya.« Er umarmt sie freundschaftlich und deutet den Kuss auf ihre Wange nur an. Dann dreht er sich um und geht. »Ich weiß, dass du mich wiedersehen willst«, ruft er über seine Schulter. Er verschwindet mit wenigen Schritten in der Nacht.

Heute Nacht wird jemand sterben.

Sein Herz flattert vor Erwartung. Ein wenig Angst ist auch dabei. Er ist längst nicht mehr so unbekümmert wie die ersten Male. Er weiß, dass er gut ist, aber auch er kann seinen Meister finden, der irgendwo auf ihn wartet und womöglich schon eine Spur aufgenommen hat. Es ist nicht mehr auszuschließen, dass jemand von der Polizei ihm eines Tages den entscheidenden Schritt zu nahe kommt.

Aber der Mann muss sterben. Es führt kein Weg daran vorbei.

Diesmal hat er alles anders gemacht. Seine Vorbereitungen waren nur ein paar wenige Handgriffe. Er hat sein gesamtes Schema geändert. Das wird sie beschäftigen, das wird ihnen den Schlaf rauben oder sie dazu bringen, keinen Gedanken an ihn zu verschwenden. Es wird nicht wie ein Unfall aussehen. Einen Unfall hat der Mann nicht verdient.

Seine Jackentaschen sind beide prall gefüllt und schwer. Geschenke für das Opfer.

Noch weiß der Mann nichts von seinem Schicksal. Gemächlich macht er sich auf den Heimweg. Sein Gesicht ist leer, als er die beleuchteten Straßen entlanggeht, unmöglich zu erraten, woran er denkt. Es interessiert ihn auch nicht, nicht mehr. Der Entschluss ist gefallen. Beide, das Opfer und er, sehen auf, als ein gerade gestartetes Flugzeug dicht über ihnen hinwegfliegt. Es ist vermutlich das letzte in dieser Nacht und steuert das andere Ende der Welt an.

Er folgt dem Opfer unbemerkt. Das ist nicht schwer. Er hält viel Abstand. Er weiß ja, wohin der Mann geht. Und er kennt den Weg, jeden Schatten, jeden Stein und jeden toten Winkel. Jetzt, endlich, biegt das Opfer in die Straße ein, die zwischen zwei Fabrikgebäuden hindurchführt. Tagsüber laufen die Arbeiter hier wie Ameisen hin und her, Lieferwagen kommen und fahren wieder, kommen und fahren wieder. Aber bei Nacht sind die einzigen lebenden Wesen außer dem Opfer und ihm die alle paar Meter in den Gehsteig gepflanzten Bäume, um deren grau verrußte Stämme sich weggeworfene Sandwichtüten und Kaffeebecher sammeln. Nicht einmal Ratten gibt es hier. Zu viel Gift. Hier lässt er den Mann erstmals ahnen, dass er nicht allein ist. Das Opfer begreift das sehr schnell, sieht sich über die Schulter um und erhöht das Tempo seiner Schritte. So einen guten Instinkt hätte er ihm gar nicht zugetraut. Er folgt ihm, verringert den Abstand. Schließlich nimmt er die Waffe in die Hand. Seine linke Jackentasche ist nun leer, und die volle rechte zieht ihm die Jacke schief.

»Sieh dich um«, flüstert er, und das Opfer sieht sich um. Brav. Der arme Teufel starrt nun direkt in die Pistole, sieht nur die schöne Waffe, ihren Glanz in dem kleinen bisschen Licht der Nacht, ihren Schallschutz, ihr stummes Versprechen. Dann folgt der schönste Moment, denn das Opfer reißt seinen Blick von der Pistole und sieht auf. Direkt in sein Gesicht. In seinem Gehirn explodiert ein Gefühl wie ein lang hinausgezögerter Orgasmus. Pure Euphorie, als das Opfer ihn erkennt, seine Lippen lautlos seinen Namen formen.

»Du sagst jetzt nichts«, flüstert er. Nicht, weil er gehört werden könnte, sondern weil alles andere als ein Flüstern die Szenerie beschmutzen würde. »Du drehst dich um und gehst vor mir her. Ich sage dir, wohin.«

»Bist du verrückt geworden?«, ruft der Mann. Aus seinen Augen strahlt eine irre Angst – das pure Leben. Soll er es ruhig verschwenden, er braucht es bald nicht mehr.

»Kann sein«, sagt er. »Das braucht dich aber nicht zu stören. Tu, was ich sage, und dir passiert nichts. Tu irgendetwas anderes, und ich schieße dir in die Leber. Das tut lange weh, bis du verblutest.«

»Was hast du vor? Du spinnst doch!«

»Ganz ruhig«, sagt er. Gezeter war ihm immer schon zuwider, aber er beherrscht sich, den Mann das nicht merken zu lassen. »Ich werde dir etwas zeigen. Das ist alles. Nun geh.«

Es braucht noch das Entsichern der Waffe, bis das Opfer gehorcht. Er leitet es von der Straße in eine enge Gasse und weiter in Richtung Rhein. Hin und wieder spürt er, wie der Mann die Muskeln anspannt, als plane er Angriff oder Flucht. Er muss dann nur den Lauf der Waffe etwas stärker durch die Jacke des Opfers drücken, und schon sind diese dummen Ideen wie weggeblasen.

»Wir können doch reden«, sagt das Opfer, und endlich zittert seine Stimme. Er erschauert wohlig.

»Ja«, sagt er, »das werden wir. Mach dir keine Sorgen. Ich habe dir viel zu erzählen, ich will es in Ruhe tun.« Wenn du schweigst, denkt er, werde ich reden, aber er spricht es nicht aus. »Wir sind fast da. Siehst du das Ufer dort vorn? Da setzen wir uns hin.«

Der Mann lässt sich widerstandslos führen. Es ist, als wäre er Herr über den Körper des Opfers. Ein Fingerzeig, eine Bewegung der Waffe, und der Mann reagiert wie eine Marionette an Fäden. Er muss sich eingestehen, dass er das Gefühl von Macht genießt.

Er lässt das Opfer auf einer großen Gummimatte niederknien, mit der man gestapelte Paletten vor dem Verrutschen sichert.

»Was willst du?«, fragt das Opfer. Er umrundet es mit langsamen Schritten. »Sag mir einfach, was du willst. Du kannst doch nicht … «

»Schschht.« Er legt einen Finger an die Lippen. Der Mann hat keine Vorstellung davon, was er kann oder nicht kann. Er hat ihn unterschätzt. Die meisten unterschätzen ihn. »Vielleicht möchtest du jetzt, auf den Knien, etwas zu mir sagen?«, fragt er und bleibt hinter dem Opfer stehen. Die rechte, volle Jackentasche zieht seine Jacke zur Seite runter. Es ist Zeit, den Stein herauszunehmen. Er hat die Form und Größe einer Futterrübe, und an der einen Seite ist er gerundet und so glatt, dass er sich weich anfühlt. Diese Seite schmiegt sich in seine Handfläche, als wäre sie um den Stein herumgewachsen. An der anderen Seite ist der Stein spitz zulaufend.

Das Opfer beginnt zu reden. Er nickt, als würde er zuhören, aber er lässt keines der Worte an sich heran. Sie fliegen an ihm vorbei, schweben über den Rhein und lösen sich dort irgendwo auf. Die Worte sterben.

Er ist kein Anfänger. Er weiß, wie man tötet. Aber das hier – rohe Gewalt, bloße Kraft, ein Stein – das ist neu. Er ist kein starker Mann. Er ist fast verblüfft, wie schnell es geht. Ein Schlag, nicht mal mit viel Kraft gesetzt, aber geschickt platziert, und der Mann bricht zusammen. Die Gegenwehr erstirbt, ehe das Opfer weiß, wie ihm geschieht. Vermutlich würde es reichen, den Körper jetzt die wenigen Meter zum Ufer zu schleifen und im Rhein zu versenken. Der Mann würde ertrinken. Aber er geht immer auf Nummer sicher. Ein Schlag ist zwei Dutzend Schläge zu wenig.

Als er fertig ist, kleben Haarbüschel und Kopfhaut an seinen Händen. Die Schädeloberseite des Toten ist ein Gemisch aus Fleisch und Knochensplittern. Alles ist voller Blut.

Blut und Tod. Und kaltes Grauen. Er kennt diesen Anblick, es ist wie ein Déjà-vu.

Doch jetzt ist er zufrieden. Er schleift den Toten auf der besudelten Gummimatte zum Ufer. Der Tote ist schwer, aber er bekommt ihn mit genug Kraft dennoch über die Mauer und stößt ihn hinunter. Mit einem Platschen verschwindet der Tote im Rhein. Ein leises Geräusch, fast nur ein Plopp, als der Stein ihm in sein nasses, dunkles Grab folgt.

Nein, diesmal sieht es wohl nicht wie ein Unfall aus. Aber das Wasser wird alle Spuren sorgsam wegwaschen. Mit etwas Glück taucht der Tote niemals wieder auf.

Er wirft die Gummimatte hinterher und kontrolliert, ob Blut am Boden zurückgeblieben ist. Nur ein paar Tropfen, die schnell bereinigt sind. Er kennt den besten Trick: Babyfeuchttücher. Man bekommt alles mit diesen Tüchern sauber; ihm schaudert bei dem Gedanken, dass Menschen sie für die Hautpflege kleiner Kinder verwenden.

Im Mondlicht betrachtet er die übrigen Blutstropfen auf seinen Händen, um die er sich noch kümmern muss. Spiegeltropfen, in denen er sein wahres Gesicht sieht.

Nur heute sieht er erstaunlicherweise nichts.

Kapitel 09

Deryas Füße fühlen sich leicht an, als sie zur Bushaltestelle geht. Einen winzigen Funken Bedauern trägt sie mit sich, weil der Abend mit Jakob so schnell vorübergegangen ist. Aber sie zweifelt nicht daran, dass sie ihn wiedersehen wird. An der Haltestelle angekommen, setzt sie sich auf die Bank. Es fängt an zu regnen, aber die Tropfen sind winzig und kühlen bloß ihr Gesicht. Der Bus müsste in wenigen Minuten kommen. Sie nimmt das Handy aus der Tasche, um Sonne eine kurze SMS zu schreiben. Dabei fällt ihr Blick auf die angezeigte Uhrzeit. Wie kann das sein, hat sie sich so in der Zeit verschätzt? Sie hat angenommen, dass es allenfalls elf Uhr wäre, aber es ist viel später. Seufzend steht sie auf und liest den Fahrplan. Sie hat es befürchtet: Der Bus ist längst weg, der nächste in ihre Richtung kommt erst in einer Dreiviertelstunde. »Scheiße«, murmelt Derya, verbietet sich die schlechte Laune aber sofort wieder. Der Abend war zu schön, um sich über einen verpassten Bus zu ärgern. Außerdem ist sie ja selbst schuld, wenn sie nicht auf die Zeit achtet.

Ein wenig unbehaglich ist ihr dennoch zumute. Seit dem Abend, als sie sich verfolgt fühlte, macht die Dunkelheit sie nervös. Auf dem kurzen Weg zur Haltestelle hat sie sich ablenken können. Diese Unsicherheit war ihr lieber, als sich die Blöße zu geben, sich von Jakob begleiten zu lassen. Aber nun steht ihr ein Fußmarsch von einer halben Stunde bevor. Wäre sie nur einen Hauch weniger stolz – oder stur, wie Sonne es nennen würde –, hätte sie ihn angerufen. Aber Derya kennt sich mit traumatischen Erfahrungen aus und weiß nur zu gut, dass man Ängste nicht pflegen darf, wenn man verhindern will, dass sie sich einnisten. Auch ein Taxi kommt nicht infrage. Das Restaurant war zwar nicht so teuer, aber ihr Geld reicht trotzdem nicht mehr für eine Fahrt nach Hause. Sie schließt alle Knöpfe ihres Mantels und geht los.

Der Weg ist sehr viel weniger unheimlich, als sie gedacht hat. Es sind noch viele Menschen auf den Straßen, und das Lästigste sind die aufdringlich glotzenden Jugendlichen, ohne deren Anwesenheit in dieser Stadt beinah etwas fehlen würde. Sie wundert sich, als sie ihren Bus von hinten heranfahren sieht. Er muss Verspätung gehabt haben. Sie winkt dem Fahrer, aber der scheint sie nicht gesehen zu haben oder hat kein Interesse an ein wenig zusätzlichem Service und fährt einfach vorbei. Mit zusammengebissenen Zähnen zischt sie eine Beschimpfung und marschiert weiter.

Die Straßen werden leerer, als sie in Richtung Rheinbrücke geht. Auf der Brücke ist sie bis auf ein paar vorbeibrausende Autos und eine Straßenbahn allein. In einiger Entfernung leuchten die Lichter der Promenade und die Leuchtreklamen der Bars und Restaurants. Dort drüben ist sicher noch viel los. Derya dagegen ist allein mit ihren Erinnerungen. Der Wind peitscht ihr das Haar ins Gesicht, und der Rhein wirkt schwarz. Er fließt eilig; fast gehetzt schlagen die Wellen hin und her. Im Licht der Laternen sieht sie weiße Schaumkronen und das ein oder andere Stück dahintreibenden Müll. Etwas Dunkles, Formloses im Wasser zieht ihre Aufmerksamkeit auf sich. Ein großer Fisch? Sie bleibt stehen und blickt über die Brüstung, aber was auch immer sie gesehen hat – es ist fort. Dafür sieht sie jemanden hinter sich, am Rand der Brücke. Auch diese Person steht an der Brüstung und scheint ins Wasser zu blicken. Deryas Herz schlägt etwas schneller. Sie muss an ihre Großmutter denken. Oma hatte ihr sicher hundertmal die Geschichte erzählt, als sie mitansehen musste, wie sich hier jemand ins Wasser stürzte, um zu sterben. Sie hatte den Menschen aufhalten wollen, doch vor lauter Schock zu lange gezögert und ihn nicht mehr rechtzeitig erreicht. Sie hatte ihn nur noch fallen, aufs Wasser schlagen und untergehen sehen. Außer Deryas Großmutter hatte niemand etwas bemerkt, und es wurde weder jemand vermisst, noch tauchte eine Leiche auf. Trotzdem hatte die Oma diese Geschichte gegen Ende ihres Lebens immer häufiger erzählt, oft hatte sie Derya nachts aus dem Bett geholt, um dann mit angstgeweiteten Augen von dem Selbstmörder auf der Brücke zu sprechen. Selbst als die Alzheimererkrankung schon sämtliche Erinnerungen an ihr eigenes Leben gelöscht hatte – den Selbstmörder, den es womöglich nie gegeben hat, konnte sie nie vergessen. Er begleitete sie wie ein Geist, vermutlich bis zum letzten Atemzug.

Oma, denkt Derya, und einen Moment lang raubt das Vermissen ihr den Atem. Es war nie leicht gewesen mit ihrer Großmutter, weder vor noch nach der Erkrankung. Aber ihre Großmutter hatte sie geliebt, sosehr sie dazu in der Lage war, und Derya war erst nach ihrem Tod klar geworden, wie sehr sie an ihr gehangen hatte.

Sie dreht sich um und führt ihren Weg fort. Am Ende der Brücke blickt sie noch mal zurück. Die Person steht genau dort, wo sie eben gestanden hat. Sie blickt ins Wasser und lässt irgendetwas Leichtes, das im Wind treibt, vielleicht ein Tuch oder ein Stück Papier, hineinfallen.

Derya schluckt schwer. Das Ganze gefällt ihr nicht. Sie ist hin- und hergerissen, ob sie etwas tun muss oder sich aus dem Staub machen sollte. Die Person auf der Brücke erscheint ihr traurig und voller Schwermut. Realistisch betrachtet kann sie das auf die Entfernung aber überhaupt nicht erkennen. Sie spielt mit dem Gedanken, hinzugehen und zu fragen, ob alles in Ordnung ist, verwirft ihn jedoch sofort wieder. Wer weiß, was das für ein Mensch ist und was er vorhat?

Sie zieht ihren Kragen enger um den Hals, aber es ist zu spät: Der leichte, aber stetige Nieselregen hat in ihrem Haar Tropfen gebildet, die jetzt unter ihre Jacke rinnen. Sie friert. Schnell wendet sie sich ab und läuft weiter. Ihr ist kein Vorwurf zu machen, wenn die Person sich etwas antut. Sie hat sie dort nur stehen sehen. Es ist weder verboten, auf einer Brücke zu stehen, noch ein untrügliches Zeichen, dass jemand Hilfe braucht.

Vielleicht ist sie es ja, die Hilfe braucht?

Ein paar Autos fahren vorbei, und Derya geht schneller. Ihre Gedanken und Gefühle vermischen sich zu einer immer stärker werdenden Furcht. Es fällt ihr schwerer und schwerer, die Bilder aus der Nacht, als sie verfolgt wurde, zu verdrängen. Sie schimmern bereits durch ihre Erinnerung; zu leicht zu erkennen, um sie zu ignorieren. Mit der Kälte kriecht ihr leiser Ärger in die Knochen. Eben noch war der Abend so schön, jetzt ist ihre Laune ruiniert, und sie fürchtet sich. Aus ihrem eiligen Weg nach Hause ist eine Flucht geworden.

Und die Person hinter ihr ist nicht von der Brücke gesprungen. Sie folgt ihr.

Die Polizei anrufen? Der Gedanke ist so leise wie Odins Pfoten auf Teppich. Sie lacht darüber. Laut und atemlos, weil sie inzwischen rennt. Die würden sie doch für hysterisch halten. Eine Frau, die ihren altersschwachen Schäferhund an der Leine hinter sich herzieht, schaut Derya an, als wäre sie es, die nachts Menschen durch die Stadt jagt. Von ihr braucht sie keine Hilfe zu erwarten. Sie läuft weiter, hinter ihr die Schritte der Frau mit Schäferhund. Zumindest hofft sie, dass es deren Schritte sind. Die Straße ist so leise geworden, dass Derya außer den Schritten nur ihre eigenen Atemstöße hört und sonst nichts. Nicht den Radfahrer, der an ihr vorbeizischt, nicht das Taxi, dem sie vergeblich ein Zeichnen gibt.

Sie bleibt stehen, zerrt ihr Handy aus der Tasche. Der Mann, sie ist jetzt sicher, dass es nur ein Mann sein kann, erscheint dort, wo sich die Straße in Deryas Blick auflöst.

Die Polizei! Sollen sie sie doch für hysterisch halten. Derya ist hysterisch. Der Mann wird nicht langsamer. In ihrer Panik wählt Derya nicht den Notruf, sondern die zuletzt gewählte Nummer.

Geh ran, Jakob. Bitte. Bitte geh ran.

Es passiert nichts, das verdammte Handy lässt sie im Stich und baut keine Verbindung auf.

Der Mann kommt näher. Er trägt eine Kapuze, wie beim letzten Mal. Wie hat sie so lange übersehen können, dass es derselbe Mann ist?

»Was willst du?«, schreit sie ihm entgegen. Er zuckt mit den Schultern. Ganz langsam. Süffisant. Sie hätte nie gedacht, dass eine Silhouette auf dreißig Meter Entfernung Süffisanz zu vermitteln mag. Dieser Mann macht es mit einer Leichtigkeit, die Deryas Blut gefrieren lässt. »Arschloch!«

Derya rennt weg. Als sie sich über die Schulter umsieht, erkennt sie, wie er ihr zuwinkt. Ein Abschiedsgruß, aber kein Lebewohl, sondern ein Auf-Wiedersehen. Bis bald.

Er lässt sie gehen. Auf dem Heimweg sieht sie ihn nicht mehr.

Ihre Hände beginnen zu zittern. Bis sie zu Hause ist, zittern sie so stark, dass sie ihre Wohnungstür erst nach zahllosen Versuchen aufschließen kann. Hinter der Tür miaut Odin das ohrenbetäubende Miauen tauber Katzen. Ein verzweifelter und zum Scheitern verurteilter Versuch, sich selbst zu hören, den er wohl nie aufgeben wird.

Als sie endlich in der Wohnung ist, wirft sie die Tür ins Schloss, nimmt Odin auf den Arm und kontrolliert jedes Zimmer. Alle sind leer. Mit dem Kater an die Brust gepresst, läuft sie zurück zur Wohnungstür und schließt zweimal ab. Immer noch sind ihre Hände wie steife Klauen und Schlüssel und Türschloss bockige Biester, die sich wehren. Erst als sie ihren Sieg davongetragen hat, wird Derya ruhiger und bemerkt Odins Unbehagen. Er windet sich in ihrem Arm. Sie streichelt ihn, und da sieht sie es. Blut verklebt sein weißes Fell.

»O nein, Odin, nein.« Nicht jetzt. Diesen Monat kann sie sich keinen Tierarzt mehr leisten, nicht mal, um eine kleine Verletzung oder einen entzündeten Zahn behandeln zu lassen. Sie setzt den Kater auf den Küchentisch und untersucht ihn, schaut ihm ins Mäulchen und tastet seine Pfoten ab. Sie findet nichts. Nichts außer verschmiertem Blut im Fell, das ihre Nervosität wieder in die Höhe treibt und ihre verkrampften Hände grob und hektisch werden lässt. Odin will sich losreißen. Sein Schwanz peitscht hin und her. Irgendwo muss die Verletzung sein. Da, am Bein ist noch mehr Blut. Der Kater wehrt sich, Derya hält ihn fest, er strampelt mit den Pfoten, sie greift ihm in den Nacken, er faucht, sie flucht, er zerrt und zieht, stößt eine Tasse mit kaltem Tee vom Tisch, doch Derya lässt nicht los. Dann schlägt er nach ihr. Erschrocken zieht sie ihre Hand zurück. Odin springt vom Tisch und flüchtet geduckt unter die Eckbank. Zuerst spürt sie nichts, dann beginnt ihre Handfläche zu brennen. Drei parallele rote Streifen gehen genau über die Zahlen, die Jakob ihr auf den Arm geschrieben hat. Die anderen Schnitte und Abschürfungen auf ihrer Handfläche erschrecken und erleichtern sie zugleich. Odin blutet überhaupt nicht. Es ist ihr eigenes Blut.

Sie lacht auf, will nicht glauben, dass sie das nicht gemerkt hat. In der Angst vor dem Verfolger hatte sie die Hände so verkrampft, dass ihr die Nägel in die Handflächen geschnitten haben mussten. An anderen Stellen waren die Verschorfungen von ihrem Sturz neulich wieder aufgegangen. Erst jetzt, als sie die Wunden sieht, spürt sie den Schmerz.

Sie geht zur Spüle und lässt sich eiskaltes Wasser über die Hände laufen. Dann benetzt sie ihre Stirn, ihre brennenden Augenlider.

»Odin?«, ruft sie. »Es tut mir leid, dass ich so nervös war. Ich wollte dir keine Angst machen. Kommst du zurück zu mir?« Ihr ist egal, dass der Kater nichts hört, sie spricht mit der Stille und gibt ihr vertraute Namen. Der Kater bleibt unter der Eckbank. Als sie sich bückt, um ihn anzusehen, faucht er sie an.

Sie fühlt sich einsam. Um die dunklen Gefühle zu vertreiben, denkt sie an den Abend mit Jakob zurück. Als sie die Rollläden in der Küche herablässt, streift ihr Blick eine Person, die die Straße entlanggeht, bevor die Sicht versperrt ist.

Sie ist sicher, was sie gesehen hat: kein Gesicht, aber tiefe Genugtuung unter einer schwarzen Kapuze.

Es war das erste Mal, dass Martin verfolgt wurde. Nicht von einem Menschen – Menschen waren ein Problem, das sich lösen ließ –, sondern von dem quälenden Gedanken, dass er einen Fehler gemacht hatte.

Er machte niemals Fehler. Außer seinen eigenen Fehlern würde nichts und niemand ihn zerstören können, daher war er auf Perfektion bedacht. Bis eben hatte sich auch alles perfekt angefühlt. Doch jetzt durchdrang ihn immer mehr eine Sorge, die das Gewicht, die Kälte und die Gefährlichkeit seiner Jones 1911 hatte.

Die Waffe war unschuldig wie ein junges Mädchen. An ihr klebte keine Faser, keine Spur von Fremd-DNA, kein Tropfen Blut. Sie hatte nie getötet, nie eine Kugel ausgespien. Er wusste, dass sich so etwas beweisen ließ. Hieb- und stichfest.

Bloß Zeugin war die Jones geworden, ein ums andere Mal. Hin und wieder hatte er mit ihr seinen Forderungen Nachdruck verliehen, doch dabei war sie immer still geblieben. Eine stumme Verheißung, die noch nie hatte wahr werden müssen.

Trotzdem war die Jones natürlich ein Beweismittel – unschuldig und unbestreitbar zu gleichem Maß. Sie würde Fragen aufwerfen und keine davon zu seinen Gunsten beantworten.

Vielleicht, dachte er und blickte dem Fluss nach, ist die Zeit eines Abschieds gekommen.

Er musste nur die Hand öffnen, und schon würde er eineinhalb Kilo Beweis verlieren – verdichtet und potenziert zu einer kaum tragbaren Menge an Sorgen. Die Jones würde sinken. Bis auf den Grund, wo immer Nacht herrschte und der Tag, an dem Tote entdeckt, Ermittlungen eingeleitet und Zeugen befragt wurden, niemals dämmerte.

Er öffnete seine Hand nicht. Er schloss sie so fest um die Waffe, dass die eingravierte Lilie auf dem Griff als Abdruck auf seinem Daumenballen zurückblieb. Vielleicht würde sie ihn verraten, ja. Aber vielleicht würde sie ihn auch retten, wenn sich seine Sorgen bewahrheiteten und er wirklich verfolgt wurde. Bis dahin sollte er sie behalten. Besser verstecken, das war sicher richtig, aber für den Fall der Fälle musste sie verfügbar bleiben.

Wenn der Tag kam, an dem sie ihm zu nahe kamen, würde seine Jones ihre Jungfräulichkeit für seine Freiheit opfern, und keiner von beiden würde es bereuen. Und bis dahin war es vielleicht keine schlechte Idee, für eine Weile von der Bildfläche zu verschwinden.

Kapitel 10

Sie kommt gerade noch rechtzeitig zur Arbeit.

Toni sieht kritisch aus. »Hast du gefeiert, oder was ist los, Derya? Du bist spät dran.«

»Wirklich?« Die Uhr über dem Tresen gibt ihrem Chef recht. Zwei Minuten vor sieben. Das war verdammt knapp.

»Ich hab versucht, dich anzurufen, weil ich dachte, du kommst nicht.«

Derya zieht ihr Smartphone aus der Tasche. Es zeigt keinen verpassten Anruf an. »Auf dem Handy, Toni?«

»Klaro. Wenn du dir schon eins kaufst, solltest du es auch benutzen.«

»Da ist kein Anruf auf meinem Handy.«

Im Vorbeigehen wirft er einen Blick darauf und verdreht die Augen. »Du hast ja auch den Flugmodus eingeschaltet, Derya.«

Tatsächlich, jetzt sieht sie das unscheinbare Symbol auch. Das ist ihr gar nicht aufgefallen. Sie hat ihr Handy nie in den Flugmodus geschaltet. Wie geht das überhaupt? Und jetzt, da sie darauf achtet, bemerkt sie noch etwas viel Merkwürdigeres: Die Uhrzeit ist verstellt. Die Uhr auf dem Telefon geht eine Viertelstunde nach.

»Komm schon, Derya, Frühstücksbüfett aufbauen. Pronto jetzt! Was ist denn heute los mit dir?«

»Konnte nicht gut schlafen«, erwidert sie, aber das ist gelogen. Sie hatte damit gerechnet, nervös wach zu liegen, über den Verfolger grübeln zu müssen und Albträume zu bekommen, sollte sie doch irgendwann einschlafen. Stattdessen aber ist sie sehr schnell eingeschlafen und die ganze Nacht lang nicht mehr aufgewacht. Trotzdem fühlt sie sich wie verkatert, dabei hat sie am Vorabend mit Jakob wirklich nicht viel Wein getrunken. Vielleicht verträgt sie die Sorte nicht. Am Morgen war sie nicht mehr sicher, ob sie am Abend vielleicht einfach nur eine Angstattacke bekommen und sich alles eingebildet hat.

Sie bindet sich ihre Schürze um und achtet darauf, dass die Schleife akkurat gebunden ist, weil Toni Nachlässigkeiten hasst. Dann packt sie Wurst und Käse aus, arrangiert alles auf Platten und stellt sie auf die Kühlunterlagen im Selbstbedienungsbereich. Der Flugmodus erklärt natürlich, dass sie gestern Abend nicht telefonieren konnte. Aber wie kam es, dass er eingeschaltet und die Uhrzeit verstellt war?

Eine Gruppe von Schülern kommt ins Café, kaum dass Toni die Tür aufgeschlossen hat. Sie bestellen ihre Studentenbox zum Mitnehmen, wie beinah jeden Morgen, foppen sich, während sie warten, und liefern Derya die Antwort auf ihre Frage. Felix musste ihre Uhr verstellt haben. Er sieht gern Videos auf ihrem Smartphone, dabei musste er im Menü herumgefummelt haben. Vielleicht, um mehr Zeit mit ihr verbringen zu können.

Kleiner Gauner, denkt sie und rechnet die Frühstücksboxen ab.

Über das Wiedersehen mit Jakob hat sie fast vergessen, dass sie die kleine Obdachlose zum Essen eingeladen hat. Erst als sie das Mädchen zwischen den Tischen herumstehen sieht, fällt es ihr siedend heiß wieder ein. »Kiwi!«

»Ja.« Kiwi sieht aus, als würde sie lieber Nein sagen und sich in jemand anders verwandeln. »Soll ich gehen? Ist grade schlecht, oder?«

»Nein, bitte setz dich. Was möchtest du trinken?«

»Gar nichts.«

»Geht auf mich. Als Dankeschön für das Bier gestern.«

»Ein Wasser bloß, Leitungswasser.« Kiwi schluckt. »Und wenn du vielleicht ein Brötchen für mich hättest?«

Es trifft Derya schmerzlich, dass dieses junge Mädchen beschämt um etwas zu essen bitten muss. Sie wendet sich ab und verschwindet in der Küche. Schnell, denkt sie. Beeilung, sonst haut sie wieder ab! Sie bringt ihr eine Flasche stilles Wasser, ein Glas Orangensaft und zwei belegte Brötchen, eins mit Käse und eins mit Schinken. Toni ist im Büro, so fällt es ihm nicht auf, dass sie keinen Bon für das Frühstück schreibt.

Kiwis Augen werden groß, als Derya ihr Tablett auf dem Tisch ablädt.

»Ich kann das nicht …«

»Ist schon gut«, sagt Derya. »Ich kann.«

Kiwi zieht sich einen Fetzen Haut von der spröden Unterlippe. Ihr Blick klebt auf dem Essen vor ihr. »Damit ich dir aus Dankbarkeit was schuldig bin?«

»Unsinn.« Derya zwingt sich zum Schmunzeln. »Damit wir auf Augenhöhe sind. Ich hab das Frühstück gerade meinem Chef geklaut. Sollte er es merken, müssen wir beide rennen, okay?«

Endlich grinst Kiwi. Kurz, aber ehrlich. Mit spitzen Fingern fasst sie den Schinken am äußeren Rand, wirft ihn auf den Tellerrand und beißt gierig in ein nur mit Butter bestrichenes Brötchen. Derya ist klar, dass sie in den nächsten Minuten keine Antworten erwarten muss, also kümmert sie sich darum, bei den wenigen anderen Gästen das Geschirr abzuräumen und ihre üblichen Sprüchlein aufzusagen: »Alles okay hier? Schmeckt es euch? Was darf ich euch denn noch bringen?«

Endlich sind alle Gäste bedient, das Geschirr weggeräumt, und Kiwi hört auf zu kauen und blickt zu ihr herüber.

»Da war so ein Typ«, sagt Kiwi und nimmt einen winzigen Schluck Saft, als Derya sich ihr gegenüber an den Tisch setzt.

Derya sieht sich um. »Wen meinst du?«

»Als wir uns das letzte Mal getroffen haben. Da kam gleich nachher ein Mann zu mir und wollte wissen, woher wir uns kennen.«

Es ist wie gestern, im Regen: Etwas Kaltes rinnt Deryas Wirbelsäule hinab. »Was für ein Mann? Wie sah er aus?«

»Was glaubst du denn? Dass ich ihn durchleuchtet und ein Phantombild von ihm gemacht hab? Ich dachte, der wäre so ein Kaufhausdetektiv oder einer von den Bullen.«

»Und was hast du gesagt?« Deryas Befürchtungen gehen in eine andere Richtung. »Komm schon, denk nach, Kiwi. Ich glaube, dass mich jemand verfolgt. Ein Stalker.« Es auszusprechen, fühlt sich eigenartig an. Als deklariere sie sich selbst zum Opfer. Aber was will sie sich vormachen: Entweder wird sie paranoid, oder jemand stellt ihr nach. »Du musst doch sagen können, wie alt er war, ob er dick war oder dünn, groß oder klein.«

»Mittel«, erwidert Kiwi mit stockender Stimme. »So dreißig bis vierzig, denke ich. Vielleicht auch fünfundvierzig. Unauffällig. Ein ganz normaler Typ eben, dunkle Jacke, Jeans.«

»Das kann jeder sein.«

»Aber jeder quatscht mich nicht an!« Kiwi zieht den Reißverschluss ihrer Jacke zu und springt auf. »Ich hab echt genug Mist um die Ohren. Ich muss mich nicht noch nerven und dann von dir anmachen lassen.«

Sie hat recht. »Setz dich«, bittet Derya. »Es tut mir leid. Ich bin im Moment etwas nervös.«

Kiwi lässt sich wieder in ihren Sessel sinken. »Okay«, murmelt sie. »Wäre ich auch. Was will dieser Stalker von dir?«

»Wenn ich das wüsste. Ich habe keine Ahnung. Ich hab ja keinem was getan. Bis eben dachte ich, ich würde mir vielleicht nur einbilden, dass mich jemand verfolgt.«

»Zu viele Filme gesehen?«

Derya zuckt mit den Schultern. »Dachte ich auch. Aber wenn du sogar angesprochen wirst …«

Kiwi nickt. »Und der Kerl kannte auch deinen Namen. Vielleicht ein Ex? So was passt doch zu verletztem Stolz.« Das letzte Wort betont sie mit Bitterkeit. Sie weiß, wovon sie spricht.

»Es würde zu ihm passen«, denkt Derya laut. »Kannst du dich wirklich an nichts erinnern?«

Kiwi hält sich an ihrem leeren Saftglas fest und schaut hinein. »Weißt du, ich habe meine eigenen Erfahrungen mit Leuten, die mir auf die Pelle rücken wollen. Fragen können die Leute viel, aber du weißt nie, nach was die wirklich suchen. Oder nach wem. Ich hab dafür gesorgt, dass der Kerl mir nicht ins Gesicht sehen konnte.« Sie deutet an, wie sie mit der Hand ihre Züge verdeckt hat. »Und dann bin ich abgehauen.«

»Verstehe.«

»Tut mir echt leid, Mann. Ich wusste ja nicht …«

»Nicht so schlimm, mach dir keine Gedanken. Aber sollte er noch mal auftauchen …«

»Mach ich ein Selfie mit ihm, absolut klar. Okay.« Kiwi atmet durch und erhebt sich von ihrem Platz. »Ich muss dann mal wieder los.«

»Aber es bleibt dabei, dass ich dich zum Abendessen einladen darf?«

Kiwi deutet fragend auf den Tisch. Das Käsebrötchen liegt noch unangetastet auf dem Teller. Sie wickelt es in eine Serviette und packt es in ihre Jackentasche.

»Das zählt nicht«, sagt Derya.

»Stimmt, das hast du ja deinem Chef geklaut«, erwidert Kiwi so laut, dass die Leute am Nebentisch es sicher hören können.

Derya grinst bemüht, wie über einen schlechten Scherz, wenn man höflich zu sein versucht. »Wie kann ich dich erreichen? Gibst du mir deine Nummer?«

»Mann, das mit dem Handy-Selfie war ein Witz. Sehe ich aus, als hätte ich so einen mobilen Peilsender bei mir?«

Du siehst aus, als hättest du gerne ein Telefon, kannst es dir aber nicht leisten.

»Wo finde ich dich?«

»Das ist dir echt wichtig, hm?«

Ja. Derya ist selbst nicht ganz klar, warum. Aber sie will den Kontakt zu der kleinen Frau jetzt keinesfalls abbrechen lassen. Sie berührt sie zu sehr. Sie kann ihr helfen. Vielleicht hilft genau das auch ihr. »Es kommt nicht so oft vor, dass ich über Leute falle und ihnen beim Klauen helfe«, sagt Derya leise.

»Du willst noch was von mir, oder? Ich weiß nur nicht, was.«

Derya muss lächeln. Kiwis Worte erinnern sie fast schmerzlich an ihre eigenen. Als sie Sonne kennengelernt hat, war sie ebenso misstrauisch. *Was willst du nur von mir? Ich habe dir nichts zu geben!* »Ist es so schwer zu glauben, dass ich dich bloß kennenlernen will?«, fragt sie und wiederholt das, was Sonne damals zu ihr sagte.

Kiwi zuckt mit den Schultern. »So spannend bin ich nicht.«

»Ich auch nicht. Ich hatte große Ziele, als ich so alt war wie du. Jetzt arbeite ich an der Kasse und als Kellnerin. Alles, was ich mir aufgebaut und erreicht habe, ist ein Ex, der mich zurück in den Käfig sperren will.«

»Na, Glückwünsch«, sagt Kiwi, aber ihre Mundwinkel zucken. Die schmalen Finger spielen am Ärmelsaum ihrer Jacke.

»Wenn schon nicht aus Sympathie«, spielt Derya die letzte Karte, »sagst du mir vielleicht aus Mitleid, wie ich dich finden kann, wenn mir mal danach ist, mit dir zu reden?«

»Ich weiß ja, wo ich dich finde«, antwortet Kiwi und wendet sich zum Gehen ab. Kurz vor der Tür bleibt sie noch mal stehen. »Und ansonsten ... die kleine Straße hinterm Bahnhof – da, wo der alte, trockengelegte Brunnen steht – kennst du die?«

»Sicher.« Derya macht immer einen Bogen um die Gegend, weil manche der Obdachlosen, die dort ihre Zeit verbringen, drogensüchtig sind und weil es schon häufiger zu Belästigungen gekommen sein soll.

»Na dann. Da häng ich manchmal tagsüber rum. Kannst nach mir fragen.«

»Mach ich bestimmt«, sagt Derya, und schon ist Kiwi wieder verschwunden. Aber sie hat viel zurückgelassen, was Derya zu schätzen weiß.

Es ist Nachmittag, als Deryas Schicht endet und sie das Toni's verlässt. Ihre Füße schmerzen, sie nimmt die Bahn, auch wenn es nur wenige Haltestellen sind. Als sie aussteigt, sieht sie Sonne, die ebenfalls in der Straßenbahn gesessen hat, aber weiter hinten, wo Derya sie während der Fahrt nicht sehen konnte. Sie umarmen sich, stehen dabei einer Frau im Weg, die »Überall verdammte Freaks« murmelt und den Kopf schüttelt, als wäre es verboten, sich auf dem Gehsteig zu umarmen. Derya ärgert sich, aber Sonne tätschelt ihr den Arm.

»Lass die doch reden. Lächle sie an, das ärgert solche Leute am meisten. Und dann lass hören, was heute im Café los war.«

»Woher weißt du, dass etwas los war?«, fragt Derya amüsiert und nimmt sich unaufgefordert eine von den beiden Einkaufstüten, die Sonne bei sich hat.

»Ich kenn dich doch, ich sehe dir das an.«

»Wirklich?« Derya zwinkert. »Ich glaube, du siehst mir eher etwas anderes an.«

»O mein Gott, ja!«, ruft Sonne und strahlt den November hell. »Du hattest ja dein Date! Warum hast du mich nicht angerufen oder mir eine Nachricht geschrieben? Egal! Erzähl mir alles!«

Derya hat viel mehr zu erzählen als nur von dem Abend im Restaurant, aber bevor sie zu den Vorkommnissen auf dem Heimweg kommen kann, erreichen sie schon das Haus. Derya klemmt sich ihre Handtasche in die Achsel und öffnet den Postkasten mit einer Hand. Es ist nur ein Brief darin, ein länglicher Umschlag, der zunächst aussieht, als käme er von einer Versicherung oder von einer Behörde. Aber ihr Name ist handgeschrieben. Die Schrift jagt ihr einen eisigen Schauer über den Rücken.

»Der ist von Robert«, sagt sie und hört den schrillen Ton in ihrer eigenen Stimme. »Schon wieder einer.«

»Schmeiß ihn weg!« Sonnes Strahlen ist einem gefährlichen Funkeln gewichen.

»Meinst du? Sollte ich nicht wenigstens lesen, was er will?«

»Was soll er schon wollen?«, erwidert Sonne leise und deutet nach oben, wo sie Schritte im Treppenhaus hört. Die Nachbarn sind neugierig, und Derya will ihnen kein Futter geben, also beeilt sie sich, in ihre Wohnung zu kommen, Sonne im Kielwasser. Sie stellen Sonnes Einkaufstüten im Korridor ab, Odin streicht daran entlang und leckt zufrieden das Plastik ab, als hätten sie die Tüten für ihn als Opfergaben mitgebracht.

»Kaffee?«, fragt Derya. Sie weiß, dass sie ihre Freundin damit reizt, aber sie braucht Zeit zum Überlegen; sie braucht eine Diskussion, um sich sicher zu werden.

Sonne lässt sie nicht im Stich. »Schmeiß erst dieses Altpapier weg! Das ist emotionaler Abfall. Es gehört entsorgt. Nein – warte. Gib es mir!«

»Was willst du damit?« Derya will sich nicht verrückt machen lassen und legt ein Kaffeepad in die Maschine. Kaffeekochen beruhigt die Nerven. Allerdings gefällt es ihr gar nicht, sich eingestehen zu müssen, dass ihre Nerven beruhigt werden müssen. Verdammt, warum macht ihr ein harmloser Brief ihres Exmanns solche Angst?

»Ich werde ihn für dich aufbewahren. Für den Fall, dass du ihn als Beweismittel brauchst.«

»Beweismittel?«

»Klar, tu doch nicht so naiv.«

»Angenommen, er verfolgt mich wirklich … Was verspricht er sich davon?«

Sonne zuckt mit den Schultern. »Stalker sind verrückt. Die handeln nicht rational erklärbar. Vielleicht denkt er, wenn du dich nur genug fürchtest, kommst du irgendwann zu ihm zurück.«

»Oder er will mich fertigmachen, weil ich ihn fertigmache?«

»Ach, Derya.« Sonne nimmt sie in den Arm. Der Kaffee ist durchgelaufen, Sonne greift an ihr vorbei und schiebt ihr die Tasse zwischen die Hände. »Du darfst dich auf keinen Fall schuldig fühlen. Das will er ja gerade erreichen.«

Sie nickt. Sonne hat recht. Es gehört zu Roberts Wesen, seinen Willen durchzusetzen, indem er anderen Menschen Schuldgefühle macht. In seiner Familie erzielt er damit erstaunliche Erfolge. Einer seiner Grundsätze war schon immer: Never change a running system. Und genau das hat Derya getan. Sie hat einen kleinen, aber wirkungsvollen Stein in die Maschinerie geworfen, die Robert für so gut geschmiert hielt. Sie kann es ihm kaum vorwerfen, dass er nun alles versucht, um diesen Stein zu zermahlen.

»Traust du ihm so was wirklich zu?«, fragt Derya.

»Ich kenne ihn ja nicht. Aber nach all dem, was du von ihm erzählt hast, tu ich das. Du nicht?«

Sie überlegt lange. Spürt die Kaffeetasse zwischen ihren Händen von heiß zu warm abkühlen. »Er hat mir alles Mögliche angedroht damals und meine persönlichsten Dinge zerstört. So groß ist der Schritt zum Stalking nicht.«

»Siehst du!«

»Aber was mache ich jetzt? Ich kann das nicht beweisen. Sonst hätte ich schon lange die Polizei gerufen. Aber ich bin mir ja selbst nicht ganz sicher. Da ging halt jemand hinter mir her. Es kann Zufall gewesen sein.«

»Es geht ständig jemand hinter einem her«, unterbricht Sonne sie. »Aber hat dich das jemals nervös gemacht?«

Nein, muss sie mit einem Kopfschütteln zugeben.

»Dann vertrau auf dein Gefühl. Es irrt nicht.«

Derya sackt in sich zusammen, als ihr klar wird, dass ihre Freundin recht hat. Sonne reibt ihr tröstend den Oberarm.

»Jetzt hab bitte keine Angst. Das will er doch.«

»Und ich kann nichts dagegen tun«, stellt Derya nüchtern fest. »Sofern er keinen Fehler macht, habe ich nichts gegen ihn in der Hand, außer rührseligen Briefen.« Sie nimmt den Umschlag und reißt ihn auf.

Sonne legt skeptisch den Kopf schief. »Du solltest das nicht lesen. Je weiter du ihn an dich heranlässt, umso stärker wird er dein Denken beeinflussen.«

Sie möchte widersprechen. Aber wieder hat Sonne recht. Derya kennt die Macht des Wortes zu gut, um das nicht einzusehen. Trotzdem überfliegt sie die Zeilen.

Liebe Derya!

Du ahnst nicht, wie sehr es mich belastet, dass ich Luft für dich bin! Ich habe dich in der Stadt gesehen, du hast einfach weggeguckt!!!

Derya kann sich nicht erinnern, ihm in den letzten Wochen in der Stadt begegnet zu sein. Vermutlich hat er sie aus der Ferne gesehen und interpretiert diesen Vorfall jetzt auf seine eigene Weise. Schon am Ende der ersten drei Zeilen würde sie den Brief am liebsten zusammenknüllen und in Roberts Rachen stopfen, ganz tief hinein. Es liegt an diesen Ausrufezeichen – er macht sie wahnsinnig mit den ganzen Ausrufezeichen.

Macht es dir Spaß, auf meinen Gefühlen herumzutrampeln?!

Sie hat seine Angewohnheit, alles, wirklich alles mit irren Ausrufezeichen zu unterstreichen, schon immer gehasst.

Habe ich denn nicht verdient, dass du wenigstens mit mir redest?!

Nein.

Ich möchte mit allem abschließen! Aber das kann ich erst, wenn wir noch einmal in Ruhe über alles geredet haben und du mir die Chance gegeben hast, dir zu beweisen, dass ich dich noch immer liebe …

Das ist gelogen, aber sie kann es ihm nicht vorwerfen. Er weiß nicht, was das ist, Liebe. Sie weiß es auch nicht besser, aber wenigstens spielt sie niemandem eine Show vor.

Und ich werde dich immer lieben, egal, was du tust und wie sehr du mich quälst!!

»Wow«, sagt Derya und knüllt den Brief zu einer harten Kugel zusammen. »Er droht mir. Mal was Neues.«

Sonne ist schon lange gegangen, und in Deryas Wohnung ist es bis auf Odins leises Schnarchen still. Der Kater liegt auf dem Sessel, und Derya sitzt mit einem Buch auf dem Fußboden. Sie kann sich nicht auf den Roman konzentrieren; vor ihren Augen wird der Name der Hauptfigur – Richard – ständig zu Robert. Er verfolgt sie beharrlich. Das Alleinsein ist kaum mehr zu ertragen.

Schließlich klappt sie das Buch zu und erhebt sich seufzend. Ihr Körper fühlt sich schwer an. Müde. In ihren Handflächen kribbeln und jucken die Schürfwunden, während sie langsam heilen, und Derya muss mit aller Kraft gegen den Drang ankämpfen, die Krusten abzukratzen und das Fleisch darunter offen zu legen. Sie greift zum Telefon, hält es in der Hand, als wäre es ein Vogel, der gleich wegfliegen wird. Ihre Finger zittern, als sie Jakobs Nummer wählt. Er geht nicht ran. Aus einem Impuls heraus ruft sie Hanna an. Es ist kurz nach sieben, normalerweise geht um diese Zeit Hannas Mailbox an und informiert über die Sprechstundenzeiten, aber Derya hat Glück. Hanna nimmt ab.

»Kann ich einen früheren Termin haben?«, fragt sie. »Ich weiß, dass schon in zehn Tagen der nächste ist, aber …«

»Ich kann Sie sicher irgendwo dazwischenschieben«, sagt Hanna. »Ist denn etwas passiert? Sie klingen aufgewühlt.«

»Das bin ich auch. Jemand stalkt mich. Mein Ex. Glaube ich.«

»Glauben Sie?«

»Wer sollte das sonst tun?«

»Verstehe. Das muss sehr belastend für Sie sein. Derya, verstehen Sie mich nicht falsch. Aber Sie wissen, dass Therapie erst dann zu Erfolgen führt, wenn die Ursache einer Belastung geklärt und so weit wie möglich gelöst ist?«

»Natürlich.« Sie ist nicht blöd. Man ist nicht automatisch blöd, wenn man eine Therapeutin aus eigener Tasche bezahlt, weil man nur diese eine will. »Ich würde vorher einfach gerne darüber reden, um mir klar zu werden, was ich tun kann.«

»Sie könnten zur Polizei gehen. Brauchen Sie Hilfe dabei?«

Derya tritt ans Fenster und sieht hinaus. Nichts Verdächtiges. »Nein. Ich werde Anzeige erstatten, sobald ich Beweise habe. Bislang habe ich nichts außer meinem Gefühl. Recht wenig für die Polizei, finden Sie nicht?« Sie spricht schnell weiter, bevor ihre Therapeutin antworten kann. »Aber darum geht es auch gar nicht. Darüber möchte ich nicht mit Ihnen sprechen.«

»Sondern?«

Sie muss lächeln, als ihr klar wird, was sie viel mehr beschäftigt. »Ich treffe mich mit einem Mann. Ich glaube, er ist mir wichtig, aber ...«

Hanna wartet sehr lange, bevor sie Deryas Satz behutsam ergänzt. »Aber sie haben Angst, er könnte sein wie Ihr Exmann?«

»Ja«, sagt Derya, doch dann denkt sie kurz darüber nach und schüttelt, erstaunt über sich selbst, den Kopf. »Nein. Nein, überhaupt nicht. Wie eigenartig. Ich habe überhaupt keine Angst, dass er so sein könnte wie Robert.«

»Angst haben Sie trotzdem.« Hanna formuliert keine Frage.

»Furchtbare«, flüstert Derya. »Ich habe Angst, dass er mich verlässt. Schon wieder.«

Kapitel 11

Die Mädchen standen in kleinen Gruppen zusammen und taten so, als wäre es das Selbstverständlichste der Welt, vor den Augen ihrer Eltern Alkohol zu trinken. Derya hielt sich teilnahmslos am Rand und sah oft zu ihnen rüber, zu den Müttern in Kleidern und Vätern mit Krawatten, die nicht sicher waren, ob sie die Sektgläser in den Händen ihrer Kinder feierten oder darüber weinen wollten.

Derya fand keinen Grund, Sekt zu trinken. Sie war allein zur Abschlussfeier gekommen, auch wenn sie vorhin mit dem Gedanken gespielt hatte, ihre Oma mitzubringen. Das hätte ein Drama gegeben. Seit zwei Tagen erkannte Oma sie nicht mehr, sprach sie mit dem Namen ihrer Mutter an und warf ihr immer wieder ohne Gebiss im Mund lautstark vor, sie hätte sich von einem dahergelaufenen Idioten schwängern lassen. Ja, Oma hätte diese brave Abschlussfeier vermutlich tüchtig aufgemischt.

Derya behielt die Eingangstür im Blick, während sie sich umsah. Jakob hatte versprochen zu kommen. Er war vor zwei Jahren aufs Gymnasium gewechselt, aber zu ihrer Abschlussfeier wollte er kommen. Er hatte es fest versprochen. Immer mehr Schüler, Eltern und Lehrer strömten in ihren Festtagskleidern in die Aula. In den Girlanden, die einmal im Jahr aus dem Keller geholt wurden, hafteten Staub und Spinnweben und zeugten von geringem Engagement des diesjährigen Festtagskomitees. Deryas mit Saft gefülltes Sektglas hatte Wasserflecken.

Die ersten Redner betraten die Bühne, und Derya ging mit allen anderen zu den Stuhlreihen und suchte sich einen Platz. Das Stimmengewirr wurde leiser, als die zwei Stufensprecher auf das Podium traten, um das Programm zu eröffnen. Deryas Glas war leer, und der Platz links neben ihr war es ebenfalls.

Jakob kam, als die Rektorin gerade ihre Rede hielt. Er trug Jeans, ein weißes Hemd mit aufgekrempelten Ärmeln, eine nachlässig gebundene Krawatte und einen altmodischen Hut, den er tief ins Genick geschoben hatte. Fast hätte Derya ihn nicht erkannt. Sie musste an die Männermodels auf den Modeplakaten denken. Das passte nicht zu Jakob, der es gar nicht nötig hatte, durch sein Styling auf sich aufmerksam zu machen. Über viele Köpfe hinweg winkte sie ihm zu, gab ihm ein Zeichen, zu ihr zu kommen, aber er nickte bloß und lehnte sich lässig mit der Schulter an eine Wand. Derya kam sich plötzlich bescheuert vor, mit dem leeren Platz neben sich.

Derya wieder mal allein wie Schneewittchen im Sarg, dachte sie und ahmte in Gedanken die ätzende Stimme von Christina Stahlmann nach. Derya, die sich zu fein für alles und jeden ist.

Was Christina dabei übersah, waren Deryas ebenso zahlreiche wie erfolglose Versuche, mit irgendjemandem außer Jakob ein Gespräch zu führen. Schneewittchen lag nicht im Sarg, weil sie schön darin aussah. Sondern …

Zu Anfang ihrer Beziehung hatte Derya gedacht, es hätte sich etwas geändert und sie sei nun jemand. Dann war ihr nach und nach klar geworden, dass sie sich geirrt hatte. Sie war niemand für die anderen. Sie war bloß etwas: Jakobs Freundin; nicht mehr als eine Rolle, die von allem und jedem besetzt werden konnte.

Inzwischen bereute sie es, sich keinen Sekt geholt zu haben. Gelangweilt ließ sie die drittklassigen Aufführungen und Reden über sich ergehen, ohne viel davon mitzubekommen.

Die Schulsprecher hatten das Programm begonnen und erklärten es auch wieder für beendet. Sie verkündeten, dass das Büfett eröffnet sei, und wünschten viel Spaß beim Feiern und Tanzen. Derya sprang schon während des Applauses auf und lief in Jakobs Richtung, aber auch viele andere wollten nicht länger auf den harten Stühlen warten und strömten in Richtung der Getränke oder zu den Ausgängen, um auf dem Hof eine Zigarette zu rauchen. Derya wurde herumgeschoben und angerempelt, und irgendwer trat mit schmutziger Sohle auf ihre neuen weißen Pumps, die sie sechzig Mark gekostet hatten. Als sie den Rand des Saals erreicht hatte, war Jakob verschwunden, und sosehr sie sich reckte und streckte, sie konnte ihn nirgendwo ausmachen. Sie ließ sich im Strom der Mitschüler, Eltern und Lehrer zum Büfett drängen. Am Getränkestand stürzte sie ein Glas Sekt runter und nahm ein zweites mit nach draußen. Wo mochte Jakob sein? Er war weder bei den Ständen noch bei ihren Klassenkameraden, die draußen in großer Runde lachten und rauchten.

Derya spürte wieder die Blicke der anderen und glaubte, das Getuschel über sich zu erahnen. Seit Jakob die Schule gewechselt hatte, war es schlimmer als zuvor geworden. Derya war zu der Erkenntnis gekommen, dass Menschen in diesem Stadium des Erwachsenwerdens zu 99 Prozent gemeine Kreaturen waren, die alles hassten, schlechtmachten und bekämpften, was sich von ihnen abgrenzte. Dass Jakob sich drei weitere Jahre Schule antun wollte, um Abitur zu machen, nahm sie hin, ohne es zu verstehen. Sie zählte seit Jahren die Tage.

Nur noch heute, nur noch dieses eine Mal, dachte sie und versuchte mit aller Kraft, erleichtert zu sein. Ab morgen muss ich hier nie wieder hin und keinen von ihnen jemals wiedersehen. Doch die Erleichterung stellte sich nicht ein. Ein anderes Gefühl lag darüber wie eine ölige Schicht: Furcht.

Denn der Sommer, in dem sie frei sein würde, zu tun und zu lassen, was sie wollte, war kurz. In wenigen Wochen begann ihre Ausbildung im Hotel. Sie freute sich auf die Arbeit; Hotelkauffrau war ihr Ausbildungswunsch Nummer eins gewesen. Aber sie hatte Angst, dass die Kolleginnen sie dort ebenso mustern würden wie ihre Mitschülerinnen jetzt. Angst davor, wieder zu einer Außenseiterin zu werden.

Ob das Gefühl, sich immer fragen zu müssen, ob sie das tat, was die anderen von ihr erwarteten, wohl jemals nachlassen würde?

Auf der Suche nach Jakob ging Derya über den Hof und fragte ihre Mitschüler, ob sie ihn gesehen hatten. Ein paar von ihnen deuteten zu der geschützten Ecke hinter dem Fahrradparkplatz, wo während der Pausen mehr oder weniger heimlich geraucht wurde. Warum versteckte Jakob sich dort? Vor wem?

Vor ihr?

Derya beeilte sich. Je weniger Zeit sie hatte, um zu grübeln und sich Sorgen zu machen, desto besser.

Jakob saß auf dem Boden und lehnte mit dem Rücken an

einem Zaun, in der einen Hand eine Zigarette, in der anderen eine Flasche mit klarem Inhalt ohne Etikett. Der Hut, diese seltsame Verkleidung, war ihm in die Stirn gerutscht und verdeckte seine Augen. Ihm gegenüber standen zwei Jungs aus ihrer Stufe und blickten mit unpassend ernsten Gesichtern von Jakob zu Derya und wieder zurück. Einer zuckte mit den Schultern, der andere sprach mit Jakob, und der schüttelte schwach den Kopf.

Einen halben Schritt entfernt stand Christina Stahlmann, die Arme um ihren Oberkörper geschlungen, als friere sie in ihrem tief ausgeschnittenen Kleid trotz der Sommerwärme. Als sie Derya entdeckte, hob sie das Kinn, warf ihr ein frostiges Lächeln zu und legte ihre Hand besitzergreifend auf Jakobs Schulter. Ihre Nägel waren blutrot lackiert und Deryas Blick blieb an dieser Farbe haften, ohne dass sie es wollte oder etwas dagegen tun konnte.

Plötzlich sackte Jakobs Kopf nach vorn. Seine Schultern bebten. Es sah beinahe so aus, als würde er … weinen. Die ganze Szene zeugte von einer solchen Verzweiflung, dass Derya sich das nur auf eine Weise erklären konnte: Jemand war gestorben.

»Was ist passiert?«, rief sie und lief zu Jakob. Er drehte sich weg, soweit er das konnte. Weg von ihr, weiter hin zu Christina.

Es waren nur Millimeter nötig. Derya verstand sofort. Sie fühlte sich, als wäre sie in vollem Tempo gegen eine Wand gelaufen, wusste nichts zu sagen, nichts zu fragen. Sie wusste nicht, ob sie stehen bleiben oder sich hinknien sollte. Wusste nicht, wohin mit ihren Händen, die zu ihm drängten, aber nicht durften.

Sie wollte Christinas Finger wegschlagen und schreien: Siehst du das nicht? Er will nicht angefasst werden!

Aber bevor sie den Mund öffnete, erkannte sie ihren Irrtum. Er wollte nicht *von ihr* angefasst werden.

»Was ist denn mit dir?«, flüsterte sie. Sie hatte das Gefühl, gar nicht zu ihm durchzudringen. Er roch nach starkem Alkohol, dabei trank er doch nie, seit er den Führerschein hatte und dieses olle Cabrio fuhr. »Was hast du?« Ihre Worte prallten irgendwo ab. Vermutlich an Christina Stahlmanns langen roten Fingernägeln. Christina sah zu ihr hoch. Ihr Blick zeigte Derya, dass sie von ihrem Triumph wusste und ihn auskostete. Jakob reagierte nicht auf sie. Nur Christina kam an ihn heran.

»Komm schon«, säuselte Christina und ihre Finger bewegten sich auf seiner Schulter. Für Derya fühlte es sich an, als würde Christina mit ihnen Löcher in das brennen, was ihr gehörte. »Du solltest mit ihr reden. Sag ihr, was mit dir ist. Wenigstens ihr.«

Jakob warf seine Kippe weg. Er nahm Christinas Hand in seine und hielt sie einen Moment, bevor er sie wegschob und sich aufrichtete. Er musste sich am Zaun festhalten, der wackelte bedenklich und wäre vermutlich zusammengebrochen, wenn nicht die Jungs eingegriffen und ihn gestützt hätten. Er hing so haltlos in ihren Armen, wie Derya sich fühlte.

»Verdammt, wie viel hast du denn getrunken?«, entfuhr es ihr. So viel konnte es in der kurzen Zeit doch nicht gewesen sein. Ob er schon betrunken zur Feier gekommen war?

»Vorwürfe sind genau das, was ihm jetzt hilft«, kommentierte Christina herablassend. »Siehst du nicht, dass es ihm schlecht geht? Hast du dich mal nach dem Grund gefragt?«

Derya fragte sich nichts anderes, aber sie konnte sich nicht die Blöße geben, Christina zuzustimmen. Als Jakob verwaschen ihren Namen murmelte, hatte das keinen Wert. Er sprach nur mit ihr, weil Christina es von ihm verlangt hatte. Ihre Augen brannten, als wäre Säure darin, aber es waren nur Tränen, die sie unter keinen Umständen hinauslassen wollte. Vor der Kuh würde sie nicht heulen!

Erst als seine Freunde ihn links und rechts stützten, hob Jakob den Kopf so weit, dass er Derya ansehen konnte. Sie erschrak. Er sah furchtbar aus. Blass, mit geschwollenen Augen und tiefen Ringen darunter. Er öffnete den Mund. Seine Lippen waren rissig, und die Worte prallten an Derya ab, weil sie keinen Sinn ergaben.

»Ich muss gehen.«

Irgendjemand fragte, wo er denn hinwolle. Aber Derya begriff, dass das, was er sagte, nicht für die anderen bestimmt war. Es galt ihr allein.

Warum?, fragte sie, nur mit ihrem Blick. Er verstand sie doch immer.

Aber er wiederholte nur: »Ich muss gehen. Ich muss gehen.«

»Wohin? Wohin musst du gehen, warum? Ich kann doch mitkommen!«

Doch noch während sie die Worte aussprach, kam ihr der Gedanke an ihre Oma. Wollte sie die hilflose alte Frau, die sie aufgezogen hatte, im Stich lassen? War sie wirklich zu so viel Grausamkeit fähig?

Jakob sah sie an und las die Antwort in ihren Augen. Er kannte sie, kannte sie in- und auswendig. Und bevor sie noch die Chance hatte, etwas zu erwidern, sagte er bereits verächtlich: »Das tust du nicht.«

Sie konnte ihm nicht widersprechen, sosehr sie es auch wollte. Ihr Atem kam zitternd über die Lippen. Sie bemühte sich, den Rücken durchzudrücken. Gleichzeitig ging ihr Inneres in die Knie.

»Er verlässt dich«, sagte Christina siegessicher. Deryas Herz gefror und begann, eisiges Blut in ihren ganzen Körper zu pumpen. Jakob krümmte sich. Derya wollte zu ihm, aber er hielt sie mit einer schroffen Geste von sich weg. Sie wurde starr, wie von innen heraus zu Eis gefroren.

»Es ist aus. Er hat andere Pläne, große Pläne, Pläne, die mit dir zusammen nicht zu verwirklichen sind.«

»Halt den Mund! Das soll er mir selbst sagen!« Sogar ihre Stimme klang gefroren, wie ein Stück Eis mit gefährlich scharfen Kanten, an denen man sich Haut und Fleisch aufschlitzen konnte.

Christina schnitt sich nicht daran. Sie lächelte bloß. »Würdest du ihn gehen lassen?«, fragte sie und gab die Antwort selbst: »Nein. Du würdest ihn niemals freiwillig gehen lassen.«

»Red keinen Scheiß!«, schrie Derya und stieß Christina zur Seite. »Verschwinde, du hast hier nichts verloren!« Zu ihrer größten Überraschung tat Christina wie geheißen und stolzierte davon. Jakob allerdings machte sogleich Anstalten, ihr zu folgen.

»Warte!« Derya fasste ihn am Arm. »Sprich mit mir!«, flehte sie ihn an. »Ist es wahr, was sie sagt? Warum? Und warum hast du vorher nichts gesagt?«

»Lass mich in Ruhe. Du begreifst überhaupt nichts, wirst das nie verstehen. Ich muss gehen! Lass mich endlich in Ruhe!« Er stieß sie beiseite, so hart, dass sie der Länge nach hinschlug. Ihre Strumpfhose zerriss, und Blut perlte über das Nylon. Jakob torkelte davon, die beiden Jungs aus ihrer Stufe ließen Derya auf dem Boden zurück und eilten ihm nach, um ihn zu stützen. Von

Weitem sah Derya dabei zu, wie Jakob sich mithilfe der beiden in einen Mülleimer übergab.

Sie brauchte ein paar Minuten, um sich zu sammeln. Das Eis war jetzt überall. Was er gesagt hatte, tat nicht mehr weh. Alles war taub. Sie schämte sich nur noch. Am liebsten wäre sie einfach nach Hause gegangen. Still und heimlich, ohne weitere Demütigungen. Aber ihr Schlüssel und die Busfahrkarte waren in ihrer Tasche, und die hing an der Garderobe. Sie musste noch einmal in die Schule, ein letztes Mal. Geschlagen, mit blutenden Knien. Es war bezeichnend und passte zu gut zu ihrer Schulkarriere, als dass sie noch irgendetwas außer von Scham empfunden hätte.

Irgendwo auf dem Weg durch das Gebäude sah sie ihn noch ein letztes Mal. Er hing in Christina Stahlmanns Armen, bebte und heulte. Das Heulen schwoll an, er gab einen Laut von sich, den Derya noch nie aus einem menschlichen Mund gehört hatte. Selbst Christina zitterte und weinte, während sie ihn hielt.

Bloß Derya ging ohne eine weitere Träne.

Kapitel 12

Ein paar Regentropfen fallen vom Rand ihrer Kapuze. Termine bei Hanna finden unter freiem Himmel statt, daran ändern auch Regen, Schnee oder Sturm nichts. Derya mag das, der Park tut ihr gut, wenn die Worte wehtun.

»Und nach diesem Abend?«, fragt Hanna. »Haben Sie ihn nicht wiedergesehen?«

Derya schüttelt den Kopf. »Nicht, bis er neulich in das Café kam, in dem ich arbeite. Und ein paar Tage später habe ich ihn im Park getroffen. Hier in der Nähe.«

»Haben Sie je erfahren, warum er Sie so plötzlich verlassen hat? Hatte dieses andere Mädchen etwas damit zu tun?«

»Christina? Ich habe es damals befürchtet und gehofft.«

»Was meinen Sie damit genau, Derya?«

»In dem Fall hätte ich eine Erklärung gehabt. Ich hätte sie hassen können, wissen Sie? Ich wäre …« Sie verschränkt die Arme vor der Brust, reibt den nassen Stoff ihrer Ärmel, weil sie plötzlich ein Schauder überläuft. »Mir wäre wieder warm geworden. Heiß – vor Eifersucht.«

»Sie haben sich kalt gefühlt?«, fragt Hanna.

»Mehr als kalt. Eingefroren.«

Hanna nickt. »Verstehe. Wie lange hatten Sie diese Empfindung?«

Darauf hat Derya keine Antwort. Zu lange. Jahre.

Hanna drängt sie nicht. Ein paar Minuten wandern sie schweigend durch den Regen, Seite an Seite, so nah, dass sich ihre Ellbogen fast berühren. Schließlich fragt Hanna: »Wissen Sie denn, wohin er gegangen ist?«

»In die USA, ja.« Sie erinnert sich nicht mehr, wer es ihr gesagt hat.

»Und kennen Sie auch den Grund?«

»Nein«, sagt Derya, das Wort erstaunt sie. Sie muss sich offenbar irgendwann damit abgefunden haben, niemals eine Antwort auf diese Frage zu bekommen. Als ob Jakob tot wäre und gar nicht mehr antworten könnte. Auf die Idee, ihn einfach zu fragen, ist sie bei ihrem Treffen gar nicht gekommen. »Ich habe damals erst erfahren, wohin er wollte, als er schon fort war. Er verschwand Hals über Kopf, war wenige Tage nach dieser Abschlussfeier schon weg. Entweder es ging ausgesprochen schnell, oder er hat schon länger gewusst, dass er gehen würde. Aber es tut weh, mir vorzustellen, dass Jakob mir eine heile Welt vorgespielt hat, während er schon plante, mich zu verlassen.«

»Sie hatten keine Chance, es zu verstehen«, bemerkt Hanna.

»Nein, nicht die geringste. Er weigerte sich sogar, ein letztes Mal mit mir zu sprechen.«

»Und Sie sind schon einmal verlassen worden, ohne es zu verstehen, nicht wahr?«

»Sie wollen auf meine Mutter hinaus.« Derya kennt die Mechanismen der Gespräche inzwischen. Es macht ihr regelmäßig Sorge, dass die Therapie nicht wirken könnte, weil sie sie durchschaut. Wie Hypnose, die oft auch nicht mehr funktioniert, wenn man eine Vorstellung davon hat, was sie im Gehirn verursacht. »Das war etwas vollkommen anderes. Mit der Entscheidung meiner Mutter konnte ich leben. Sie war jung, überfordert und wollte kein Kind. Was gibt es daran nicht zu verstehen?«

»Für ein Kind muss das sehr schwer zu verstehen sein«, bemerkt Hanna.

Derya denkt, dass sie ein besonderes Kind war; aber das klingt zu arrogant, um es zu sagen. Glaubt nicht jeder, besonders zu sein? Hanna beispielsweise, mit ihren indianischen Amuletten und der Weigerung, die Therapiestunden in geschlossenen Räumen abzuhalten. Derya schweigt, weil sie weiß, dass Hanna dann das Thema wechseln wird.

»Sie sagen«, beginnt Hanna wie erwartet, »die Vorstellung, Jakob hätte Ihnen eine glückliche Beziehung vorgespielt, hätte Ihnen wehgetan.«

Derya nickt. Bis heute tut es ihr weh.

»Können Sie sich denn vorstellen, dass es so war?«, fragt Hanna vorsichtig. »Bevor Sie antworten, denken Sie daran, dass es lange her ist. Sie waren jung, und er war es auch. Man macht dumme Sachen, wenn man so jung ist. Man trifft falsche Entscheidungen, weil die richtigen einem noch falscher erscheinen.«

»Ich war nie naiv«, sagt Derya. »Ich war jung, natürlich, aber ich habe schon damals andere Menschen nicht für besser, ehrlicher oder freundlicher gehalten, als sie sind. Eher im Gegenteil. Ich war schon als kleines Kind nicht nett und habe nie von jemandem erwartet, dass er netter ist als ich.«

»Doch Jakob haben Sie mir als perfekt beschrieben.«

»Und genau deshalb habe ich immer nach den Fehlern in all dieser Perfektion gesucht. Ich habe ganz genau hingesehen, aber trotzdem hätte ich mir vor diesem Tag nie ausmalen können, dass er mich anlügt. Jakob war ehrlich, er war der ehrlichste Mensch, den ich je kennengelernt habe. Der einzige ehrliche Mensch. Er konnte gar nicht lügen. Er musste sich mit Schnaps betrinken, um mir zu gestehen, dass er mich verlässt. Nüchtern hätte er mir niemals etwas vorgespielt.«

»Hmm«, macht Hanna gedehnt. »Sie denken also, dass er auf der Abschlussfeier nicht er selbst war?«

»Ja. Er kam mir fremd vor, wie jemand anderes. Es war alles vollkommen surreal.«

»Manchmal verändert sich eine Szene in der Erinnerung und entfernt sich von dem, was wirklich war.«

Derya schüttelt entschieden den Kopf. »Ich weiß. Aber ich kann mich wirklich erinnern, wie es war. Glasklar.«

»Und genau das lässt mich vermuten, dass Sie es doch nicht können«, erwidert Hanna und schmunzelt, ohne Derya anzusehen.

»Fangen Sie an, sich über mich lustig zu machen?« Derya spürt keinen Ärger, nur ein wenig Irritation. Es hat ja lange genug gedauert.

»Nein. Sehen Sie, Ihre Erinnerung dürfte eigentlich nicht derart klar sein. Sie müssten sich an zwei übereinanderliegende Bilder erinnern – ähnliche Bilder, aber nicht exakt dieselben, verstehen Sie?«

»Das müssen Sie mir erklären.« Hannas Theorie klingt neu und weckt Deryas Interesse.

»Stellen Sie sich eine Szene in einem Theater vor. Es ist ein Kindertheater und wird von Schauspielern aufgeführt, die auffällige Masken tragen. Bei einer Vorstellung schauen nur glückliche Kinder zu, die das Theater kennen und lieben. Die nächste Show ist vollkommen identisch, nur sitzen diesmal ausschließlich traumatisierte Kinder im Publikum, die nie zuvor im Theater waren. Nun stellen Sie sich vor, wie beide Gruppen auf die Vorstellung reagieren und was sie hinterher darüber erzählen.«

Derya weiß, worauf Hanna hinauswill. Die erste Gruppe wird das Theaterstück vermutlich toll finden, die zweite wird sich vor den Schauspielern gruseln. Sie werden dasselbe sehen, sich aber hinterher vollkommen konträr daran erinnern.

»Sie, Derya, sind dieses Publikum, aber Sie haben eine Besonderheit. Sie wechseln im Laufe der Vorstellung die Gruppe und werden vom glücklichen Theaterfan zu einem traumatisierten Kind. Sie haben das Stück aus beiden Perspektiven gesehen. Zwei Bilder, die nun in Ihrer Erinnerung übereinanderliegen. Die eine vermutlich dominanter als die andere, aber beide müssten noch da sein, und wenn es nur an einer verwackelten Kante oder einem falschen Schatten zu erkennen ist.«

»Und wenn nicht?«, fragt Derya. »Wenn da wirklich nirgends eine Unschärfe ist?«

»Dann stimmt etwas nicht«, antwortet Hanna. »Grundsätzlich nicht.«

Darauf fällt Derya wenig ein, bis auf die Frage, ob ihr für die siebzig Euro, die sie Hanna pro Stunde zahlt, keine bessere Verwendung einfällt. Sie könnte mal wieder ins Theater gehen. Vielleicht mit Jakob.

»Sie haben ihn nie damit konfrontiert«, sagt Hanna unvermittelt. »Ihren Jakob. Sie haben ihn nie gefragt, warum er Sie Hals über Kopf verlassen hat.«

Derya will erwidern, dass sie nie die Möglichkeit dazu hatte, aber ihr fällt auf, dass das ja überhaupt nicht mehr stimmt. Sie muss ihn nur anrufen. Ein heißer Schauer prickelt auf ihrer Haut. So viele mögliche Wahrheiten … will sie sie überhaupt erfahren?

Die Möglichkeit, ihn darauf anzusprechen, bietet sich schon am Nachmittag, denn er ruft sie an.

»Hallo Derya, hier ist Jakob. Mir ist gerade aufgefallen, dass mein Kühlschrank leer ist.«

Sie überlegt, ob sie das Risiko eingehen soll, ihn nach seinen damaligen Gründen zu befragen, und entscheidet sich dagegen. Was bedeutet es schon heute, was vor sechzehn Jahren war? »Ja, das passiert mir auch immer wieder. Vollkommen unerwartet ist der Kühlschrank leer. Manchmal habe ich die Vermutung, Kühlschränke besitzen ein eigenes Verdauungssystem.«

»Das könnte den Geruch erklären. Ich habe das auf die Packung abgelaufenen Eiersalat geschoben, aber …«

»Igitt!«

»Keine Angst, ich habe nicht vor, den noch zu essen.«

»Aber behältst ihn im Kühlschrank? Er ist also ein chemisches Experiment?«

»Genau. Und Experimente in der Küche erklären natürlich auch, warum ich nicht kochen kann.«

»Verstehe. Wie kann ich dir dabei helfen? Ich kann auch nicht besonders gut kochen, wenn du darauf spekuliert hast, dich bei mir zum Essen einzuladen.«

»Das ist perfekt. Wer nicht kochen kann, weiß, wo es die beste Pizza der Stadt gibt.«

Da ist etwas dran. Ihr gefällt die Vorstellung, ein weiteres Mal mit Jakob zu essen. »Erinnerst du dich an diesen Kiosk Ecke Brauerstraße, der Pizza auf die Hand verkauft?«

»Als ob ich den je vergessen könnte. Sag bloß, den gibt es noch?«

»Natürlich! Die Leute stehen Schlange, um dort Pizza zu kaufen.« Sie übertreibt, aber die Pizza schmeckt passabel, und der kleine Laden liegt zu Fuß nur drei Minuten von ihrer Wohnung entfernt. Sie möchte nicht wieder allein im Dunkeln in der Stadt herumlaufen.

»Dann treffen wir uns dort?«, schlägt Jakob vor. »Um halb sieben?«

»Du bringst die Küchenrolle mit.«

»Küchenrolle? Wofür denn das?«

»Erinnerst du dich etwa nicht mehr? Ach, das fällt dir schon wieder ein.«

Zwei Stunden später steht Derya vor dem kleinen Kiosk und beobachtet, wie Jakob sich an das größte Manko der hiesigen Pizza erinnert.

»Ich hatte vollkommen vergessen, wie viel Öl die hier benutzen«, stöhnt er und kämpft vergeblich mit den fettigen Tropfen, die beharrlich auf seine Kleidung wollen. Er ist selbst schuld, er hat keine Küchenrolle mitgebracht.

Derya schiebt ihm ein Papiertaschentuch über den Tisch. »Nur gutes Pflanzenöl«, imitiert sie die Reibeisenstimme der alt gewordenen, buckeligen Frau, die offenbar mit den Füßen in diesem Kiosk festgewachsen ist. Derya hatte schon als kleines Mädchen bei ihr Pizza gekauft und kann sich nicht vorstellen, dass sich irgendwann mal jemand anders über den niedrigen Tresen lehnen wird. Die Alte kennt Deryas Namen nicht und weiß nichts über sie. Nichts bis auf die Tatsache, dass sie immer Pizza mit Tomaten, Mozzarella und Basilikum bestellt, dazu eine kleine Flasche Cola light. Heute hat Derya Wein von ihr verlangt. Zum ersten Mal in ihrem Leben.

»Wein?«, hatte die Frau zurückgefragt.

»Ja, Rotwein. Wir hätten gerne einen Rotwein zur Pizza.« Ob sie ihren Ausweis zeigen muss? Aber die Frau kennt sie doch. Sie muss wissen, dass sie nicht nur volljährig, sondern bereits über dreißig ist. »Haben Sie keinen Rotwein?« Sie sieht ihn in der Auslage stehen.

»Sicher hab ich Rotwein. Aber nur 'ne ganze Flasche.«

»Schön. Dann nehme ich eine.«

Die Frau dreht sich um, steigt umständlich auf einen knarzenden Holzschemel und holt scheinbar wahllos irgendeine dunkle Flasche aus dem Regal. Dann klettert sie mit einem leisen Stöhnen wieder runter und stellt die Flasche vor Derya auf den Tresen.

»Haben Sie vielleicht auch einen Korkenzieher?«

Die alte Frau legt die Stirn in Falten. Dann greift sie an den Flaschenhals und öffnet den Wein. Drehverschluss. Umso besser.

»Wenn Sie noch zwei Becher für uns hätten, wäre unser Abend gerettet und Sie eine Heldin.«

Die Alte stellt ihr die Plastikbecher kopfüber auf den Flaschenhals und schüttelt den Kopf, ohne noch etwas zu sagen. Sie führt sich auf, als wäre es vollkommen absurd, zu Pizza Rotwein zu trinken.

Aber es ist ja auch etwas Besonderes, denkt Derya schließlich nachsichtig.

Schweigend essen sie an dem einzigen Stehtisch. Derya hat ihre Pizza, wie früher schon, eingerollt, weil es so weniger Kleckerei gibt, Jakob kämpft mit dem Öl. Ob er an die Vergangenheit denken muss? Für sie fühlt es sich an, als wäre er nie weg gewesen, als wären die letzten Jahre überhaupt nicht real gewesen. Wie ein langer unangenehmer Traum, aus dem sie endlich erwacht ist. Sie ist erstaunt, wie wohl sie sich in seiner Nähe schon wieder fühlt. Er ist tatsächlich das geblieben, was er auch früher für sie war: der einzige Mensch, in dessen Gegenwart sie nicht permanent überlegen muss, was von ihr erwartet wird, was sie tun oder lassen soll.

Jakob knüllt sein Papier zusammen und sieht an sich hinab. »Jahrelang habe ich in amerikanischen Diners trainiert, die matschigsten Burger zu essen, ohne mich vollzukleckern. Aber an der Pizza von der Ecke scheitere ich nach wie vor.«

»Du kannst dir bei mir die Hände waschen«, sagt Derya. Oder all deine Kleidung in meine Waschmaschine werfen und nackt in meinem Schlafzimmer warten, bis sie wieder trocken ist. Sie fragt sich, wie man so schlank bleiben kann, wenn man sich ständig von Fastfood ernährt. Ob er noch Sport macht? Selbst unter der dicken Jacke sagt sein Körper auf bescheidene Art schlicht: Ja. »Ich wohne ganz in der Nähe.«

Jakob willigt ein. Bevor sie gehen, nimmt er einen alten Pfennig aus der Jackentasche und legt ihn auf den Stehtisch.

»Warum machst du das?«, fragt sie verwundert.

Er zuckt mit einer Schulter. »Bringt doch Glück, oder?«

»Es bringt Glück, einen Pfennig zu finden. Nicht, einen zu verstecken.«

»Sagt wer?« Sein Lächeln hat etwas Herausforderndes, was

Derya trotz des trivialen Themas, oder gerade deswegen, genau zwischen die Beine trifft. »Irgendjemand freut sich, wenn er ihn findet.«

»Süß«, sagt sie und denkt sich, dass selten jemand auf billigere Art versucht hat, sie von sich zu überzeugen. Ein Pfennig! Aber warum sollte einer mit einem solchen Lächeln auch mehr investieren als einen lumpigen Pfennig? Sie mag seine ökonomische Denkweise. Und am Ende gibt der Erfolg ihm recht, denn in ihrem Bauch wird es wärmer.

Aus der Nachbarwohnung klingt der Einspieler einer Daily Soap, als sie ihre Wohnungstür aufschließt und Jakob eintreten lässt.

»Jakob, das ist Odin. Odin – Jakob.« Odin reicht diese kurze Vorstellung. Entgegen seiner Gewohnheit, Unbekannten gegenüber misstrauisch zu sein, streift er um Jakobs Beine, reibt das Köpfchen an seinem Knie und lässt sich streicheln.

»Badest du in Katzenminze?«, ruft sie erstaunt. »Bisher hat er sich noch bei jedem Fremden erst mal unter der Küchenzeile verkrochen.«

»Das heißt dann wohl, dass er mich schon kennt. Was hast du ihm alles über mich erzählt?«

»Offenbar nur Gutes, so wie er dich anhimmelt.«

Jakob rettet sich vor den Kampfschmusereien des verliebten Katers, indem er Odin kurzerhand auf den Arm nimmt. »Hübsche Wohnung«, bemerkt er, während Derya beide Jacken über einen Stuhl hängt. »Sie trägt deine Handschrift.«

»Sie gehört ja auch nur uns beiden, Odin und mir. Hier hat mir niemand reingeredet.« Zum ersten Mal in ihrem Leben. »Möchtest du Tee? Kaffee?«

Jakob möchte nur ins Bad. Als er zurückkommt, betrachtet er ihre Bücherregale im Wohnzimmer.

»Meine Bücher«, sagt sie, »sind das Einzige, was ich aus dem Haus mitgenommen habe, als ich Robert verließ. Ich wollte ihm keins überlassen. Alles andere habe ich neu besorgt.«

»Nur die Bücher nicht«, sagt Jakob sehr leise.

»Nein. Den Kater habe ich mir erst geholt, als ich schon hier gewohnt habe. Im Tierheim hätte er nicht lange durchgehalten.

Er hasst andere Katzen. Die sind ihm zu kompliziert. Aber um ehrlich zu sein, hasst er die meisten Menschen ebenso.«

»Er ist wie du.« Jakob sagt das ohne eine Spur von Humor. »Er hat gelernt, dass es von Vorteil ist, nicht jeden an sich heranzulassen. Durchschaust du das Muster, mit dem er seine Kontakte auswählt?«

Derya durchschaut dieses Muster weder bei sich noch bei ihrem Kater. Noch weniger durchschaut sie Jakob, aber sie hat auch nicht das Gefühl, dass sie das muss. Je näher er kommt, desto weniger versteht sie den Grund dahinter, und als er direkt vor ihr steht und mit zwei Fingern über ihren Oberarm streicht, von der Schulter langsam zum Ellbogen runter, bemerkt Derya erstaunt, dass sie überhaupt nichts mehr infrage stellt. Nicht ihn und nicht sich selbst.

»Du hast mir gefehlt«, sagt er rau.

»Wo warst du nur?« So lange. So viele Jahre. So viel Einsamkeit.

»Ist das wichtig? Ich bin zurückgekommen. Zu dir.«

Zu ihr, hat er gesagt. Wegen ihr? Der Gedanke bringt einen Teil von ihr zum Zittern. Etwas zerbricht. Nein, heilt. Derya bekommt Gänsehaut, denn wenn sich etwas Totes erhebt und wieder zum Leben erwacht, dann mag sich das verboten schön anfühlen, doch es kann nichts Gutes dabei rumkommen.

Jakob lässt ihre Sorgen hart, aber stumm und unbeweglich wie Steine werden, indem er den letzten Schritt Distanz überwindet. Seine Nase berührt ihre, und es ist wie damals. Sie hebt den Kopf, damit er ihren Mund mit den Lippen erreicht. Der Kuss ist schön, und sonst gar nichts.

»Du hast mir gefehlt«, stöhnt er an ihrem Mund. Seine Hände streichen unter ihre Bluse, über ihre Haut. Sie erinnern sie daran, wie lange sie keinen Sex mehr außer mit sich selbst gehabt hat und wie lange sie sich schon danach sehnt. So lange, dass sie vergessen hat, darüber nachzudenken. Jetzt drängt das unterdrückte Verlangen mit Gewalt an die Oberfläche. Sie stößt ihre Hand kurz unter seinen Pullover, hält sich da aber nicht lange auf und schiebt sie in den Bund seiner Jeans, so tief sie kann.

»Dein Schwanz hat mich auch vermisst.«

Er lacht leise. »Der auch, ja.«

Rückwärts bewegt sie sich zum Schlafzimmer, zieht Jakob mit sich und küsst ihn. Sie stolpert über irgendetwas, das am Boden liegt, kickt es zur Seite und ihren einen Stiefel gleich mit. Als sie am Fenster vorbeimüssen, löst sie sich von Jakob.

»Wart einen Moment. Lass mich kurz die Rollläden runtermachen. Ich will den Nachbarn keine Show liefern.« Sie muss lachen, weil der Gedanke so abgrundtief unromantisch ist. Dass sie überhaupt noch an die Welt außerhalb ihrer Wohnung denken muss, ist verblüffend, so stark ist das Verlangen, diesen Mann flachzulegen, sich von ihm flachlegen zu lassen, was auch immer.

Jakob steht hinter ihr und küsst ihren Nacken. Doch plötzlich hält er in der Bewegung inne. Ein Streifenwagen stoppt vor dem Haus. »Wollen die zu dir?«

Was sollten die von ihr wollen? Doch dann steigen zwei Beamte aus, und sie erkennt einen von ihnen. Ein Zufall?

Jakobs Blick verliert alles Weiche. Oder bildet sie sich das nur ein? Im nächsten Moment ist der Eindruck verflogen, und seine Lippen streifen ihr Ohr, dass ihr ganzer Körper prickelt. »Wimmle sie ab, okay? Ich will mit dir allein sein.«

Eine Sekunde später haben die Polizisten die Haustür erreicht, und es klingelt. »Woher wusstest du …?«

»Wimmle sie ab«, sagt Jakob und tritt neben das Fenster in den Schatten.

Derya humpelt in einem hochhackigen Stiefel zur Tür. Sie weiß nicht, wo sich Odin zuvor herumgetrieben hat, aber nun kommt er eilig angelaufen, um zu schauen, wer der unerwartete Besuch ist. »Woher weißt du eigentlich, dass da jemand kommt?«, fragt sie im Flüsterton. »Spürst du die Vibration der Klingel?«

Odin bestätigt oder verneint das mit einem Miauen, während Derya den Türöffner betätigt und ihre Tür einen Spalt nach innen aufzieht.

»Guten Abend, Derya«, sagt der Polizist, der ihr bekannt vorkommt. Der zweite nickt ihr nur höflich zu. »Entschuldige, dass wir so spät stören.«

»Kein Problem.« Sie gibt sich keine Mühe, adäquat zu lügen. Wer ist der Kerl? Er kommt ihr bekannt vor, aber woher?

Die Polizisten bleiben etwas unschlüssig vor der Tür stehen. Der Spalt, den Derya dem Gespräch zugesteht, ist schmaler als Odins Kopf. »Können wir einen Moment mit dir reden? Es geht um Robert.«

Auch das noch! Schlagartig fällt ihr ein, woher sie den Beamten kennt. Er ist ein Bekannter von ihrem Ex, ein guter Freund seines Bruders, wenn sie sich recht erinnert. Er heißt Daniel oder David oder so ähnlich. Der namenlose Kollege steht offenbar mehr auf Etikette und Vorschriften, denn er hält einen Dienstausweis vor den Türschlitz.

Derya seufzt. Alles in ihr sagt: Schlag die Tür zu, stell die Klingel ab, und vergrab dein Gesicht für die nächste halbe Stunde in Jakobs Schritt.

Sie öffnet die Tür, bleibt aber im Rahmen stehen, um nicht den Anschein zu erwecken, die Männer in der Wohnung haben zu wollen. »Na schön. Was ist mit dem?«

Sein Kollege sieht an ihr vorbei in ihre Wohnung. Odin starrt die Fremden an und faucht. Der Polizist beäugt ihn wie ein widerliches Insekt, und Derya fragt sich still, was man für ein Mensch sein muss, um Katzen mit so viel unverhohlenem Ekel zu betrachten. Der Bekannte sieht an ihr hinab und runzelt die Stirn. Derya fällt erst jetzt wieder ein, dass sie nur einen Stiefel trägt. »Entschuldige bitte, Da…« Darius – gerade noch rechtzeitig fällt es ihr wieder ein –, der Mann heißt Darius. »Ich bin gerade erst nach Hause gekommen und hundemüde. Worum geht es denn?«

Die Polizisten wechseln einen Blick. Es sieht aus, als würden sie sich stumm darauf einigen, nicht um Einlass in die Wohnung zu bitten. Umso besser. Derya hasst Fremde in der Wohnung noch mehr, als Odin das tut.

»Nun, es ist so, dass Sven mich um einen Gefallen gebeten hat.« Hatte sie also recht gehabt. Darius ist ein Freund von Roberts Bruder. Sie haben sich auf einer Geburtstagsfeier in einem Restaurant kennengelernt. Da Derya den größten Teil des Abends mit Felix in der Spielecke oder draußen war, ist ihr Darius nur ganz verschwommen im Gedächtnis haften geblieben. An den unangenehmen Kohlgeruch, der in der Luft hing und ihr vollkommen den Appetit verdarb, erinnert sie sich dagegen noch ganz genau. So was vergisst sie selten. Menschen dagegen behält sie nur im Kopf, wenn sie eine Bedeutung für sie hatten.

»Ich dachte, es geht um Robert?«, fragt sie, was keineswegs bedeutet, dass sie Lust hat, über ihn zu sprechen. Jetzt, da Jakob in ihrem Schlafzimmer darauf wartet, von ihr ausgezogen zu werden, erst recht nicht.

»Ja, richtig«, beginnt Darius, aber sein Kollege mit dem Polizeiausweis, ein untersetzter Mann mit einem hart konturierten Bart, fällt ihm ins Wort.

»Wann haben Sie Ihren Exmann zuletzt gesehen, Frau Witt?«

»Weiß nicht, das ist länger her. Wir haben seit der Scheidung keinen Kontakt. Warum?«

»Gar keinen Kontakt?«, hakt er nach. »Er hat doch neulich bei Ihnen angerufen, oder nicht?«

»Nicht, dass ich wüsste«, erwidert Derya. »Vielleicht hat er es versucht, aber erreicht hat er mich nicht. Ich hatte bis vor Kurzem kein Handy und bin selten zu Hause. Er hat mir zwei Briefe geschrieben, falls Sie das interessiert. Aber die habe ich nicht gelesen.« Erstaunlich! Sie hätte nicht gedacht, dass sie den Polizisten so flüssig ins Gesicht lügen kann.

»Können wir einen Blick in diese Briefe werfen?«

Derya lächelt zuckersüß. »Nein.«

»Nein?« Darius wirkt irritiert. Kein Wunder, er ist der Typ »Deutscher Schäferhund«, der ausschließlich dadurch zufriedenzustellen ist, es immer und jederzeit allen recht zu machen.

»Nein. Ich würde sie euch ja geben, kann es aber nicht. Ich hab sie weggeworfen.«

»Warum?« Mister Polizeiausweis scheint das höchst verdächtig zu finden und verlagert sein Gewicht in Richtung ihrer Wohnungstür.

»Weil mich nicht interessiert, was drinsteht, möglicherweise?«, sagt Derya genervt. »Man lässt sich nicht grundlos scheiden, wissen Sie? Ich möchte keinen Kontakt mehr zu meinem Exmann. Keinen Anruf, keine Briefe. Nichts.«

»Schon in Ordnung«, meldet sich Darius wieder zu Wort. »Es war nur eine Idee, dass er sich bei dir gemeldet haben könnte. Er wird seit dem Wochenende vermisst.«

»Von wem?«, platzt es Derya heraus.

»Offenbar gibt es noch Leute, die Kontakt zu ihm möchten.« Im Gesicht von Mister Polizeiausweis zuckt herablassend ein Muskel.

»Na-natürlich«, stammelt Derya. »Es verwundert mich nur, dass ihn jemand bei der Polizei als vermisst meldet. Ich vermute, das war Sven. Aber Nadine hat mir überhaupt nichts davon erzählt. Nadine ist Svens Frau und Roberts Schwägerin«, fügt sie für den fremden Polizisten hinzu. »Und zu der habe ich Kontakt.«

»Sven ist heute erst zu mir gekommen«, erklärt Darius. »Am Wochenende haben sie nicht gemerkt, dass Robert verschwunden war. Erst heute Morgen, weil ein gemeinsamer Kunde bei Sven anrief und wütend war, dass Robert ihn versetzt hat. Sven war dann in Roberts Wohnung, und da weist wohl einiges darauf hin, dass er das ganze Wochenende nicht da war.«

Derya hebt die Schultern. »Das wundert mich nicht besonders. Robert mag spontane Städtetrips. Bis jetzt ist er noch immer wiederaufgetaucht.«

»Er ist schon häufiger weggefahren, ohne jemandem etwas zu sagen? Sein Mobiltelefon ist auch abgeschaltet.«

»Ich wusste einige Male nicht, wo er war«, sagt Derya. Es ist demütigend, zuzugeben, wie respektlos sie sich hat behandeln lassen. Sie versucht, es sich nicht anmerken zu lassen, aber die Polizisten bemerken sicher das Stocken in ihrer Stimme. »Wenn er Stress in der Firma hat, schiebt er gerne Sven die Schuld in die Schuhe. Die Firma gehört nämlich Sven, Robert ist nur angestellt, und das passt ihm eigentlich gar nicht. Er empfindet es als Genugtuung, einfach einen Tag nicht zur Arbeit zu gehen und Sven alles alleine machen zu lassen.«

»Und damit kommt er durch?«

Derya stößt die Luft aus. »Robert macht sein eigenes Ding, immer. Und er hat grundsätzlich recht. Damit lebt man, oder man lässt es bleiben. Er ist erwachsen, oder? Geschieden, kinderlos. Wer sollte ihm verbieten, den sturen Bock zu spielen?«

Darius nickt. Er kennt Robert selbst. »Du hast bestimmt recht. Es besteht vermutlich auch kein Grund zur Sorge.«

Deryas größte Sorge ist, dass Jakob sich zu Tode langweilt, sollte das hier noch länger dauern.

»Wir übergeben den Fall wohl heute noch an das Bundeskriminalamt. Normalerweise nehmen die solche Vermisstenmeldungen von erwachsenen Personen auch nur in die Akten auf, solange es keinen Hinweis auf ein Verbrechen oder die Gefahr einer Selbstgefährdung gibt. Es gibt kein Gesetz, das spontane Ausflüge ohne Information der Familie verbietet. Ich hoffe, du nimmst es uns dennoch nicht übel, dass wir mal bei dir nachgefragt haben. Das war ein Gefallen unter Freunden.«

»Kein Problem«, antwortet Derya. »Hätte ja sein können, dass ich etwas weiß.«

»Eben. Wenn er sich meldet oder …«

»… oder mir etwas einfällt, rufe ich an, natürlich.«

»Danke, Derya.« Darius reicht ihr eine Karte vom Präsidium, auf die er mit Kugelschreiber seine private Handynummer geschrieben hat. »Schönen Feierabend.«

Die Männer gehen die paar Stufen zur Haustür hinab, und Derya sieht ihnen nach, bis sie unten sind. Ob sie die Vorfälle auf der Straße und die Anrufe besser erwähnt hätte? Es musste doch Robert gewesen sein, wer sonst käme infrage? Aber die Vorstellung, hier im Hausflur endlos über die schaurigen Erlebnisse berichten zu müssen, während aus der Nachbarwohnung in unregelmäßigen Abständen die dramatische Melodie von »Wer wird Millionär?« hallt, ist beinah noch unangenehmer als die Aussicht auf Polizei in ihrer Wohnung, wo sie mit Jakob allein sein will. Sie schließt eilig die Tür, wirft die Visitenkarte weg und geht ins Schlafzimmer. Doch dort steht nur einsam und verlassen ihr Bett, die Oberdecke peinlich glatt gestrichen.

Jetzt ist er weg!, fährt es ihr durch den Kopf. Weg, diesmal für immer oder zumindest wieder für sechzehn Jahre. Weg, als wäre er nie zurückgekehrt.

Sie ist zugleich hingerissen und schockiert von der Erkenntnis, wie sehr man ihr kaltes Herz noch verletzen kann. Um genau zu sein: wie sehr Jakob ihr Herz noch verletzen kann.

Aber wie kann er spurlos verschwunden sein? Sie hat doch die ganze Zeit an der Wohnungstür gestanden. Und derart furchteinflößend, dass Jakob aus dem Fenster türmen musste, ist sie hoffentlich auch nicht. Zumal das Schlafzimmerfenster geschlossen ist.

Als sie ein Geräusch aus dem Wohnzimmer hört, schießen ihr vor Erleichterung fast Tränen in die Augen. Dort sitzt er auf ihrem Sofa, als wäre nichts gewesen, und krault Odin am Kinn. Wie hat er es geschafft, unbemerkt an ihr vorbeizukommen?

»Entschuldige, dass es so lange gedauert hat.«

»Kein Problem.« Jakob lächelt. »Entschuldigst du, dass ich ein wenig gelauscht habe?«

»Das ist kaum zu vermeiden in der kleinen Wohnung.«

»Ich bin beeindruckt von dir«, sagt er, und sie ist vollkommen überrascht. »Du kannst immer noch ein richtiges Biest sein.«

»Hätte ich sie reinbitten und ihnen Schnittchen schmieren sollen?«

»Himmel, bloß nicht, nein. Ich hatte diese Seite von dir nur fast vergessen. Ich habe dich so ... so sanft in Erinnerung. So sanft, dass man Angst haben musste, die Welt könnte dich zerbrechen. Weißt du, wie die anderen dich damals genannt haben?«

»Schneewittchen«, antwortet sie leise. Weil sie still und träumerisch war, als würde sie ständig schlafen.

»Ja. Weil du so zerbrechlich warst, dass man dich am besten hinter Glas verwahrt hätte. Aber die hatten alle unrecht. Ich war der Einzige, der wusste, dass du immer schon Schneewittchen und böse Königin in einer Person warst.« Er sieht sie an, als hätte er ihr ein Kompliment gemacht.

Sie versteht das nicht so recht, entscheidet aber dennoch, nicht zu widersprechen. »Das wäre vielleicht ganz gut. Dann könnte ich meinen Exmann über die sieben Berge schicken und den Spiegel zerschlagen, sodass ich ihn nie mehr sehen muss.«

»Über die Berge scheint er ja vorerst zu sein. Machst du dir keine Gedanken um ihn?«

Derya stöhnt. »In diesem Leben nicht mehr. Der hockt irgendwo, ist sturzbetrunken und felsenfest davon überzeugt, der ärmste Mensch der Welt zu sein. Mir tun bloß Nadine und Felix leid, vor allem der Kleine. Der durchschaut seinen Onkel noch nicht und macht sich bestimmt Sorgen.«

»Es klingt, als wäre deine Ehe sehr harmonisch gewesen.«

»Den Sarkasmus kannst du dir sparen«, entfährt es ihr scharf. Gegen ihren Willen muss Derya über seine Worte aber doch ein wenig grinsen. Es gerät bitter, dieses Grinsen, und entpuppt sich nach zwei Atemzügen als Versuch, nicht in Tränen auszubrechen. »Verdammt«, presst sie zwischen den Zähnen hervor. »Ich bin es so leid, dass sich alles um ihn drehen muss. Selbst jetzt schafft er es noch, mir einen schönen Abend zu ruinieren.«

Jakob steht in einer fließenden Bewegung auf; Odin gleitet lautlos von seinem Arm auf den Boden. Sie erreichen Derya gleichzeitig, Jakob nimmt sie in den Arm, und Odin reibt sich an ihrem unbestiefelten Fuß.

»Hey, hey, ist schon gut«, sagen sie beide, jeder in seiner Sprache. »Niemand ruiniert dir deinen Abend.«

Leider doch, will sie erwidern. Denn auch ohne anwesend zu sein und ohne ein Wort zu sagen, ist es Robert gelungen, einen Keil zwischen Jakob und sie zu treiben. Einen kleinen Keil, der tief dringen kann, wenn sie keinen Weg findet, ihn aufzuhalten. Denn jetzt, als er sie tröstet mit seinem leisen »Ich bin ja da« und als ein weicher Kuss auf ihre Stirn all die Demütigungen der letzten Jahre fortwärmt, da keimt in Derya der Gedanke auf, dass Robert sie nie in seine Finger bekommen hätte, wäre Jakob damals nicht so überstürzt verschwunden.

Ist es seine Schuld?, fragt sie den Kater mit einem Blick.

Die Antwort klingt wie ein felines Seufzen. Leider ja.

Der Wecker zeigt kurz vor Mitternacht, als Jakob geht. Er wäre geblieben, denkt Derya, hätte ich ihn nicht gedrängt, mir zu erzählen, wie die letzten Jahre waren. Sie fühlt sich allein in ihrem Bett, das nie für zwei Personen gedacht war, aber sich nun trotzdem viel zu groß für sie allein anfühlt.

Jakob hat sich mit einem zarten Kuss verabschiedet, und sie muss nicht befürchten, dass er nicht mehr wiederkommt. Trotzdem fühlt sie sich, als hätte sie ihn verloren. Zumindest für eine Nacht – und wenn diese eine Nacht nicht zählt, warum sollten es alle andere Nächte dann tun?

Sie steht auf. Es ist dunkel, doch von der Straße fällt durch die nicht zur Gänze heruntergelassenen Rollos eine Spur von Licht. Sie kann eher erahnen als sehen, wo ihre Hausschuhe auf dem Teppich stehen. Mit dem nackten Fuß tastet sie danach.

Und erschrickt bis ins Mark.

Das sind nicht ihre Hausschuhe. Ihre Zehen sinken in etwas Weiches. Kaltes. Nasses.

Ein Geräusch begleitet die Bewegung. Eine Art merkwürdiges Schmatzen.

Was ist das?

Da liegt etwas Nasses auf ihrem Schlafzimmerboden.

Und was ist das für ein Geruch? Kupfer?

Sie geht zur Tür, rennt fast die drei Schritte. Dann schlägt sie mit der Hand gegen die Wand. Wo ist der Lichtschalter? Da ist kein … da muss doch … Da! Endlich wird es hell.

Zuerst sieht sie ihren Fuß. Rotbraune Flüssigkeit haftet zwischen ihren Zehen. Langsam dreht sie sich um.

Was ist das?

Eine dunkle Masse liegt dort, wo sie ihre Hausschuhe vermutet hat. Sie geht etwas näher. Es ist ein Handtuch. Ihr Handtuch, das hellblaue mit den cremefarbenen Streifen. Jetzt ist es dunkelrot.

»Das ist Blut«, sagt sie. Sehr viel Blut. Woher kommt all dieses Blut? Sie blickt auf ihre Hände. Mehr Blut, mehr …

Woher? Wo ist der Kater? Was ist das für Blut? Was?

Dann schreit sie auf.

Sie muss ohnmächtig geworden sein, denn sie liegt in ihrem Bett. Wer hat sie hineingelegt? Es ist vollkommen dunkel. Panik quillt in ihr auf, als müsste sie sich übergeben. Mit bebenden Händen sucht sie nach dem Schalter ihrer Nachttischlampe. Kalter Schweiß rinnt ihr über den Rücken. Endlich hat sie ihn gefunden. Die Birne flammt kurz und hell auf, dann gibt sie ein leises Zischen von sich, brennt durch und der Raum ist wieder stockfinster.

»Scheiße!« Das Wort klingt eher gewimmert als geflucht. »Scheiße, Scheiße, Scheiße!«

Sie schlägt die Decke zurück, zieht sie sofort wieder hoch, bis über ihre Brust. Sie ist nackt. Warum ist sie …?

Zitternd rappelt sie sich auf, hält sich die Decke vor den Körper und tappt durch die Dunkelheit. Wo lag das blutgetränkte Handtuch? Sie muss würgen bei der Vorstellung, ein weiteres Mal hineinzutreten. Es dauert quälend lange, bis sie den Lichtschalter erreicht und es gleißend hell wird.

Sie ist allein. Das blutige Handtuch ist fort.

Nein, es ist mehr als fort. Da ist nicht einmal mehr ein Fleck auf dem Teppich, was sie nervenzehrend langsam zu der Erkenntnis bringt, dass das blutige Handtuch nie da gewesen sein kann. Nicht in der Realität. Es hängt unter Garantie im Badezimmer und ist hellblau mit cremefarbenen Streifen. Jetzt erst, als ihr klar wird, dass es ein Traum gewesen sein muss, registriert sie, wie schnell und hart ihr Herz schlägt. Es gelingt ihr kaum, sich zu beruhigen. Dabei hat sie nur geträumt. Sie muss eingeschlafen sein, kurz nachdem Jakob gegangen ist. Lang kann sie nicht geschlafen haben, aber tief genug, um sich durch einen verfluchten Traum völlig verrückt machen zu lassen.

Der Wecker zeigt kurz nach Mitternacht.

An Schlaf ist nicht mehr zu denken. Derya zieht sich Shirt und Jogginghose an und ersetzt Odins angetrocknetes Katzenfutter vom frühen Abend mit frischem. Anschließend holt sie sich eine wollene Strickjacke aus dem Schlafzimmer, nicht ohne sich zu vergewissern, dass dort nach wie vor kein blutiges Handtuch auf dem Teppich liegt. Natürlich nicht. Trotzdem verlässt sie das Zimmer schnell wieder.

Der Traum war so real … Ob jemand die Flecken so schnell hätte beseitigen können? Sie geht zurück, um mit den Händen über den Teppich zu tasten. Trocken. Da kann kein Blutfleck gewesen sein. Ausgeschlossen.

Es sollte sie beruhigen, aber das tut es nicht.

Vielleicht hilft es, ein paar Worte mit Sonne zu wechseln. Sie schickt ihr eine Nachricht über WhatsApp:

Melde dich bitte, wenn du noch wach bist.

Doch solange sie danach auch auf die Zeilen starrt, das Häkchen dahinter färbt sich nicht blau, Sonne liest die Nachricht nicht. Offenbar schläft sie schon.

Derya schreibt eine zweite Nachricht, diesmal an Nadine.

Du hättest mir sagen können, dass ihr euch Sorgen macht.

Nadine wird es erst morgen lesen, aber das macht nichts. Zu ihrem Erstaunen erscheint hier aber sofort das blaue Häkchen und kurz darauf eine Antwort.

Dir auch einen guten Abend. Warum denn? Nur Sekunden später kommt eine zweite Nachricht. *Du willst nicht über ihn reden und hättest eh nur gesagt, dass kein Grund zur Sorge besteht.*

Weil ich ihn kenne, schreibt Derya.

Natürlich. Du bist die Einzige, die ihn kennt.

Mist. Sie hätte sich denken können, dass ihre Worte Nadine verletzen würden. Das hat sie nicht gewollt.

Entschuldige, ich wollte nicht streiten, tippt sie, aber dann löscht sie alles wieder. Es wäre gelogen. Klar, sie will Nadine nicht wehtun, so weit ist es die Wahrheit. Streiten will sie sehr wohl. Was schwierig zu vereinbaren ist, mit einer Person, die alles persönlich nimmt und in jeder Kritik einen Angriff sieht.

Die Polizei stand eben vor meiner Tür, schreibt sie. *Ohne Vorwarnung. Als ich gerade mit einem Mann in mein Schlafzimmer wollte.*

So viel Offenheit muss Beweis genug sein, dass ihr Ärger sich nicht gegen Nadine richtet. Ob die das allerdings versteht, ist fraglich. *Gib es zu, du wärst auch sauer.*

Was für ein Mann?, fragt Nadine zurück. Und dann: *Ach, vergiss es! Ist mir egal! Sven macht sich wirklich Sorgen!!*

Jetzt fängt Nadine auch schon mit diesen Scheißausrufezeichen an. *Muss er nicht. Robert macht doch immer, was er will.*

Aber er haut nicht einfach ab!

Doch. Wäre nicht das erste Mal. Und er hat ständig gedroht, nicht mehr zurückzukommen. *Irgendwann bin ich weg!*, hatte er ihr mehrmals ins Gesicht gebrüllt, vor allem, wenn er Stress in der Firma hatte. *Dann könnt ihr alle zusehen, wie ihr euren Scheiß alleine hinbekommt.*

Aber doch nicht ohne sein Auto!

Das ist tatsächlich ungewöhnlich. Robert fährt gern Auto. Das ist ihm viel lieber, als die Bahn oder das Flugzeug zu nehmen. *Fragt mal bei seinen Freunden in Berlin nach. Nach Berlin fährt er immer mit dem Zug.* Vor Jahren hatte ihm dort mal jemand ein Antifa-Zeichen in den Lack gekratzt. Außerdem gibt es zu wenige Parkplätze für seinen Geschmack.

Haben wir schon. Bisher ist er nie weggefahren, ohne zumindest Sven was zu sagen.

Das wäre eine interessante Info, wenn es Derya noch interessieren würde. Offenbar hatte die ganze Familie sie in der Vergangenheit mehrfach angelogen mit diesem scheinheiligen: Wir wissen auch nicht, wo dein Ehemann ist, liebe Schwägerin, aber mach dir keine Sorgen, er ist so ein Guter! Er meldet sich bei dir, sobald er sich von dem Ärger erholt hat, an dem zweifelsfrei du die Schuld trägst.

Schade, denkt sie, dass ich *wirklich* nicht weiß, wo er ist. Dann könnte sie entscheiden, ob sie so gütig sein soll, es ihnen zu verraten. Oder sie könnte schweigen und sie alle schmoren lassen. Sie seufzt leise. Zumindest Felix würde sie die Wahrheit sagen, und Felix würde das nicht für sich behalten. Gut, dass sie es nicht weiß.

Derya legt das Handy zur Seite und ignoriert das leise Geräusch, mit dem es ihr mehrfach zu sagen versucht, dass Nadine das Gespräch noch nicht als beendet betrachtet. Sie ärgert sich, dass Robert es schon wieder geschafft hat, ihre Gedanken zu beherrschen. Jakob ist gerade mal eine Stunde weg. Zwischen den Beinen riecht sie noch nach ihm, ihre Lippen sind noch wund von seinen Küssen, aber ihr Kopf ist voll von ihrem Ex. Das ist nicht richtig.

Die Müdigkeit wirkt plötzlich erschlagend. Sie muss am nächsten Morgen um sieben im Café stehen und fühlt sich, als brauchte sie einerseits zwölf Stunden Schlaf am Stück und könnte andererseits nie wieder genug Ruhe finden, um einzudämmern. Sie beschließt, sich einen entspannenden Tee zu machen. Sonne würde Lavendel oder Fenchel darunter verstehen. Sie selbst denkt eher an einen schwarzen Tee mit Schuss.

In ihrer Küche sieht sie auf den ersten Blick, dass etwas anders ist, aber sie braucht eine Weile, um zu erkennen, was es ist. Da liegt zusammengefaltetes Papier auf dem Küchentisch, das sie definitiv nicht dahin gelegt hat. Sie nimmt es in die Hand und faltet es auseinander. Etwa dreißig Blätter, DIN A4, festes, hochwertiges Papier. Briefe? Von Robert oder von ihrem Stalker, wenn es denn zwei Personen sind? Ihr wird übel. Doch es sind keine Briefe, es ist ein Text. Strukturiert wie Derya ihre Standardseiten formatiert, 30 Zeilen zu etwa 60 Zeichen. Ein Manuskript? Ja, es ist eine Leseprobe. Es handelte sich nicht um einen Ausdruck, sondern scheint mit einer Schreibmaschine geschrieben zu sein. Derya fällt auf den ersten Blick auf, dass vor dem kleinen r jedes Mal eine Lücke klafft, als hätte sich der Buchstabe auf seinem Weg zum Papier irgendwo verhakt. Oder gezögert.

Du scheues kleines r, denkt sie, und aus irgendeinem Grund geraten diese Gedanken liebevoll.

Auf den zweiten Blick fällt ihr auf, dass auf den ersten Seiten nicht ein einziges Ausrufezeichen zu finden ist.

Sie beginnt zu lesen, und ihr Herz schlägt schneller. Der Text ist von Jakob. Es ist der Roman, von dem er erzählt hat; zumindest der Anfang, das erste Kapitel. Ihre Befürchtung, er könnte die Seiten hier vergessen haben, sodass sie gegen seinen Willen in seinen Sachen herumschnüffelt, verschwindet rasch. Er muss ihn ihr bewusst hingelegt haben; sie hat doch erwähnt, dass sie den Text lesen will. Hat sie doch, oder?

Sie hat noch so viele Fragen. Der Roman gibt ihr vielleicht ein paar Antworten.

I

Hoffnungsgrün.

Ich hatte dieses Wort schon einmal gehört. (Gelesen? Gut möglich.) Wo genau, daran konnte ich mich nicht mehr erinnern. Genauso wenig wie an den Zusammenhang, in dem es aufgetaucht war. Aber etwas musste mir daran gefallen haben, denn irgendwo, ganz tief in meinem Inneren, hatte ich das Wort gespeichert.

Als ich das Haus meines Onkels sah, kehrte das Wort zurück. Ganz selbstverständlich, als wäre es nie verschwunden gewesen. Das Dach war in dieser auffälligen Farbe gestrichen

(Blattgrün, mit einem Hauch Dunkelblau drin, vielleicht auch Petrol), und da war es: Hoffnungsgrün. Ich selbst war ebenfalls voller Hoffnung, als ich ankam.

Natürlich war ich voller Hoffnung. Ich war neunzehn, und aus dem wolkenverhangenen Himmel meines Alltags hatte sich ein Onkel materialisiert, den ich bis dahin nur aus den verheulten, nostalgischen Erinnerungen meiner Mutter kannte. Ein wohlhabender Onkel. Ein wohlhabender amerikanischer Onkel – was seinen Coolnessfaktor um ein Vielfaches steigerte. Und dieser Onkel kam so mir nichts, dir nichts auf die Idee: Yeeha – da war doch diese dicke Schwester in Deutschland. Hatte die nicht einen Sohn? Was spricht dagegen, ihn einzuladen, den Germanboy, damit aus ihm ein waschechter Amerikaner wird?

Das Hoffnungsgrün ... Vielleicht lag es eher in den Augen des Betrachters als in dem betrachteten Gegenstand.

Wie auch immer – ich war neunzehn, besessen von dem Gedanken, eines Tages für die New York Times zu schreiben, und dementsprechend leicht zu verführen. Mein Onkel hatte womöglich einen manischen Hang zur Selbstzerstörung. Oder er ahnte nicht, was er sich mit mir ins Haus holte. Bevor ich kam, hatte er ein großartiges Leben und ein Geheimnis. Später dagegen ... Nein, ich will nicht vorgreifen.

Tomas sah aus, als wäre er Moms Zwilling, nur dass er nicht versuchte, seine verbliebenen Haare möglichst lang wachsen zu lassen, um sie geschickt über die Stellen zu drapieren, die kahl geworden waren. Er trug die Glatze zwar nicht mit Würde, aber er glaubte sicher, dass er das tat. Er sprach drei Sprachen: Polnisch mit deutschem Akzent, amerikanisches Englisch mit polnischem Akzent und Deutsch mit amerikanischem Akzent. Ich fragte mich von unserem ersten Gespräch an, ob er damit nicht manchmal durcheinanderkam, aber meines Wissens nach ist das nie passiert. Seine Frau Becky, eine hochgewachsene Blondine, war wesentlich jünger als er, etwa

Mitte dreißig, aber sie schminkte sich so übertrieben, dass sie älter aussah. Ihre Figur hielt sie durch Fettbindekapseln, zudem trainierte Becky täglich in ihrem hausinternen Fitnessraum mit Stepper, Laufband, Crosstrainer und einer Menge Gerätschaften, von denen ich bis heute nicht weiß, wie zur Hölle man sie benutzt, ohne sich das Kreuz zu brechen. Wenn sie Zeit übrig hatte, engagierte sich Becky bei einer christlichen Frauengruppe, die sich um einsame Rentner kümmerte. Meine Vermutung war zunächst, dass sie das nur tat, um über die anderen Frauen, deren schlechten Stil oder die Folgen der viel zu üppigen Ernährung herzuziehen. Becky war oberflächlich, jedoch hochintelligent. Sie überragte meinen Onkel nicht nur bei der Körpergröße um mehr als einen Kopf.

Ich saß gerade mal zwanzig Minuten mit den beiden am Tisch, als ich mich das erste Mal fragte: Wie hat der Drecksack das alles geschafft? Den gut bezahlten Job beim Finanzamt, das Haus mit Garten, Pool und Garage, den Ford und den Volvo. Die Frau. Ich kannte Onkel Tomas knappe drei Stunden und war bereits sicher, dass er ein Idiot war und all das nicht verdient hatte. Nicht verdient haben konnte.

Hier lief etwas schief.

Ich war unerfahren, was Missgunst angeht. Nein, das Gefühl war mir völlig unbekannt – was weniger an meiner Moral, sondern mehr an meinem ästhetischen Empfinden lag. Schon als Kind war ich Ästhet gewesen, und in meiner Jugend hatte sich das noch gesteigert. Hässliche Dinge konnte ich nicht ertragen. Ich wandte mich wortlos ab, statt mich mit Scheußlichkeiten zu beschäftigen und ihnen Raum in meinem Kopf zu geben, wo ich sie nicht wollte. Die Leute hielten das für eine gute Eigenschaft, sie lobten mich dafür, nie zu lästern. Mein Verhalten wurde belohnt, und ich lernte früh (sehr früh, lange bevor ich selbstständig meine Schuhe zubinden oder meinen Namen aufmalen konnte) das für meine Zwecke zu nutzen. Da stand ich also, völlig unerfahren, was Missgunst anging, und tat mich schwer, dieses Gefühl von Misstrauen zu unterscheiden. Beides war eins für mich, als ich entschied, hinter das Geheimnis zu kommen, das mein Onkel Tomas verbarg. Ich hatte keine Vorstellung davon, was ich finden würde, ich wusste nur eins:

Er hatte all das nicht verdient.

Und das wusste er. Warum holte er mich zu sich, lud mich in sein Haus ein, gab mir ein Zimmer, zahlte meine private Highschool und sagte seiner Frau, sie solle mir morgens Sandwiches mit Truthahn und Braten in die Schultasche packen? Ausgerechnet mir, von dem Fragen zu erwarten waren? (Ihm war klar, dass ich Journalistik studieren wollte. Ich hatte aus reiner Naivität alle Karten auf den Tisch gelegt, bevor ich wusste, dass wir ein Spiel spielen würden.)

Vermutlich machte ich mir unnötige Gedanken über seine Gründe, und ich war schlicht der einzige Neffe, den er hatte. Er hatte meiner Mutter erzählt, dass Becky und er lange versucht hätten, ein Kind zu bekommen, und Becky jetzt über Adoption nachdachte, sich aber einfach nicht entscheiden konnte. Wie er dazu stand, habe ich nie erfahren. Offenbar hielten sie es für eine gute Idee, sich den halbwüchsigen Neffen zum Elterntraining zu bestellen. Becky und Tomas waren es gewohnt, alles, was sie haben wollten, aus einem Katalog oder einem der hundert Prospekte übers Telefon zu bestellen. Mahlzeiten, Schuhe, Zigaretten, Bücher (die sie nicht lasen), Kleidung, Medikamente, Schmuck, Schminke, Parfum, Rasierapparate, Haushaltsgeräte (die sie nie verwendeten, da sie all ihr Essen fertig zubereitet orderten). Sie bestellten selbst die Fische für ihr Aquarium aus dem Katalog und ließen sie mit UPS anliefern.

Vorstellbar war aber auch, dass Tomas einfach nie der Gedanke kam, ein angehender Journalist könnte Fragen stellen, die gefährliche Auswirkungen hatten. Um ganz ehrlich zu sein: Das war sogar die wahrscheinlichste Variante. Schließlich war es seine Einfältigkeit, die mich davon überzeugte, dass er sich all seinen Besitz unmöglich verdient haben konnte.

Damals war mir vollkommen gleichgültig, wohin meine Recherchen führen würden. Womöglich würde ich ein Verbrechen aufklären und Tomas oder Becky (oder beide) in den Bau bringen. Ein frühes Ende des American Dream. Vielleicht würde ich auch bloß durchschauen, wie er sich Geld, Haus, Autos und Frau ergaunert hatte. Das hätte mir gereicht. Mir lag nichts an Rache oder Vergeltung, es war nicht mal meine Intention, den beiden in irgendeiner Weise zu schaden. Warum sollte ich? Sie hatten mir nichts getan. Ich lebte recht bequem bei ihnen, konnte (und sollte) mir alles bestellen, was ich brauchte oder haben wollte, und hatte jedwede Freiheit, die man mit neunzehn in den Vereinigten Staaten haben kann. Ich fand schnell Freunde in der Schule, coole, amerikanische Freunde, die umgekehrt mich cool fanden, weil ich Deutscher war. Sie rissen sich darum, mich zu Hause zu besuchen, und Becky teilte ihre Zigaretten mit uns. Erst rauchte sie, dann gab sie die Kippe an meine Freunde weiter. Die Jungs bekamen einen Ständer, wenn ihre Lippen da lagen, wo der Lippenstift auf dem Filter haftete. Becky amüsierte sich darüber sehr. Es war unser kleiner gemeinsamer Spaß, auch wenn sie leider nie erfahren hat, dass ich davon wusste.

Mädchen brachte ich nicht mit. Es war noch zu früh. Becky tat es leid, sie hätte gern meine Freundinnen verschreckt. Tomas war beunruhigt. Ich war doch nicht etwa schwul? Hoffentlich nicht, denn wie sollte er das den Nachbarn beibringen?

Sie hatten ihre Macken, genauso wie ich meine, aber im Großen und Ganzen waren sie prima. Es war klar, dass ich mir ins eigene Fleisch schneiden würde, wenn ich Becky und Tomas schadete. Und beinahe hätte ich es auch nicht getan, denn ich war fast so bequem, wie ich neugierig war. Bereit dazu war ich trotzdem – so bereit jedenfalls, wie man sein kann, wenn man ein Erdbeben auslösen will. (Sie finden ein Erdbeben als

Vergleich zu melodramatisch? Nun, Becky und Tomas sehen das sicher anders.)

Es kam auch der Moment, an dem ich Skrupel hatte. Oder nennen wir es lieber Zweifel. Das muss zu der Zeit gewesen sein, als mir das Ausmaß bewusst wurde und die Konsequenzen für uns alle.

Doch es ließ mich einfach nicht los. Es störte mich, wie ein Splitter unter dem Fingernagel, von dem man weiß, dass er weg muss, weil es sonst eine fiese Entzündung geben wird. Tomas hatte das Leben, das er führte, nicht verdient. Und er hatte keine Erklärung, wieso er es überhaupt führen konnte. Es gab keine Erbschaft, keinen Lottogewinn und auch sonst keine Geldspritze von außen. Es musste ein Geheimnis geben, was weiterhin bedeutete: Es musste eine Story geben.

Ich setzte alles auf eine Karte und sämtliche Hoffnungen darauf, diese Story zu finden.

Kapitel 13

Das Papier lässt Derya zu Hause, aber die Geschichte trägt sie mit sich, als sie am Morgen zur Arbeit geht. Sie denkt ununterbrochen darüber nach. Die Stunden vergehen wie im Flug, wenn der Körper seine Arbeit macht und der Geist mit der Interpretation eines Texts beschäftigt ist und endlich, endlich einmal etwas zu tun hat. Jakobs Roman inspiriert sie. Sie war nie ein Fan davon, Texte mit Parallelen zum eigenen Leben zu schreiben, weil man in Gefahr gerät, sich selbst zu beschreiben und dem Protagonisten keinen eigenen Charakter zu gönnen. Und da niemand gerne nackt vor einem Publikum steht – nicht mal Schauspieler, denn selbst die tragen ihre Rollen als Kostüme über der Haut –, beginnt man, die Hauptfigur zu schönen, all das Hässliche abzukratzen und mit noch mehr Hübschem wieder zu maskieren, um sich in Perfektion zu hüllen. Zu viel Perfektion ist das Resultat einer Figur, die dem Autor zu ähnlich ist. Zu viel Perfektion ist künstlich und unecht und mündet immer in Langeweile. Zumindest hat Derya das bis gestern so gesehen.

Jakob hat dieses ungeschriebene Gesetz gebrochen; das Leben seiner namenlosen Figur zeigt deutliche Parallelen zu seinem. Sie fragt sich, ob er die Regel kennt, dass man die eigene Realität nicht zur Kunst machen soll. Die Antwort muss Ja lauten. Er hat es sogar laut ausgesprochen: Beginnt da nicht die Kunst?, hat er gefragt. In dem Moment, wenn man anfängt, die Regeln zu brechen?

Aber Jakob darf die Regeln brechen, erklärt sie sich selbst, als sie am Nachmittag mit der Straßenbahn nach Hause fährt. Weil er es kann. Weil er sich selbst nicht geschönt beschreibt, sondern aus dem Fundament, den Pfeilern, die sein Leben ergeben, eine ganz neue Figur schafft. Eine egoistische, hinterhältige Figur, aus dem gleichen Material, aber kontradiktorisch zu sich selbst. Sein Protagonist, der sich aus Neid selbst zerstören wird, ist sein eigenes Antonym.

Moment bitte, zweifelt etwas in ihrem Kopf. Wenn er mit der Romanfigur seinen Gegensatz geschaffen hat, steht es dann nicht zu befürchten, dass dasselbe passiert wie bei einem Self-Insert, nur andersherum? Eine Komposition nur aus Nachteilen, die letztlich auch künstlich und unecht wirkt und zu Langeweile führt?

Schwierig, gibt sie vor sich selbst zu. Die Gefahr besteht durchaus. »Aber ich bin sicher, dass er das schafft.«

»Wie bitte?« Der ältere Herr, der neben ihr sitzt, schaut sie verwundert an. »Wer schafft was, junge Frau?«

Sie muss lächeln. »Ich hab mit mir selbst geredet. Ich war so in meinen Gedanken versunken.« Es ist lang her, dass sie das von sich behaupten konnte.

Zu Hause bleibt ihr nur eine knappe Stunde Zeit, sich frisch zu machen, bevor sie wieder los muss, um ihre Schicht an der Kasse abzusitzen. Sie kippt sich zwei Handvoll Wasser ins Gesicht, kämmt sich die Haare, benutzt Deo und zieht neue Kleider an. Dann geht sie in die Küche, wo Jakobs Text auf dem Tisch liegt und nach ihr flüstert. Eigentlich hat sie keine Zeit, um ihn noch einmal zu lesen. Es ist auch nicht nötig, sie kennt ihn beinah auswendig. Aber widerstehen kann sie dann doch nicht. Sie überfliegt die Seiten im Stehen, während sie ein Glas Wasser trinkt. Der Text erinnert sie an die Zeit, als ihre eigenen Worte sie so von sich einnahmen. Als sie an *Spiegeltropfen* schrieb, empfand sie dasselbe: das Gefühl, in einer Blase zu sein, sicher und beschützt durch ihre Fantasie und ungestört von der Welt da draußen.

Als sie am Ende angekommen ist und die Blätter zurück auf den Tisch legen will, sitzt Odin dort und schaut sie missmutig an. Was hat er nur? Sie will sein Futter kontrollieren, aber dort, wo seine Schälchen normalerweise stehen, ist nichts. Seltsam.

»Ich hab dir doch heute Morgen Frühstück gegeben.« Hat sie wirklich, oder? Ja, sie kann sich genau erinnern. Vorsichtshalber sucht sie die Fressnäpfe dennoch im schmutzigen Geschirr, und als sie sie nicht finden kann, kriecht sie auf den Knien durch die Küche und schaut unter jeden Schrank und in jede Ecke.

Schließlich kann sie nicht länger suchen, sie muss jetzt augenblicklich los, um ihre Bahn zu erwischen. Sie füllt Odin eine

Teetasse mit Wasser und löffelt extra viel Dosenfutter auf einen Untersetzer. Er wird es nicht anrühren, aber sie will ihm wenigstens die Möglichkeit geben zu fressen. »Deine Lieblingsschälchen suchen wir, wenn ich wieder da bin«, tröstet sie ihn, schlüpft in Mantel und Schuhe und eilt zur Haltestelle.

Als sie von der Arbeit zurückkommt, fällt ihr auf, dass Sonnes Briefkasten überquillt. Rosa Werbeblättchen hängen wie schlaffe Zungen aus dem Schlitz. Derya betritt das Treppenhaus. Die Innenbeleuchtung ist kaputt, es ist dunkler als draußen. Unbehagen flammt in ihr auf. Es kommt gar nicht infrage, jetzt noch nervös zu werden. Sie ist in wenigen Schritten zu Hause. Dennoch lässt sie Sonnes Post, wo sie ist, und beeilt sich, die paar Stufen zu ihrer Wohnung hochzukommen. Das Schloss ihrer Wohnungstür öffnet sich nach einer halben Umdrehung ihres Schlüssels. Hat sie etwa vergessen abzuschließen? Sie vergisst doch nicht abzuschließen. Nie. Allerdings war sie vorhin ziemlich abgelenkt. Vielleicht hat sie es doch vergessen.

In der Wohnung stinkt es beißend nach Katzenurin. Odin scheint ein schlechtes Gewissen zu haben, denn er begrüßt sie nicht an der Tür. Derya folgt dem Geruch ins Badezimmer und stöhnt auf, als sie die Bescherung entdeckt. Der Kater hat auf die Sachen gepinkelt, die sie am Mittag in der Eile liegen gelassen hat. Sämtliche Kleidungsstücke sind nass und stinken. Wie kann eine einzige Katze in so kurzer Zeit so viel pinkeln? Obenauf hat er wie als Krönung noch einen Haufen gesetzt. »Blödes Katzentier«, murmelt Derya, aber dann fällt ihr Blick auf die Katzentoilette. Die Haube steht falsch herum auf der Streuschale, sodass der Eingang nach hinten, zu den Fliesen zeigt. Der arme Odin hatte keine Chance, in sein Klo zu gelangen. Wo war sie denn mit ihren Gedanken? Wie konnte sie das übersehen?

Seufzend macht Derya sich daran, die Schweinerei zu beseitigen und die Wäsche in die Waschmaschine zu laden. Einschalten darf sie sie jetzt nicht mehr, das Schleudern würde die Nachbarn wecken. Auf eine kurze Dusche kann sie aber nicht verzichten, auch wenn das nicht ganz so lautlos vonstattengeht, wie es um die Uhrzeit wünschenswert wäre. Doch das griesgrämige Paar in der

Wohnung über ihr hat das Gemecker schon vor Monaten aufgegeben, und die alte Dame nebenan ist halb taub und sorgt mit ihrem voll aufgedrehten Fernseher selbst für Krach. Als Derya unter der Dusche steht und sich heißes Wasser über Haare und Gesicht prasseln lässt, ertönt ein Scheppern in der Wohnung. Sie fährt zusammen, reißt die Augen auf und bekommt prompt Shampoo hinein. Jetzt hat der verrückte Kater vermutlich noch etwas von der Anrichte geworfen. Aber, okay, Odin hat jedes Recht, wütend auf sie zu sein. Sie hat ihn nicht nur versehentlich in die Bredouille gebracht, sie hat ihn vernachlässigt. Das Telefon klingelt. Bis sie das Duschgel abgespült hat, ist es wieder still. Sie wringt ihr Haar aus, wickelt sich ein Handtuch um den Kopf und ein anderes um den Körper. Es ist das gestreifte, von dem sie kürzlich geträumt hat. Irgendwas zwingt sie dazu, es an ihre Nase zu drücken und zu kontrollieren, ob es nach Kupfer riecht. Es riecht nach gar nichts, nicht nach Kupfer und nicht nach Weichspüler. Es riecht, als wäre es gar nicht da. Sie bekommt diesen hartnäckigen Kupfergeruch nicht aus dem Kopf und fragt sich, wie das möglich ist. Kann man im Traum überhaupt riechen?

Erneut klingelt das Telefon. Sie geht ran, aber am anderen Ende der Leitung ist niemand. Es klingt, als wäre die Leitung tot; ein Verbindungsfehler. Oder ist da wieder dieses Atmen? Vorsichtshalber zischt sie: »Du armer Wichser!«, bevor sie auflegt. Nur für den Fall, dass da jemand ist.

In ihrem Magen macht sich ein flaues Gefühl breit. Um sich zu beruhigen, beschließt sie, erst einmal das Chaos zu beseitigen, das Odin gerade angerichtet hat. Im Vorbeigehen kontrolliert sie das Schlafzimmer. Ein Blick auf den Teppich muss sein, aber da ist natürlich nichts. Im Wohnzimmer fällt ihr nichts auf, und in der Küche findet sie zwar Odin, der auf der Eckbank sitzt und entspannt seinen Fuß leckt, aber nirgendwo liegt etwas, was er runtergeworfen haben könnte. Seltsam. Was hat denn diesen Krach verursacht? Ob es aus der Wohnung über ihr gekommen ist?

Sie setzt sich Wasser im Wasserkocher auf und füllt ihre liebste Kräutermischung in ein Tee-Ei. Während der Tee zieht, will sie noch einmal einen Blick in Jakobs Manuskript werfen. Die Zeilen beruhigen ihre gereizten Nerven wie Balsam wunde Haut.

Vielleicht, weil der Text ein Versprechen beinhaltet: Ich vertraue dir meine Arbeit an. Deine Meinung ist mir wichtig. Vielleicht bedeutet es sogar: *Du* bist mir wichtig. In jedem Fall sind die paar Blätter Papier ein unterschriebener Vertrag, der ihr garantiert, dass sie ihn wiedersehen wird. Er hatte ihr seinen Text nicht dagelassen, um wieder ein Leben lang zu verschwinden.

Aber wo hat sie die Blätter nur hingelegt? Noch einmal sieht sie in jeden Raum, aber sie kann sie nicht finden. Sie kontrolliert alle Schubladen und schaut sogar in ihre Handtasche, obwohl sie absolut sicher ist, den Text nicht eingepackt zu haben.

»Wo habe ich sie nur zuletzt gehabt?«, fragt sie den Kater, aber der fragt nur still zurück, wie sie auf die Idee kommt, es könnte ihn interessieren. Sie weiß noch, dass sie den Text gelesen hat und auf den Tisch zurücklegen wollte. Doch dort saß der Kater. Kurz darauf hatte sie Odins Wasser- und Futterschälchen gesucht. Die hat sie immer noch nicht gefunden, und wie vermutet hat der Kater sein Fressen auf dem Unterteller nicht angerührt. »Taube Katzen sind oft neurotisch und entwickeln eine fast hysterische Pingeligkeit«, hat die Tierheimmitarbeiterin erklärt, und Derya hat erwidert: »Wie ich – ich nehme ihn, keinen anderen, nur ihn!« Odin schien zugehört zu haben.

»Du hast wahrlich mehr Neurosen als ich!«, schimpft sie ihn aus und kriecht dann ein weiteres Mal über den Boden, um unter alle Schränke zu sehen, auf der Suche nach seinen Schälchen und Jakobs Romananfang.

Nichts davon findet sie in dieser Nacht.

Am nächsten Morgen fühlt sie sich wie gerädert. Sie hat schlecht geschlafen, ist immer wieder wach geworden. Odins nächtliches Herumtappen, das ihr normalerweise ein Gefühl von Sicherheit vermittelt, hat sie gestört und nicht zur Ruhe kommen lassen. Erst in den frühen Morgenstunden, als der Kater sich an ihre Füße gelegt hat, ist sie richtig eingeschlafen, so tief, dass sie das Piepen des Weckers überhört haben muss.

Nun ist es mal wieder so spät, dass sie sich hetzen muss, um pünktlich im Toni's zu sein. Schnell steigt sie in ihre Kleider und rennt ins Bad, um Zähne zu putzen. Die Tür ist zu – Warum ist die Tür zu? –, und als sie sie öffnet, schlägt ihr beißender Geruch nach Ammoniak entgegen. Eine Sekunde steht sie starr im Türrahmen. Die Sachen, die Odin gestern angepinkelt hat, liegen auf dem Badezimmerboden verstreut. Der Gestank wabert durch die offene Tür und verteilt sich in der Wohnung. Sie bildet sich ein, ihm wie Rauch zusehen zu können, wie er umherzieht, in die Polster sickert, ihre Kleidung durchdringt und sich wie ein dünner Film auf ihr Haar legt. Sie muss gegen einen Würgereiz anschlucken, teils vor Ekel, teils weil ihr die Sache nun wirklich unheimlich wird. Sie hat die Sachen in die Waschmaschine geräumt und das Bullauge geschlossen. Ganz sicher. Wie sind sie wieder herausgekommen, und warum war die Tür geschlossen?

»Ich habe Jakobs Manuskript gesucht«, murmelt sie. Sie war gestern übermüdet und vermutlich unterzuckert. Kann es nicht sein, dass sie die Sachen aus der Maschine gerissen hat, um sich zu vergewissern, dass der Text nicht dazwischensteckt? Aber warum hätte sie einfach die Tür schließen sollen, statt die Wäsche wieder in die Maschine zu stecken?

Sie stopft alles zurück in die Trommel, kippt zu viel Waschmittel hinein und schaltet die Maschine an. Dann wäscht sie sich die Hände mit möglichst heißem Wasser. Ihr Spiegelbild blickt aus tief umschatteten Augen ohne jeden Fokus an ihr vorbei. Sie muss an Hanna denken, an deren Worte, als sie damals während der Scheidung zum ersten Mal bei ihr war: »Sie müssen dringend besser für sich sorgen, Derya«, hat sie gesagt. »Ihr Buch ist zweifellos wichtig für Ihre Karriere. Ihre Romanfiguren sind von Ihnen abhängig, das verstehe ich gut. Aber kümmern Sie sich bitte auch um sich selbst. Ihre Arbeit braucht ein sicheres Zuhause in Ihnen.«

Sie beschließt, Hannas Rat auch diesmal ernst zu nehmen, aber das kann warten, bis sie im Café ist. Jetzt muss sie los. Und zwar schnell!

Gegen Mittag kommt eine scheue, geduckt gehende Gestalt ins Café, die Derya sofort anhand der teuren Winterjacke erkennt, auf der ein paar Schneeflocken schmelzen.

»Ich will dich nicht stören«, beteuert Kiwi nach dem ersten

Hallo. »Und keinesfalls irgendwas schnorren. Nicht, dass du einen falschen Eindruck von mir bekommst.«

»Natürlich nicht. Darf ich dich trotzdem auf einen Kaffee einladen?« Irgendwie kommt ihr das falsch vor. »Oder einen Kakao?«

»Nein danke«, erwidert Kiwi leise. »Ich will das nicht ausnutzen, dass du …«

»Es ist eben einer übrig geblieben«, lügt Derya. »Mit Sahne. Ich hab mich vertan und einen zu viel gemacht. Ich darf so was selbst trinken, aber ich mag keine Sahne.« Du allerdings könntest eine Extraportion Sahne vertragen.

Kiwi sieht nicht gut aus. Man sieht wenig von ihrem Gesicht, weil sie den Kragen der Jacke so hoch- und die Mütze so weit runtergezogen hat. Aber das bisschen Haut, das sie zeigt, ist so trocken, dass es rissig wirkt. Ihre Wangen sind eingefallen und ihre Lippen blass und schuppig. Sie hadert noch ein wenig, dann nickt sie schließlich.

»Setz dich«, befiehlt Derya und deutet auf einen Platz, von dem aus Kiwi die Theke nicht sehen kann. Dann beeilt sie sich, rasch einen Kakao mit doppelt Sahne zuzubereiten.

Kiwi nimmt einen gierigen Schluck und verbrennt sich den Mund. »Der war übrig, ja?«, fragt sie und schüttelt mit einem Grinsen den Kopf. »Dafür ist er noch ganz schön heiß. Ich bin dir was schuldig.«

»Vergiss es. Es ist doch bloß ein Kakao.«

»Ich vergesse nichts. Nie. Ich mag es nicht, was offenzuhaben.«

»Verstehe«, erwidert Derya, und das ist noch untertrieben. Wäre sie ehrlich, würde sie sagen, dass es ihr genauso geht. »Aber das ist nur ein Kakao mit Sahne. Ein Dankeschön ist mehr als genug, dann sind wir quitt.«

Kiwi überzeugt das nicht, ihr Gesicht sagt es deutlich.

»Du kannst dich irgendwann revanchieren.«

Endlich nickt Kiwi. »Ja, vielleicht. Du bist nett.«

Derya lächelt. Sie ist in der Lage, gelegentlich etwas Nettes zu tun. Das macht sie nicht zu einem netten Menschen. Leider. Aber es gefällt ihr, dass Kiwi sie für nett hält, denn sie wäre tatsächlich gerne so. »Was führt dich her, wenn nicht Lust auf einen Kakao?«

Kiwi nippt an ihrem Getränk. Ihre Lippen bekommen langsam wieder Farbe. »Wollt halt mal nach dir sehen. Ob dir wieder irgendwelche Typen nachstellen.« Derya erschrickt, aber Kiwi grinst. »Keep cool. Nein, ich hab heute Vormittag mit zwei Jungs abgehangen und war dann gerade in der Gegend. Wollte mal schauen, wann du Feierabend hast, vielleicht …« Mehr ist ihr offenbar zu verbindlich. Sie lässt den Satz in der Luft hängen.

Derya fühlt sich seltsam berührt. Dass jemand sich in ihre Nähe begibt, bloß um Zeit mit ihr zu verbringen, ist ihr neu.

»Wenn's eine blöde Idee ist …«, beginnt Kiwi und versteckt sich hinter ihrer Tasse.

»Nein, nein. Wunderbar. Ich freu mich.« Mehr noch. Sie ist ganz aufgeregt. »Leider muss ich heute noch bei REWE an der Kasse hocken, aber was ist mit morgen? Ich habe um halb drei Feierabend und danach Zeit. Wir könnten etwas trinken gehen.«

»Ich kann's nicht bezahlen«, erwidert Kiwi.

Derya kann sich denken, dass »Ich zahle« die falsche Antwort ist. »Dann gehen wir halt nur in die Stadt, gucken uns Leute an und reden.«

»Das klingt gut.« Kiwi lächelt scheu, wischt sich mit dem Handrücken den Mund ab und stützt sich am Tisch hoch. »Ich geh dann mal lieber. Halte dich bloß auf.«

Widerspruch ist zwecklos. Derya registriert die ungeduldig winkenden Kunden selbst, seufzt und begibt sich zu ihnen. Kiwi ist bereits verschwunden, als sie sich nach ihr umsieht.

Auf der Heimfahrt mit der Bahn muss Derya lange an das Gespräch denken. Sie bewundert Kiwi für ihren Mut, einfach im Café aufzutauchen. Sie selbst zögert und hadert ständig, wickelt sich in das Gefühl, vielleicht unerwünscht zu sein oder zu stören, wie in eine nasse, kratzige Decke.

Wieso eigentlich?, denkt sie immer wieder, bis irgendwann der Trotz stärker ist als die Angst vor einem Korb und das Handy zwischen ihren Fingern liegt.

Das Freizeichen ertönt, tutet eine Weile vor sich hin. Dann liest eine anonyme Stimme den Standardtext der Mailbox runter.

Enttäuscht packt sie das Handy wieder in ihre Tasche. Na ja. Nun ist Jakob wieder am Zug. Er wird sie wohl zurückrufen, wenn er ihren Anruf sieht. Das wird er doch sicher, oder?

Der Mittwoch ist ebenso stressig wie der Dienstag, auch heute muss sie schon um vier wieder an der Kasse sitzen. Ihr bleibt gerade noch genug Zeit, um sich umzuziehen. Zu Hause pfeffert sie ihre Handtasche in eine Ecke und lässt die vom Nieselregen feuchte Jacke auf den Boden fallen. Wo ist nur Odin? Sie will ihm wenigstens eine Viertelstunde widmen, bevor sie wieder losmuss. Sie schaut in die Küche und fährt zusammen. Von einem auf den anderen Moment ist ihr eiskalt.

Es war jemand hier.

Sämtliche Küchenschränke stehen weit offen. Alle Schubladen sind aufgezogen. Nudeln, Mehl und Reis liegen auf dem Boden. Ein paar Teller und Tassen sind zerbrochen. Der Müll ist umgeworfen. Papiere, die sie unter den Messern und Scheren aufbewahrt hat, sind wie Laub über den Fußboden verteilt. Wer immer das getan hat, er muss schon einmal da gewesen sein. Es ist so offensichtlich, dass sie sich wundert, wie sie es übersehen konnte. Jemand hatte Odins Schälchen weggenommen, Jakobs Manuskript verlegt und die nasse Wäsche aus der Maschine gerissen. Nichts davon hat sie selbst getan – wie hatte sie sich das einbilden können?

Ihr wird flau beim Gedanken, dass jemand hier war, während sie geduscht oder geschlafen hat. Aber so muss es gewesen sein. Das Poltern in der Wohnung, für das sie keine Erklärung gefunden hat! Odin hätte kaum etwas umwerfen und wieder hinstellen können. Ein Einbrecher sehr wohl. Aber wer? Und warum?

Ihr Magen verkrampft, sie fürchtet, sich übergeben zu müssen, und rennt ins Bad. Dort sieht sie ihr Gesicht im Spiegel. Eine bleiche, schreckensstarre Fratze hinter blutroten Streifen, die quer über den Spiegel gezogen wurden, von links nach rechts, von rechts nach links, vertikal, diagonal. Ein Bild des Terrors. Ihr roter Lancôme-Lippenstift liegt abgebrochen im Waschbecken.

Das kann doch nicht sein. Träumt sie, ist es ein Albtraum? Das ist ihre Wohnung, ihre ganz allein. Ihr Zuhause. Niemand hat das Recht, in ihr Zuhause einzudringen, alles kaputt zu machen, zu durchwühlen.

Odin, schießt es ihr durch den Kopf. Zwei Gefühle vermischen sich in ihrer Brust und nehmen ihr den Atem: Angst um ihren Kater ist das eine. Das andere ist Erleichterung. Es muss ein Traum sein, es kann ja nur ein Traum sein. Als sie von dem blutigen Handtuch geträumt hat, war Odin auch nicht da.

»Okay«, sagt sie, es gerät leiser als gewollt und zu hoch. »Ganz ruhig bleiben. Ich muss nur aufwachen!« Sie kneift sich in den Unterarm, aber es tut bloß weh, und die Welt bleibt, wie sie ist. Der Spiegel beschmiert und der Lippenstift abgebrochen. Sie kneift, bis sie Blut an den Fingerspitzen fühlt. Doch das ändert nichts an dem Bewusstsein der Realität, das sich eiskalt ihren Rücken hinaufschleicht.

Es wurde eingebrochen.

Der Kater ist verschwunden.

Der Täter könnte noch in der Wohnung sein.

Gleichzeitig schießen mehrere Dinge durch ihren Kopf, die sie sofort tun muss, die zugleich aber unmöglich zu bewerkstelligen sind, was sie lähmt und zur Untätigkeit zwingt.

Sie muss die Polizei rufen.

Sie muss Odin finden.

Sie muss sofort aus der Wohnung raus.

Das Telefon klingelt, einen absurden Moment lang denkt Derya, dass sie rangehen sollte, bis ihr wieder klar wird, dass sie gerade andere Probleme hat als einen verpassten Anruf. Sie muss nachdenken. Sich fassen. Das Klingeln hilft ihr ein wenig dabei.

Zuerst nach Odin schauen, denkt sie. Irgendwo muss er sein. Sie verlässt das Bad auf Zehenspitzen, geht durch den Flur und lugt ins Schlafzimmer. Hier sieht es nicht besser aus als in den anderen Räumen: Ihr Bett ist zerwühlt. Was hat der Einbrecher in ihrem Bett gesucht? Die Schranktüren stehen offen – zumindest sieht sie auf Anhieb, dass sich niemand darin versteckt hat –, und ihre Kleider liegen auf dem Teppich. Dazwischen das hellblaue Handtuch mit den cremefarbenen Streifen. Wenigstens ist es sauber – kein Blut. Mit klopfendem Herzen schleicht sie zum

Wohnzimmer. Auf den ersten Blick erkennt sie hier nichts Ungewöhnliches. Ob der Raum verschont wurde? Vielleicht wurde der Täter gestört? Doch dann sieht sie, dass ihr Laptop aufgeklappt ist. Sie bewegt den Cursor über das Touchpad, der Bildschirmschoner verschwindet, und Derya muss erkennen, dass der Einbrecher sogar ihr Passwort geknackt hat: Ihr Laptop ist im Arbeitsmodus, zwar sind alle Programme geschlossen und alle Dateien auf den ersten Blick noch da, aber Genaueres kann sie dazu erst sagen, nachdem sie sich in Ruhe einen Überblick verschafft hat.

Klar ist inzwischen nur, dass sie allein in der Wohnung ist. Der Täter ist fort. Hoffentlich.

Kapitel 14

Es klopft an der Tür, und Derya entfährt ein Schrei. Sonnes Stimme antwortet gedämpft aus dem Flur und wiederholt immer wieder Deryas Namen, bis sie schließlich öffnet.

»O Gott, Derya! Was ist passiert? Geht es dir gut? Du weinst ja!« Sonne sieht ebenfalls vollkommen aufgelöst aus – aber sie hält den Kater im Arm. Derya ist so erleichtert, dass sich ihr Inneres aufzulösen und zu zerfließen scheint. Odin ist nichts passiert. Das ist die Hauptsache. Er zappelt und bohrt seine Krallen in Sonnes Pullover. Sie lässt ihn frei, er springt zu Boden und huscht geduckt ins Schlafzimmer. Besorgt sieht Derya ihm nach. Sie weiß nicht recht, ob es inzwischen sicher ist, aber bevor sie sich um den Kater kümmern kann, muss sie Sonne eine Erklärung abliefern. Sie wischt sich die Tränen aus dem Gesicht und will gerade berichten, was passiert ist, da ergreift Sonne das Wort.

»Ich muss dir was zeigen. Komm!« Sie fasst nach Deryas Arm und zieht sie aus der Wohnung, das Treppenhaus hoch bis ganz nach oben unters Dach, wo ihre Wohnung liegt. »Ich bin auch gerade eben erst heimgekommen«, erklärt Sonne. »Als ich deinen Kater vor meiner Tür entdeckt habe, wusste ich gleich, dass etwas nicht stimmt. Er saß da, als hätte ihm irgendetwas einen Mordsschreck eingejagt. Den hab ich auch bekommen!« Derya sieht sofort, was ihre Freundin meint.

»VERLOGENE SCHLANGE!!!« steht mit knallrotem Lippenstift in großen dicken Buchstaben auf Sonnes Wohnungstür.

Derya würde darauf wetten, dass es mit ihrem Lancôme-Lippenstift geschrieben wurde. »Robert«, entfährt es ihr leise.

»Bist du sicher?«, fragt Sonne, stemmt die Hände in die Hüften und bedenkt die Schmiererei mit so bösen Blicken, als könnte sie dem, der sie gemacht hat, damit Angst einjagen.

»Bin ich. Meine Wohnung ist total verwüstet.«

»Was?« Sonne schlägt sich die Hand auf den Mund. Dann

nimmt sie Derya in den Arm. Deryas Beben lässt nach, Sonne beginnt dafür zu zittern. »O nein, Derya, wie schrecklich. Was sagt dir, dass er das war?«

»Die Ausrufezeichen«, meint Derya, während sie zusammen wieder nach unten gehen. Die Erklärung ist lahm. Robert wird nicht der Einzige sein, der mehrere Ausrufezeichen verwendet. Selbst Sonne tut das hin und wieder, als Zeichen von Begeisterung. »Außerdem hat er diesen Lippenstift gehasst. Er hat gesagt, die Farbe sähe nuttig an mir aus.«

»Und du meinst …«

Derya lässt sie nicht ausreden. »Es ist doch wohl kein Zufall, dass all das hier passiert, kaum dass ich einen anderen Mann in meine Wohnung gelassen habe, oder? Er muss davon Wind bekommen haben.« Sie öffnet die Tür und bedeutet Sonne mit einer Geste, sich umzusehen.

Sonne ruft mehrmals »Das darf doch nicht wahr sein!« und »Wie kann einer nur?!«. Dann kommt sie zu Derya, die im Schlafzimmer steht und angewidert auf ihr Bett starrt.

»Was ist da?«, fragt Sonne. Ihr Gesicht lässt deutlich erkennen, was sie befürchtet. »Hat er … irgendwas in deinem Bett gemacht?«

»Ich weiß nicht«, flüstert Derya. »Kann mich nicht überwinden, es zu kontrollieren.« Auf den ersten Blick sind nur die Decken durchwühlt. Das allein ist schlimm genug. Aber jemand, der sie wirklich demütigen will – und danach sieht alles aus –, würde es nicht dabei belassen. Er würde … Ihr wird übel.

»Lass mal sehen!« Sonne greift entschieden nach der Bettwäsche und schüttelt alles sorgfältig aus. Sie tastet den Stoff ab und riecht sogar daran. »Nichts«, erklärt sie dann.

Deryas Erleichterung ist so groß, dass ihr schummrig wird.

»Eigentlich schade«, meint Sonne kampflustig. »Hätte er sich in deinem Bett einen von der Palme geschüttelt, wäre das strafrechtlich eine andere Geschichte als nur ein Einbruch.« Sie setzt das »nur« mit einer Geste in Anführungszeichen. »Außerdem gäbe es dann einen Beweis dafür, wer hinter dieser Sache steckt.«

»Ich muss wohl die Polizei rufen, oder?« Alles in Derya sträubt sich dagegen. Die Beamten werden ihre Sachen durchwühlen, genau wie der Einbrecher. Weitere Männer werden ihre Privatsphäre mit Füßen treten. Sie ist inzwischen fast sicher, dass Robert der Täter sein muss. Dass er verschwunden ist, passt perfekt ins Bild. Ist er untergetaucht und versteckt sich vor seiner Familie, um sie in aller Ruhe tyrannisieren zu können?

»Meinst du denn, dass die was machen?«, fragt Sonne. »Die nehmen das natürlich auf, befragen die Nachbarn, und sicher wird auch jemand bei Robert nachhaken, weil er dein Ex ist. Aber denkst du …«

Sie spricht noch weiter, doch Derya kann ihr nicht mehr folgen, weil ihr plötzlich ganz andere Dinge durch den Kopf schießen: Wenn die Polizei – korrekterweise – Robert verhören würde, müsste dann nicht auch Jakob befragt werden? Vermutlich schon. Denn all das – der Stalker, ihr unheimliches Gefühl und nun der Einbruch – hat quasi in dem Moment begonnen, als Jakob zurück in ihr Leben gekehrt ist. Natürlich würden die Polizisten ihn verdächtigen. Das täte sie vermutlich auch, wenn sie Jakob nicht schon ewig kennen würde und wüsste, dass ihm so etwas nie in den Sinn käme. Und natürlich hätte er gleich wieder die Nase voll von ihr, nach so einem Verhör. Wer könnte es ihm verdenken?

»Keine Polizei«, sagt sie schließlich.

Sonne zieht eine Augenbraue hoch. »Nicht? Aber du hast doch eben gesagt –«

»Das war überstürzt. Du hast recht, die Polizei wird nicht viel machen können. Es scheint nichts zu fehlen, niemandem ist etwas passiert. Die werden sich das ansehen, mit den Schultern zucken und wieder gehen. Oder denkst du, dass die wegen Hausfriedensbruch oder Sachbeschädigung Fingerabdrücke nehmen?«

»Nein, das glaube ich nicht.«

»Außerdem denke ich nicht, dass wirklich Gefahr besteht«, fährt Derya fort. »Er will mich bloß unter Druck setzen und mir Angst machen.«

»Ich muss zugeben: Genau so hab ich ihn mir immer vorgestellt. Richtig psycho.« Sonne seufzt, greift erneut nach Deryas Bettdecke und beginnt, den Bezug aufzuknöpfen. »Ich mach dir frische Bettwäsche drauf.«

»Tausend Dank.« Und das ist noch zu wenig.

»Dafür nicht. Ich sehe doch, wie dich das anekelt.«

»Stimmt.« Ihre Freundin durchschaut sie, als wäre sie aus Glas. »Und du hast recht, all das hier ist typisch Robert. Als hätte er hier irgendwo mit seinem Kürzel unterschrieben. Ich nehme an, dass er wiederkommt. Er war gestern schon hier.« Deryas Angst weicht langsam, aber unaufhaltsam einer Wut, die es ihr schwer macht zu sprechen. Am liebsten würde sie auch noch das übrige Geschirr zerschlagen, die Möbel umreißen und zum Schluss alles abfackeln. Ein Zuhause ist das sowieso nicht mehr, nachdem ihr so entwürdigend demonstriert wurde, dass all die Sicherheit, die sie hier empfand, nur ein Hirngespinst war.

»Es scheint aber nichts zu fehlen, oder?«, fragt Sonne.

Derya schüttelt den Kopf. Doch dann hält sie inne. »Ich weiß nicht«, überlegt sie laut. »Hier lag ein Text, den Jakob geschrieben hat. Ich kann ihn nicht finden. Zuerst dachte ich, ich hätte ihn verlegt. Aber inzwischen denke ich, dass er gestohlen wurde.« Die Vorstellung, Robert könnte rasend vor Eifersucht in Jakobs Manuskript lesen, kribbelt unangenehm unter ihrer Kopfhaut. »Ich sollte ihn warnen. Nicht, dass Robert ihm noch etwas antut.«

»Traust du ihm das zu?«

»Sieht das hier so aus, als würde ich bei klarem Verstand Nein sagen?«

Doch auch wenn Derya nun einen besseren Grund hat, Jakob anzurufen, bleibt alles beim Alten: Es meldet sich nur die Mailbox. Derya spricht widerwillig aufs Band und schickt noch eine SMS hinterher, falls er zu den Leuten gehört, die gar nicht wissen, wie sie ihre Nachrichten abhören. Kaum hat sie sie abgeschickt, klingelt ihr Festnetztelefon. Sie faucht ein trotziges »Ja?« in die Leitung, geht fest davon aus, wieder nichts zu hören, aber diesmal antwortet jemand.

»Oje. Bist du etwa immer noch bockig?« Es ist Nadine. Sie klingt nicht weniger gereizt, als Derya sich fühlt.

»Entschuldigung«, murmelt Derya. »Ich bin bloß im Stress.« Während der letzten beiden Worte wird ihr klar, dass sie einen Fehler gemacht hat. Sie sieht förmlich, wie Nadine mit den Augen rollt.

Jaja, Derya. Mal im Ernst. Du bist bloß Bedienung im Café und Kassiererin. Wie kann man da Stress haben? Das sind Schülerjobs, mehr nicht. Die verursachen doch keinen Stress. Du solltest dir eine richtige Anstellung suchen.

Nadine verdient als Schreibkraft in einem Büro auch nicht mehr. Für die Firma ihres Mannes arbeitet sie dazu grundsätzlich umsonst, weil Sven ein *sparsamer* Mensch ist. Warum jemanden bezahlen, wenn man es dem Weibchen hinschieben kann? Trotzdem lässt Nadine keine Gelegenheit aus, zu erwähnen, dass sie Deryas Arbeit nicht als ernst zu nehmend betrachtet. Derya müsse doch langsam mal entscheiden, wohin sie will.

Warum eigentlich?, denkt Derya trotzig. Warum kann ich das nicht nächstes Jahr entscheiden oder in zehn Jahren? Warum kann ich nicht entscheiden, im Moment zufrieden zu sein mit meinen Jobs? Seit wann ist das amoralisch? Sie liegt niemandem auf der Tasche und kann ihre Rechnungen zahlen – meist pünktlich. Was geht es Nadine an, wie sie ihr Leben lebt?

»Ich ruf dich eigentlich nicht an, um mit unserem Weibergezicke weiterzumachen«, sagt Nadine.

»Das war ein Streit«, wagt Derya, sie zu korrigieren. Es ist zweifelsfrei riskant, Nadine schätzt es nicht, kritisiert zu werden. Aber Deryas Abneigung gegen sexistische Bemerkungen wie »Weiber« oder »Zickerei« wiegt schwerer.

Nadine schweigt einen Moment. Dann sagt sie: »Egal. Ich rufe auch nicht an, um mich mit dir zu streiten. In der Firma geht es gerade drunter und drüber. Sven muss Roberts Kunden mitbetreuen, und ich muss neben meiner Arbeit noch bei ihnen aushelfen.«

Dann ist Robert also nach wie vor nicht auffindbar.

»Und die Schwiegereltern sind zu uns gekommen und haben sich hier eingenistet. Sie wollen uns bei der Suche unterstützen, aber du kennst sie ja. Wolfgang grummelt und stänkert alles an, was sich bewegt. Und Annabelle … ist eben Annabelle.«

Vermutlich heult Roberts Mutter Nadine permanent die Ohren voll. Derya war heilfroh, als sich Annabelle nach der Scheidung zu ihrer Exschwiegermutter erklärte und sie förmlich darum bat, nach den großen Schmerzen, die sie allen angetan hatte, nie wieder Kontakt zu ihr aufzunehmen. So wusste Derya, woran sie war, und brauchte sich nicht das Hirn zu zermartern, ob es weiterhin angebracht und höflich wäre, Annabelle zum Geburtstag Blumen und zu Weihnachten eine Karte zu schicken. In den Augen ihrer Exschwiegermutter war sowieso nie etwas gut genug. Normalerweise tangieren Annabelle und Wolfgang die Belange ihrer Söhne nicht sonderlich – ihre eigenen sind grundsätzlich bedeutsamer –, außer es ergibt sich eine Chance, öffentlichkeitswirksam darzustellen, was für herzliche, großzügige und liebenswerte Eltern sie sind. Roberts Verschwinden ist dazu vermutlich ein dankbarer Anlass. Derya kann sich bildlich vorstellen, wie Annabelle eine Facebook-Vermisstenanzeige erstellt und sich in den Kommentaren für ihre angstvollen Phrasen feiern lässt.

»Ich würde sie dir ja mal einen Nachmittag lang abnehmen«, sagt Derya und meint es beinahe ernst. »Aber keiner von beiden will mich noch sehen.«

»Ich weiß. Davon rücken sie auch nicht ab, tut mir leid, da ist nichts zu machen.«

»Nicht schlimm.« Überhaupt nicht schlimm.

»Aber ich muss mal einen Nachmittag hier raus, Derya. Ich frag dich nur, weil ich weiß, dass du mich verstehst. Kannst du Felix nehmen? Nur ein paar Stunden?«

»Heute? Du weißt doch, dass ich …« Sie bricht ab und fängt es anders an. »Mittwochs muss ich arbeiten.« Und zwar nicht erst seit letzter Woche.

»Kannst du dir freinehmen?«

Das wird sie müssen, wenn sie Sonne nicht allein ihre Wohnung in Ordnung bringen lassen will. Ihre Freundin schaut schon schräg zu ihr rüber, weil sie telefoniert, während Sonne allein das Chaos beseitigt.

»Ich bringe ihn dir auch nach Hause.«

Derya ringt mit sich. Es wäre nett, Nadine zu helfen, und sie wäre gern nett, sehr gern. Noch entscheidender wiegt, dass sie genau weiß, dass auch Felix mal eine Auszeit von seinen anstrengenden Großeltern braucht. Zwar verwöhnen die beiden ihn, indem sie ihm alles kaufen, was er will, andererseits sind ihre Erwartungen an ihn und seine Manieren ebenso überzogen wie ihre Geschenke. Doch sie kann Felix unmöglich in diese verwüstete

Wohnung lassen. Es würde ihn verängstigen. Und letztendlich kann sie auch nicht ausschließen, dass doch jemand anders als Robert für die Vorfälle verantwortlich ist. Momentan hat Derya keine Angst, eher ein mulmiges Gefühl – aber das gilt nur für sie allein. Die Vorstellung, jemand könnte Felix schaden, ist unerträglich. Schon beim bloßen Gedanken daran bekommt sie Schweißausbrüche. Sie kann ihn nicht zu sich nehmen, bevor sie diesen Stalker im Griff hat.

»Tut mir schrecklich leid, Nadine«, sagt sie, nicht sicher, wie sie es formulieren soll. Sie will ihrer Exschwägerin nichts von den Vorfällen erzählen, solange sie nicht weiß, was dahintersteckt. »Aber heute geht es wirklich nicht.«

»Schönen Dank«, erwidert Nadine kühl.

»Bitte sei nicht sauer.«

»Nein, nein. Ich versteh dich schon. Felix hier – Felix da. Aber immer nur dann, wenn du Lust hast, ihn zu sehen. So funktioniert das aber nicht.«

»Was meinst du damit?« Erst als Sonne neben ihr stehen bleibt und sie fragend ansieht, bemerkt Derya, wie alarmiert sie aussehen muss.

»Ich meine damit, dass ich ihn dir das nächste Mal vielleicht auch erst bringe, wenn es mir in den Kram passt. Und wenn das eben mal eine Weile nicht der Fall ist, dann ist das dein Pech.«

»Jetzt reagier doch nicht über.«

»Ich bitte dich einmal, mich zu unterstützen, weil hier gerade alles drunter und drüber geht und wir alle fertig mit den Nerven sind.« Nadine schreit fast durch die Leitung. »Immerhin ist hier ein Familienmitglied verschwunden, und wir kommen fast um vor Sorge!«

Es hat keinen Sinn, ihr zu sagen, was Robert wirklich treibt, während die Familie sich sorgt. Sie würde ihr doch nicht glauben. Derya beißt sich auf die Zunge. Sie braucht dringend einen Beweis.

»Und du kriegst es nicht hin, mal drei Stunden auf deinen Neffen aufzupassen. Weil ja deine wichtige Karriere als Kassiererin auf dem Spiel steht.« Aus Nadines Stimme trieft die Ironie.

»Darum geht es gar nicht«, murmelt Derya, aber sie weiß, dass es sinnlos ist. Ihr wird nichts einfallen, was Nadine jetzt noch zufriedenstellen kann. Sie scheint so wütend und enttäuscht, dass sie es vermutlich nicht mal mehr annehmen würde, wenn Derya sich noch umentscheiden würde. »Es tut mir leid, Nadine. Heute geht es nicht. Ich kann Felix morgen Nachmittag nehmen, gern auch Freitag und am Wochenende – wann du willst. Aber heute schaffe ich es nicht.«

Nadine antwortet lange nichts. Hat sie aufgelegt? Doch dann sagt sie scharf und leise: »Du triffst deinen Neuen, richtig?«

»Wie bitte? Woher weißt du … Nein!«

»Lüg doch nicht!«

»Es ist meine Sache, mit wem ich mich treffe«, erwidert Derya und will klarstellen, dass sie niemandem eine Erklärung schuldet, aber Nadine lässt sie gar nicht weitersprechen.

»Auch, wenn du damit anderen Menschen wehtust?«

»Ja, auch dann. Aber darum geht es überhaupt nicht, und ich sage dir auch nicht ab, weil ich verabredet bin. Ich werde zur Arbeit gehen. Und jetzt muss ich los, ich habe wirklich keine Zeit mehr.«

Nadine macht es kurz und legt grußlos auf. Derya starrt fassungslos auf das Telefon in ihrer Hand. So eine blöde Kuh!

»Derya, ich will dich nicht stressen«, mischt sich Sonne zögerlich ein und deutet auf ihre Armbanduhr. »Aber ich fürchte, du wirst zu spät kommen.«

»Ich gehe nicht hin. Mein Chef wird schon Verständnis dafür haben, dass ich nicht kommen kann, wenn gerade bei mir eingebrochen wurde. Ich rufe ihn rasch an.«

Sonne nickt. Derya telefoniert nicht mit ihrem Chef, sondern mit einer Kollegin und schaltet das Handy danach auf lautlos, falls der Chef auf die Idee kommen sollte, sie zurückzurufen. Als sie sich wieder Sonne zuwendet, reibt diese sich gerade nachdenklich die Haut zwischen Nase und Oberlippe.

»Wie ist er eigentlich reingekommen?«, fragt sie.

Das wüsste Derya auch zu gern. »Keine Ahnung. Das Schloss ist in Ordnung, aufgebrochen wurde es nicht. Außer dir hat niemand einen Schlüssel. Und bei dir war er nur an der Tür, oder?«

»Ja, in meiner Wohnung deutete nichts darauf hin, dass jemand drin war. Dein Schlüssel hing ganz normal an meiner Pinnwand. Hast du noch mehr Ersatzschlüssel?«

Guter Gedanke. Derya besitzt drei Schlüssel – einer ist an ihrem Schlüsselbund, einen hat Sonne, und der dritte befindet sich in einem ihrer Bücherregale, oben auf einem dicken historischen Wälzer, den sie aus Langeweile nach dreißig Seiten weggestellt hat und nie mehr anrühren wird. »Im Wohnzimmer scheint er nicht lange gewesen zu sein«, sagt sie, während sie zum Buchregal tritt. »Er hat meinen Rechner hochgefahren, aber mehr nicht.«

»Hast du denn kein Passwort?«

»Bloß ein theoretisches«, gibt Derya zu.

»Lass mich raten: Passwort?«

»Fast. Apfel.« Sie tastet nach dem Schlüssel, aber ihre Fingerspitzen fühlen nur Buchseiten. Das kann doch nicht sein. Der Schlüssel muss nach hinten gerutscht sein.

»Darauf wäre ich jetzt nicht als Erstes gekommen.«

»Du hast ja auch kein MacBook. Ja, es war blöd, das weiß ich selbst. Aber wer rechnet denn damit, dass einer in die Wohnung einbricht und sich an den Laptop setzt? Verdammt, Sonne, hilf mir mal. Wir müssen die Bücher abräumen.«

»Sag nicht, dass der Schlüssel weg ist!«

Derya sagt gar nichts, und zu zweit räumen sie nicht nur den Regalboden, sondern das ganze Regal leer, bis man im Wohnzimmer Slalom zwischen lauter wackeligen Bücherstapeln laufen muss.

»Er ist nicht mehr da. Er hat ihn mitgenommen. Der Wichser hat den Schlüssel zu meiner Wohnung mitgenommen!«

»Scheiße, Derya.« Sonne wird blass. »Der ist ja vollkommen irre. Du musst das Schloss auswechseln, sofort!«

Derya nickt mechanisch. Sonne hat recht. Eigentlich hat sie kein Geld mehr für ein neues Schloss, aber wie soll sie hier je wieder schlafen, duschen oder aufs Klo gehen, wenn der Verrückte jederzeit reinkommen könnte? Sie muss sich schütteln beim Gedanken daran, dass er vermutlich vor der Tür gestanden hat, als sie duschen war. Dass er vielleicht gleich nebenan gewesen ist, als sie schlief. Dass er womöglich in ihr Schlafzimmer gekommen ist. Derya schießen Tränen in die Augen, sie schiebt sie auf ihre ungeheure Wut.

»Denk mal genau nach.« Sonne nimmt ihre Hand. »Wann hast du den Ersatzschlüssel zuletzt gesehen? Vielleicht bekommst du dadurch einen Hinweis.«

Sie winkt ab. »Der könnte seit Wochen weg sein. Ich hab nie kontrolliert, ob er noch da ist.«

»War Robert denn jemals hier?«

»Ich würde den Teufel tun, den reinzulassen. Soweit ich weiß, war er niemals hier. Bis die Briefe kamen, war ich mir nicht mal sicher, ob er überhaupt weiß, wo ich wohne.«

Sonne reibt sich die Oberlippe und wendet sich ab. »Ich weiß, du willst das jetzt nicht hören. Aber denk mal kurz über die Alternativen nach. Ich meine, falls es nicht Robert gewesen ist.«

»Wer sonst?«

»Derya! Die Tür wurde nicht aufgebrochen. Dein Ersatzschlüssel fehlt. Es liegt doch auf der Hand, dass jemand ihn mitgenommen hat und seitdem kommt und geht, wie er will.«

»Jakob?« Wen sollte ihre Freundin sonst meinen? Außer Jakob, Sonne und zwei Möbelpackern, die vor acht Monaten ihre Bücherkisten hier reingetragen haben, ist nie jemand in ihrer Wohnung gewesen. »Ausgeschlossen. Jakob traue ich das ebenso wenig zu wie dir.«

Sonne schüttelt den Kopf. Derya gefällt der Ausdruck auf ihrem Gesicht nicht. Mitleid. »Nimm es mir nicht übel, aber ich kenne ihn doch gar nicht.«

»Richtig, du kennst ihn nicht.«

»Aber du auch nicht, Liebes. Du kanntest ihn früher mal. Aber das ist fünfzehn Jahre her.«

Und – Sonne sagt das nicht laut, aber es kommt trotzdem bei Derya an – der Typ ist damals einfach weggegangen, ohne dir einen Grund zu nennen. Er kann sich verändert haben. Hättest du Robert so etwas zugetraut, als du ihn geheiratet hast?

Die wahre Antwort kann Derya nicht aussprechen, dazu schämt sie sich zu sehr. »Du vergisst etwas«, sagt sie. Ihre Stimme klingt belegt. »Jakob hat überhaupt kein Motiv für eine solche Aktion.«

»Er könnte ein Psychopath sein. Brauchen Psychopathen Motive?«

»Nein«, sagt Derya, »aber es ergibt gar keinen Sinn. Angenommen, Jakob wäre ein Psycho, dem es darum geht, mich zu vergewaltigen oder abzumurksen: Warum hat er es dann nicht einfach getan? Was hat er denn davon, hier herumzuwühlen, sodass ich merke, dass es jemand auf mich abgesehen hat?«

Sonne zuckt ungeduldig mit den Schultern. »Ich bin kein Psychopath, ich weiß nicht, wie die denken oder ob sie das überhaupt tun. Und du auch nicht. Du bist Krimiautorin, Expertin für Menschen, die nicht echt sind, sondern fiktiv. Behalte einfach die Möglichkeit im Hinterkopf.«

»Ich verstehe ja, was du meinst«, erwidert Derya versöhnlich. »Du kennst Jakob nicht, also bist du misstrauisch. Ich verspreche dir, vorsichtig zu sein. Aber du machst dir diese Sorge umsonst. Ich bin nicht der Typ für die rosa Brille.«

Sonne seufzt bloß. »Wirst du nicht. Vorsichtig sein, meine ich. Weil du rettungslos in ihn verliebt bist und dein Leben lang warst. Du nimmst die rosa Brille gar nicht mehr wahr. Kannst du auch nicht. Weil sie nämlich vor deinen Augen festgewachsen ist.«

Zwei Stunden lang räumt Derya auf. Und findet zu ihrer Überraschung sowohl Jakobs Text als auch Odins Futterschälchen in einem der Hängeschränke. Verrückt. Warum hat der Eindringling die Sachen in den Schrank getan? Oder war sie es selbst? Hat sie die Sachen gedankenlos zu den Kaffeetassen gestellt? Sie kann sich weder erinnern noch ausschließen, es getan zu haben.

Sie fegt Reis aus jeder Ritze der Küche, putzt den Spiegel und jagt ihre Bettwäsche eine lange Runde bei 90 Grad und mit viel zu viel Weichspüler durch die Waschmaschine. Als sie fertig ist, kontrolliert sie in aller Ausführlichkeit ihr MacBook. Es scheint nichts zu fehlen, und keines ihrer Dokumente wurde in den letzten Tagen geöffnet oder bearbeitet. Wer auch immer hier gewesen ist – er hat ihr bloß einen Schreck einjagen wollen. Noch etwas, das so typisch für Robert ist, dass sich der Gedanke, er könnte es nicht gewesen sein, vollkommen abwegig anfühlt.

Sie muss sich dringend um ein neues Schloss kümmern, aber das wird teuer. Freitag ist der erste Dezember – Toni überweist immer pünktlich. Bis dahin muss sie nur zwei Nächte rumkriegen. Wenn sie sehr wachsam ist und das Schlafzimmer abschließt, bevor sie sich hinlegt, kann eigentlich nicht viel passieren … Aber was will sie sich vormachen? Sie braucht das Für und Wider nicht abzuwägen und sich auch nichts schönzureden. Sie hat einfach überhaupt keine Wahl.

Rastlos tigert sie in der Wohnung herum. Sie ist mit allem fertig, es bleibt nichts zu tun, außer auf das Knarzen der Treppen und den Fernseher aus der Nachbarwohnung zu lauschen. Die Untätigkeit macht sie verrückt. Odin döst oben auf seinem Kratzbaum und wirft ihr nur hin und wieder einen gelassenen Blick aus halbgeschlossenen Augen zu.

Beruhige dich endlich.

Gar nicht so leicht, wenn man keine Katze ist, die jedem durch die Beine schlüpfen und entwischen kann.

Sie setzt sich ans Notebook, öffnet ein leeres Dokument und schreibt ohne hinzuschauen ein paar Sätze über einen irren Stalker, der in die Wohnung seines Opfers einbricht. War das nicht einer der Vorschläge ihrer Lektorin? »Wie wäre es mit einem Stalker, Derya? Du könntest ihn als sympathischen Kerl verkaufen, dem am Ende alle wünschen, dass er seine Flamme endlich rumbekommt.«

Martin in Grün, hat sie es genannt und den Kopf über Annes Idee geschüttelt. Nein. In ihr sträubt sich alles dagegen, Martins fein gezeichnete Charakterisierung für irgendwelche Pappfiguren herzugeben. Und ohne diese Charakterisierung würde es ihr nie gelingen, noch mal einen Täter als Hauptfigur zu inszenieren, mit dem man mitfiebert.

Das laute Rumpeln der Waschmaschine stört ihre Konzentration. Sie löscht zwei Seiten Text, klappt das Notebook zu und dreht eine weitere Runde durch die Wohnung. Ihr ist schwindelig, sie hat schon wieder zu wenig gegessen. Die Küche gibt allerdings nicht viel her. Die Nudeln hat der Einbrecher alle über den Boden verteilt, die Toastpackung ist leer, und die beiden Avocados, die noch im Obstkorb lagern, sind matschig und braun geworden. Eine viertel Tüte Milchreis ist noch übrig. Derya holt einen Tetrapak Milch aus dem Schrank unter der Spüle. Die Packung ist merkwürdig leicht. Sie ist leer. Ihr Herz beginnt wieder zu rasen, sie hebt alle Milchpackungen an – sie sind alle leer.

»Du verdammter Wichser«, flüstert sie, um nicht auszurasten und zu schreien. Er hat sogar ihre Milch ausgekippt und die leeren Packungen zurückgestellt, sodass es ihr nicht auf den ersten Blick auffiel. »Du machst mich nicht fertig, du nicht, du bist ein Nichts. Und ich lasse nicht zu, dass du mehr wirst als das: ein bloßes Nichts.«

Eilig holt sie ihre Schuhe und ihre Jacke, sie muss hier raus. Sofort. Ihre Nerven hängen in Fetzen, und jedes Detail ihrer Wohnung zerrt und reißt zusätzlich an ihnen. Vor ihren Augen flackert es. Für Bruchteile von Sekunden sieht sie ihre Wohnung wieder verwüstet und durchwühlt, schlimmer als vorher, total zugemüllt. Sie muss hier raus.

Odin miaut, eine verunsicherte Frage. Sie schickt Sonne eine SMS, bittet sie darum, auf ihre Wohnung zu achten, weil sie frische Luft braucht.

Schlüsseldienst?, fragt Sonne zurück.

Kommt morgen, heute gab es keinen Termin mehr, schwindelt Derya. Sonne hat natürlich versucht, sie zu überreden, in ihrer Wohnung zu übernachten. Aber auch wenn sie Sonne als ihre beste Freundin bezeichnet und sie bereits mehrmals bei ihr übernachtet hat, kann Derya sich nicht dazu überwinden. In einer anderen Wohnung würde sie in ihrer angespannten Lage kein Auge zubekommen, und es kommt gar nicht infrage, Sonne mit ihrem schlaflosen Herumgewälze zu belasten. Sonne muss morgens sehr früh raus. Sie braucht ihren Schlaf.

Ich pass auf. Erhol dich ein bisschen.

Als Derya die Tür hinter sich zuzieht und abschließt, kommt ihr kurz die Frage, ob es eine gute Idee ist, in ihrer Situation allein im Dunkeln herumzuspazieren. Aber es ist erst acht Uhr, der Abend ist mild und trocken, die Straßen sind voller Menschen, und sie hat vor, in belebten Gegenden zu bleiben.

Ohne sich über ein mögliches Ziel Gedanken zu machen,

steigt sie in die Straßenbahn, fährt zwei Stationen bis in die Innenstadt und kratzt dort etwas Klimpergeld aus ihren Taschen für ein Brötchen zusammen. Dann spaziert sie zwischen den Schaufenstern der Einkaufsstraßen herum. Die ersten sind bereits weihnachtlich geschmückt, ein seltsamer Anblick bei zehn Grad plus und einem leichten Wind, der sich noch wärmer anfühlt. Sie geht langsamer, wenn sie die Cafés passiert. Vor allen sitzen noch Gäste, die sich vermutlich nur für den Gemütlichkeitsfaktor in die bereitliegenden Decken hüllen. Die Heizpilze sind ausgeschaltet. Derya spielt ihr übliches Spiel und versucht, auf den ersten Blick ein Detail an den Menschen wahrzunehmen, das sie zu einer Geschichte inspiriert.

Eine Frau mit traurigen Augen und Schlammspritzern auf der Hose: eine Hundebesitzerin, die eben noch mit ihrem Liebling spazieren war und dabei gespürt hat, dass er langsam zu alt für die übliche große Waldrunde wird.

Zwei junge Frauen, die sich ähnlich sehen und immer wieder auf den dritten Platz am Tisch schauen, der frei geblieben ist: zwei Schwestern, die dritte ist tot. Die eine vermisst sie, die andere ist die Mörderin.

Ein Paar in Deryas Alter, das ihr auffällt, weil die Frau aufgesetzt lacht und ihren Irish Coffee in zu großen Schlucken trinkt: Ein Elternpaar, das gerade versucht, eine Fehlgeburt zu verarbeiten. Beide kämpfen mit sich, der Frau nicht die Schuld daran zu geben.

Derya bemerkt, dass all ihre Geschichten von Verlust handeln. Das verrät mehr über sie als über die Passanten. Mehr als sie wissen will. Sie ärgert sich und hört auf zu spielen.

Dann sieht sie eine kleine Frau in einer viel zu großen Jacke und tritt eilig in den Schatten eines Plakataufstellers, um nicht sofort entdeckt zu werden. Kiwi stielt sich an einen jungen Mann heran, der langsam und offenbar in Gedanken an den Schaufenstern entlangschlendert. Was mag sie vorhaben? Ihre bemühte Unauffälligkeit bewirkt das Gegenteil, und Derya macht sich Sorgen. Einen Moment geht sie davon aus, dass Kiwi den Mann bestehlen will, aber dann spricht Kiwi ihn an. Derya versteht die Worte nicht, aber sie ahnt, worum es geht. Kiwi schnorrt.

Nicht der, denkt Derya, der gibt dir nichts.

Aber Kiwi kann sie nicht hören. Sie bekommt eine Antwort, aber die scheint ihr nicht zu gefallen. Hastig wendet sie sich ab, ruft im Gehen »Fick dich selbst!« über ihre Schulter. Sie kommt in Deryas Richtung, und Derya tritt aus dem Versteck.

»Ich hätte dir sagen können, dass der nichts rausrückt«, sagt sie.

»Nette Begrüßung.« Kiwi grinst, sie wirkt augenblicklich entspannter. »Dir auch einen schönen Abend. Willst du mir erzählen, du würdest mehr vom Schnorren verstehen als ich?«

»Ich verstehe mehr von Menschen.«

Kiwi stößt die Fäuste in die Jackentaschen, als würde ihr plötzlich auffallen, dass sie friert. »Echt? Ich hätte dich für jemanden gehalten, der um andere Menschen meistens einen Bogen macht. Nicht für eine Menschenkennerin.«

»Es stimmt beides.« Vermutlich bedingt das eine das andere.

»Na dann.« Kiwi lässt ihren Blick schweifen und fasst kurz verschiedene Leute ins Auge. »Bei wem würdest du es versuchen?«

Derya dreht sich um und deutet auf die beiden Frauen im Straßencafé. Die Schwestern. »Bei denen.«

»Vergiss es. In den Cafés darf ich nicht, die Kellner flippen aus.«

»Versuch es. Die merken das gar nicht, wenn sie drinnen sind.«

Kiwi seufzt genervt auf. »Na gut. Wenn du meinst. Aber ich wette dagegen. Die Etepetete-Tussis werden mir allenfalls einen Arschtritt geben.« Dennoch zieht Kiwi los und sagt leise etwas zu den Frauen. Sie lässt sich sogar einen Moment auf dem freien Stuhl nieder. Eine der Schwestern schluckt, die andere schüttelt den Kopf und wendet sich an die erste. Die zieht ihr Portemonnaie aus der Handtasche und ein Schein wechselt den Besitzer.

Die Mörderin, denkt Derya zufrieden, hat also ein schlechtes Gewissen. Und die getötete Schwester war vermutlich die jüngste und nicht älter als Kiwi.

Kiwi kommt zurück. Sie gehen nebeneinanderher, ohne ein Wort zu sagen. Dann entfährt Kiwi plötzlich ein: »Du hast die gekauft, oder? Das ist abgekartet, die wussten, dass ich kommen würde, und das Geld ist von dir!«

Derya muss lachen. »Was hätte ich davon? Nein, ich hab denen nur angesehen, dass ihnen jemand fehlt und dass eine von ihnen Schuld empfindet. Und ich hatte Glück.«

»Und ich erst. Die hat mir einen Zwanni gegeben.«

»Was hast du gesagt?«

»Ich hab sie gefragt, ob sie etwas Kleingeld für mich hätten, weil ich noch nicht weiß, wo ich pennen kann.«

Derya nickt. Dass das zieht, wundert sie nicht. Kiwi sieht so müde aus, dass wahrhaft hilfsbereite Menschen sie vermutlich gleich mit nach Hause nehmen und in ihr eigenes Bett stecken würden. »Ist ja komisch. Mir geht es heute Abend genauso.«

»Du weißt nicht, wo du pennen kannst?« Kiwi zieht eine Hand aus der Tasche, um sich trockene Haut von der Lippe zu knibbeln. »Das musst du mir erklären. Du siehst nicht aus wie die Leute, die sich um dieses Thema Gedanken machen müssen.«

»Lange Geschichte«, meint Derya.

»Ich hab von vielem zu wenig, aber Zeit hab ich immer zu viel. Ich steh auf lange Geschichten.«

»Dann schlage ich dir etwas vor«, sagt Derya. »Wir gehen in eine Kneipe, und du gibst mir ein Bier aus. Dann erzähle ich dir alles.«

Sie gehen in keine Kneipe. Kiwi kauft das Bier an einem Kiosk, und sie setzen sich auf die Rückenlehne einer Bank in einer warmen Einkaufspassage. Gleich gegenüber ist der Laden, wo Derya neulich Schuhe gekauft hatte, die sie sich nicht leisten konnte, um sie danach ins Schlafzimmer zu stellen und nie wieder zu tragen. Sie hat sie nicht einmal aus der Plastiktüte genommen, geschweige denn den Karton geöffnet.

Kiwi öffnet die Bierflaschen an einer Kante der Bank, reicht Derya eine und stößt ihre dagegen. »Na dann, lass hören. Was ist bei dir zu Hause los, dass du dort nicht mehr hinkannst?«

»Das habe ich nicht gesagt«, korrigiert Derya. »Ich sagte, dass ich dort nicht schlafen kann.« Und dann erzählt sie. Von dem Einbruch. Von Sonne und ihrem Verdacht, Jakob könnte es gewesen sein. Von der Nacht mit Jakob. Von dem Gefühl, verfolgt zu werden. Vom Treffen mit Jakob. Sie erzählt von ihrer Scheidung. Von dem Erfolg, den sie mit *Spiegeltropfen* hatte; von dem Literaturkritiker, der sie eine untalentierte Hausfrau genannt und den Roman als Inbegriff schlechter Moral dargestellt hat. Vor laufenden Kameras hatte er das Buch aus dem Fenster und damit quasi über Nacht auf die Bestsellerliste gepfeffert. Sie erzählt von der Ehe mit Robert, von den ständigen Kämpfen, die sie ausfechten musste, weil er es zwar gut fand, dass sie an einem Roman schrieb – den Roman aber schrecklich fand und der Ansicht war, dass sie ihn deshalb auch schrecklich zu finden hatte. Sie erzählt sogar von der überstürzten Hochzeit und zum Schluss, als es eigentlich nichts mehr zu erzählen gibt, von dem Abend, als Jakob sie allein gelassen hat.

»Ich kenn solche Typen«, meint Kiwi, nachdem sie eine Weile schweigend gesessen und getrunken haben. Kiwis Bier ist leer, Derya reicht ihr ihre halbvolle Flasche. »Sie denken, sie sind im Recht. Immer. Besonders, wenn sie etwas Falsches tun. Dann sind sie einem noch böse, weil man sie angeblich dazu gezwungen hat.«

Derya ist nicht sicher, wen sie meint. Robert, vermutet sie. Es passt wie die Faust aufs Auge.

»Mein Vater ist auch so einer«, fährt Kiwi fort. »Wer nicht seiner Meinung ist, muss automatisch gegen ihn sein und hat damit verschissen. Da zählt dann auch kein Argument mehr. Wer ihm widerspricht, verdient Verachtung ohne Pardon.«

»Bist du deshalb abgehauen?«

»Meine Mutter hat dreimal versucht, sich von ihm scheiden zu lassen«, sagt Kiwi, als hätte sie Deryas Frage nicht gehört. »Einmal, weil er sie betrogen hat, einmal, weil er sie verdroschen hat, und einmal, weil er mich verdroschen hat. Jedes Mal hat er es geschafft, sie danach so sehr einzuschüchtern, dass sie doch zu ihm zurückgekrochen ist.«

»Sie hat nichts gelernt?«

»Doch. Wegzuschauen und rechtzeitig den Mund zu halten. Das konnten wir beide ganz gut.«

Derya fällt nichts ein, was sie erwidern könnte. Sie hört die Selbstkritik in Kiwis Stimme und möchte ihr sagen, dass weder das Wegsehen noch das Kritisieren dieses Verhaltens die Aufgaben eines Kindes sein sollten. Doch Kiwi sieht frustriert zu Boden, und Derya geht davon aus, dass sie es selbst weiß.

»Er hat es immer wieder geschafft, uns weiszumachen, dass alles unsere Schuld war. Dass unsere Fehler ihn dazu gezwungen hätten und er gar nicht anders konnte. Das hätten wir ja vorher wissen und dementsprechend handeln können.«

Derya schüttelt den Kopf. »Ja, genau das kommt mir bekannt vor. Das arme Opfer, dem alle das Leben schwer machen.«

»Ich war lange sein Liebling«, fährt Kiwi fort. »Weil ich seine Show mitgemacht und allen vorgespielt habe, Vatis braves Mädchen zu sein, das ihn anhimmelt und sich von allen abwendet, die er zu Feinden erklärt. Sie haben mich als richtiges Papakind bezeichnet, so gut habe ich diese Rolle gespielt. Ich habe gesehen, was gefordert war, und habe genau das abgeliefert: Keine Widerworte, gute Noten in der Schule, zufriedene Lehrer. Unterwürfigkeit.«

»Und dann?«

»Dann fand ich Freunde«, sagt Kiwi, als läge diese Antwort auf der Hand. Ihre Sprache hat sich vollkommen verändert. Sie redet nicht mehr wie ein schnorrender Punk auf der Straße, sondern wie eine gebildete junge Frau mit zu viel Lebenserfahrung für ihr Alter. »Und die passten ihm nicht, ich habe nicht die geringste Ahnung, warum. Er hat sie mir ausgeredet. Zuerst habe ich es nicht mal gemerkt. Er hat das geschickt gemacht, ganz subtil.«

Derya nickt. Das kennt sie nur zu gut. Hämische kleine Bemerkungen, herablassende Kommentare – alles nur Spaß, wenn man ihn darauf anspricht. Genau so hat es Robert immer gemacht.

»Als ich mich davon immer weniger beeinflussen ließ, fing er an, mich vor meinen Freunden schlecht zu machen oder mir im letzten Moment das Ausgehen zu verbieten, sodass ich immer als die Blöde dastand, die absagt oder die anderen einfach am Treffpunkt stehen lässt.«

»Jemand, der vollkommen abhängig ist, weil er sonst keine Freunde mehr hat, ist solchen Menschen am liebsten. Nur die können sie kontrollieren. Deine Freunde haben seine Position in

Gefahr gebracht.« Robert hasste Martin, und mit ihm das ganze Buch. Er hat gesagt: »Dieser Scheiß wird unsere Ehe zerstören«, und in gewisser Weise recht behalten. Derya kämpfte zum ersten Mal in ihrem Leben und verteidigte ihre Arbeit. Dass sie sich von Robert trennen musste, hat sie lange als Kollateralschaden betrachtet. Bis ihr irgendwann klar wurde, dass es kein Schaden, sondern der eigentliche Gewinn war.

Kiwi knibbelt mit dem Daumen an den Nägeln der übrigen Finger herum. »Ich habe es irgendwann nicht mehr ausgehalten. Ich fing an, ihn zu provozieren. Wieder und wieder. Er hasst nichts so sehr wie die Nichtsnutze, die bei uns am Marktplatz herumlungern, Bier trinken und die Leute um Kleingeld bitten.«

»Und genau das hat dein Interesse geweckt.«

»Ja, vermutlich war es so. Ich hab mich ein paarmal von ihm nach Hause schleifen lassen, ein paarmal vom Jugendamt und das eine oder andere Mal von der Polizei. Aber dann hab ich aus diesen Erfahrungen gelernt und bin ernsthaft abgehauen. Irgendwohin, wo mich keiner kannte. Wo ich untertauchen konnte.«

»Sucht er dich noch?«, fragt Derya. Sie hat geahnt, dass sie Gemeinsamkeiten mit Kiwi hat, aber nicht, wie viele.

Kiwi zuckt mit den Schultern. »Ich vermute, dass er das tut. Aber ich bin jetzt volljährig, er kann mich zu nichts mehr zwingen. Er hat mich natürlich als vermisst gemeldet, aber bei Erwachsenen passiert da normalerweise gar nichts. Falls die Polizei mich kontrollieren sollte, poppt vermutlich irgendein Hinweis auf, sobald sie meinen Namen in ihre Datenbank eingeben. Aber da ich nichts getan habe und nicht verpflichtet bin, irgendjemandem Rechenschaft abzulegen, wo oder wie ich lebe, kann es mir egal sein.«

Derya meint etwas anderes, und sie ahnt, dass Kiwi das weiß. Sie antwortet nicht, und wie sie es erwartet hat, fügt Kiwi schließlich noch etwas hinzu: »Sollte er mich selbst aufspüren, bin ich am Arsch. Mächtig am Arsch.« Sie nimmt ihre Mütze ab und kratzt sich am Kopf.

»Lebst du deshalb auf der Straße? Weil du all dein Hab und Gut mit dir tragen und innerhalb von Sekunden verschwinden kannst?«

Kiwi lächelt, es liegt nichts Fröhliches darin. »Ich brauche die Freiheit, um sicher zu sein. Niemand kennt meinen Namen. Für die meisten bin ich unsichtbar, und die paar Menschen, die mir einen Namen geben, denken sich einen neuen aus, den ich zurücklassen kann, wenn ich gehe. Sollte ich morgen in einen Zug steigen, bin ich in wenigen Stunden am anderen Ende des Landes oder noch weiter fort. Und bis auf zwei, drei Leuten fällt keinem auf, dass ich weg bin oder je da war.«

»Das ist ein verdammt hoher Preis«, wagt Derya anzumerken, doch Kiwi nickt entschieden und sagt: »Ja! Ja, das ist es. Aber so, wie die Dinge jetzt liegen, ist es mir das wert.«

Und das kann Derya nicht nur akzeptieren, sondern mit Leichtigkeit verstehen.

»Du könntest heute Nacht bei mir schlafen«, sagt Derya, als sie die Passage verlassen. Sie hätten beide etwas davon, Kiwi einen warmen Platz zum Schlafen und sie selbst Gesellschaft.

Sie erschrickt ein wenig über ihre eigene Courage, jemanden in ihre Wohnung einzuladen, den sie so wenig kennt. Aber Kiwi ist so etwas wie eine Leidensgenossin, denn sie ist ebenfalls auf der Flucht vor einem narzisstischen Mann. Ihr Schicksal verbindet sie.

Es ist merklich kühler geworden. Kiwi hat die Mütze wieder auf ihrem stoppeligen Kiwi-Haarschnitt und den Jackenkragen nach oben geschlagen. In einem weiteren Punkt ist sie Derya sehr ähnlich, denn sie schüttelt den Kopf. »Nee. Nee, lass mal«, sagt sie und klingt wieder wie das rotzige Mädchen von der Straße. »Ich will dir nichts schuldig sein.«

Du willst dich an niemanden gewöhnen und um keinen Preis der Welt eine Freundschaft schließen, korrigiert Derya in Gedanken. Aber wer könnte es dir verdenken?

»Es gibt hinterm Bahnhof ein Wohnheim für obdachlose Frauen«, erklärt Kiwi. »Da wird man zwar beklaut, aber ich hab ja nichts, von daher kann ich da ganz gut unterkommen, wenn es kalt ist.«

Derya ist beruhigt. Zumindest, was Kiwi betrifft. Der Gedanke, in einer halben Stunde allein mit dem Kater in der Wohnung auf das Knarzen der Treppen zu lauschen, behagt ihr dagegen ganz und gar nicht. Aber wenn sie Kiwi nicht gewaltsam entführen will, wird sie sich daran gewöhnen müssen.

Nützt ja nichts, denkt sie. Ich kann nicht mein restliches Leben lang einen Aufpasser in mein Schlafzimmer setzen.

An der Haltestelle bleiben sie stehen. Kiwi scheint mit Derya warten zu wollen, bis sie in die Bahn steigt, und Derya widerspricht ihr nicht. Kiwi mag es nicht, wenn man ihr Vorschriften macht, das hat sie schon verstanden. Sie sieht bereits die Scheinwerfer der Bahn am Ende der Straße.

Plötzlich sagt Kiwi: »Wenn dein Ex meinem Vater so ähnlich ist, dann war er nicht in deiner Wohnung.«

»Was?«, fragt Derya. Ihr Nacken kribbelt.

»Mein Vater hätte nicht die Geduld, dich erst fertigzumachen und sich dann zurückzuziehen. Menschen wie er …«

»Narzissten«, hilft Derya aus.

»Ja, Narzissten. Die brauchen solche Strategien nicht. Sie halten sich für unfehlbar und damit auch unschlagbar. Mein Vater hätte deine Wohnung auch durchwühlt, aber er hätte dann kurz darauf auf der Matte gestanden, um den Retter zu spielen – ganz egal, wie auffällig das gewesen wäre. Denn wenn du auch nur die kleinste Bemerkung in die Richtung gemacht hättest, wäre es deine Schuld gewesen, weil du gemein bist und ihn zu Unrecht verdächtigst.«

Die Bahn hält, die Tür öffnet sich direkt vor Derya, aber sie steigt nicht ein. Was Kiwi sagt, jagt ihr eine Heidenangst ein.

»Denkst du dasselbe wie meine Freundin Sonne?«, fragt sie Kiwi leise. »Denkst du, dass es Jakob war?« Die Bahn schließt ihre Türen und setzt sich wieder in Bewegung.

Kiwi kratzt sich im Nacken und zuckt dann mit den Schultern. »Weiß ich nicht«, sagt sie. »Was du da beschrieben hast, vor allem das mit den Lippenstift-Schmierereien, klingt für mich eher nach einer Frau. Vielleicht war es deine Freundin selbst.«

Kapitel 15

In dieser Nacht tut Derya kein Auge zu, und langsam, aber sicher fordert der ständige Schlafmangel seinen Tribut. Die Müdigkeit macht sie langsam, und alles fühlt sich eigenartig taub an, als läge eine Schicht Polsterfolie um jedes ihrer Glieder und eine doppelte Lage um ihren Kopf. Im Café bewegt sie sich träge, aber sie ist zu erschöpft, um zu registrieren, ob die Gäste unzufrieden sind oder die Kollegen Verdacht schöpfen. Sie spielt mit dem Gedanken, sich krankzumelden und nach Hause zu gehen, aber die Vorstellung, dort untätig herumzusitzen und zu warten, ob und wann der Einbrecher zurückkommt, lässt sie frösteln. Nein, sie muss arbeiten. Ein neues Türschloss aus dem Baumarkt, das sie selbst einbauen kann, ist viel billiger als der Schlüsseldienst. Außerdem ist gerade in der Adventszeit das Trinkgeld üppiger, also kann sie sich mit etwas Glück das neue Schloss vielleicht heute noch leisten.

Nachmittags in der Bahn liest sie zum gefühlt hundertsten Mal in Jakobs Manuskript, um nicht einzuschlafen. Das Ende regt sie jedes Mal von Neuem auf – wie kann er an dieser Stelle einfach aufhören? Sie muss wissen, wie es weitergeht. Mit dem Buch – aber natürlich auch mit ihnen. Er hat sich immer noch nicht gemeldet. Ein Zeichen, das sie misstrauisch machen sollte, hat Sonne gesagt, aber obwohl Derya ernsthaft versucht hat, in alle Richtungen offenzubleiben, bringt sie es einfach nicht über sich, Jakob zu verdächtigen. Kiwi hatte recht. Diese Schmierereien mit dem Lippenstift passen eher zu einer Täterin. Ein Mann greift nicht zum Lippenstift einer Frau – es sei denn, es gibt einen persönlichen Bezug. Und wieder gelangt sie damit zu Robert, der ihr damals am liebsten verboten hätte, das auffällige Rot auf den Lippen außer Haus zu tragen.

Robert. Immer wieder Robert. Es kann kein anderer gewesen sein.

Es darf kein anderer gewesen sein. Erst recht nicht ihre einzige Freundin.

Sie fährt zwei Stationen weiter, um zum Baumarkt zu gehen. Es ist ein unglaubliches Glück, dass sie für ihr Trinkgeld einen neuen Zylinder mit Schlüsseln bekommt, der in ihr Schloss passt. Ein wenig Geld bleibt übrig, sie kauft beim Türken um die Ecke eine Aubergine, etwas Käse, Brot und ein bisschen Hackfleisch. Als sie zu Hause ankommt, bekommt ihre Erleichterung einen Dämpfer. Was, wenn der Eindringling wieder da war? Doch diesmal hat sich nichts in der Wohnung verändert, in keinem Raum weckt irgendetwas Verdacht. Odin begrüßt sie mit einem gelangweilten Maunzen. Er ist viel zu kurz gekommen in den letzten Tagen, der Arme. Sie wollte das Hackfleisch eigentlich in die Aubergine füllen, aber jetzt gibt sie es Odin, der ein Mäulchen voll nimmt und sie dann erwartungsvoll ansieht. Das Schloss muss ein paar Minuten warten. Sie setzt sich im Wohnzimmer auf den Boden, lehnt den Rücken gegen die Couch und spielt mit dem Kater. Nichts liebt er mehr, als mit seinem Federwedel zu kämpfen, um sich danach, als Belohnung für den errungenen Sieg, den Bauch kraulen zu lassen.

»Ich bin so froh, dass ich dich habe«, sagt sie. Seine seismographischen Katzensinne spüren Gefahr im Voraus. Solange er entspannt ist, muss alles in Ordnung sein. Sie drückt das Gesicht in das weiche weiße Fell. »Du machst mich glücklich.«

Was denn auch sonst?, erwidert der Kater.

Irgendwann muss sie eingeschlafen sein. Sie erwacht, weil etwas faucht und schreit. Zuerst ist sie nicht ganz bei sich. Hält es für einen Traum. Man hat sie gefesselt, sie kann sich gar nicht rühren, kaum Luft holen, es schmerzt, es …

Dann kommt sie zur Besinnung. Ihr Kopf ist nach hinten auf die Couch gesackt, ihr Nacken überstreckt, das ist alles. Bis auf die völlig verkrampften Schultern geht es ihr gut, sie fühlt sich nach dem Nickerchen im Sitzen sogar etwas frischer und nicht mehr ganz so erschöpft. Odin ist verschwunden. Vermutlich grübelt er wieder über seinem Futternapf, ob er sich zu einem Häppchen hinreißen lassen sollte. Sie muss das Fleisch wegwerfen, schon jetzt hat sie das Gefühl, dass die Bakterien sich darin munter vermehren und es zu riechen beginnt. Derya steht auf und streckt die Arme zur Seite aus. Langsam sollte sie das Schloss austauschen. Zuvor macht sie einen Abstecher ins Bad, geht zur Toilette, wäscht sich die Hände und schöpft sich eiskaltes Wasser ins Gesicht, um richtig wach zu werden. Sie greift nach dem Handtuch. Und fasst an den nackten Haken an der Wand. Das Handtuch ist weg.

Augenblicklich spannt sich jeder Muskel in ihrem Körper an. Das Handtuch hing eben noch am Haken – es hing ganz sicher am Haken, sie hat es gesehen. Oder?

Denk nach, Derya! Hat sie vielleicht ihre Hände gewaschen und es danach irgendwohin mitgenommen? Sie rennt ins Schlafzimmer, meint sich erinnern zu können, wie sie es dort aufs Bett geworfen hat und …

Ja. Da ist es. Alle Spannung entweicht, Derya fühlt sich wie ein Körper ohne Knochen, wie Haut ohne Muskeln darunter.

Sie verliert den Verstand, vielleicht ist das die Erklärung. Womöglich verliert sie einfach den Verstand. Das Letzte, was sie noch hat, das Einzige, auf das sie sich immer verlassen konnte.

Sie greift nach dem Handtuch, will es aufheben. Es wiegt mehr, als es sollte. Reflexartig zieht sie daran. Etwas Rundes, Dunkles fällt auf ihr Bett. Sie blinzelt. Es ist etwa so groß wie eine Faust. Rot. Dunkelrot. Und es tropft, tropft auf ihren geblümten Bettbezug. Sie erwartet, Kupfer und Eisen zu riechen, aber was sie wirklich riecht, ist sauer und so widerlich, dass ihr der Mageninhalt hochkommt.

Sie schreit schon lange, bevor ihr Verstand ihr sagt, was es ist. Schon lange, bevor sie die typische Form erkennt, die beiden Kammern und die Längsfurche; bevor sie begreift, dass die Löcher und bleichen Röhrchen, die seitlich hineinführen, Venen und Arterien sein müssen.

In ihrem Bett liegt ein halb verwestes Herz.

Kapitel 16

Die Polizisten in ihrer Wohnung sind der reinste Horror. Sie sind zu sechst, kommen allesamt von der Kriminalpolizei, und ihre wühlenden Hände, dreckigen Stiefelsohlen und bohrenden Blicke fühlen sich schlimmer an als die Ungewissheit, ob jemand in die Wohnung kommen und sie töten wird. Schlimmer als das Herz in ihrem Bett. Derya bereut, sie gerufen zu haben.

Ihre Fragen haben zu Schweißausbrüchen geführt, zu unkontrolliertem Zittern, so stark, dass ihre Zähne klapperten.

»Beschreiben Sie mir bitte genau, wie Sie das Herz gefunden haben.«

»Ich wollte das Handtuch vom Bett aufheben. Ich habe gemerkt, dass es zu schwer ist, dass da irgendetwas nicht stimmt, aber ich konnte nicht mehr rechtzeitig loslassen. Dann ist es herausgefallen.«

»Und dann?«

»Dann habe ich mich kurz gefragt, wem es gehört. Das Herz meine ich, nicht das Handtuch.«

»Was haben Sie gemacht, nachdem Sie das Herz entdeckt haben? Haben Sie außer uns noch jemanden angerufen?«

»Nein. Ich musste mich erst übergeben. Und dort … in der Toilette …«

»Beschreiben Sie mir bitte, was Sie getan haben.«

»Ich bin ins Badezimmer gerannt. Ich hatte schreckliche Angst, dass er noch in der Wohnung sein könnte. Im Wohnzimmer vielleicht. Aber mir kam der Mageninhalt hoch, also bin ich direkt zur Toilette gerannt, habe den Deckel hochgerissen und …« Sie kann nicht weitersprechen.

»Beschreiben Sie mir bitte, was Sie gesehen haben. Versuchen Sie es, es ist wichtig.«

»Da war Blut, die ganze Kloschüssel war voller Blut.«

»Was haben Sie gemacht?«

»Ich habe geschrien. Und dann habe ich auf den Spülknopf gedrückt, vielleicht zehn oder zwanzig Mal, obwohl nach dem zweiten Mal kaum noch Wasser kam.«

»Das war nicht gut, Frau Witt. Sie haben damit Beweise vernichtet.«

»Entschuldigen Sie bitte. Bei der nächsten Panikattacke werde ich ganz besonnen handeln.«

Danach hat der Polizist sie in Ruhe gelassen, um die Nachbarn zu befragen, die alle bereits im Treppenhaus standen, lange Hälse machten und tuschelten. Bloß Sonne war nicht da; die Polizei hat bei ihr geklopft, aber sie war nicht zu Hause.

»Frau Witt?« Die Einsatzleiterin, deren Namen Derya wieder vergessen hat, tritt zu ihr. Sie schaut Derya so mitleidig an, dass ihr angst und bange wird.

Sag, dass ihr endlich fertig seid, bettelt Derya stumm. Sag, dass ihr nichts tun könnt und ich mich daran gewöhnen muss, terrorisiert zu werden. Aber geht endlich, ich halte es nicht mehr aus.

Die Polizei ist noch keine Stunde da, aber es fühlt sich an wie eine Ewigkeit. Was kann die Frau denn jetzt noch von ihr wollen? Derya hat alles, was sie weiß, schon mindestens dreimal erzählt. Dass die Suche nach Robert nun intensiviert werden soll, tröstet ein wenig. Aber gleichzeitig rechnet Derya nicht damit, dass er gefunden wird. Was soll das überhaupt heißen – die Suche intensivieren? Werden sie seine Nachbarn, seine Familie und sie jetzt noch ein weiteres Mal befragen, diesmal offiziell? Derya hält das für zwecklos. Solange Robert nicht gefunden werden will, wird er das zu verhindern wissen.

»Frau Witt, wir wären gleich so weit. Ich hoffe, es beruhigt Sie zu erfahren, dass das Herz zwar tatsächlich echt ist …«

Natürlich ist es echt – tropfende, nach Verwesung riechende Herzen gibt es sicher nicht im Scherzartikelladen zu kaufen.

»Allerdings ist es nicht von einem Menschen. Ein Kollege ist sich ziemlich sicher, dass es von einem Lamm stammt. Lamminnereien kann man bei jedem Schlachter kaufen, aber so was geht bestimmt nicht täglich über die Theke. Vielleicht kommen wir über das Herz an einen Hinweis.«

»Ich würde so etwas aus der Tiefkühltruhe kaufen«, überlegt Derya laut.

»Wie bitte?«

»Man bekommt das tiefgefroren in fast jedem Geschäft für Haustierbedarf.« Ihre Stimme klingt belegt. Sie ist so müde. »Für Hunde und Katzen. Barfen, also das Füttern mit rohem Fleisch, Knochen und Innereien, ist ziemlich beliebt.« Sie hatte es bei Odin selbst mal versucht, aber er hatte alles verschmäht. Das Einzige, was er akzeptierte, war Rinderhack, und selbst daran leckte er meistens bloß.

»Dann wird es vermutlich nicht reichen, bloß die Mitarbeiter in den Schlachthäusern zu befragen. Wäre auch zu einfach gewesen.« Die Polizistin seufzt. »Wir werden natürlich trotzdem untersuchen lassen, ob es wirklich ohne jeden Zweifel ein Lammherz ist, damit Sie Gewissheit haben. Aber trotzdem können Sie beruhigt sein: Das Ganze ist ein furchtbar geschmackloser, dummer Streich. Sie scheinen hier nicht in ein Tötungsdelikt verwickelt zu werden.«

Das fehlte gerade noch!

»Darf ich Sie etwas Persönliches fragen?« Die Beamtin klingt nun viel leiser. Derya riecht Nikotin in ihrem Atem, sie muss näher an sie herangerückt sein. Die Frau macht eine Geste, die die gesamte Wohnung umfasst, in der die Polizisten alles zusammenräumen und Derya im Chaos zurücklassen. »Kommen Sie allein zurecht?«

Derya nickt schwach. Sie will nur noch schlafen. Inzwischen ist sie so müde, dass sie sich selbst mit einem Dutzend Polizisten in der Wohnung ins Bett werfen und schlafen könnte. »Ich habe einen neuen Zylinder für das Türschloss gekauft«, sagt sie, als die Polizistin sich nicht so leicht abwimmeln lässt. »Sobald ich das eingebaut habe, kommt er nicht mehr rein. Ich hätte das Schloss früher ausgetauscht, aber … Na ja, das habe ich Ihrem Kollegen eben schon erzählt.«

»Das meine ich nicht«, sagt die Polizistin ruhig. »Ich will Ihnen nicht zu nahe treten, aber ich glaube, Sie könnten etwas Hilfe gebrauchen.«

»Meine Freundin wird sicher noch vorbeikommen.«

»Gut. Rufen Sie sie an, Frau Witt. Reden Sie mit Ihrer Freundin oder jemand anderem, der Ihnen nahesteht. Sie sollten heute wirklich nicht mehr allein sein. Ich werde Ihnen eine Telefonnummer dalassen, da können Sie sich kostenlos beraten lassen.«

»Wie man mit stalkenden Exmännern klarkommt?«, fragt Derya schwach amüsiert. Sie hofft mit aller Kraft, dass die Polizisten Robert finden und ihm die Tat nachgewiesen wird. Denn dann wird es kein Problem sein, vor Gericht eine einstweilige Verfügung durchzusetzen, die ihm jede Annäherung verbietet.

»Ja, das auch, aber ich dachte eher an grundsätzliche Probleme«, sagt die Polizistin. Sie gibt Derya eine Karte. Derya ist zu erschöpft, um sie zu lesen. Die Buchstaben tanzen vor ihren Augen.

Zwei Polizeibeamte bleiben länger als die anderen und helfen ihr dabei, das neue Schloss einzubauen. Sie sorgen sich rührend um ihre Sicherheit und wollen als Dankeschön nicht einmal einen Kaffee oder einen Tee. Derya bemüht sich sehr, es zu verbergen, aber sie ist erleichtert, als die beiden endlich gehen. Sie schließt von innen ab und lässt sich im Flur auf den Boden sinken. Odin kommt sofort aus seinem Versteck unter der Küchenzeile, wo er sich verkrochen hat, solange die vielen fremden Leute da waren. Noch immer ist sein Fell vom Nacken bis zur Schwanzspitze gesträubt, und er schnüffelt misstrauisch jeden Zentimeter Boden ab, bevor er ihn betritt.

»Was machen wir jetzt?«, fragt sie ihn, aber er weiß auch keine Antwort. Fast nickt sie auf dem Boden ein. Nein, keine gute Idee. Sie sollte die Zimmer kontrollieren. Jetzt ist das neue Schloss installiert, und ihre vier Wände sind wieder sicher, aber was, wenn sich der Täter eben, als die Polizisten ein und aus gingen und die Tür ständig offen stand, unbemerkt hineingeschlichen hat? Derya durchsucht jedes Zimmer. Zuerst die Fenster – sie müssen alle geschlossen sein. Sie schaut in die Dusche, in den Kleiderschrank, hinter das Sofa. Sie öffnet den Bettkasten, jeden Küchenschrank und legt sich am Ende flach auf den Boden, um mit der Taschenlampe unter die Küchenzeile zu leuchten, wo Odin sich gern versteckt. Nichts. Aber was, wenn sie etwas übersehen hat?

Sie beginnt von vorn. Kleiderschrank und Bettkasten. Gründlich schauen, Derya, du wirst sonst keine fünf Minuten Schlaf bekommen. Sie findet nichts. Nur ihre Erschöpfung nimmt zu. Vor ihren Augen flackert es. Manchmal glaubt sie, für einen Sekundenbruchteil eine vollkommen durchwühlte Wohnung zu sehen, in der sie durch Unrat waten muss. Das lässt ihr Herz rasen, allein die Vorstellung von Müll und Dreck verursacht ihr Beklemmung. Sie hasst Unordnung.

Du bekommst einen Nervenzusammenbruch, diagnostiziert sie sich selbst. Verursacht durch den extremen Stress und die Müdigkeit. Ist das ein Wunder? Im Schlafzimmer stinkt es nach Blut, ein Hauch von Verwesung hängt in der Luft. Oder bildet sie sich das nur ein? Die Beamten haben das Herz, das Handtuch, ihre blutbesudelte Bettdecke und das Laken mitgenommen, aber der Gestank hängt in der Matratze. Lüften ist nicht möglich – was, wenn er dann durchs Fenster einbricht und sie überwältigt? Derya weiß, wie schnell man ein gekipptes Fenster aufhebeln kann. Martin ist so in eine Wohnung eingedrungen, und Derya hat vorher an einem Fenster in ihrem früheren Haus ausprobiert, wie er es gemacht haben könnte.

In dem Bett wird sie so schnell kein Auge mehr zubekommen, aber es ist auch keine Option, die Matratze einfach vor sich hin stinken zu lassen. Der Geruch würde sich überall verteilen. Sie muss sie entsorgen – und zwar sofort –, aber wohin? Derya nimmt die Matratze vom Bett und schleppt das sperrige Ding zur Wohnungstür. Dort zögert sie. Was, wenn er im Treppenhaus auf sie wartet?

Reiß dich zusammen!, denkt sie. Er hat dir bisher nichts getan, also wird er es auch nicht. Er will nur deine Nerven ruinieren. Aber das lässt du nicht zu. Den Gefallen tust du ihm nicht. Du bist jetzt stärker als der Psychoterror. Damit machst du ihn fertig.

Sie öffnet leise die Tür und späht ins Treppenhaus. Nichts auszumachen. Auch als sie das Licht einschaltet, bleibt alles still. Sie nimmt ihren Schlüssel vom Brett, schiebt die Matratze hinaus und zieht die Tür hinter sich zu. Dann schließt sie ab, sicher ist sicher, und wuchtet die Matratze die Treppen runter, bis in den Keller. Sie schiebt sie in den Heizungskeller, vorerst kann sie dort stehen bleiben. Als sie die Tür schließt, hat sie das Gefühl, dass der Gestank immer noch an ihr haftet. Sie riecht an ihrem Pullover und ihren Händen, kann jedoch nichts wahrnehmen. Aber immer noch scheint sie umwabert zu sein von diesem ekelhaften Geruch. Er hat sich auf ihre Haut gelegt wie ein Fettfilm.

Sie zuckt zusammen, als sie etwas hört. Irgendwo im Haus wird eine Tür geöffnet und wieder geschlossen. Ihre Tür? Sie hört Schritte.

Jetzt dreh nicht durch – das ist ein Haus mit sechs Mietwohnungen, es wird irgendein Nachbar sein!

Sie verlässt den Keller, macht das Licht aus und geht nach oben. Als sie das Erdgeschoss erreicht, schaltet sich die Treppenhausbeleuchtung ab. Der Lichtschalter hier unten ist seit Langem kaputt; man muss das Licht draußen vor der Haustür einschalten oder den Schalter auf ihrer Etage nehmen. Derya geht weiter. Alles ist in Ordnung. Aus der Wohnung gegenüber klingt ein weihnachtlicher Werbejingle einer Schokoladenmarke. Derya muss würgen, als die Vorstellung von Schokolade mit dem Gestank von verwesendem Fleisch zusammentrifft. Sie zückt ihren Schlüssel, um die Tür aufzuschließen.

Neben der Tür steht jemand.

Kapitel 17

»Derya? Derya, hörst du mich? Sag etwas, sonst muss ich einen Krankenwagen rufen.«

»Etwas«, murmelt sie. Eine Antwort, von der sie immer gedacht hatte, dass sie eine solche Situation auflockern würde und lustig sei. Vielleicht ist sie ihr deshalb eingefallen, während ihr Verstand langsam und torkelnd zu ihr zurückkommt. Sie findet es nun nicht mehr besonders lustig. »Scheiße. Was ist passiert?«

»Ich weiß nicht. Eigentlich gar nichts. Du bist umgekippt, Derya. Passiert dir das häufiger?«

Nein, eigentlich nicht. Oder? Sie begreift erst jetzt, dass es Jakob ist, der mit ihr spricht. Wo kommt er her? Und wie kommt sie in ihr Wohnzimmer? Sie liegt auf dem Sofa. Jakob sitzt auf dem Couchtisch neben ihr und schaut sie besorgt an. In seinen Haaren glitzern winzige Wassertropfen. »Das Licht ging aus«, erklärt er. »Ich wollte es gerade wieder einschalten, als du die Treppe hochgelaufen kamst. Als du mich gesehen hast, hast du aufgeschrien. Und dann bist du einfach umgekippt.«

Ihr Kopf schmerzt, als hätte sie einen Schlag abbekommen. »Ich habe dich nicht erkannt. Ich dachte, du wärst … Wie bist du denn überhaupt ins Treppenhaus gekommen?«

»Ich hab bei dir geklingelt, aber es hat keiner aufgemacht. Es war aber Licht durchs Fenster zu sehen, darum wollte ich einen Moment warten, falls du unter der Dusche stehst. Dann kam eine deiner Nachbarinnen nach Hause, und weil es gerade zu regnen anfing, wollte ich im Treppenhaus warten. Sie hat zugestimmt.«

»Eine Nachbarin?« Derya muss an Sonne denken.

»Ja, sie ging nach oben.«

»Zufällig eine große Frau mit blonden Haaren?«

»Ja, mit blonden Locken, sie hatte eine richtige Löwenmähne.«

Er kann nur Sonne meinen. Aber wie kam Sonne auf die Idee, ihn einfach reinzulassen, wenn sie gleichzeitig Derya mit ihrem

Misstrauen und den Verdächtigungen nervös macht? Derya fällt sofort eine mögliche Erklärung ein: Sonne weiß genau, dass Jakob nicht der Täter sein kann, weil sie es selbst ist. Sie schüttelt den Gedanken ab. Nein, das ist doch Unsinn. Sonne würde das nie tun. Welchen Grund sollte sie dazu haben?

»Bitte sei mir nicht böse. Es tut mir sehr leid, dass ich dich so erschreckt habe.«

»Nicht deine Schuld«, meint Derya schwach.

»Wirklich? Du schaust so kritisch.«

Sie müht sich ein Lächeln ab. »Ich habe nur nachgedacht. Diese Frau – kannst du mir etwas über sie sagen? Ist dir irgendetwas an ihr aufgefallen oder hat sie sich merkwürdig verhalten?«

»Tut mir leid«, antwortet Jakob und fährt sich durch die Haare. »Ich hab nicht wirklich auf sie geachtet. Sie wirkte oberflächlich nett auf mich, hat sich aber nicht lange mit mir aufgehalten. Es tut mir übrigens auch furchtbar leid, dass ich mich nicht früher gemeldet habe. Ich hatte ein Vorstellungsgespräch in Hamburg; was ganz Spontanes.«

»Lief es wenigstens gut?«

Er stößt verächtlich Luft durch die Nase. »Die Reise hätte ich mir schenken können. Eigentlich hatte ich vor, dich von unterwegs anzurufen, aber ich muss mein Handy auf der Hinfahrt in der Bahn vergessen haben. Ich bin erst vor einer Stunde wieder angekommen und wollte dir sofort erklären, warum ich mich nicht gemeldet habe.« Er schüttelt den Kopf und streicht ihr dann sanft mit den Fingerrücken über die Wange. »Was rede ich denn? Das ist doch jetzt nicht wichtig. Bist du wirklich in Ordnung? Brauchst du irgendetwas? Wenn ich dich doch noch zum Arzt bringen soll …«

»Bloß nicht. Es geht schon wieder.« Trotz ihrer Lage ist Derya erleichtert, dass es eine Erklärung für sein Verschwinden gibt.

»Ich komme total ungelegen, oder?« Er verzieht den Mund zu einem sarkastischen Grinsen. »Herzlichen Glückwunsch, darin bin ich Weltmeister.«

»Du kommst nicht ungelegen«, erwidert sie. Das kannst du gar nicht. »Mit meinen Nerven steht es bloß gerade nicht zum Besten. Jetzt bekomme ich auch noch Kopfschmerzen.« Sie fährt über ihre Kopfhaut und entdeckt seitlich über ihrem rechten Ohr eine Beule.

»Tut mir ehrlich leid«, wiederholt Jakob. »Ich habe versucht, dich aufzufangen, aber es ging zu schnell. Du bist hingefallen und mit dem Kopf gegen eine Treppenstufe geschlagen. Geht es einigermaßen?«

Sie kann sich nicht erinnern, ihn je so unsicher erlebt zu haben. Alle paar Sätze entschuldigt er sich. Es scheint, als hätte der Vorfall ihn ganz schön mitgenommen. Der Arme, es ist ihr unangenehm, dass er sich ihretwegen solche Sorgen macht. »Ist nicht so wild, denke ich.« Es tut nur böse weh. »Vermutlich brauche ich für morgen einen Hut oder eine Mütze, um mir nicht ein Dutzend dumme Fragen anhören zu müssen.«

»Warte«, meint Jakob, steht auf und verlässt das Wohnzimmer. Sie hört ihn in der Küche hantieren, wenig später kommt er zurück. »Du musst das kühlen, dann schwillt es nicht so stark an. Ich hab leider nichts anderes gefunden als tiefgefrorene Petersilie. Erbsen wären ideal, aber Petersilie ist besser als nichts. Immerhin sind Kräuter ja gesund.«

Sie fühlt sich etwas merkwürdig, als er ihr das Tütchen sanft gegen die Beule drückt. »Verstehe ich das richtig? Ich war ohnmächtig und du hast mich in meine Wohnung getragen?« Bitte sag, dass ich mich wenigstens selbst reingeschleppt habe.

Aber Jakob nickt. »Du hast mich gesehen, laut aufgeschrien, dein Schlüsselbund nach mir geworfen, und dann bist du einfach zusammengesackt. Ich hab mich vielleicht erschreckt. Vor allem, weil ich dich zuerst nicht wach bekommen habe. Du warst etwa zwei Minuten komplett weg. Ich hätte sofort den Notruf angerufen, aber leider ist ja mein Handy weg, und ich wusste nicht, wo deins ist.«

Derya schaut zu ihrem Festnetztelefon, das keine zwei Meter von ihm entfernt steht. Zum Glück ist er nicht auf die Idee gekommen, es zu benutzen. Ein Krankenwageneinsatz wäre heute der Gipfel an Drama gewesen und hätte weitere Nerven und vermutlich auch Geld gekostet.

»Ich«, murmelt er, als er ihren Blick bemerkt, »war etwas überfordert, muss ich zugeben.«

»Ist doch alles bestens. Ich würde dich nie wieder hier reinlassen, wenn auch noch eine Horde Sanitäter meine Wohnung gestürmt hätte.«

»Das konnte ich mir denken.«

»Hier waren heute mehr Leute drin als je zuvor.«

»Wirklich?« Er rückt die provisorische Kühlauflage zurecht und streicht Derya dabei die Haare zur Seite. »Erzähl. Hast du eine Party gefeiert und mich nicht eingeladen?«

»Hätte ich ja«, erwidert sie. Ihr Kopf tut weh, aber längst nicht so sehr, wie Jakobs Berührungen ihr guttun. »Aber ich konnte dich nicht erreichen.« Und dann erzählt sie ihm, was passiert ist. Als sie von den beiden Einbrüchen und dem grausigen Fund in ihrem Bett berichtet, wird Jakob blass, bis seine Haut fast durchsichtig wirkt und die Adern an Stirn, Schläfen und am Kinn durchschimmern. Wenn Derya einen Beweis gebraucht hätte, dass er nicht der Täter sein kann, dann hat sie ihn jetzt. Menschen können manipulieren, schauspielern und sich verstellen, ihre Worte, Gesten und jede Mimik gezielt einsetzen. Aber niemand kann kontrolliert blass werden.

Sogar Odin scheint zu merken, dass es Jakob schlecht geht. Er streicht ihm schnurrend um die Beine, als müsse er ihn aufheitern, und stört sich nicht im Geringsten daran, dass Jakob ihn kaum beachtet.

Derya ärgert sich ein wenig, über Sonnes absurde Behauptung überhaupt nachgedacht zu haben. Welches Motiv sollte Jakob haben, ihr zu schaden? Abgesehen von Sonne ist er der erste Mensch, der sich wirklich um sie zu sorgen scheint, der ihre Lage weder ausnutzt noch sich über sie lustig macht. Robert hätte ihr sicher längst wieder Vorhaltungen gemacht, sie wäre doch selbst schuld an dem Zusammenbruch, sie müsse doch bloß mehr schlafen und besser essen, dann würde so etwas auch nicht passieren. Robert hatte immer einfache Lösungen parat gehabt, ohne sich mit dem Problem länger als zwingend nötig zu beschäftigen.

»Wie kann ich dir helfen?«, fragt Jakob, nachdem er eine Weile schweigend nachgedacht hat. »Hast du eine Idee, was ich tun kann?«

Bleib hier!, würde sie am liebsten rufen. Aber das kann sie

nicht sagen. Nicht nach zwei Dates, einmal Sex und diesem seltsamen Abend hier. Natürlich ist Jakob kein beliebiger Mann, den sie neu kennenlernt. Sie kennt ihn ja schon; jedes Mal auf seiner Haut, jede Linie seines Körpers. Trotzdem kann sie ihn auf keinen Fall derartig vereinnahmen. Damit würde sie ihn sofort wieder verjagen.

»Ich denke, dass ich mit dem neuen Schloss jetzt sicher bin«, sagt sie. Wie gut der Plan bisher aufging, hat sie ja eindrucksvoll unter Beweis gestellt. »Solange ich mich nicht wieder selbst k. o. schlage, weil ich mich erschrecke, sollte ich klarkommen.«

Jakobs Blick sagt, dass genau das das Problem ist: ihre Nerven. Sie weiß es selbst und dankt ihm insgeheim dafür, es nicht laut auszusprechen.

»Du könntest mir mehr von deinem Manuskript geben«, sagt sie.

»Tatsächlich? Du willst es weiterlesen?«

»Ich muss. Bitte sag nicht, dass du noch nicht weitergeschrieben hast und ich jetzt wochenlang auf jedes Kapitel warten muss.«

»Nein, es ist so gut wie fertig.« In seinem Gesicht kämpft ein Lächeln mit dem Ausdruck von Erschrecken. »Verstehe ich dich richtig: Es gefällt dir? Oder ist es wie ein Autounfall – schrecklich, aber du kannst einfach nicht weggucken?«

Sie muss lachen, fast ist die ganze Situation vergessen. »Es ist großartig, Jakob. Ich hätte nicht gedacht, dass du so schreiben kannst.«

»So?« Er hebt amüsiert eine Augenbraue. »So schwülstig? So theatralisch?«

Fishing for compliments beherrscht er ganz gut, findet sie, und daher sagt sie nur: »Genau« und genießt seinen verwirrten Gesichtsausdruck. »Nein, Unsinn, ich meine so … lebendig. Ich kann mich noch gut an deine Beiträge in der Schülerzeitung erinnern. Dein Kürzel stand für Formulierungen, die nicht nur sauber, sondern rein waren, akribisch recherchierte Fakten und kein Wort zu viel. Also bin ich davon ausgegangen, einen Roman in diesem nüchternen Stil lesen zu müssen.«

Er schüttelt den Kopf. »Zeitungstexte müssen nüchtern und

klar sein. Aber Romane doch nicht. Romane müssen süffig sein, Romane müssen besoffen machen wie ein Cocktail: Du darfst erst merken, was alles drin war, wenn es zu spät ist.«

Derya seufzt. »Wir verstehen uns. Wenn das dein Plan war, dann ist er aufgegangen.«

»Du weißt doch noch gar nicht, wie es weitergeht.«

»Nein, aber ich will es erfahren. Wann bekomme ich also mehr?«

»Bald«, verspricht er und versteckt ein Lächeln in seinen Mundwinkeln. »Ich würde ja noch losgehen und dir ein Kapitel holen, aber ich bin mir nicht sicher, ob ich dich allein lassen kann. Du siehst wirklich nicht gut aus.«

»Oh, danke, ich bin entzückt.«

Er lacht und bringt sie zum Staunen. Er sieht keinen Tag älter aus als damals. Reifer vielleicht, erwachsener in jedem Fall, aber nicht älter.

»Ich bin einfach nur furchtbar müde«, erklärt sie. »Eine Nacht lang durchschlafen, und ich bin ein neuer Mensch, versprochen. Vielleicht können wir uns dann treffen und etwas unternehmen?« Hoffentlich versteht er sie nicht falsch und merkt, wie ungern sie ihn bittet, jetzt zu gehen.

Jakob scheint ein wenig enttäuscht, aber er nickt. »Okay, das machen wir. Darf ich kurz dein Handy nehmen und mir deine Nummer auf mein neues schicken?«

»Natürlich, ich brauche deine neue Nummer ja auch.« Sie will aufstehen, um ihre Tasche zu holen, aber Jakob drückt sie sanft zurück.

»Bleib liegen, Derya. Sonst kippst du gleich wieder um, und dann wirst du mich heute nicht mehr los. Das ist eine Drohung, kein Versprechen.«

»Na gut. Es ist in meiner Handtasche in der Garderobe.«

Jakob geht und ist schnell zurück. Sie überlegt, ob sie ihn bitten soll, ihr noch etwas zu essen zu machen oder zumindest zu bleiben, bis sie gekocht hat. Aber ein schwer zu benennendes Gefühl hindert sie daran. Er verabschiedet sich, beugt sich über sie und küsst sie auf die Stirn. Dann nimmt Jakob seine Jacke, und während sie noch überlegt, ihm zu sagen, dass er möglicherweise doch etwas für sie tun kann, ist er schon gegangen und Derya wieder allein.

Ihr schwindelt ein wenig, als sie sich vom Sofa hochstemmt, und sie ärgert sich sofort über ihren blöden Stolz. Sie hätte sich wenigstens einen Tee von ihm machen lassen können. Gleichzeitig ist sie froh, dass er ihr nichts aufgedrängt hat. Auf den Tee muss sie nun allerdings verzichten. Sie ist nicht sicher, ob sie es unfallfrei bis in die Küche schaffen würde, der Schlag gegen den Kopf muss doch stärker als zunächst gedacht gewesen sein. Sie lässt sich zurück in die Kissen sinken. Wenn sie sich einen Moment lang ausruht und vielleicht für eine halbe Stunde die Augen zubekommt, geht es ihr danach sicher besser.

Als es an der Tür klopft, denkt sie zunächst, dass keine fünf Minuten vergangen sein können. Ein Blick auf die Uhr zeigt jedoch, dass es schon nach neun ist. Sie muss über zwei Stunden geschlafen haben. Wer kann das jetzt noch sein? Jakob? Nein, der würde doch draußen an der Haustür klingeln. Ihr Herz rast, sie kann sich nicht entscheiden, ob sie zur Tür gehen und sich Gewissheit verschaffen soll oder besser so tun, als wäre sie nicht da.

Schließlich hört sie draußen jemanden gedämpft ihren Namen rufen. Es ist Sonne. Derya fällt ein Stein vom Herzen. Mühsam steht sie auf. Ihre Knie zittern noch, aber es geht inzwischen besser. Sie zieht sich die warm und feucht gewordene Tüte mit den Kräutern vom Kopf. Jakob hat recht behalten, die Schwellung ist deutlich zurückgegangen.

»Derya?«, hört sie Sonne noch einmal rufen.

»Ich komme, einen Moment!«

Sie umarmt ihre Freundin auf der Türschwelle. Dann scheint Sonne zu merken, dass etwas nicht stimmt. Sie schiebt etwas in ihre Handtasche, das sie zuvor in der Hand gehalten hatte, fasst Derya an den Schultern und schiebt sie ein wenig von sich, um sie besser ansehen zu können. »Liebes, was ist passiert? Du siehst aus, als wärst du krank.«

Derya bittet sie herein, lässt sich in der Küche auf einen Stuhl fallen. Sonne wirft ihre bestickte Tasche auf den Tisch und macht sich unaufgefordert daran, einen Tee aufzusetzen. Derya bemüht sich, den Tag in möglichst knappen Worten nachzuerzählen.

Sonne lässt den Wasserkocher und die Teebeutel stehen, als Derya von dem Lammherz im Bett und dem Blut in der Toilette erzählt.

»O Gott, Derya, ich hatte ja keine Ahnung. Das wird ja immer schlimmer. Ausgerechnet heute war ich nicht da, das tut mir so leid.«

»Macht doch nichts, du hättest eh nichts tun können. Wo warst du denn überhaupt?«

»Eine Kurklinik besichtigen«, sagt Sonne und rollt mit den Augen. »Mit meinem Bruder. Ist ihm aber alles nicht ansprechend genug. Der feine Herr erwartet ein Sternehotel für seine Kur. Mir tun vielleicht die Füße weh. Ich bin eben erst nach Hause gekommen.«

»Dann hast du Jakob nicht reingelassen?«

»Wie bitte?« Sonnes Miene verdüstert sich. »Du denkst also, ich würde hier einen Fremden reinlassen, wenn ich weiß, dass ein irrer Unbekannter Jagd auf dich macht?«

Es kann nur Robert sein, denkt Derya, sagt aber nichts. »Ach, ich dachte nur. Eine blonde Frau hat Jakob reingelassen, aber vielleicht meinte er auch Frau Kramers aus der zweiten Etage.«

»Die ist grau«, bemerkt Sonne skeptisch.

Aber sie hat auffällige Locken, und es war recht dunkel. »Ist ja auch egal. Ich weiß, dass er es nicht ist. Er hat sich sehr lieb um mich gekümmert.«

Sonne dreht sich weg und gießt den Tee auf. »Aber viel Zeit zum Kümmern hatte er offenbar nicht. Wie kann er dich in dem Zustand allein lassen?«

»Ich hab ihn drum gebeten«, gesteht Derya.

»Du hast Jakob … herrje, Derya, warum denn das? Kannst du denn nicht mal Hilfe annehmen, wenn dich jemand terrorisiert und bedroht?« Sonne wendet sich ihr wieder zu. »Oder befürchtest du vielleicht doch, dass er –«

»Auf gar keinen Fall. Er kann es nicht gewesen sein, du wärst genauso überzeugt wie ich, wenn du ihn eben erlebt hättest.«

Sonne zuckt mit den Schultern, und Derya beißt verärgert die Zähne zusammen. Nichts, was sie sagt, wird Sonne von ihrem Verdacht abbringen.

»Warum hast du ihn dann rausgeworfen?«

»Ich habe keine Angst vor ihm, nicht die geringste«, beginnt Derya. »Aber vor mir selbst.«

Sonne lacht. »Stimmt, du bist gefährlich, Derya. Am Ende frisst du ihn noch.«

Derya ist einen Moment genervt von ihrer Freundin, aber nur einen kurzen. »Ich habe mir schon einmal von jemandem die Zügel aus der Hand nehmen lassen. Ich hätte Robert nie geheiratet, wenn ich darauf vertraut hätte, allein zurechtzukommen.«

Sonne stellt ihr eine Tasse Tee vor die Nase und setzt sich ihr gegenüber. »Es war nicht deine Schuld. Robert ist ein Arsch.«

»Und das habe ich gewusst. Immer. Ich habe ihn trotzdem geheiratet, weil ich dachte, lieber einen Arsch als allein vor die Hunde gehen.«

»Hinterher ist man immer schlauer – und jetzt verdreh nicht die Augen, weil das eine Phrase ist. Es ist eine, aber sie trifft zu.«

Derya fühlt sich zu schlapp, um zu widersprechen. Vielleicht hat Sonne ja recht.

»Wenn man verliebt ist, sieht man nur die positiven Seiten«, fährt Sonne fort. »Es ist okay, dabei Fehler zu machen. Aber man sollte daraus lernen und denselben Fehler nicht zweimal machen.«

»Du meinst Jakob.«

»Ja. Ich fürchte, du siehst ihn verklärt. Wie Robert damals.«

Es ist ganz anders, möchte Derya sagen. Aber wie soll sie Sonne erklären, was sie wirklich fühlt? Damals, bei Robert, hat sie verzweifelt versucht, ihr Herz wiederzubeleben. Inzwischen akzeptierte sie, dass es tot ist, und kämpft nun gegen das trügerische Gefühl, es würde trotzdem wieder schlagen. Mein Zombieherz, denkt sie und schüttelt sich vor Grausen. Aber wie soll sie Sonne etwas begreiflich machen, was sie selbst nicht versteht, weil es so widersprüchlich ist. Es fühlt sich falsch an. Und dabei so gut. Als sei der falsche Weg der beste, den sie in ihrem Leben je gegangen ist. Und das, obwohl sie weiß, dass er zu keinem guten Ende führt.

Nein. Sie muss schweigen. Sonne würde sie sonst für verrückt erklären – vermutlich zu Recht.

»Ich passe auf mich auf«, sagt sie schließlich entschieden.

»Deshalb hab ich ihn ja weggeschickt. Weil ich jede Abhängigkeit vermeiden möchte. Wir treffen uns ungezwungen, ohne Verpflichtungen. Nur Spaß.«

Sonne lächelt, obwohl es ein wenig gezwungen wirkt. »Ich hoffe, er tut dir gut.«

»Das tut er. Er inspiriert mich. Ich habe wirklich Lust, mich wieder an den Laptop zu setzen und mal zu schauen, was passiert, wenn ich einfach losschreibe. Jakob schreibt jetzt auch, weißt du? Ich durfte seinen Romananfang lesen – er ist großartig.«

»Oh!« Sonne springt auf. »Das hätte ich fast vergessen. Ich habe eben etwas auf deiner Fußmatte gefunden.« Sie läuft in den Flur, holt ihre Tasche und nimmt ein paar Blätter gerolltes und mit einem grünen Band zusammengehaltenes Papier heraus. »Hier, das wird wohl für dich sein. Ist es von ihm?«

Deryas Hände zittern ein wenig, als sie die Schleife löst und die Seiten aufrollt. Sie erkennt das schüchterne r sofort und muss lächeln. »Ja. Ein neues Kapitel. Ich habe ihm eben gesagt, wie gerne ich weiterlesen möchte. Er muss mir den Text gleich hergebracht haben.«

»Offenbar macht er es gern spannend«, bemerkt Sonne. Sie hat recht, besonders viel Text ist es nicht, es sind nur einige Seiten. Aber was soll's? Heute Abend wird sie erfahren, wie es weitergeht mit Jakobs namenlosem Protagonisten.

II

Hatte ich richtig gehandelt?

Ganz sicher war ich mir nicht. Aber eines wusste ich genau: Es war gerecht. Tomas hatte nicht verdient, was er besessen hatte. Weshalb es mich mit grimmiger Befriedigung erfüllte, dass ihm nichts geblieben war. Er hatte alles verloren. Aber auch ich hatte verloren. Und wer verliert schon gern?

Er hatte es mir leicht gemacht, hinter sein dreckiges Geheimnis zu kommen. Viel zu leicht. Vermutlich war es das, worüber ich mich am meisten ärgerte.

Als ich ihn bat, ihn für einen Tag auf die Arbeit begleiten zu dürfen, um eine Vorstellung davon zu bekommen, was er machte, war er sofort auf diese klischeehafte amerikanische Art begeistert. Der Gedanke, ich könnte dieselbe Karriere einschlagen wie er, wühlte ihn auf. Er tat sich sichtlich schwer, mich bei seinen Arbeitskollegen nicht gleich als seinen Stammhalter auszugeben.

Er zeigte mir sein Büro, das mich an eines dieser Polizeireviere aus einer Fernsehserie denken ließ. Blasses Grün und dunkles Grau – Farben, die immer aussehen, als läge Staub drauf. (Was die Putzfrau, sie hieß Tanja und sprach Deutsch, Russisch, Französisch – bloß kein Wort Englisch –, nie zugelassen hätte.) Natürlich stand der Schreibtisch voll mit Fotos von Becky und ihrem Bleachinglächeln.

Tomas drängte mich regelrecht, sämtliche Schränke und Schubladen zu öffnen, die Ordner (an die hundert) und die Mappen (nochmal tausend) durchzublättern, mich an seinen Computer zu setzen, Programme zu öffnen und ein paar sinnlose Sätze in sein Diktiergerät zu plappern, die er irgendeiner Sekretärin drei Türen weiter zum Tippen geben wollte. Er fotografierte mich sogar vor seiner Wand aus Aktenordnern und mit den Fingern auf seiner Tastatur. Vor allem aber tat er eins: Er gab mir einen klaren Hinweis auf die Beweise, die ich suchte. Es war so eindeutig, dass es fast lächerlich war – die eine einzige Schublade an seinem Schreibtisch, die sich abschließen ließ. Ich gab mich beeindruckt von der Menge an Papieren und stellte harmlose Fragen. Aber als er irgendwann zur Toilette ging, griff ich nach seinem Schlüsselbund, probierte die Schlüssel durch und landete keinen Treffer. Da wusste ich, dass ich auf der richtigen Spur war.

Zu Mittag aßen wir in einem Diner, und er tat mir den Gefallen, sich einen Schokomilchshake zu bestellen – die Diätvariante, weil er Angst hatte, ich könnte ihn an Becky verpetzen, wenn er den Shake mit Sahne nahm. Ich kippte unbemerkt eine mehr als großzügige Menge von Beckys Abführtropfen in den Shake, und er beklagte sich über den bitteren Beigeschmack der Zuckeraustauschstoffe. Am Nachmittag telefonierte er mit Becky und berichtete, er würde Diätshakes nicht vertragen, denn jetzt hätte er schreckliches Magengrummeln. Drei Minuten später eilte er mit verkniffenem Gesicht erneut zur Toilette. Mir war klar, dass das eine Weile dauern würde.

Ich fand den Schlüssel im dritten Bilderrahmen, den ich öffnete, er hatte ihn zwischen das Foto und die Papprückwand geschoben. Was die Schublade hergab, war ebenso einfallslos wie effektiv. Es passte perfekt zu meinem Onkel.

Das Schwein hatte eine Beständigkeitssteuer erfunden, die angeblich in ganz Oregon von Hausbesitzern gezahlt werden musste, deren Häuser älter als sechzig Jahre alt waren. Wer sich weigerte, sein altes Haus gegen eines mit besserer Energieeffizienz auszutauschen, wurde zur Kasse gebeten. Eine Steuer auf ein sparsames, bescheidenes Leben – vielleicht wäre er Finanzminister geworden, wenn er diese Idee nach Deutschland verkauft hätte, statt sie im Do-it-yourself-Verfahren umzusetzen.

In Rechnung gestellt hatte er diese Steuer Personen, die dem Namen nach älter waren. Vermutlich hielt er sich auch nur an Rentner, die er als besonders obrigkeitshörig einschätzte. Ich fand eine Liste potenzieller Neukunden, die anhand eines Punktesystems sortiert waren: Ein Internetanschluss gab ebenso viele Minuspunkte wie regelmäßiger Kontakt zu jüngeren Verwandten. Ein gut gefülltes Konto, ein toter Ehepartner, Nutztiere oder bewirtschaftete Gemüsebeete im Garten gaben Pluspunkte, die die betreffende Person in der Attraktivität steigen ließen. Ich musste nicht überlegen, woher diese Informationen stammten; Becky lächelte mich von einem Dutzend Bilder wissend an.

Die vermeintliche Steuer wurde direkt vom Finanzamt erhoben, hübsch mit dem üblichen Briefkopf gestaltet. Als Ansprechpartner wurde natürlich Onkel Tomas genannt, und die Telefonnummern führten allesamt in sein Büro. Langsam verstand ich, warum er seine Sekretärin einige Türe weiter sitzen ließ. Denn selbstredend gehörte das Konto, auf das überwiesen werden sollte, nicht dem Finanzamt Corvallis oder dem Staat Oregon – sondern allein meinem Onkel.

Wie gesagt. Er machte es mir zu leicht.

Ich legte alles zurück an seinen Platz, kopierte mir lediglich das Punktesystem und schloss die Schublade wieder ab. Dann legte ich den Schlüssel zurück, stellte die Bilder wieder in ihre ursprüngliche Position und kommentierte es mit »Ach, wie schade«, als Tomas mir bedauernd mitteilte, dass wir nach Hause fahren müssten, weil es ihm nicht gut gehe. Abends spielten wir Monopoly.

Am nächsten Tag bot ich die Geschichte samt Liste der Corvallis Gazette Times an und bekam dreihundert Dollar bar auf die Hand. Einen Tag später wurde mein Onkel von sechs Streifenwagen und noch mehr Journalisten vor dem Haus abgepasst. Ich fing mir eine schallende Ohrfeige von Becky ein, die ich wahrlich verdient hatte, und sah staunend zu, wie eine Existenz zusammenbrach.

Die Zweifel schlichen sich ein, nachdem sich die Aufregung gelegt hatte. Mir kam der Gedanke, dass ich besser die Senior Highschool beendet hätte, bevor ich die Bombe hochgehen ließ, denn es war nicht so einfach wie gedacht, eine Wohnung zu finden und einen Job, der nicht mit den Schulzeiten kollidierte. Ich betrachtete es als Glücksfall, dass der Chefredakteur der Gazette-Times wohl ein schlechtes Gewissen bekam, weil er meine Story weit unter Wert eingekauft hatte. Er gab mir ein paar kleine Aufträge: Ladeneröffnungen, Monstertruck-Shows, Kleintierausstellungen. Im Nachhinein betrachtet war es alles andere als ein Glücksfall, weil ich mich für Peanuts halb zu Tode schuftete, permanent mit meinen Kosten jonglierte, während Kollegen mit einem Bruchteil meines Talents ein Vielfaches verdienten. Sie bekamen für fünf Minuten Arbeit mehr als ich für ein ganzes Wochenende zwischen Wachteln, Zwerghühnern und den dicksten Eiern von Oregon. Als ich das College fertig hatte, war mir die Lust auf das Journalistikstudium fast vergangen.

Es musste jetzt vorangehen, wenn ich nicht auf der Strecke bleiben wollte. Ich wollte raus aus dieser miefigen Kleinstadt. Also beschloss ich, ein weiteres Mal alles auf eine Karte zu setzen, kratzte meine letzten Moneten zusammen, trampte nach Seattle und schrieb mich in der University of Washington ein, die fast so viele Studenten hatte wie Corvallis Einwohner.

Kapitel 18

Der freie Tag kommt wie gerufen. Derya schläft auf dem Sofa nicht nur die Nacht durch, sondern bis zum Mittag und fühlt sich danach wie neugeboren. Toni muss ihr Gehalt überpünktlich überwiesen haben, denn das Geld ist schon auf dem Konto. Die Sonne gleicht den gestrigen Nieselregen mit einem umso entschlosseneren Strahlen aus, und so macht Derya einen gemütlichen Spaziergang zur Sparkasse und danach zum Markt. Sie frühstückt einen Green Smoothie an einem kleinen Stand und spielt ihr übliches Spiel, sich zu den Passanten Geschichten auszudenken. Danach kauft sie Brot, Milch und so viel frisches Gemüse und Obst, wie sie tragen kann. Ein Teil davon ist für Kiwi gedacht, aber als sie zu dem Platz kommt, wo sie häufiger anzutreffen ist, lungern dort nur ein paar müde ältere Männer herum.

»Das junge Mädchen mit den kurzen braunen Haaren«, sagt Derya zu einem von ihnen, »haben Sie sie heute schon gesehen?«

Er schaut stumpf an ihr vorbei. Dann zuckt er mit den Schultern. »Kenn ich nech.«

»Sind Sie denn nicht häufiger hier?«

Wieder braucht er lange, bevor er antwortet. »Doch. Jeden Tag.«

»Sie ist auch oft hier«, hilft Derya und untermalt ihre Worte mit Gesten. »Eine Frau. Sehr klein. Zierlich. Noch sehr jung.«

Er schüttelt den Kopf.

Derya bewahrt Geduld. »Sie trägt eine blaue Jacke.«

»Ah.« Jetzt erwidert er ihren Blick. Der Groschen scheint gefallen zu sein. »Meinste Lola?«

Gut möglich, dass Kiwi sich so nennt. »Ja. Haben Sie sie gesehen?«

Der Blick des Mannes verliert sich wieder. Er schüttelt den Kopf. »Länger nech. Zwei Tage oder so.« Er deutet mit dem Kinn in Richtung der anderen Männer. »Lola?«, murmelt er, nur geringfügig lauter als eben zu Derya. »Die Kleene, die immer so schön auf der kaputten Gitarre vom Walli spielt. Die hier sucht nach der.« Doch keiner hat eine Antwort. Alles, was Derya bekommt, ist noch mehr desinteressiertes Schulterzucken – wenn überhaupt.

»Kannma nix machen«, sagt der Mann zu ihr.

»Trotzdem danke.« Sie will ihm ein kleines Brot und eine Flasche Milch schenken, aber er möchte nichts davon haben, und sie muss es umständlich wieder in ihre Tüten packen. Schließlich drückt sie ihm fünf Euro in die Hand. Er murmelt einen Dank dahin.

Wieder zu Hause räumt sie die Lebensmittel ein und arrangiert Äpfel, Orangen, Clementinen, zwei Mangos und eine Ananas in einer Schale auf dem Küchentisch. Eigentlich müsste sie langsam einen Adventskranz aufstellen, aber sie fühlt sich mehr wie im Frühling, und das soll ihre Wohnung widerspiegeln. Vor allem will sie sich wieder wohlfühlen. Sie startet ihr Notebook, öffnet einen Onlineshop und bestellt sich ohne lange zu suchen irgendeine Matratze. Hauptkriterium: Sie muss bis morgen angeliefert werden. Ein neues Oberbett, Kissen, Laken und eine hübsche Bettwäschegarnitur in freundlichen Schattierungen zwischen Lind- und Apfelgrün leistet sie sich ebenfalls, auch wenn danach ein guter Teil ihres Gehalts schon wieder ausgegeben ist. Aber das ist es wert. Sie wird Robert nicht den Gefallen tun, auch nur einen Tag länger als nötig auf dem Sofa zu schlafen.

Als alles arrangiert ist, hat sich ihre gute Laune so weit stabilisiert, dass sie Nadine eine Nachricht sendet und sich sogar entschuldigt, auch wenn sie nicht mehr wirklich weiß, wofür – bloß um des Friedens willen. Die App zeigt ihr an, dass Nadine die Nachricht sofort liest, aber eine Antwort kommt nicht.

»Ich weiß, was sie will«, sagt Derya zu Odin und seufzt. »Sie will, dass ich mich nach Robert erkundige. Dass ich sie frage, ob er wieder da ist und ob es ihm gut geht.« Odin blinzelt mit aller Gleichgültigkeit, zu der eine Katze fähig ist.

Das Handy klingelt, und ihre Mundwinkel zucken zu einem Lächeln hoch, ohne Derya vorher um Erlaubnis zu fragen, als sie den Namen im Display erkennt.

»Jakob, hallo.«

»Hallo Derya. Entnehme ich deiner Stimme, dass es dir besser geht?«

»Das erkennst du anhand von zwei Worten? Respekt. Du hast recht.«

»Großartig. Hast du Lust, mit mir in den Park zu gehen? Heute noch?«

»Es wäre eine Schande, bei dem Wetter nicht in den Park zu gehen.«

Sie verabreden Ort und Uhrzeit, und obwohl sie nur eine halbe Stunde hat, springt Derya unter die Dusche, um sich dann mühsam und mithilfe von reichlich Schaumfestiger Volumen in die Haare zu föhnen. Statt sich mit der getönten Gesichtscreme zu begnügen, trägt sie heute Make-up auf, damit die letzten Spuren des vergangenen Tages unsichtbar werden. Um die Bahn zu bekommen, muss sie rennen, aber das feuert wenigstens ihren Kreislauf an und rötet ihre Wangen.

Jakob wartet am Treffpunkt bereits auf sie. Als sie ihn entdeckt, fährt er sich gerade durch die Haare und sieht sich unruhig um. Deryas Herz macht einen Hüpfer. Er war nie cool und überlegen. Nein, Jakob war, ist und bleibt ein warmer Mensch, bis in die Haarspitzen, die im Licht der Sonne rötlich schimmern. Hellbraun hat sie seine Haare immer genannt, Goldbraun, wenn es hoch kommt. Aber in einem Roman würde sie schreiben, dass seine Haare die Farbe des Sonnenuntergangs haben. Sie lacht über ihre eigenen Gedanken, läuft die letzten Schritte und ruft seinen Namen.

Er lächelt erleichtert, als er sie sieht, umarmt sie zur Begrüßung und küsst ihr danach auf beide Mundwinkel. Derya könnte sich daran gewöhnen.

Spielerisch boxt sie ihm vor die Brust. »Du bist ein Schuft! Weißt du das?«

Er zieht amüsiert die Augenbraue hoch. »Wie bitte? Womit habe ich mir diese Ehrung verdient?«

»Du hast mir wieder nur so wenig von deinem Manuskript gegeben. Willst es wohl dramatisch machen, ja? Das ist ein ganz billiger Trick.«

Jakob hakt Derya ungerührt bei sich unter und spaziert mit ihr in Richtung See. »Aber ein guter billiger Trick«, sagt er, »denn er funktioniert.«

»Das macht ihn nicht gut.«

Jakob wiegt den Kopf. »Mein Held ist dir also nicht unsympathisch?«

Man merkt wirklich, dass er die letzten Jahre im Ausland war. »Ach, Unsinn. Du redest mit der Schöpferin eines Helden, der laut Presse der Serienmörder ist, von dem alle Schwiegermütter träumen.«

»Autsch. Wer hat das geschrieben? Die ›Bild der Frau‹?«

»Ich weiß es gar nicht mehr, aber du wirst nah dran sein.«

»Und das hat dir gleich eine Schreibblockade beschert?«

Er hat es sicher nicht gewollt, aber die flapsige Bemerkung kratzt empfindlich an ihrer Heiterkeit. Ihr fällt keine Antwort ein, die nicht offenlegt, wie sensibel dieses Thema für sie ist.

Immerhin merkt er es sofort. »Jetzt hab ich etwas Falsches gesagt, oder? Tut mir leid.«

»Ist ja nicht deine Schuld«, entgegnet sie. »Es frustriert mich nur fürchterlich, dass ich nichts Gutes mehr zu Papier bringe. Das hat aber gar nichts mit den Pressestimmen von damals zu tun. Auch nichts mit Verrissen, von denen es ja auch einige gab.«

»Sondern?«

»Ich …« Sie stockt. Ob er es verstehen kann? Er schreibt selbst, aber das muss nichts heißen. Ihre Lektorin schreibt ebenfalls, trotzdem hat die gute Frau gar nichts verstanden und bloß versucht, ihr durch schreibhandwerkliche Tipps zu helfen. Tipps, die von dem Grundproblem leider so weit entfernt lagen wie die Arktis vom Nil. »Ich komme an niemanden mehr heran«, versucht sie es. »Ich denke mir eine Hauptfigur aus, aber sie bleibt ein Hirngespinst, wird nicht real für mich. Ich schaffe nur Umrisse, weder Knochen noch Fleisch oder Blut. Dadurch entsteht keine Handlung, sondern bloß ein künstliches Schattenspiel.«

»Keine Figur kommt an deine erste heran«, murmelt Jakob.

Sie nickt und ihr Nacken kribbelt, als ihr die große Parallele zu ihrem Leben bewusst wird: Keiner kommt an meine erste Liebe heran.

»Kann es denn sein«, überlegt Jakob, »dass die Makel überwiegend in deinem Kopf von Bedeutung sind? Dass die Figuren für dich nicht so gelungen erscheinen, weil du keinen engen Bezug zu ihnen hast, bedeutet ja nicht zwangsweise, dass die Leser das auch so empfinden.«

»Das dachte ich zuerst auch. Aber alles, was ich bisher gut genug fand, um es meinem Agenten oder dem Verlag zu schicken, scheiterte dort. Ich kann sie nicht mehr überzeugen. Ich glaube, sie halten mich alle für eine schlechte Autorin. Sie denken, *Spiegeltropfen* war ein Zufallstreffer. Ein One-Hit-Wonder.«

»Aber das stimmt nicht.«

Derya ist ihm dankbar, dass er es nicht als Frage formuliert. »Ich weiß nicht. Da muss mehr sein.«

»Es gibt andere Verlage.«

»Ja. Und mich hält nichts bei meinem alten, außer der Gewissheit, dass ich nichts habe, was einen anderen überzeugen würde.«

Jakob neigt den Kopf in ihre Richtung und sieht sie mit dem Anflug eines Lächelns an. »Ich glaube an dich. Du kommst zurück, da bin ich ganz sicher.«

»Danke, dass du das sagst. Aber genug jetzt von meinen Texten und zurück zu deinen. Warum tippst du sie eigentlich auf einer alten Schreibmaschine? Vielleicht hast du das im Land der ungebremsten Möglichkeiten verpasst, aber wir haben inzwischen Computer in good old Germany.«

»Wirklich?«, ruft er und lacht. Doch dann wird er schnell wieder ernst. »Ich kann es halt nur mit ihr.«

Die Sehnsucht in seiner Stimme berührt Derya. »Sie hat eine Geschichte, oder?«

»Natürlich hat sie die. Du kennst die Schreibmaschine, sie stand schon damals in meinem Zimmer.«

Sie denkt angestrengt nach und versucht, sich sein Zimmer in Erinnerung zu rufen. Die Ecke, in der sein Schreibtisch stand, liegt im Nebel. Sie bekommt kein klares Bild.

»Wir hatten nicht viel Geld, das weißt du sicher noch, und ich musste lange darauf sparen, um sie mir zu kaufen. Ich war zwölf und hatte noch romantischere Vorstellungen als in den Jahren danach. Ich habe meiner Mutter versprochen, dass ich meinen ersten Roman auf dieser Maschine schreiben werde.« Er senkt den Blick; was sie darin zu erkennen glaubt, nennt sich Scham. »Leider hat sie vorher das Schicksal aller Katholiken ereilt.«

»Das Schicksal aller Katholiken?«

»Ausgebeichtet«, sagt Jakob. »Alle Sünden sind gestanden und mit Gebeten vergolten. Danach konnte sie sich nur noch in einen Sarg legen, ihn von innen zunageln und abwarten, bis sie zerfiel.«

Derya mag das Bild. Sie weiß nicht genau, was Jakob ihr damit sagen will, aber es gefällt ihr, denn es klingt nach etwas, das vermutlich häufiger vorkommt, als man so denkt. Sie beschließt, es aufzuschreiben und aufzubewahren. Für klügere Zeiten.

»Es tut mir bis heute leid«, murmelt Jakob, als spreche er mehr mit sich selbst, seiner Mutter oder Gott, als mit ihr, »dass ich den Roman nicht rechtzeitig fertig bekommen habe.«

Kein Wunder – auf einer hakenden Schreibmaschine.

Derya weiß nicht, wie er so überhaupt etwas zu Papier bringen kann. Jedes nachträglich eingefügte oder gestrichene Wort erfordert, dass die Seite neu getippt wird. »Aber dafür sicher Hunderte von Artikeln.«

Er nickt. »Man könnte Bücher und Enzyklopädien damit füllen.«

»Deine Mutter wäre sicher stolz.«

»Ja, das schon.«

Aber das ist nicht dasselbe, das weiß sie ebenso gut wie er.

Sie erreichen den See und bleiben stehen, um das Bild auf sich wirken zu lassen. Dezembersonne und Wind lassen die Wasseroberfläche glitzern. Im Azurblau des Himmels liegt eine Ahnung davon, dass es bald bitterkalt werden wird. Auf der Wiese neben dem See lassen Familien Drachen steigen, und hinter den Bäumen, die alle Blätter schon verloren haben, sind einzelne hüpfende Farbkleckse zu sehen – die Anoraks der Kinder, die dort auf dem Spielplatz toben. Leise hört man ihr Rufen und Lachen. Derya lehnt ihren Kopf an Jakobs Schulter.

Er legt den Arm um sie, berührt ihren Hals und lässt die Finger unter den Kragen ihres Mantels gleiten, bis sie an der Stelle sind, wo Nacken und Schulter ineinanderfinden.

Derya fühlt sich dünnhäutig und verletzlich, aber zum ersten Mal seit langer Zeit ist es kein Gefühl, das sie in Alarmbereitschaft versetzt. Der Moment ist so friedlich schön, dass Derya ihn einfrieren will, damit Jakob und sie ewig hierbleiben können. Damit sie sich für immer wohl und sicher fühlen kann. Als er sie küsst, wird ihr von innen heraus so warm und behaglich, dass sie sich die Überlegung gestattet, ob ihr Herz vielleicht gar nicht tot ist. Vielleicht hat es auch bloß sehr lange, sehr tief geschlafen.

Sie bleiben im Park, bis es dunkel wird, dann fahren sie mit der Bahn zu Derya nach Hause. Derya weiß genau, zu welchem Zweck. Die Wartezeit war lang genug. Sie geraten mitten in den Berufsverkehr, der Waggon ist voll, sie bleiben nahe der Tür im Gedränge stehen. Alle paar Meter muss der Fahrer abbremsen, und jemand stößt Derya an. Erst jetzt fällt ihr wieder ein, dass zu Hause nur eine enge Couch auf sie wartet.

»Scheiße«, flucht sie leise und bedeutet Jakob, sich zu ihr zu beugen, damit er sie besser versteht. »Können wir zu dir?«

Jakob legt den Kopf schief. »Warum? Ist dein Zweitlover zu Hause?«

Es ist süß, wie er Eifersucht imitiert. Sie will etwas sagen, aber er schaut sie so durchdringend an, dass ihr beinahe die Worte nicht mehr einfallen. Die Couch wird gleichgültig. »Viel profaner«, murmelt sie, ihr Hals fühlt sich rau an. »Ich habe kein Bett. Nach der Sache mit dem Herzen habe ich die Matratze weggeworfen. Stört dich hoffentlich nicht.«

Er mustert sie, und für einen Augenblick hat sie das Gefühl, dass er ihr nicht glaubt. Dann zieht er sie an sich heran. »Ich brauche kein Bett, ich nehme dich auch auf dem Boden oder auf dem Tisch. Wo immer du willst.« Bei der Vorstellung, wie ihr klappriger alter Küchentisch vom Sperrmüll unter ihnen zusammenbricht, muss sie lachen, aber Jakob bleibt ernst. »Ich will zu dir.« Etwas in seiner Stimme bewirkt, dass ihr heiß und kalt wird.

Ihr Herz schlägt in kraftvollen Stößen, die sie im ganzen Körper spürt, als sie endlich die Tür aufschließt. Sie durchbricht ihr übliches Muster, zuerst alle Räume zu kontrollieren, und widmet auch Odin heute keine Aufmerksamkeit. Es dauert viel zu lange, bis sie aus ihren Kleidern ist, und doch nicht lange genug. Jakob zieht sich gar nicht erst aus, bloß seine Jacke landet in einer Ecke, und seine Hose rutscht zu Boden und bleibt wie eine Fußfessel um seine Knöchel liegen. Umso besser. So kann er nicht weglaufen. Nicht, dass er ihr das Gefühl vermittelt, das zu wollen. Es geht so schnell, als wären die letzten Stunden ein einziger langer Kampf um Beherrschung gewesen. Erst kommt sie, einen Moment später er. Danach sinkt er neben sie, zieht ihr Gesicht an seine Brust und küsst ihr Haar.

»Wir können nicht zu mir«, murmelt er dann und beantwortet die Frage, die sie vor einer halben Stunde gestellt hat.

»Deshalb sind wir ja auch hier. Wäre es zu weit weg gewesen?«

»Nicht deshalb.«

»Warum sonst?«

Er küsst ihr Haar ein zweites Mal. »Du wirst mich auslachen.«

»Kann sein«, erwidert sie und fährt mit dem großen Zeh seinen Oberschenkel hoch. »Du wirst das Risiko auf dich nehmen müssen.«

»Ich habe behauptet, ich hätte eine Wohnung. Hab ich aber nicht.«

Derya muss an Kiwi denken. Aber Jakob wird kaum unter ähnlichen Bedingungen leben. Sein teures Hemd ist gebügelt, es duftet nach Weichspüler und Deo und darunter nach Holz und herben Früchten. Sie öffnet zwei Knöpfe. »Wenn ich scharf auf dich bin«, flüstert sie in die Lücke hinein direkt an seine Haut, »kannst du mich auch unter die nächste Brücke ziehen. Ich würde es nicht einmal merken.« Sein Brustkorb bewegt sich, offenbar lacht er. »Jetzt lachst du mich ja aus.«

»Würde ich nie tun, Derya. Nein, ganz so tragisch ist es nicht. Ich bin bei zwei Cousins untergekommen, wir führen so etwas wie eine WG, aber die Bude ist zu klein für drei. Ich schlafe auf der Couch im Wohnzimmer. Das ist schon okay, die Jungs sind super. Nur …«

»… kein Ort, an den man eine Frau mitnimmt«, führt Derya seinen Satz zu Ende.

»Es ist mir peinlich. Man kann so leben, wenn man zwanzig ist, aber nicht mit Mitte dreißig.«

»Warum tust du es dann?« Sie beißt sich auf die Lippe. Ihre Frage klingt missverständlich, wie eine Kritik. »Es ist natürlich deine Entscheidung, ich finde da auch nichts Schlimmes dran. Aber wenn es dich so stört?«

Er versteift sich ein wenig. »Ich bin bei ihnen eingezogen, weil ich nicht sicher war, ob es sich lohnt, eine Wohnung einzurichten.«

Sie versteht. Es durchfährt sie wie ein kühler Schauer. Er will nicht bleiben. Er ist gar nicht zurückgekommen, er macht hier nur eine Zwischenstation. Wie Kiwi. Eines Tages in nicht allzu ferner Zukunft wird er einfach weg sein.

Kapitel 19

Derya hat sich vorgenommen, die Zeit mit Jakob zu genießen, selbst wenn sie nur ein paar Stunden andauern wird. Doch ehe sie es sichs versieht, sind aus den Stunden Tage geworden und aus den Tagen eine Woche. Es vergeht keine Nacht, die sie nicht mit Jakob verbringt. Wann immer sie ins Grübeln gerät, ob sie diese erneut erwachende Beziehung mit zu viel Nähe überstrapaziert oder sich abhängig von Jakob macht, beruhigt er sie schon beim nächsten Kuss, den er ihr gibt.

»Wir sind doch jetzt glücklich«, sagt er einmal zu ihr, als die Zweifel kurz so enervierend in ihr flüstern, dass sie einige davon ausspricht. »Was spricht dagegen, die Zeit zu genießen, solange wir sie haben? Wenn wir uns jetzt den Kopf zerbrechen, ob es im nächsten Jahr noch zwischen uns klappt, erhöht das unsere Chancen für die Zukunft nicht. Es belastet nur unsere Gegenwart.«

Ihr Herz hüpft, als sie begreift, dass er recht hat. Und dass sie mit ihrem Vorsatz, von Stunde zu Stunde und von Tag zu Tag zu leben, keine fatalistische Realitätsflucht betreibt, sondern es schlicht und ergreifend *richtig macht*.

Diese ungezwungene Seite ist neu an Jakob. In ihrer Jugend war er zielstrebig, beinahe überorganisiert und hat für alles einen Plan B gehabt. Die Jahre haben ihn verändert, aber wann immer sie ihn nach der Vergangenheit oder den Erfahrungen fragt, die er gemacht hat, erzählt er ihr etwas Belangloses. Trotz der verbalen Ausweichmanöver sieht sie das Ergebnis, und das gefällt ihr ausnehmend gut. Jakob ist vollkommen sorgenfrei. Mehr noch, ihn scheint eine Aura zu umgeben, an der Sorgen abprallen, und wenn sie sich nah genug in seiner Nähe aufhält, dann scheint diese Aura sogar sie zu schützen. Während draußen der Dezember kalt, nass und ungemütlich wird und die Menschen vergebens gegen die Dunkelheit ankämpfen, indem sie ihre Häuser und Geschäfte mit Lichterketten und künstlichen Kerzen schmücken, spürt Derya Tag für Tag mehr zufriedene Wärme in ihrer Brust. Ihre Angst vor dem Stalker hat sich in nichts aufgelöst. Wenn Jakob bei ihr ist, öffnet sie sogar die Fenster weit, um zu lüften, und verlässt sorglos den Raum. Menschen, die im Dunkeln eine Weile hinter ihr gehen, sind Passanten und verwandeln sich nicht in Verfolger.

Robert bleibt verschwunden. Auf Facebook wird der Beitrag, den seine Mutter und sein Bruder erstellt haben, hundertfach geteilt, aber mehr als halbgare Gerüchte, er wäre am Flughafen in Oslo, in einem Arbeitsamt bei Saarbrücken oder bei McDonalds auf der Neustraße gesehen worden, kommen dabei nicht heraus. Letzteres spricht dafür, dass er sich wirklich noch in der Nähe herumtreibt. Allerdings würde Robert eher verhungern, als zu McDonalds zu gehen, daher scheidet diese Variante wohl aus.

Kiwi hat die Stadt doch noch nicht verlassen. Derya trifft sie beinah täglich, wenn sie im Café ihre Mittagspause macht. Manchmal lädt sie sie auf einen Kakao ein. Häufiger kauft Kiwi im Supermarkt trockene Brötchen sowie eine Packung Käseaufschnitt und zwingt Derya eines der Brötchen auf. Dabei spazieren sie durch die Einkaufspassagen, in denen man nicht merkt, dass es draußen Bindfäden regnet.

»Ich bin froh, dass du noch hier bist«, sagt Derya am Mittwoch. Sie spielt mit dem Gedanken, Kiwi am Freitag, wenn sie den Abend freihat, zum Essen in ihre Wohnung einzuladen. »Ohne dich würde etwas fehlen.« Der Gedanke, Kiwi könnte über Nacht verschwinden, schmeckt bitter und nach einem weit größeren Verlust, als sie sich erklären kann. Vielleicht kann sie sie mit einer Spur mehr Nähe verleiten, nicht zu gehen, nicht so bald. Jakob hat auch mehrmals erwähnt, wie gern er Kiwi endlich kennenlernen würde. Bisher hat er nur Sonne getroffen, aber das ist gründlich in die Hose gegangen. Die beiden haben seltsam reserviert aufeinander reagiert, und hinterher hat Jakob behauptet, es sei auf eine unbestimmte Art anstrengend, mit Sonne zu sprechen, während Sonne schlichtweg erklärte, nicht zu wissen, worüber sie mit Jakob reden solle.

»Du würdest ohne mich verhungern«, erwidert Kiwi lapidar

und lächelt nicht mit, als Derya kichert. »Ich meine das ernst, Derya. Du siehst nicht gut aus. Isst du noch etwas anderes als die Käsebrötchen, die ich mitbringe?«

Derya sieht irritiert an sich hinab. Gut, ihre Hosen haben auch schon mal enger gesessen. Aber sie kann unmöglich mehr als zwei, drei Kilo verloren haben, und daran ist garantiert nur der Stress schuld. In den Schaufensterscheiben, an denen sie vorbeischlendern, sieht ihr Umriss aus wie immer. »Ich kann schon auf mich selbst achten«, gibt sie zurück, darauf bedacht, nicht unfreundlich zu klingen. Kiwi ist sensibel. Aber zum Essen einladen mag sie sie nun nicht mehr. Nachher muss sie sich noch vorwerfen lassen, nicht genügend Kalorien aufzutischen.

Bei der Verabschiedung tut Kiwi etwas, das Derya gleichermaßen erstaunt und überfordert. Sie greift nach Deryas Hand. Kiwis dünne Finger sind überraschend warm. Einen Moment lang ist Derya versucht, sich loszureißen, sie kann sich gerade noch stoppen. Doch sie spürt, wie sie stocksteif wird und die Luft anhält.

»Ich wollte dir noch etwas erzählen«, sagt Kiwi. Sie scheint die abweisende Reaktion nicht bemerkt zu haben. Derya ist erleichtert. Sie *will* gar nicht abweisend reagieren. Warum tut sie es dann trotzdem? Einen Moment lang ist sie so damit beschäftigt, sich über sich selbst zu ärgern, dass sie beinahe verpasst, wie Kiwi zu reden beginnt. Doch ihre Worte fesseln schnell Deryas gesamte Aufmerksamkeit. »Ich werde nicht einfach wortlos verschwinden. Ich kann nicht versprechen, dass ich bleiben kann. Wenn mein Vater mich aufspürt, muss ich hier weg. Aber ich geh nicht ganz.«

»Gefällt es dir hier so gut?«, will Derya leise wissen. Ihr Herz schlägt schneller, und Kiwi fühlt es sicher an ihrem Puls, denn sie hält ihre Hand noch immer.

»Nein, es ist fürchterlich hier«, spottet Kiwi. »Aber ich habe eine Freundin, und aus deren Leben werde ich nicht verschwinden. Nicht, solange sie das nicht will.«

Eine Antwort zu finden, fällt Derya zu schwer. Aber sie drückt Kiwis Hand, und das Lächeln der kleinen Frau sagt, dass sie verstanden hat.

Das Gespräch beschäftigt Derya bis zum Abend. Doch zu Hause liegt neues Papier auf ihrer Couch, weitere Seiten von Jakob, und Derya vergisst die Welt, während sie liest.

III

Ellen. Ach, Ellen.

Ich lernte Ellen in einem emotionalen Ausnahmezustand kennen. Vermutlich war ich ihr leichtestes Opfer.

Eine Stunde zuvor hatte ich noch damit gerechnet, von ihrem Mann aus meiner Wohnung geworfen zu werden, weil ich die Miete nicht mehr zahlen konnte. Ich war drei Monate im Rückstand und hatte alle Ausreden bemüht. Für die meisten in meiner Lage wäre es kein Drama gewesen, die Wohnung zu verlieren. Es gab ein halbes Dutzend Kommilitoninnen und auch ein paar Kumpel, bei denen ich hätte unterkommen können. Allerdings gab es Brücken, unter denen ich mir mein Domizil eher vorstellen konnte als in der durchschnittlichen Studenten-WG, in der man weder beim Essen noch beim Schlafen oder Scheißen allein war. Ich rechnete mit Obdachlosigkeit, was mich früher oder später auch noch meinen Aushilfsjob in der Tankstelle gekostet hätte. Womit ich nicht rechnete, war, dass mein knurriger, wortkarger Vermieter Pete mir schwer seufzend anbot, mietfrei zu wohnen, wenn ich ihm dafür sein Privathaus in Schuss hielt. »Is bald Weihnachten«, murmelte er in seinen Bart und schien sich für sein Angebot mehr zu schämen als ich mich für meine Lage.

Wir fuhren zusammen zum Haus, denn er bestand darauf, mir zu zeigen, worauf ich mich einließ, bevor ich zusagte. Ich behielt es für mich, dass ich mich auch einverstanden erklärt hätte, den Grand Canyon mit der Zahnbürste zu schrubben.

Er musste Ellen vorgewarnt haben, obwohl ich nicht gesehen hatte, dass er telefonierte. Sie erwartete uns schon an der

Tür ihres Backsteinhauses, das für mich eher in die Kategorie schmucklose Villa gehörte. In der weitläufigen Halle, deren meterhohe Fenster von gewaltigen Vorhängen flankiert waren, wirkte sie wie ein Geist, der durch seine Burg schwebte. Pete stellte mich als den möglichen neuen Hausmeister vor. Ellen sagte lakonisch: »Feure ihn nicht gleich wieder wie den letzten.« Er reagierte darauf gar nicht, sondern erklärte mir, was ich zu tun hatte.

Der Job war nicht der Rede wert. Meine Aufgaben umfassten all das, was Putzfrau und Gärtner nicht erledigten. Ich sollte regelmäßig das Schwimmbad im Keller reinigen und chloren, den Rasen mähen, wenn der Gärtner nicht kam, Holz hacken und neben den drei Kaminen aufschichten, bei Bedarf das Laub aus den Regenrinnen holen und dafür sorgen, dass alle Glühbirnen leuchteten und die Wasserhähne in den zwei Küchen und sieben Badezimmern nicht tropften. Weiterhin sollte ich hin und wieder Ellens Wagen waschen oder zur Tankstelle fahren – dass ich keinen Führerschein hatte, schien niemand ernst zu nehmen. Ellen lachte über meinen diesbezüglichen Kommentar, als wäre es ein Scherz, und Pete schüttelte bloß den Kopf und murmelte etwas zur Hälfte Verständliches. Gemessen daran, dass ich dafür ein Apartment für 80 Dollar in der Woche bekam, konnte man es nicht gerade einen Traumjob nennen, aber das war mir egal. Harte Arbeit sah anders aus. Außerdem konnte ich während der Erledigung meiner Aufgaben im Kopf an meinen Artikeln und Uni-Arbeiten feilen, denn die beiden ließen mir meine Ruhe.

Bis Ellen beschloss, meine Schonzeit nach drei Wochen zu beenden, und plötzlich am Fuß der Leiter auftauchte, auf die ich geklettert war, um eine Birne auszutauschen. Da stand sie, lehnte ihre Hüfte gegen eine Stufe und blickte mit ihrem stets süßlich spöttischem Lächeln zu mir hoch.

»So. Journalist, ja?«

Was konnte sie von mir wollen? »Das ist der Plan.«

»Was machst du dann hier?«

»Mein Studium ist zeitintensiv, und dein Mann hat etwas dagegen, dass ich ohne Gegenleistung in einer seiner Wohnungen lebe.«

»Und du hältst es für angemessen, die Toiletten anderer Leute zu reparieren?«

Ich gab normalerweise nichts auf Häme. Ich hatte ein äußerst effektives Mittel dagegen: ein schlichtes, doch sehr ernst gemeintes Schulterzucken. Aber ihr gelang es, mich zu verunsichern, obwohl ich auf der Leiter so hoch über ihr stand, dass ihr Gesicht sich noch unterhalb meiner Knie befand. »Mach ich nicht«, sagte ich. »Wenn eine Toilette kaputt ist, rufe ich den Klempner.« Was wollte sie von mir? Ich hatte ihr nichts getan, mich nicht an den Lästereien von Melissa, der Putzfrau, beteiligt und Ellen nicht ein einziges Mal gezeigt, was ich wirklich von ihr hielt. Sie konnte es unmöglich wissen.

»Du rufst den Klempner.« Sie wiederholte meine Worte mit einem sanften Unterton, aus dem die Ironie troff, und streichelte beiläufig über meine Wade. »Natürlich tust du das.«

In meinem Magen breitete sich Hitze aus. Es war eine unangenehme, wütende Hitze. »Was willst du, Ellen?«

»Ich bin neugierig.« Sie bemerkte sicher, dass ich mich über sie ärgerte, aber sie ging nicht im Mindesten darauf ein. »Was treibt dich an?«

»Deine Glühbirnen auszutauschen? Ich bin blank und brauche eine Wohnung. Ich –«

»Warum Journalistik?«, unterbrach sie mich. Wieder diese beiläufige Berührung, diesmal etwas höher, in meiner Kniekehle.

Ich musste seufzen. Das Thema ging mir nahe, selbst aus dem Mund einer reichen Tante, die mehr als doppelt so alt war wie ich. »Ich will für die New York Times schreiben.«

Sie machte ein unwirsches Geräusch. Das interessierte sie nicht, sie wollte tiefer gehende Informationen.

»Es sind die Geheimnisse«, sagte ich schließlich. »Ich liebe es, Dinge herauszufinden, die niemand wissen soll. Dafür würde ich sterben.« Ich hatte mich schnell an die überspannte Ausdrucksweise der Amerikaner gewöhnt und kam mir dabei inzwischen nicht einmal mehr lächerlich vor.

»Sterben?« Sie schmunzelte. »Sterben ist leicht. Was würdest du denn sonst noch tun, um ein Geheimnis zu entschlüsseln?«

»Das kommt auf das Geheimnis an. Für ein mittelmäßiges habe ich meinen Onkel und seine Frau ins Gefängnis gebracht.«

Ihr Lächeln wird einen Moment lang ehrlich. »Hatten sie es verdient?«

»Sie hatten es eben nicht verdient. Nichts von dem, was sie hatten.«

»Und jetzt haben sie nichts mehr?«

»Nichts. Nein.« Ich dachte, dass sie ihren Reichtum ebenso wenig verdient hatte wie Tomas und Becky. Von Melissa wusste ich, dass Ellens ganze Lebensleistung darin bestand, Pete bezirzt und geheiratet zu haben, und mit ihm seine Immobilien. Aber vielleicht tat ich ihr Unrecht. Vielleicht hatte sie das alles verdient, indem sie mit Pete schlief und ihm vorspielte, sich nichts aus seinen schlabberigen Wangen oder dem Bauchlappen über seinem Hosenbund zu machen. Pretty Woman hatte keinen gut aussehenden Millionär gefunden, sie erfüllte ihren Teil des Deals dennoch.

»Und geht es dir damit besser?«, fragte sie mich. Ihre Hand lag etwas oberhalb meines Knies. Ihren Kopf hatte sie tief in den Nacken gelegt, um zu mir hochzusehen. Der Lippenstift an ihrer Unterlippe war ein wenig verschmiert.

Ich schüttelte den Kopf. »Das ist mir egal. Es war das Geheimnis dahinter, das ich wollte. Sonst nichts.«

»Geheimnisse haben eine sehr kurze Halbwertzeit«, erwiderte Ellen. »Ein kurzer Kick. Und schon sind sie gelöst.«

Da hatte ich andere Erfahrungen. Ich musste an sie denken. Es waren keine guten Gedanken, eher ein kurzes Aufflammen einer gelöscht geglaubten Sorge. Es lenkte mich ab, und Ellen nutzte meine Unaufmerksamkeit, um den Druck an meinem Oberschenkel zu erhöhen.

»Steig da runter«, sagte sie leise. Es war kein Schmeicheln, kein Locken, es war eine kühle Anweisung – und genau das schmeichelte mir, lockte mich. »Komm und schau, ob ich ein Geheimnis habe.«

Ellen hatte ein Dutzend Geheimnisse. Eins davon war, dass sie noch älter war, als ich zuerst gedacht hatte. Älter als Pete gedacht hatte. Sie hieß auch nicht Ellen, vor ihrer Beziehung mit Pete hatte sie einen anderen Namen getragen. Lilly oder Lillian – ich vergaß ihn schnell wieder. Ich war weder der Erste, den sie in ihr Bett befahl, noch der Jüngste, und manchmal war ich sicher, dass ich nicht einmal der Einzige war. Sie verriet mir, warum sie nur Blau trug, eisiges Blau in allen Facetten. In anderen Farben fühlte sie sich erdrückt, nur in Blau konnte sie atmen. Sie erzählte mir das, als wäre es ihr tiefstes, ihr intimstes, ihr heikelstes Geheimnis.

In den kommenden Wochen entschlüsselte ich sie, Stück für Stück. Zentimeter für Zentimeter. Dass ich nichts für sie fühlte außer einer kühlen Reserviertheit, tat dem, was wir in ihrem Bett trieben (die Bettwäsche war blau), keinen Abbruch. Es heizte uns beide noch an. Wir trieben es nächtelang, wenn wir wollten und Pete auf Geschäftsreisen war, oder wir taten es vor seiner Schlafzimmertür, wenn er schlief, oder auf dem Flur, wenn er unter der Dusche stand. Ellen hatte ein diebisches Vergnügen daran, ihn in der Nähe zu wissen, und ich fühlte einen Anflug von Neid, als ich erkannte, dass ich sie zwar zu befriedigen vermochte, aber im Gegensatz zu ihm – diesem speckigen, schlabberigen, reichen Mistkerl – nicht in der Lage war, sie zum Lachen zu bringen.

In den Wochen bei Tomas und Becky hatte ich mich oft gefragt, wie es wohl wäre, mit einer älteren Frau zu schlafen. Und nun, nach Sex, Champagner und schlaflosen Nächten, dachte ich, es zu wissen. Aber Ellen und Becky zu vergleichen, fühlte sich derart grotesk an, dass ich loslachte, so laut und ungehemmt, dass Ellen mir ins Gesicht schlagen musste, damit ich wieder aufhörte. Sie waren so verschieden. Selbst Gegensätze waren sich ähnlicher. Feuer und Wasser, Weinen und Lachen, Schwarz und Weiß – das gehörte zumindest denselben Kategorien an. Becky dagegen war eine Frau, die die Kategorie, zu der Ellen gehörte, nicht einmal aus ihren Wunschträumen kannte.

Ellen war ein einzigartiges Naturphänomen. Etwas Besseres als alle um sie herum, einschließlich mir.

Sie verriet mir alles von sich. Von ihrer Mutter, die Ellen schon in der Schwangerschaft zu töten versucht hatte, woraufhin Ellen sie bei der Geburt umbrachte. Von ihrem Vater, der Ellen bei der erstbesten Freundin gelassen hatte, die im Bordell landete, wo Ellen dann aufwachsen musste. Von den Lehren, die sie dort erhalten, und von dem, was Ellen gelehrt hatte. Nachlässig, als wäre es Wasser aus dem Wasserhahn, gab sie mir Geld aus ihrem weit offen stehenden Safe. Viel Geld, sodass ich zuerst nicht mehr arbeiten musste und schließlich mein Studium abbrach, um sie zu studieren, die so viel interessanter war als das, was mir Professoren einzubläuen versuchten. »Nimm es dir selbst«, sagte sie bald, wenn sie Geld meinte, das mit einer Waffe beschwert im Tresor lag, »der Code ist dein Geburtstag. Nimm, was du willst, nimm alles, wenn du willst, es bedeutet mir nichts. Nimm den Schmuck und das Geld, und dann nimm mich.«

Sie erzählte von den Männern, den reichen, den mächtigen, die sie bewegt und herumgeschoben hatte, als wären es Schachfiguren, bis sie sie am Ende ausgenommen und an die nächste weitergereicht hatte. Immer wieder, erzählte sie, hatte sie von vorn angefangen. Mit einem neuen Namen und einer neuen Vergangenheit. Wenn man Geld hat, sagte sie mit einem feinen Lächeln, ist ein neuer Anfang leichter zu bekommen als eine passende Jeans. Und je mehr sie verriet, umso mehr wollte ich wissen, wollte die vielen Geheimnisse entschlüsseln, die sie noch hatte. Es machte mich beinahe wütend, wie interessant sie war, wie voll von Unglaublichem. Ich neidete es ihr aus tiefster Seele.

Erst später, viel später, kam ich zu der Erkenntnis, dass sie mir Märchen erzählt hatte. Eine kühle Scheherazade. Ihr einziges Geheimnis, das ich damals nicht durchschaut hatte.

Kapitel 20

Den ganzen Freitagvormittag bereut Derya, Kiwi nicht eingeladen zu haben. Leider kommt die kleine Frau mittags auch nicht ins Café. Derya überlegt, nach Feierabend ihren Stammplatz zu besuchen, vielleicht ist Kiwi dort. Doch kurz bevor sie das Toni's verlässt, ruft Jakob sie an, und als er sie fragt, ob sie den Nachmittag mit ihm verbringen möchte, ist sie glücklich, zusagen zu können. Sie mag es nicht, ihn zu versetzen oder warten zu lassen.

»Ich wollte in der Stadt noch nach einem Weihnachtsgeschenk für Felix schauen«, sagt sie. »Danach können wir uns treffen.«

»Anderer Vorschlag: Wir treffen uns jetzt, und ich berate dich bei der Geschenkeauswahl.«

»Kennst du dich denn mit Kindern aus?«, fragt sie amüsiert.

»Was soll das denn heißen? Natürlich. Ich war schließlich auch mal ein siebenjähriger Bengel mit großen Wünschen an den Weihnachtsmann.«

»Ich sehe es kommen. Du wirst mich ruinieren, und Nadine wird nach Weihnachten dann erst recht kein Wort mehr mit mir sprechen.«

»Aber Felix wird glücklich sein.«

Und damit ist es entschieden.

Derya hätte keinen Einkaufsberater gebraucht. Sie weiß, dass Felix sich ein Longboard wünscht. Daher zieht sie Jakob ohne Umschweife in einen Laden für Skaterbedarf, der zu drei Vierteln mit Kleidung, Schuhen, Rucksäcken und Handtaschen vollgestopft ist. Die Skate- und Longboards sind in eine Ecke abgeschoben und irritieren Derya, weil sie bis auf die Farbe des Decks ziemlich gleich aussehen, sich im Preis aber teilweise um mehrere Hundert Euro unterschieden. Unschlüssig nimmt Derya ein buntes Board in einem Design aus dem Regal, das weder Drogen noch Skelette oder nackte Frauen zeigt, und sucht Blickkontakt zu einem jungen Verkäufer, der eine Mütze trägt, obwohl es in dem Laden sicher dreißig Grad heiß ist.

»Entschuldigung. Ich überlege, eins dieser Skateboards zu kaufen, und frage mich, ob das hier das Richtige sein könnte.«

Der junge Verkäufer vom Typ »scheues Reh« nuschelt im Weiterlaufen: »Na ja, kommt halt drauf an, was Sie damit vorhab'm, ne? Carving, Dancing, Freeride, Downhill ...« Er wirft ihr die Worte hin und verschwindet in einen Nebenraum.

Derya wirft sich selbst einen Blick im Spiegel an den Außenwänden der Umkleidekabinen zu. Hochhackige spitze Lederstiefel, Merinowollmantel, Kaschmirschal. Offenbar hat sich ihre Erscheinung bei Betreten des Ladens nicht grundlegend geändert. »Was auch immer diese Begriffe bedeuten sollen«, sagt sie zu Jakob, »sehe ich aus, als ob ich irgendetwas davon vorhätte?«

»Warum nicht?«, feixt Jakob, nimmt Derya das Board aus den Händen und stellt es auf den Boden. »Hinter deiner Fassade steckt mehr, als man auf den ersten Blick vermutet. Der junge Mann ist halt ein Menschenkenner.« Er stellt einen Fuß auf das Brett, holt mit dem anderen zaghaft Schwung und rollt schwankend den Gang entlang. Er sieht aus wie eine Kuh auf Rollschuhen – auf Glatteis und nach einer Badewanne voll Glühwein –, und Derya muss sich eine Hand vor den Mund pressen, um nicht laut loszulachen. Jakob schaut sich zu ihr um und gerät in bedenkliche Schieflage. Das Longboard flutscht unter seinen Füßen weg, er verliert das Gleichgewicht und landet in einem Ständer mit Sweatshirts und Hoodies. Es ist ein Wunder, dass nicht alles zu Boden kracht. Trotzdem gibt Jakob so schnell nicht auf, stellt das Board wieder gerade hin und versucht es noch einmal. Diesmal gleitet er unfallfrei, aber ungelenk durch den Gang.

»O Gott, was tust du denn?« Derya gelingt es nicht, sich das Lachen zu verkneifen.

»Ich teste das Longboard!«, ruft Jakob durch den Laden. »Du willst wissen, ob es etwas taugt. Das kann ich dir erst sagen, wenn ich es ausprobiert habe.«

»Aber du kannst nicht fahren.«

»Ich lerne es gerade, siehst du doch.« Er balanciert sich mühsam um einen Ständer mit Caps und Mützen herum und kehrt zu ihr zurück. »Los, versuch es auch mal.«

»Was? Ich?« Das kommt ja überhaupt nicht infrage. »Nein, Jakob, ich …«

Jakob breitet die Hände mit den Handflächen nach oben aus. »Warum denn nicht? So was nennt man ein liebevoll ausgesuchtes Geschenk.« Er hebt dramatisch die Stimme. »Unter Schweiß, Blut und Tränen. Na los, es ist nicht schwer.«

»Aber die Leute gucken schon.«

»Ach was. Die fragen sich, ob du dich traust oder feige bist.«

Derya sieht sich aus dem Augenwinkel um. Er hat recht. Die anderen Kunden im Laden, vornehmlich junge Leute, beachten Jakob kaum. Sie starren alle sie an. Na, denen wird sie es zeigen. Sie stand mit acht oder neun das letzte Mal auf einem Skateboard, aber sie war damals sehr geschickt, und schwieriger kann so ein Longboard auch nicht zu kontrollieren sein. Sie atmet tief durch, nimmt sich ein Brett aus dem Regal und stellt sich drauf. In den hohen Stiefeln ist das Schwungnehmen nicht so einfach, dafür ist ihr Gleichgewicht nach jahrelangem Ballettunterricht gut genug, dass sie es einmal den Gang hoch und runter schafft. Ein paar Kunden grinsen, zwei Teenagermädchen applaudieren. Derya ist nicht sicher, ob es Anerkennung oder Spott ist, aber das ist ihr auch egal. Jakob scheint zufrieden mit ihr, er hat vor Vergnügen rote Wangen bekommen und küsst ihr die Hand, als er ihr vom Longboard hilft. Derya nimmt das Board, das sie getestet hat, und trägt es wortlos zur Kasse, wo der junge Verkäufer von eben auf sie wartet.

»Yolo«, sagt er zu ihr, »Sie haben das voll drauf, Lady. Respekt.«

Derya hat keine genaue Vorstellung, was er ihr sagen will, aber es scheint freundlich gemeint zu sein. Sie bedankt sich und zückt ihre ec-Karte.

Die vergnügte Stimmung hält an, als sie bei Derya zu Hause sind. Gemeinsam kochen sie asiatische Nudeln mit so viel Ingwer und Chili, dass sie kaum genießbar sind, spülen das Geschirr unter

Gekicher, machen Seifenblasen im Spülbecken und bewerfen sich mit Schaum.

»Ich hatte all die Jahre kein einziges Foto von dir«, sagt Jakob irgendwann, zückt sein Smartphone und tippt darauf herum. »Darf ich?«

»Nein!« Derya hält das Küchentuch wie einen Sichtschutz vor sich. »Nicht beim Geschirrabtrocknen, das sieht doch blöd aus.«

»Wie mein Hausweibchen«, scherzt Jakob, aber sein Blick zeigt deutlich, dass er andere Pläne hat. »Komm mit.« Er führt sie ins Wohnzimmer und verschwindet kurz. Als er zurückkommt, hat er nicht nur sein Smartphone, sondern auch ihres bei sich.

»Was wird das denn?«

»Selfies«, sagt er, hockt sich auf den Boden und macht leise, zwitschernde Geräusche mit den Lippen, um Odin anzulocken. Der Kater betrachtet ihn kritisch, und Derya beobachtet die beiden amüsiert. Ob sie Jakob daran erinnern soll, dass der Kater taub ist? Odin erbarmt sich schließlich und schreitet auf Jakob zu. Der packt ihn kurzerhand, drückt ihn an sich, ignoriert sämtliche Gegenwehr und macht mit Deryas Telefon ein Selfie von sich und dem entrüsteten Kater. Odin faucht, reißt sich los und flüchtet unter die Couch.

»Hoffentlich ist es etwas geworden«, meint Jakob und schaut auf das Display.

»Zu einem zweiten Foto wirst du ihn kaum überreden können.«

»Nicht nötig, ist gut geworden. Sein Fauchen sieht aus, als würde er grinsen.« Jakob bedeutet ihr mit dem gekrümmten Zeigefinger näher zu kommen. »Deine Katze hab ich. Jetzt bist du dran.«

Warum eigentlich nicht?

Jakob macht ein paar Bilder, die sie beide zeigen. »An was hast du gedacht, als wir die Fotos gemacht haben?«, fragt er anschließend, und sein Blick fliegt zwischen ihrem Gesicht und den Aufnahmen hin und her. »Du lächelst darauf wie die böse Königin, Schneewittchen.«

Statt einer Antwort nimmt sie ihm ihr Handy weg und macht

noch mehr Fotos. Sie beide beim Fratzenschneiden; Jakob, wie er sie auf die Wange küsst; sie, wie sie ihn mit großen Augen anschmachtet.

»Jetzt mit meinem Telefon«, entscheidet Jakob, und sie spielen alles noch einmal durch. Weitere Küsse, weitere Bilder. Er küsst ihre Schulter. Sie beißt ihm ins Ohrläppchen. Sie küssen sich weiter, nachdem er das Handy auf der Kante ihres Couchtischs abgelegt hat und sich nicht darum schert, als es herunterfällt. Leidenschaftlicher werden die Küsse, hungriger ihre Lippen und neugieriger ihre Hände. Derya schält Jakob in wenigen Momenten aus seinen Kleidern, aber er lässt sich Zeit damit, sie auszuziehen, sehr viel Zeit. So geduldig kennt sie ihn gar nicht. Endlich ist sie nackt und kann es kaum mehr erwarten, ihn in sich zu haben.

»Ich will mit dir spielen«, flüstert er.

»Wie heißt das Spiel?«

»Es hat keinen Namen. Keinen Namen und keine Regeln. Willst du mitspielen?«

»Klingt gut.« Sie zieht ihn zu sich, an sich, aber er zieht sich zurück und hat plötzlich sein Smartphone wieder in der Hand.

»Nur eins«, flüstert er, bevor sie widersprechen kann. »Nur für mich. Ein Bild für die Stunden in der Nacht, in denen du schläfst und ich dich wecken müsste, um dich nackt zu sehen. Vertrau mir. Es gehört zum Spiel.«

Sie lächelt, statt zu widersprechen, und räkelt sich auf der Couch, sieht ihm durch das Display in die Augen und verschwendet kaum einen Gedanken daran, warum sie ihm nicht vertrauen sollte. Jakob macht mehr als ein Dutzend Bilder. Er zoomt und geht einen Meter zurück, fotografiert sie aus mehreren Blickwinkeln und in unterschiedlichen Posen, während sie ihn mit ihrem ganzen Körper lockt und jede Sekunde genießt, in der er sich noch zurückhält. Er hat einen Schweißtropfen auf der Stirn, und von seinem Schwanz tropft längst die Lust. Endlich ist er fertig und lässt das Handy liegen. Er zieht sie an den Hüften zu seinem Körper, reibt sich an ihr, ohne in sie einzudringen, und beugt sich über sie.

»Die nächsten Tage«, flüstert er rau, steht auf und hebt sie hoch, als wöge sie überhaupt nichts, »will ich dich für mich allein.«

Sie nickt fahrig. Alles, alles, was er will, wenn er nur endlich …

Er trägt sie ins Schlafzimmer, tritt die Tür mit dem Fuß zu, dass es knallt. Dann wirft er sie aufs Bett, umfasst ihre Handgelenke und drückt Derya gegen die Matratze. Sie kann nicht länger warten, es tut fast körperlich weh, sich zurückzuhalten.

»Du bleibst hier«, befiehlt er. »Hier in diesem Zimmer. Hier in diesem Bett. Du wirst es nicht verlassen, hast du verstanden?«

Sie murmelt zustimmend, aber er hält ihr Kinn fest und zwingt sie, ihn anzusehen.

»Nimm mich ernst, Derya. Du wirst dieses Bett nicht verlassen. Und du wirst nackt bleiben, solange ich dich nackt haben will. Weißt du, was das bedeutet? Denk gut darüber nach.«

Der Gedanke, dass sie morgen noch eine Schicht im Toni's hat und vielleicht das eine oder andere Mal zur Toilette muss, stört ihr erotisches Spiel, aber offenbar will er, dass sie sich diese Gedanken macht. »Ich muss morgen arbeiten«, sagt sie. Ihre Stimme ist kratzig.

Er sagt: »Du gehst nicht hin.«

»Ich könnte mir freinehmen, ich –«

»Nein«, unterbricht er sie. »Du gehst nicht hin. Du wirst auch nicht anrufen.« Er spielt an ihrer Brustwarze, während er das sagt, und reizt sie damit fast bis zur Besinnungslosigkeit. »Du wirst niemanden anrufen, mit niemandem reden und niemanden sehen.«

Sie muss atemlos kichern. »Darf ich zum Klo?«

»Ja. Wenn du fragst und ich es erlaube. Ansonsten nicht.«

Derya kennt diese dominante Seite an Jakob nicht. Aber sie gefällt ihr. Sie mag es, wie sehr er sie überraschen kann, ohne ihr dabei das Gefühl zu vermitteln, dass sie ihn falsch eingeschätzt hätte. Seine Miene ist selbstsicher und überlegen, aber hin und wieder zucken seine Mundwinkel und verraten ihn: Solche Spiele sind auch für Jakob neu. Das macht es leicht, sich darauf einzulassen. Das, und das Verlangen in ihrem Inneren, das nur der Sex stillen kann, den sie nicht bekommen wird, wenn sie Jakob ihrerseits nicht gibt, wonach er verlangt.

»Okay«, sagt sie. »Aber ich habe eine Bedingung. Ich spiele mit dir, wenn du –«

»Nein, das verstehst du falsch. Du spielst nicht mit. Du bist das Spielzeug.«

»Gut. Ich bin dein Spielzeug. Aber nur, wenn das Spiel keine Abschiedsvorstellung ist. Versprich, dass du mich danach nicht einfach verlässt.«

Sein Blick bleibt auf sie gerichtet. Er überlegt. Dann küsst er sie wortlos, und ohne eine Erklärung schläft er mit ihr. Ruhig, zärtlich, beinah behutsam. Es treibt Derya fast die Tränen in die Augen. Seine trägen Bewegungen reichen aus, um sie in wenigen Minuten zum Höhepunkt zu bringen. Er hält sich zurück. Während sie durchatmet, flüstert er ihr ein Versprechen ins Ohr, ganz leise, kaum zu verstehen:

»Ich bleibe bei dir, solange du es erlaubst, Derya. Solange du es erlaubst, gehe ich nicht weg.«

Die Annahme, das Spiel könnte vielleicht nur ein Scherz sein, erweist sich als falsch. Es bleibt dabei. Sie ist nackt, und sie verlässt das Bett nur, um zur Toilette zu gehen, und auch dann nur, wenn Jakob es ihr erlaubt. Sie muss sich an das Gefühl des Nichtstuns gewöhnen, merkt aber schnell, dass es ihr guttut. Keine Verpflichtungen, kein Stress, kein Mensch, der etwas von ihr will. Es hat etwas Paradiesisches. In den Momenten, in denen sie beginnt, sich zu langweilen, lässt sie ihre Gedanken schweifen. Durch den Raum, durch die Wohnung, durch die Stadt, durch die Welt. Erstmals seit Monaten fliegt ihr dabei eine Idee zu, von der sie denkt, dass sie das Potenzial haben könnte, zu einem neuen Plot zu werden. Ein Plot, der es womöglich wert ist, aufgeschrieben und erzählt zu werden. Sie bittet Jakob um Stift und Papier, aber er verneint in aller Freundlichkeit und sagt ihr, sie könne es später aufschreiben.

Jakob und sie haben Sex, sooft sie wollen – nein, sooft Jakob will, und Derya will immer. Es ist, als versuche ihr Körper in zwei Tagen und Nächten nachzuholen, worauf er fünfzehn Jahre lang verzichten musste.

Nach dem zweiten Tag fühlt Derya sich ausgeruht und entspannt wie seit Jahren nicht mehr. Vor ihrem Fenster dreht die Welt sich weiter und kümmert sich nicht darum, dass sie eine Weile ausgestiegen ist. Würde sie nachdenken, wäre ihr durchaus bewusst, dass die Ruhe trügerischer Art ist: Jakob hat ihr Handy ausgeschaltet, ihr Telefonkabel aus der Buchse an der Wand gezogen und die Klingel abgestellt. Aber die Illusion, niemand würde bemerken, dass sie einfach fort ist, fühlt sich zu süß an, um sie nicht zu genießen.

Derya ist am späten Sonntagabend so ausgeschlafen, dass sie jetzt nicht mehr einschlafen kann. Jakob dagegen schläft tief und fest neben ihr und wird auch nicht wach, als sie das Nachtlicht einschaltet und sich ein Buch nimmt, um zu lesen. Das Buch ist spannend und beschäftigt sie über zwei Stunden, ehe sie es wieder zur Seite legt. Jakob liegt noch genau so da wie vorhin. Sie muss sich daran erinnern, was für ein Theater Robert immer veranstaltet hat, wenn sie am Abend noch lesen wollte. Er hat geschimpft und genörgelt, weil er angeblich nicht schlafen konnte, wenn das Licht an war oder sie nicht im Bett lag, sondern im Wohnzimmer saß. Jakob schläft einfach weiter, scheint es überhaupt nicht zu bemerken, dass sie noch wach ist und der Lichtstrahl in sein Gesicht fällt.

»Wir passen gut zusammen«, flüstert sie. »Ich glaub nicht, dass ich dich noch einmal gehen lasse.« Sie kuschelt sich in seine Armbeuge und schläft nur ein, um von ihm zu träumen.

Am nächsten Morgen ist Jakob verschwunden. Vermutlich ist das Spiel damit beendet, denkt Derya mit leisem Bedauern, geht unter die Dusche und zieht sich an. Die Küche ist sauber und aufgeräumt, und die Obstschale auf dem Tisch lässt ihr flau im Magen werden vor Hunger. Sie frühstückt zwei Äpfel und eine Orange und könnte noch mehr essen. Odin sitzt in ihrer Nähe auf der Eckbank und blinzelt träge an ihr vorbei. Vermutlich ist er beleidigt, weil er am Wochenende zu kurz kam. Doch seine Katzentoilette ist frisch gesäubert, und in der Küche steht sein Napf bis zum Rand mit Futter gefüllt. Jakob hat an alles gedacht. Im Wohnzimmer hat er ihr ein Geschenk zurückgelassen.

Weitere Seiten.

IV

Die Farben veränderten sich nach und nach, bis meine Welt fast ausschließlich blau war.

Die Sache mit Ellen lief Jahre, bis ich begriff, was vor sich ging. Ich war im Begriff, mich zu verlieren. Mein Ziel zu verlieren. Zuerst ging ich nicht mehr zur Uni. Der Tennisclub warf mich raus, danach verlor ich meinen Studienplatz. Ohne Abschluss. Tolle Aussichten, es zu nichts weiter gebracht zu haben als einem Toy Boy. Dafür hatte ich alles aufgegeben?

Ich schrieb für Lokalblättchen, Online-Portale und später unbezahlt für die Huffington Post, und ich strich den Namen der New York Times, meiner Grey Lady, aus meinem Wortschatz, da er mich mit der Nase in mein Versagen drückte wie einen Hundewelpen in sein Malheur.

Es war grün, was ich gesucht hatte. Hoffnungsgrün. Aber nun war mein ganzes Leben kühl und blau.

Ellen nahm meine Sorgen ernst. Sie beruhigte meine aufgewühlten Gedanken zwischen ihren schlanken Schenkeln, denn da brauchte ich kein Studium, da war ich perfekt, sagte sie, und ich bemerkte voller Entsetzen, dass sie nicht die geringste Mühe hatte, mich zu überzeugen. Ich legte meinen Kopf an ihre Brust und war ganz still, und sie versprach mir, meine Träume wahrzumachen, jeden einzelnen.

Wenn ich warten konnte.

Und ich wartete – ohne zu wissen, worauf – und verbitterte daran.

Ich begann zu neiden. Ich neidete Pete die Frau, die er ausführen und in der Stadt herumzeigen konnte, während ich sie bloß im Geheimen für mich haben durfte, wenn er zu beschäftigt war, um zu bemerken, was wir trieben. Ein Jahr lang hatte ich gedacht, wir würden ihn betrügen, aber inzwischen fühlte ich mich wie der, der betrogen wurde. Um einen Abend beim Italiener, einen Kuss im Park, einen Griff an ihren Hintern, wenn wir gemeinsam an der Käsetheke im Supermarkt standen.

Seiner Frau neidete ich alles, was sie war, sämtliche Geheimnisse, die aus ihr sprudelten wie aus einer unerschöpflichen Quelle, und jedes einzelne Jahr ihrer Existenz.

Wenn ich allein in meinem Apartment im Bett lag (sie kam nie dorthin, kein einziges Mal), stellte ich mir vor, wie ich ihr Leben zerstörte, genau so, wie sie von mir verlangte, mein eigenes zu zerstören, durch jahrelanges Warten auf etwas, von dem ich nicht wusste, ob es wahr war oder nur eine Lüge.

Und dann erlöste sie mich.

»Weißt du noch, was ich dir über neue Anfänge gesagt habe?«, fragte sie mich, während sie mit ihren Zehen meinen Oberschenkel emporstrich.

»Leichter zu finden als eine passende Jeans«, erwiderte ich schläfrig.

»Wenn man Geld hat«, fügte Ellen hinzu. Dann stand sie auf, lief nackt durchs Zimmer und sammelte ihre Kleidungsstücke auf. »Wie läuft es eigentlich mit deiner New York Times?«

Sie fragte das so beiläufig, als würden wir ständig über das Thema sprechen. Tatsächlich hatte ich es nur ein einziges Mal erwähnt. Damals, bei unserem ersten Gespräch. Es war Jahre her, und dass sie es nicht vergessen hatte, versetzte mir einen Stich. Sie erinnerte sich. Ich nur noch selten.

»Habe mich ein Dutzend Mal beworben«, antwortete ich. »Ein paarmal bekam ich eine Standardabsage. Meist nicht mal das.«

»Was würdest du davon halten«, fragte sie, während sie eine seidige Nylonstrumpfhose über ihrem Bein glatt zog, »für mich nach New York zu reisen?«

»Was hätte ich davon?«

»Du könntest Kontakte knüpfen. Ich kenne jemanden.«

»Was hättest du davon?«

Sie lachte leise. »Vielleicht will ich dich einfach loswerden.«

Sie sagte nichts weiter zu ihren Gründen, mich mit nahezu unbegrenzten finanziellen Mitteln nach New York zu schicken. Sie verriet mir auch nicht, wie sie plötzlich, quasi über Nacht, an diesen Kontakt gekommen war. Sie wollte wissen, ob ich reisen wollte oder nicht, und ich strapazierte ihre Geduld nicht, sondern sagte zu.

New York City ist grün.

Ich hatte es mir anders vorgestellt, klinischer, grauer, kühler. Blau. Laut und voll und ekstatisch. Das war es, aber an jeder Ecke hier gab es einen kleineren oder größeren Park, Wiesenflächen, Bäume oder abzweigende Alleen. Alles hier erinnerte mich an das Hoffnungsgrün, das ich gesucht hatte.

Ich hätte mein Studium beenden und alles bekommen können, was ich haben wollte, absolut alles, was jemals wichtig gewesen war. Stattdessen war ich von meinem Weg abgekommen. Etwas hatte mich abgelenkt, meine Augen dazu gebracht, ein falsches Ziel anzupeilen, mein Herz gezwungen, die falschen Dinge zu lieben: das Leben, das sich zufällig ergeben hatte, statt dem, das ich geplant hatte.

Dieser Fehler hatte mich die Times gekostet, The Grey Lady, die Zeitung, die zwar nicht einmal zu den Top fünf der auflagenstärksten Zeitungen der Welt gehört, von jedem aber auf Platz eins geschätzt wird, weil es die Zeitung ist, die den größten Einfluss hat. Vielleicht das bekannteste Druckwerk der ganzen Welt. Ich hatte zu spät erkannt, dass ein so großes Ziel ein größeres Opfer gebraucht hätte, als ich gegeben hatte.

Es schien zu spät für mich.

Mit vollen Taschen und leeren Händen stand ich hier, im verlogenen Grün von New York City. Was war aus mir geworden? Ich war ein larmoyanter Trottel von fast dreißig Jahren, der alles hätte haben können und am Ende doch versagte. Warum war ich hergekommen? Die Times hatte mich abgelehnt. Zweimal, dreimal. Endgültig.

Ich beneidete die gelangweilten Redakteure und Journalisten, die morgens in das Redaktionsgebäude latschten und nachmittags wieder herausströmten; die Bäuche schwabbelig, die Stirnen fettig und die Hirnschalen voller Asche, weil alles andere längst verbrannt war. Adjutanten der Gewöhnlichkeit.

Und mich, den Mann mit dem Kopf voll Feuer, ließen sie nicht rein.

Ich wohnte im Hotel, verlebte meine Nächte, schlug sie tot, vergeblich darauf hoffend, sie am Morgen zu vergessen. Ich blieb aufbruchsbereit, meine Tasche mit den wichtigsten Dingen packte ich nie aus. Rückblickend – und ich sage es verdammt ungern – wartete ich auf ein Wort von Ellen. Darauf, dass sie mir befahl, ich solle zurückkommen.

Meine Hoffnung war blau geworden.

Als sie anrief, kämpfte ich mit den Tränen, und nachdem sie aufgelegt hatte, heulte ich, so sehr fehlte sie mir. Sie gab mir eine Aufgabe. Ich sollte in eine Bar gehen – in die Zerzura Rooftop Bar auf dem Dach des Gansevoort Hotels. Ich war inzwischen schon mehrere Wochen in New York City, aber von hier oben, zwischen Tausenden von kleinen blauen Lämpchen, auf das Lichtermeer der Stadt zu blicken, raubte mir den Atem. Ellen hatte mir einen Tisch reserviert, aber da ich zu lange starrend an eine Glasscheibe gelehnt stand, kam ich zu spät, und der Kellner ließ mich wissen, dass er meinen Tisch in neunzig Sekunden anderweitig vergeben hätte.

Am Nebentisch saß eine Gruppe Damen. Ich stellte mir vor, Ellen wäre hier, ihre helle, durchscheinende Haut vom blauen Licht blass und kühl in Szene gesetzt. Vielleicht hatte sie vor, mich hier zu überraschen. Vielleicht hatte sie vor, mich hier versauern zu lassen, damit ich lernte, wie wenig ich wert war ohne sie.

Dann glaubte ich, einen Namen zu hören, der mir etwas sagte. Aber nun, da ich lauschte, wiederholten die Frauen ihn nicht. Ich beobachtete sie eine Weile. Sie erinnerten mich an einen Kreis alt gewordener Models mit ihren Handtäschchen von Chanel und Louis Vuitton und den geschwollenen Füßen in zu engen Manolo-Blahnik-Pumps. Sie redeten über eine Veranstaltung, die sie planten, ein großes Charity-Event zugunsten einer Krebsklinik. Der kleinliche Kellner brachte mir meinen Drink, ich leerte das Glas zu schnell und glaubte für einen Sekundenbruchteil, Ellen am Tisch sitzen zu sehen. Sie wandte sich zu mir um und winkte. Ich blinzelte. Der Platz, an dem sie gesessen hatte, war leer.

Doch eine Frau wiederholte den Namen, den ich kannte, und schlagartig war mir klar, warum ich hier war. Ich zögerte keinen Augenblick, stand auf und trat an den Tisch heran.

»Meine Damen, entschuldigen Sie«, hörte ich mich sagen. Meine Stimme klang mir fremd, und ich brauchte einen Moment, bis ich den Grund verstand. Ich sprach mit einem deutschen Akzent, den ich nie gehabt hatte. »Ich habe zufällig Ihr Gespräch mitangehört und bin sehr angetan von Ihrem großartigen Engagement.«

Sie musterten mich mit freundlicher Skepsis, die sich schnell in Begeisterung wandelte, als ich mich ihnen als deutscher Geschäftsmann vorstellte, der neu in New York war. Ich nannte mich Müller, Jakob Müller, und sie wiederholten reihum meinen Namen (»Mister Muller«) und amüsierten sich herrlich darüber, ihn nicht richtig aussprechen zu können. Es war Ellen gewesen, die mir versichert hatte, dass man für Geld alles haben kann. Auch einen neuen Namen. Und es war Ellen, die mich wortlos hatte wissen lassen, dass wir beide in der Welt dieser Damen keine Verbindung haben durften. Sie hatte die Begegnung wie einen Zufall arrangiert, und ich verstand, ohne dass sie mich darauf hinweisen musste.

In kürzester Zeit hatte ich vier neue Freundinnen und eine tragende Aufgabe bei einem großen Charity-Event, zu dem jemand kommen würde, der meinem Ziel so nahe war wie kein anderer Mensch auf der Welt.

Bald würde ich einen ganzen Abend Seite an Seite mit Bill Carlisle verbringen. Dem Chefredakteur meiner Grey Lady. Nun lag es allein an mir.

Ellen hatte mein Hoffnungsgrün gegen Blau getauscht und es mir in die Hände gelegt, zu mir zurückzufinden.

Kapitel 21

Derya geht zur Arbeit, als wäre nichts gewesen. Toni starrt sie an wie einen Geist, und Simone begrüßt sie übertrieben freundlich. Die Neugier quillt ihrer Kollegin förmlich aus allen Gesichtsöffnungen. Derya gibt vor, sich schrecklich über das Missverständnis zu wundern. Hatte sie letzten Samstag denn nicht frei? Es stand in ihrem Kalender. Wirklich nicht? Sie hätte schwören können … Während ihrer Ausreden wird ihr Gewissen immer schwerer. Was hat sie sich nur dabei gedacht, einfach blauzumachen und niemandem etwas zu sagen? Was war denn nur in sie gefahren? Sie hat nicht einmal Skrupel empfunden. Jetzt schlagen sie dafür umso heftiger zu. Ihr Gesicht wird ganz heiß. Tränen brennen in ihren Augen. Sie verspricht Toni, die Schichten an Heiligabend, Silvester und Neujahr zu übernehmen – unbezahlt, als Entschuldigung. Toni nimmt es auf seine Art hin. Er wuselt hektisch um sie herum, droht ihr alle möglichen Dinge an und lässt sie dann stehen, um alles im nächsten Moment vergessen zu haben. Simone lässt sich nicht so schnell abschütteln und will wissen, warum sie nicht ans Handy gegangen ist.

Deryas Wangen werden noch heißer. »Ich habe das Wochenende mit meinem neuen Freund verbracht. Darüber muss ich vergessen haben …«

»Ein Liebeswochenende mit deinem Freund?«, wiederholt Simone Deryas Antwort wie ein Echo. Ihr Tonfall klingt, als würde sie sagen: »Du hast junge Hunde gegrillt? Ausgerechnet du?«

»Erzähl. Wo wart ihr denn? Was habt ihr gemacht? Wie heißt er? Wie sieht er aus?«

Es sind an diesem Morgen nur vereinzelte Gäste da, sodass Derya kaum Chancen hat, ihrer Kollegin zu entkommen. Sie muss an die Fotos denken, die sie gemacht haben, aber die gehören ihr allein. Um nicht antworten zu müssen, beißt sie mit einer ausweichenden Geste in ihr Käsebrötchen – mit vollem Mund spricht man nicht –, außerdem hat sie nach dem Obst zum Frühstück immer noch einen Bärenhunger, als hätte sie tagelang nichts zu sich genommen.

»Schwanger?«, fragt Simone mit hochgezogener Augenbraue. »Nee, oder? Derya, das wäre mehr als ungünstig in einer so frischen Beziehung.«

Derya weiß, dass sie nicht schwanger ist – sie hat zwar keine Erfahrung damit, aber dass man einige Tage nach dem Sex unmöglich Schwangerschaftsanzeichen haben kann, ist ihr seit der vierten Klasse bekannt. Doch die Penetranz, mit der sich Simone in ihre Angelegenheiten einmischt, nervt sie so sehr, dass sie nur »Glaub ich nicht« erwidert und ihre Kollegin denken lässt, was immer sie denken will. Vielleicht bin ich ja selbst schuld und bekomme, was ich verdient habe, überlegt sie, während Simone einen Monolog über die Kinder alleinerziehender Frauen hält.

Simone hat sich früher so viel Mühe gegeben, mich kennenzulernen, aber ich habe alles abgeblockt. Jetzt stecke ich eben in der Schublade, in der ich mich versteckt habe.

Am Nachmittag klopft Sonne an die Tür. »Na endlich machst du mir mal auf. Wo warst du denn das ganze Wochenende? Ich hab bestimmt fünf Mal bei dir geklingelt. Übrigens, deine Klingel ist kaputt, siehst du?« Sonne drückt mehrmals auf den Klingelknopf vor der Wohnungstür, und nichts passiert.

»Das muss ich checken lassen.« Die Lüge ist schneller raus, als Derya darüber nachdenken kann. Es ist ihr peinlich zuzugeben, dass Jakob die Klingel abgeschaltet hat. Das Wochenende war schön – genau das, was sie gebraucht hat –, aber im Nachhinein klingt dieses Spiel ein wenig eigenartig. Zu verrückt für Sonne, die in Sachen Beziehung, Liebe und Sex eher konservativ ist und sämtliche Spielarten einfach unter »Sadomaso« zusammenfasst.

»Mach das mal. Wer weiß, wen du verpasst!«, sagt Sonne und schiebt sich an Derya vorbei in die Wohnung. Sie trägt einen Rock, den Derya noch nie gesehen hat.

»Der ist aber hübsch«, sagt sie und zeigt darauf. »Selbst genäht, nehme ich an?«

»Ja, gestern fertig geworden. Ich wollte ihn meiner Schwester zu Weihnachten schenken, aber dummerweise hab ich ihn wohl zu eng genäht.« Sonne lacht, was darauf hindeutet, dass es wohl doch kein Versehen war. »Hast du Zeit für einen Tee? Du könntest jedenfalls einen gebrauchen.«

»Eigentlich habe ich gar keine Zeit«, murmelt Derya. »Meine Schicht bei REWE fängt gleich an. Aber koch du den Tee, während ich mich rasch umziehe.« Sie läuft ins Schlafzimmer.

»Blödes Wochenende gehabt?«, ruft Sonne ihr nach.

»Ganz im Gegenteil. Ich war mit Jakob zusammen, es war sehr schön.«

»Wart ihr unterwegs?«

Derya macht ein Geräusch, das Sonne wohl am ehesten als Zustimmung interpretieren dürfte. »Schade nur, dass das Wochenende schon wieder vorbei ist.«

»Und zu kurz war.« Sonne seufzt und beginnt, die Melodie von »I don't like Mondays« zu pfeifen.

Auf Deryas Handy geht eine Textnachricht von Nadine ein, außerdem sieht sie mehrere verpasste Anrufe von ihr.

Wäre nett, wenn du dich mal meldest. Falls du überhaupt noch Interesse an deinem Neffen hast.

Was soll das denn nun wieder bedeuten? Derya beschließt, die Antwort auf später zu verschieben. Jakob hat nicht angerufen. Sonne auch nicht. Nicht ein einziges Mal, das ganze Wochenende nicht. Besonders große Sorgen kann sie sich also nicht gemacht haben. Ein wenig seltsam ist das schon.

»Und du?«, fragt sie, als sie umgezogen in die Küche geht. »Was hast du am Wochenende gemacht?«

»Kreativschub«, erklärt Sonne über die Schulter hinweg. »Das kennst du ja. Ich habe nonstop genäht.«

»Ich habe deine Nähmaschine gar nicht gehört.« War sie so abgelenkt? Schwer zu glauben, Sonnes Nähmaschine ist laut wie ein Presslufthammer, man hört sie im ganzen Haus. Es kommt einem Wunder gleich, dass sich die Nachbarn nicht ständig beschweren. Aber vermutlich macht Sonnes freundliches Gemüt einiges wett.

»So? Hast du nicht? Nun, zufällig habe ich mehrfach dein Schlafzimmerlicht bemerkt. Es war manchmal an und dann wieder aus. Du warst also sehr wohl zu Hause, als ich geklingelt habe.« Sonne meidet ihren Blick. »Ansonsten wäre ich vermutlich auch zur Polizei gegangen, dir hätte sonst was passiert sein können. Hätte ich das tun sollen?«

Um Himmels willen! »Natürlich nicht, du kennst mich, ich …«

»Dann mach bitte nicht so einen Scheiß! Ist es zu viel verlangt, sich mal eben zu melden? *Liebe Sonne, bin mit meinem Macker im Bett und will dich erst wieder sehen, wenn er mich abserviert und mir das Herz gebrochen hat.* Ist das so schwer?«

Das Festnetztelefon klingelt und entbindet Derya von einer Antwort. »So ist es nicht, lass uns gleich noch darüber reden«, sagt sie zu Sonne. Ob es Jakob ist, der anruft? »Ja, hallo?«

»Guten Tag, Derya, schön, dass ich Sie erreiche.« Es ist nicht Jakob, es ist Hanna. Im Hintergrund hört Derya den Wind pfeifen, dabei ist es draußen beinahe windstill. »Sie hatten letzten Freitag einen Termin bei mir. Ist Ihnen etwas dazwischengekommen?«

Auch das noch. Hat sie irgendjemanden noch nicht vor den Kopf gestoßen? »Das tut mir leid – wirklich. Ich war so … beschäftigt, dass ich es vergessen habe.«

»Oh. Ist etwas passiert?«

»Nein. Ich meine, ja. Aber nichts Schlimmes.« Das wird Hanna vermutlich nicht reichen, sie kennt sie ja inzwischen. »Ich habe wieder einen Freund.«

»Etwa Jakob?« Derya hört ein Schmunzeln in Hannas Stimme. »Von dem Sie erzählt haben?«

»Genau der. Aber dieses Mal sind wir beide klüger als damals.« Das hofft sie zumindest.

Sonne scheint das anders zu sehen. Derya sieht sie nur von hinten, weil ihre Freundin gerade Teebeutel über der Spüle ausdrückt, aber sie erkennt deutlich das Kopfschütteln.

»Dafür sind Erfahrungen da«, sagt Hanna, »um aus ihnen zu lernen und es besser zu machen. Denken Sie an jetzt, an heute. Tut er Ihnen gut?«

Derya muss lächeln. »Fast etwas zu gut, fürchte ich. Ich vergesse darüber meine Termine, verärgere meine Freundin«, sie wirft Sonne einen Blick zu, aber die tut so, als hätte sie nichts gehört, »stresse meinen Chef und riskiere meinen Job.«

Hanna lacht laut auf. »Das ist doch wunderbar. Es klingt, als wären Sie verliebt wie ein junges Mädchen. Da besteht Aufholbedarf bei Ihnen, das wissen Sie. In Ihrer Jugend ist das zu kurz gekommen.«

»Aber Jugendlichen nimmt man das vermutlich weniger krumm.«

Wieder lacht Hanna. »Sie waren wirklich nie ein junges Mädchen, oder? Seien Sie nicht so streng mit sich selbst. Sie haben viel durchgemacht. Kein Wunder, dass Sie mal eine Pause von Ihren Verpflichtungen brauchen.«

Wenn Hanna das sagt, klingt es so selbstverständlich. So richtig. »Vielleicht machen wir trotzdem diese Woche noch einen Termin«, schlägt Derya vor. »Es gibt da durchaus noch etwas, was ich besprechen möchte.«

»Das kann ich mir denken«, erwidert Hanna. Hinter ihr schreit ein Tier, ein Vogel vermutlich. »Sie haben noch Angst, nicht wahr?«

Derya würde für dieses Thema gerne den Raum wechseln, damit Sonne, die sich inzwischen an den Tisch gesetzt hat und keinen Hehl daraus macht, dass sie die Geduld verliert, nicht mithört. Aber ihr altmodisches Wählscheibentelefon hat ein kurzes Kabel und reicht nicht bis aus der Küche hinaus. »Manchmal«, sagt sie verhalten.

»Sehen Sie, das ist vollkommen normal. Menschen sind Gewohnheitstiere. Während man uns eine Geschichte erzählt, suchen wir im Kopf unbewusst nach ähnlichen Geschichten, um sie gegenüberzustellen und zu vergleichen, damit wir den Schluss herleiten können, bevor die Geschichte zu Ende erzählt ist. Wenn wir etwas erleben, suchen wir nach Erinnerungen, weil wir glauben, dass wir daraus ableiten können, was uns passieren wird. Immer suchen wir nach Mustern im Leben, um uns sicher zu fühlen.«

Sonne formt mit dem Mund lautlos »Blablabla«. Derya dreht sich weg, um Hanna zuzuhören.

»Aber dadurch reduzieren wir unsere Möglichkeiten, weil wir

uns zu sehr darauf versteifen, dass alles wieder so verlaufen wird, wie es in unserer Erinnerung abgespeichert wurde.«

»Die selbsterfüllende Prophezeiung?«, fragt Derya.

»Wenn Sie es so nennen möchten, ja. Denken Sie doch mal in die andere Richtung, denken Sie positiv. Was macht ihr neuer Freund noch mit Ihnen?«

»Er inspiriert mich«, entfährt es Derya spontan.

»Na sehen Sie. Geben Sie dem mehr Gewicht, nicht den Ängsten. Nutzen Sie die Inspiration. Geht es in die Richtung, die ich mir erhoffe? Schreiben Sie wieder?«

»Das wäre zu viel gesagt. Aber ... ich kann mir vorstellen, wieder zu schreiben.« Mehr noch. Sie hat *Lust* dazu.

»Das ist großartig, Derya. Ganz toll. Wir reden in Ruhe darüber, wenn ich zurückkomme. Diese Woche bin ich im Urlaub. Ich bin zum Durchatmen ans Meer gefahren – das sollten Sie übrigens auch mal tun. Ich melde mich wegen eines neuen Termins, sobald ich wieder zu Hause bin, wenn es Ihnen recht ist.«

»Natürlich. Danke. Und einen schönen Urlaub wünsche ich Ihnen.«

»Den werde ich haben. Sie können mich anrufen, wenn Sie dringend mit mir sprechen möchten. Und Sie denken daran: Sie sind eine Frau, die viel zweifelt. Das gehört zu Ihnen wie zum Beispiel Ihr schwarzes Haar. Sie werden immer so sein, egal wie sehr Sie es zu überspielen versuchen. Ihr Haar können Sie auch nur färben, nicht aber die Farbe verändern, in der es wächst.«

»Es ist also nicht nur ausgeschlossen, dass ich in diesem Leben eine echte Blondine werde – ich werde auch niemals vollkommen glücklich sein?« Inzwischen ist es ihr egal, dass Sonne zuhört. Die scheint leicht beunruhigt von Deryas Worten zu sein. Sie runzelt die Stirn und zupft an der Haut an ihrem Hals herum.

»Aber nein!«, ruft Hanna. »Sie können glücklich sein – fangen Sie endlich damit an! Sie können bloß nicht frei von Zweifeln sein. Sie müssen diese Zweifel nur endlich akzeptieren, statt sie weiter von sich abzuspalten.«

»Das tue ich?« Sie formuliert eine Frage, beantwortet sie für sich selbst aber mit Nein.

»Genau in diesem Moment«, sagt Hanna. »Immer, seit Langem. Wir reden bald darüber, Derya.«

Derya bedankt sich noch einmal, verabschiedet sich und legt auf.

»Na endlich«, sagt Sonne. Ihre Laune muss inzwischen den Nullpunkt erreicht haben. »Dein Tee ist nur noch lauwarm, und du musst gleich schon wieder los. Dafür bin ich hergekommen?«

»Der Tee ist noch immer zu heiß, um ihn zu trinken, und du hast es ja nicht besonders weit«, sagt Derya und lächelt Sonne an. Sie will nicht auch noch mit ihr streiten. Das kennt sie gar nicht und will es auch nicht kennenlernen. Die Beziehung zu Sonne war immer harmonisch. Das soll so bleiben. »Und jetzt hör auf, mit mir zu zanken, und erzähl mir von der Laus, die dir über die Leber gelaufen ist. Ist etwas mit deinem Bruder?«

Sonne senkt den Kopf. »Rückfall«, murmelt sie schließlich. »Mal wieder. Woher weißt du das?«

Langsam kenne ich dich, denkt Derya. Aber sicher genug, um es auszusprechen, ist sie nicht.

Die erlösende SMS kommt gegen neun, etwa eine Stunde bevor ihre Schicht an der Kasse zu Ende ist.

Wenn du möchtest, hole ich dich um zehn bei der Arbeit ab. J.

Das wäre toll, tippt sie mit dem Daumen, während sie mit der anderen Hand weiter Waren scannt.

Die letzte Stunde zieht sich. Ein halbes Dutzend Kunden kommen noch wenige Augenblicke vor Ladenschluss und lassen sich auch von mehreren Durchsagen, die Kassen aufzusuchen, nicht zur Eile antreiben. Beim Abrechnen beeilt Derya sich so sehr, dass sie sich verzählt und das Wechselgeld nicht stimmt. Sie muss alles ein zweites Mal zählen. Sie kam um vier zum REWE-Markt, da hat es gerade zu schneien begonnen. Wie mag es nun aussehen? Ist vielleicht etwas liegen geblieben? Als sie nach draußen unter die Überdachung des Haupteingangs tritt, ist sie enttäuscht. Der Schnee ist zu Regen geworden, die letzten Flocken fallen nass und matschig auf den Boden und lösen sich auf dem Asphalt auf. Die Lichter der vorbeifahrenden Autos ziehen weiße und rote Streifen in die Nässe.

Jakob ist nicht da.

Derya fühlt sich wie von ihrer einzigen Energiequelle abgeschnitten. Das kann er nicht machen! Ja, es ist spät, aber er kann doch nicht einfach gehen!

Doch dann entdeckt sie eine dunkle Silhouette auf dem Parkplatz, und ihr Herz zuckt zusammen und hüpft im gleichen Moment.

»Du hast gewartet!«, ruft sie ihm über den Parkplatz zu, als wäre es das Außergewöhnlichste, was je jemand für sie getan hat.

Er wartet, bis sie bei ihm ist, bevor er antwortet: »Ich habe versprochen, dich abzuholen.«

»Tut mir leid, dass es so lange gedauert hat. Warum hast du dich nicht untergestellt? Du wirst doch ganz nass.«

Er sieht an sich hinab und legt die Stirn in Falten. »Wirklich, du hast recht. Ich war in Gedanken. Hab es gar nicht gemerkt.«

Sie ist nicht sicher, ob er sie foppt, also knufft sie ihn nur in die Seite, zieht ihn an der Jacke an sich und küsst ihn. Seine Haut ist feucht vom Regen, aber angenehm warm. In der Hand hält er einen großen ausgebeulten Kunststoffkoffer, der Derya neugierig macht.

»Was ist da drin?«

»Was denkst du denn?«, fragt er zurück.

»Sieht aus wie ein Schreibmaschinenkoffer, aber den würdest du kaum durch den Schneeregen tragen.«

Das scheint ihn zu irritieren. »Warum nicht?«

Das meint er nicht ernst! Er hat doch nicht wirklich seine alte Schreibmaschine, an der sein Herz hängt, in dem Koffer? »Mensch, Jakob, da läuft das Wasser rein! Die geht kaputt.«

Er tut das mit einem Lächeln und einem Kopfschütteln ab, als würde Derya Gespenster sehen. »Der passiert nichts.«

»Wenn du meinst. Lass uns trotzdem nach Hause gehen. Dein Koffer mag wasserdicht sein« – sie bezweifelt das –, »aber mein Mantel ist es nicht.«

»Ich hoffe, es ist okay, dass ich sie mitbringe«, sagt er bloß, als wäre in dem Kunststoffkoffer keine Schreibmaschine, sondern eine andere Frau. »Die Jungs ziehen mich auf, seit sie erfahren haben, dass ich einen Roman schreiben will. Jedes Mal, wenn ich sie mit einem eingespannten Blatt Papier stehen lasse, finde ich hinterher den Satz darauf:

Plötzlich, ein greller Blitz am Himmel!

Ich habe nicht die geringste Ahnung, was sie mir damit sagen wollen.«

Derya muss kichern. »Das ist aus *Two and a Half Men*.«

Die Antwort scheint ihm nichts zu sagen.

»Die Serie mit Charlie Sheen. Der Bruder des Protagonisten will Schriftsteller werden, aber er hat keine Ideen und löst das immer früher oder später mit ›Plötzlich – ein greller Blitz am Himmel.‹.«

»Verstehe. Und der Bruder sieht mir irgendwie ähnlich?«

Sie ist nicht sicher, wann sie zuletzt etwas so Witziges gehört hat. »Du siehst nicht viel fern, kann das sein?«

»Nie«, sagt er und verzieht das Gesicht, als würde ihn das Fernsehen abstoßen. »Meine Cousins scheinen den ganzen Tag nichts anderes zu tun. Sie haben in jedem Zimmer einen Fernseher und schauen selbst zum Schlafen irgendwelche Serien mit Konservenlachern. Wenn du meine Bücher aus ihrer Wohnung heraustragst, gibt es darin mehr Fernseher als Bücher.«

»Fürchterliche Vorstellung«, findet Derya.

Jakob nickt. »Und? Sieht er mir nun ähnlich, der Bruder mit dem plötzlichen Blitz am Himmel?«

»Er ist ungefähr das Gegenteil von dir. Aber er quartiert sich ständig bei seinem Bruder ein, weil er sein Leben nicht auf die Reihe bekommt und seine Exfrau ihn immer rauswirft. Die Haushälterin nennt ihn Sippi.«

»Meine Cousins haben keine Haushälterin«, sagt Jakob, »aber diesen Namen habe ich schon gehört.«

»Und da kannst du schreiben?« Sie legt den Arm um seine Taille und zieht ihn näher an sich heran. »Deine arme Künstlerseele.«

Er hebt eine Augenbraue. »Spottest du etwa?«

»Ja. Aber ich bin genauso betroffen wie du, darum darf ich das.«

Sie fahren mit der Bahn nach Hause. Derya genießt die amüsierten Blicke der anderen Fahrgäste, während sie sich mit Jakob endlich über das Thema unterhält, das seit ihrem ersten Date im Restaurant zwischen ihnen zu schweben scheint.

Ihre Arbeit. Romane. Bücher.

Geschichten.

Das Schreiben. Sie Erzählt Ihm Von Ihrer Kleinen Besonderheit, Sätze, Die Sie In Einer Besonderen Weise Betonen Möchte – nicht lauter, sondern nur einen Hauch pointierter – Mit Großen Anfangsbuchstaben Zu Schreiben. er findet das aufgesetzt und meint ausdrucksvolle sprache habe das nicht nötig genauso wenig wie satzzeichen oder großbuchstaben und überhaupt werde dem leser viel zu oft vorgeschrieben wie er zu intonieren habe was eine völlig unnötige bevormundung intelligenter menschen sei

»Spar dir doch gleich die Leerzeichen, dann passen mehr Worte ins Buch«, sagt Derya, »und schon muss pro Auflage ein Baum weniger gefällt werden.«

»Das ist die ideale – nein, die perfekte – Marketingkampagne«, erwidert Jakob. »Damit wird es ein Bestseller. Die Leute stehen auf Besonderheiten.«

»Wenn dir an Inhalt nichts Besonderes mehr einfällt, dann muss es eben eine Besonderheit in der Umsetzung sein.«

»Es gibt keine besonderen Inhalte mehr«, sagt Jakob und klingt einen Moment lang frustriert. »Vierzigtausend neue belletristische Titel – vielleicht sind es inzwischen schon wieder mehr geworden. Und das jedes Jahr. Wie soll ein Mensch da noch etwas Neues, etwas Besonderes schreiben?«

»Du musst das so sehen, Jakob: Wer erwartet bei dieser Masse an Titeln noch etwas Neues?«

»Idioten«, sagt Jakob.

»Und meine Lektorin«, bestätigt Derya.

Sie können darüber lachen, sich in Sachen Stil nicht einig zu sein und es nie zu werden. Derya nimmt sich heimlich vor, mit Rotstift »aufgesetzt und pseudointellektuell« an den breiten Rand seines Manuskripts zu schmieren, sollte Jakob je auf die Idee kommen, einen Satz ohne Satzzeichen und Großbuchstaben zu verfassen. Versuche es, Jakob. Versuche stilistische Spielereien in deinem ersten Roman unterzubringen, und ich mach dich fertig.

Sie wird nichts dergleichen tun. Sie verrät ihm allerdings auch nicht, dass ihre Idee mit den Großbuchstaben nur die Ursprungsfassung veredelte und dann, im ersten Lektoratsdurchgang, von einer studierten Linguistin mit dem Kommentar »einem Unterhaltungsroman nicht angemessen« vernichtet wurde. Sie sieht ihren stilistischen Kniff bis heute vor sich, wenn sie *Spiegeltropfen* aufschlägt, als wäre es genauso gedruckt worden, wie es ihr Wunsch war.

In ihrer Wohnung angekommen, öffnet Jakob seinen Kunststoffkoffer, noch bevor er sich die nass geregnete Jacke auszieht. Derya kann es sich nicht erklären, aber die alte Schreibmaschine ist wirklich trocken geblieben. Ein Tropfen Wasser fällt aus Jakobs Haaren auf das Blatt Papier, das er eingespannt gelassen hat.

»Ich brauche noch etwa eine Stunde, um das nächste Kapitel fertig zu schreiben«, sagt er. Es klingt nicht wie ein Versprechen, dass Derya etwas zu lesen bekommen wird. Eher als wäre es sinnlos, in dieser Stunde etwas anderes von ihm zu wollen.

Sie nimmt Jakob die Jacke ab, hängt sie auf und bringt ihm ein Handtuch für seine Haare. Sie tropfen immer noch, als sie ihm kurz darauf eine Tasse Tee hinstellt.

»Wein?«, fragt sie.

Die Schreibmaschine klappert. »Hmm.«

Sie hat Rotwein im Schrank und weißen im Kühlschrank. »Wird in deinem Kapitel jemand geboren oder stirbt jemand?«, fragt sie. Es ist eine ihrer harmlosesten Macken, bei solchen Szenen Rotwein zu trinken und bei allen anderen Weißwein oder Tee.

»Verrat ich nicht.«

Derya stellt den Portugiesen zurück in den Kühlschrank und entkorkt den roten Italiener. Sie hat ohnehin nur Rotweingläser, also, was soll's.

Als sie Jakob ein Glas hinstellt und einen knappen, glasigen Blick von ihm einfängt, ahnt sie schon, dass es mit einer Stunde nicht getan sein wird. Sie kennt diesen Blick viel zu gut, wenn sie ihn auch selten gesehen, dafür umso häufiger ausgesendet hat. Die Schreibmaschine klappert. Inzwischen ist der Tee nur noch lauwarm.

»Eins hab ich«, sagt Jakob und reicht ihr einen Stapel Papier, ohne sie anzusehen. »Macht es dir etwas aus, wenn ich …«

Sie spürt eine Welle von Zärtlichkeit in sich aufsteigen und drückt die Seiten an ihre Brust. »Schreib nur.« Sie setzt sich auf die Couch, zieht die Beine an den Körper und versinkt in Jakobs Manuskript.

V

Ruth Carlisle war ein Engel, ein Engel ohne BH.

Sie trug ihr blondes Haar nachlässig hochgesteckt. Ihre Jeans war verwaschen, das einfache T-Shirt vollkommen formlos, was die Rundungen ihres Körpers nur erahnen ließ. Um ihren Hals hing ein Anhänger mit einer einzelnen Perle an einer seidenfeinen Silberkette. Mit dieser Perle spielte sie, in der anderen Hand hielt sie ein Champagnerglas, und sie litt, während um sie herum alles glitzerte, funkelte und sich gegenseitig mit Prunk und Gepränge zu übertrumpfen versuchte. In ihre furchtbare Langeweile gehüllt, stach sie aus der Masse heraus wie eine Kastanie aus bunten Plastiksteinen.

Ich behielt sie aus dem Augenwinkel im Blick, während mich meine neuen Freundinnen aus der New Yorker High Society von einem Gast zum anderen schleppten. Die Festlichkeit fand auf dem Anwesen von Gabriella Caspers statt, die sich seit dem Tod ihres Mannes die größte Mühe gab, dessen gewaltiges Vermögen samt und sonders in die Krebsforschung zu stecken. Eine eigenartige Wahl, fand ich, denn ihr Gatte – Gott hab ihn selig, wie sie immer betonte – war an einem Schlaganfall gestorben. Ihr Haus machte im kleinen Kreise der Organisatorinnen das Rennen, weil es auch ohne jede Vorbereitung schon den Eindruck erweckte, dass hier in wenigen Minuten eine Gala stattfinden würde. Gabriellas Mann war erster Vorsitzender im Golfclub gewesen und hatte seinen Garten (so nannten sie es, ich nannte es: Parkanlage) nur für diese Art von Partys anlegen lassen. Für die heutige Charity-Festlichkeit hatte Gabriella noch einmal eine Schippe draufgelegt. Es gab eine Live-Band (Jazz – zu meinem größten Bedauern) sowie mehrere opulente Büfetts mit Showköchen und Kellnern, die Getränke auf dampfendem Trockeneis umhertrugen. Für später war ein Feuerwerk geplant. Das Szenario erinnerte mich an die Schlussszenen aus »Rendezvous mit Joe Black«. Früher hatte ich mich immer gefragt, ob es wirklich Leute gab, die so lebten. Jetzt war ich unter ihnen. Am liebsten hätten meine neuen Freundinnen mich auf die Bühne gezerrt und zu einer dieser Reden gezwungen, die alle gleich klangen, aber da ich mich erfolgreich zur Wehr setzte, beließen sie es dabei, dass Sarah mich von einem falschfreundlichen Lächeln zum nächsten führte und mit einem millionenschweren Namen nach dem anderen bekannt machte. Nach dem dritten Mal konnte ich den Text mitsprechen:

»Darling, ich bin so glücklich, dass du kommen konntest, so glücklich. Wir alle sind es! Ich muss dir unbedingt jemanden vorstellen. Das hier ist Jakob Muller, ein bemerkenswerter junger Journalist aus Germany, wirklich ganz außergewöhnlich. Er schreibt hinreißende Romane.«

»Die noch niemand veröffentlichen wollte«, schaltete ich mich dann mit einem bescheidenen Lächeln ein. Was aus meinem Mund kam, wurde in dieser Gesellschaft jedoch nicht weiter beachtet.

»Jakob hat uns ganz wunderbare Unterstützung bei der Organisation dieser Party zuteilwerden lassen, musst du wissen, ganz großartig. Ohne ihn … Ach, ohne ihn stünde hier kein Stein auf dem anderen, hahaha.«

»Aber Sarah, ich bitte dich!« Mein Text war eine Farce. »Den Löwenanteil der Vorbereitung habt doch ihr übernommen. Ich habe eure Bemühungen nur geringfügig unterstützt, damit am Ende auch ein hübsches Sümmchen zusammenkommt.«

Sarah tätschelte meinen Arm, ohne mich anzusehen. »So

bescheiden, der Junge, nicht wahr? So sind sie in Germany. So fleißig und bescheiden, da wird man ganz demütig.«

Ab und an fragte jemand, worin mein Interesse begründet sei, ausgerechnet eine Kinderkrebsklinik zu unterstützen. Aber auch hier war ich nur Auslöser, nie aber Adressat der Frage. Und so übernahm Sarah auch die Antwort. »Das ist eine Privatangelegenheit, Jakob spricht nicht gern darüber.« Sie seufzten und betrachteten mich voller Mitgefühl, bis Sarah fortfuhr: »Es ist so eine teuflische Krankheit. Ganz furchtbar. Zeigt mir einen Menschen, der noch keinen Lieben verloren hat. Aber, ach, was rede ich denn? Jakob hat absolut recht. Um das Sümmchen für die Kinderklinik geht es, nicht um uns gefühlsduselige alte Tanten. Ich hoffe«, sie zwinkerte ihrem Gegenüber zu und zog mich weiter, während sie sich über die Schulter umsah, »dass du das Spenden über dem Champagner nicht vergisst, Darling.«

Binnen zwei Stunden war ich beinah jedem Menschen auf der Party vorgestellt worden, nur an der einen Person, die mich interessierte, zog man mich geflissentlich vorbei. Sie saß immer noch in der Sitzecke unter einem cremefarbenen Pavillon und wartete. Vor lauter Langeweile beschäftigte sie sich inzwischen offen mit ihrem Smartphone, wie ein genervter Teenager, was zu bösen Blicken und einigem Kopfschütteln führte. Offenbar war es im Bundesstaat New York gesetzlich verboten, auf Charity-Partys an seinem Handy herumzuspielen. Ich begann mit ihr mitzuleiden. Sie wusste es nicht, sie kannte mich nicht und hatte vermutlich nicht das geringste Interesse, daran etwas zu ändern, aber wir warteten auf denselben Mann: auf ihren Vater.

Bill Carlisle.

Es war sein Name, den ich in der Hotelbar vernommen und der mein Interesse geweckt hatte. Er war der Chefredakteur meiner Grey Lady und heute geladener Gast. Erschienen war allerdings nur seine Tochter Ruth, was mich beunruhigte, bis mir auffiel, dass auch sie allem Anschein nach auf jemanden wartete: auf Bill Carlisle – meinen zukünftigen Chef. Nur verspätete der sich leider massiv, was langsam, aber sicher dazu führte, dass mein Antitranspirant versagte und es nass in meinen Achselhöhlen wurde.

Ich passte den richtigen Moment ab, in dem niemand auf mich achtete, dann machte ich mich still und heimlich aus dem Staub und ging in den Garten. In der Nähe des Pavillons blieb ich stehen. Ich hatte Glück, Ruth Carlisle saß nach wie vor auf ihrem Platz. Offenbar war sie nicht ein einziges Mal aufgestanden. Ich tastete meine Hemdtaschen ab. Auf gehobene Garderobe hatte ich verzichtet und trug bloß eine helle Hose und ein schlichtes Hemd (Zoe kommentierte meine Kleiderwahl mit »nicht tragbar zu diesem Anlass«, aber Gabriella beruhigte sie und erklärte, dass ihr Mann mich dafür lieben würde, sah ich doch aus, als wollte ich nach der Feier noch eine Runde Mitternachtsgolf spielen). In diesem Hemd fanden sich keine Zigaretten, was kein Wunder war, da ich seit Jahren nicht mehr rauchte. Ich betrat den Pavillon. Ruth sah erst auf, als ich sie ansprach.

»Verzeihen Sie«, sagte ich, »aber ich habe meine Zigaretten irgendwo liegen gelassen und wage mich bei dem Anlass nicht, jemanden um eine zu bitten.«

»Oh.« Sie musterte mich mit halbherzig überspieltem Amüsement. »Und da fragen Sie ausgerechnet mich.«

»Sie wirken nicht so, als würden Sie mir eine Predigt halten, dass Rauchen Krebs verursacht.«

Jetzt lächelte sie und deutete auf einen Sessel ihr gegenüber. Ich setzte mich, und sie reichte mir ein Etui mit Zigaretten und einem Feuerzeug.

»Um ehrlich zu sein«, sagte ich, »überlege ich schon den ganzen Abend, wie ich Sie ansprechen könnte, habe meine Ideen aber immer wieder verworfen. Das hier«, ich tippte die Zigaretten an, »war reine Verzweiflung.«

Sie schlug die Beine übereinander. »Warum?«

»Weil Sie auf jemanden zu warten scheinen, und ich nehme an, dass es sich dabei um Ihren Freund handelt.«

Sie drehte die Perle, die um ihren Hals hing, zwischen den Fingern. »Ich wollte wissen, warum Sie das Bedürfnis verspüren, mich anzusprechen. Ausgerechnet mich, bei all den interessanten Leuten hier?«

Ich sah ihr in die Augen. Sie waren grün, und die Langeweile war aus ihnen verschwunden. Ich kam mir plötzlich vor, als wäre ich ein Kaleidoskop. Der Blickkontakt zu Ruth Carlisle bewirkte eine Vierteldrehung, und all meine Gefühle ordneten sich plötzlich zu einem neuen Bild. Von einer auf die andere Sekunde war mir ihr Vater egal.

»Sie sind die einzige interessante Person weit und breit«, sagte ich und meinte jedes Wort so. »Mein Name ist übrigens Jakob.«

»Jakob, so. Ich bin Ruth. Und ich würde nur zu gerne wissen, was mich so interessant macht in deinen Augen.« Sie blickte von meiner Hose zu ihrer Jeans. »Bis auf die Tatsache, dass wir beide underdressed sind.«

»Wir haben noch etwas gemeinsam.« Ich deutete zu der Jazzkapelle auf der obersten Terrasse. Die Musik war hier nur ein leises Gedudel, nicht viel störender als die Hintergrundmelodien im Wartezimmer einer Zahnarztpraxis. Ich sagte: »Jazz geht uns beiden am Arsch vorbei.«

Jetzt lachte sie laut auf, und ich verlor im gleichen Moment den Teil meines Herzens an sie, der noch übrig war.

Innerhalb der nächsten Stunde erzählte sie mir, angefeuert von bestem Champagner und dem einen oder anderen Häppchen, das ich vom Büfett in unseren Pavillon trug, ihre halbe Lebensgeschichte. Dabei lachte sie nicht mehr, erlaubte es aber, dass ich mich zu ihr setzte, und rutschte Stück für Stück näher an mich heran. Ruth war Ende zwanzig, Regisseurin, auf den roten Teppichen zwar unbekannt, aber durch kleinere hochwertige Independent-Produktionen sehr gut ausgelastet. Sie stand auf Football, Basketball und Eishockey, mochte Bier lieber als Wein, liebte Pferde, aber hasste sämtliche Reitsportarten. Und sie hatte ein gewaltiges Problem mit ihrem Vater. Es war der Klassiker: Der alte Herr war ein Workaholic erster Güte, und Ruth befand sich seit Jahren auf einer verzweifelten Schnitzeljagd nach Anerkennung, Beachtung und Respekt. Um Zeit mit ihrem Vater zu verbringen, begleitete sie ihn sogar auf geschäftliche Veranstaltungen, die sie furchtbar anödeten. Und nun hatte er sie auch noch versetzt – nicht zum ersten Mal –, weil wieder einmal etwas anderes, Wichtigeres dazwischengekommen war. Vieles schien Bill Carlisle wichtiger zu sein als seine Tochter. Ihrer Ansicht nach ungefähr alles.

Es war mir bald schon egal, wer der Mann war. Ich verachtete ihn dafür, dieses entzückende Wesen nicht auf Händen zu tragen.

Wir blieben nicht mehr lange auf der Party. Ich glaube, sie hätte mich in dieser Nacht auch dann mit in ihre Wohnung in Uptown Manhattan genommen, wenn wir beide hässliche Vögel auf der Suche nach einem leeren Nest gewesen wären. Dass wir einander attraktiv fanden, erleichterte die Sache, und so waren wir bereits aufgebrochen, als Bill Carlisle mit Schecks in beiden Händen doch noch bei meinen amerikanischen Freundinnen auftauchte, die es ihm allesamt fürchterlich übel nahmen, dass er zu ihrem Event-of-the-Year zu spät kam, und damit auch nicht hinterm Berg hielten. Immerhin fielen seine Spende fürstlich und sein Artikel außergewöhnlich wohlwollend aus. Und ich lernte ihn in einem viel privateren Rahmen kennen. An seiner eigenen Dinnertafel beim dreißigsten Hochzeitstag, den er mit der Familie feierte. Als Freund seiner Tochter zählte ich nun irgendwie dazu.

Derya legt die Seiten weg und wechselt an ihren Schreibtisch. Es fühlt sich eigenartig an, davon zu lesen, wie Jakob sich verliebt hat. Fast nagt die Eifersucht an ihr. Aber das ist natürlich lächerlich. Immerhin ist Jakob hier und nicht mehr bei Ruth Carlisle. Außerdem war ihr immer klar, dass ein Mann wie er nicht leben kann, ohne zu lieben.

Sie hat schon ein paar Tage lang ihre Mails nicht mehr kontrolliert. Zu groß war ihre Sorge, es könnte wieder eine Nachricht von Robert dabei sein. Aber nun sitzt Jakob dicht neben ihr und klappert auf seiner Schreibmaschine herum, und plötzlich ist die Angst verflogen.

Es ist keine Mail von Robert dabei. Nur jede Menge Spam und Werbung und dazwischen eine Mail von Anne.

Liebe Derya,

langsam neigt sich das Jahr seinem Ende zu, und die Adventszeit hat ja nun begonnen. Die Vorschauen für das Frühjahrsprogramm sind fertig und im Druck, und die Hektik im Verlag lässt langsam nach. Da war es mir ein besonderes Anliegen, mich noch einmal bei dir zu melden. Wir haben ja nun schon lange nichts mehr voneinander gehört.

»Ja nun« ist Annes liebste Phrase.

Ich hoffe, es geht dir gut und du kannst nach deiner anstrengenden Trennung langsam wieder durchatmen.

Ja nun, denkt Derya.

Im nächsten Jahr würde ich mich sehr gerne mit dir treffen. Vielleicht hast du dir schon Gedanken über unser Folgeprojekt gemacht, und wir können konkret über eine Idee reden. Vielleicht besprechen wir auch einfach mal ganz ergebnisoffen die Möglichkeiten, die wir haben. So ganz langsam muss ich an die Programme im übernächsten Jahr denken, in denen wir dich ja nun gerne platzieren würden.

Am besten du kommst Anfang des nächsten Jahres noch einmal zu uns in den Verlag und wir gehen schön essen. Oder was hältst du davon, wenn wir uns auf der Messe in Leipzig zusammensetzen? Du willst doch sicher kommen?

Liebe Grüße, deine Anne

Natürlich, denkt Derya sarkastisch. Buchmessen sind ja nun schon immer ihre liebste Freizeitbeschäftigung gewesen; Anne beweist mal wieder, wie grandios ihr Gedächtnis ist.

Derya klickt das Mailprogramm zu, doch als sie das Notebook zusammenklappen will, zögert sie. Die Mails ihrer Lektorin bewirken normalerweise, dass das Schreiben in weite Ferne rückt und sie sich eher vorstellen kann, auf dem Mond Himbeeren anzupflanzen, als noch einen Roman zu verfassen. Heute ist das anders. Das Klappern von Jakobs Schreibmaschine hat etwas Entrückendes. Sie sieht zu ihm rüber. Er scheint weit weg, an irgendeinem Ort, zu dem sie keinen Zutritt hat. Noch nicht – erst wenn auch das nächste Kapitel fertiggestellt ist. Sie muss schmunzeln. Er schreibt tief über die Schreibmaschine gebeugt, als wäre er ein wenig kurzsichtig, die Schultern verkrampft, die Ellbogen vom Körper abstehend wie ein Jockey auf dem Pferd. Vermutlich braucht er gleich eine kräftige Massage. Seine Leidenschaft für das, was er tut, strahlt von ihm ab, umgibt ihn wie eine Aura und erreicht auch Derya.

Und so öffnet Derya das Mailprogramm wieder und tippt eine Antwort.

Dass sie eine Idee hat, schreibt sie. Noch keinen ausgereiften Plot, aber so etwas wie einen Samen, ein Stück fruchtbare Erde, eine Schaufel und etwas Wasser zum Gießen. Alles, was sie braucht, um eine Geschichte daraus zu ziehen.

»Ja nun«, sagt sie spöttisch zu sich selbst, sendet die Mail ab und öffnet ihr Schreibprogramm. Die weiße Seite glotzt ihr blank entgegen. Der Text hat noch nichts außer einem Herzschlag, den der blinkende Cursor anzeigt.

Die weiße Seite will ihr Angst machen. Derya konzentriert sich auf das Klappern der Schreibmaschine, das ihr einen Rhythmus vorgibt, an dem sie sich orientieren kann.

Sie schreibt einen ersten Satz.

Die meisten Menschen fürchten sich bei Nacht, aber statistisch gesehen fällt die Entscheidung zu einem Mord weit häufiger am Tag.

Derya speichert diesen Satz, dann öffnet sie ein neues Dokument und beginnt einen zweiten Text mit einem einzigen Satz, danach einen dritten. Als sie zwölf Dokumente mit jeweils einem Satz abgespeichert hat, schließt sie alle und ist zufrieden. Sie fühlt sich reich – reich an Ideen, reich an Möglichkeiten, steinreich regelrecht. Sie hat zwölf begonnene Manuskripte und jedes einzelne hat das Potenzial, perfekt zu werden, groß und erfolgreich – und ihr so viel zu bedeuten wie *Spiegeltropfen*. Doch im nächsten Moment vergisst Derya alle literarischen Gedanken, als Jakob aufsieht und seine Schultern kreisen lässt, um sie zu lockern.

Kapitel 22

Liebe Derya,

ich bin so glücklich, dass deine Kreativität zurück ist. Das ist großartig, wirklich ganz toll. Lass uns über die genauen Pläne trotzdem noch mal sprechen, bevor du loslegst und aufwendig ein Exposé verfasst. Ich bin nicht sicher, ob ein Schriftsteller in der Hauptrolle das Richtige ist, das erscheint mir nicht besonders neu und erinnert mich persönlich einfach zu sehr an Stephen King. Nun ja, du verstehst, was ich meine.

Wir reden im neuen Jahr einfach ganz in Ruhe darüber. Ich habe auch noch ein paar wunderbare Ideen, die sich bestimmt hervorragend mit deinen verbinden lassen. Keine Sorge! Aus dem Grundmaterial machen wir gemeinsam etwas ganz, ganz Tolles!

Alles Liebe und schon mal frohe Weihnachten und einen guten Übergang ins neue Jahr.

Deine Anne

Derya versteht.

Es ist mal wieder nicht gut genug. Was sie auch vorschlägt. Es ist. Mal wieder. Nicht. Gut. Genug.

Sie tippt eine Antwort, in der sie sich emotional auszieht, Anne begreiflich zu machen versucht, dass Ideen nicht auf Bäumen wachsen und beliebig geerntet werden können. Dass das ständige Kritisieren, Genörgel und Verbessern an allem, was sie abliefert, ihr Hirn auf Eis und ihr Herz in Ketten legt und dass Anne doch endlich ihr eigenes Buch schreiben soll, statt Derya ihre Ideen einzuimpfen, damit die es tun soll.

Doch dann hält sie inne und fühlt sich ungerecht, überfordert und nutzlos. Dazu muss sie wohl eine selten dumme Kuh sein, die die eigene Unfähigkeit anderen in die Schuhe schiebt. Sie löscht die Mail und brütet über einer neuen.

Verstehe, würde sie am liebsten schreiben. Ein Wort, das alles sagt. Kurz und grußlos. Aber sie kennt Anne, es würde sie verletzen. Im Hintergrund signalisiert ihr Posteingang, dass weitere Mails kommen, während Derya Hunderte von Worten schreibt und wieder löscht, weil die richtigen einfach nicht dabei sind. Vielleicht lässt sie die Mail einfach unbeantwortet, bis Jakob kommt, und redet mit ihm, bevor sie eine Antwort verfasst.

Sie schaut nach, was sonst noch im Postfach ist. Spam, eine Rechnung, Zahlungserinnerungen, massenhaft Werbung und eine Mail von einem gewissen T. L. Betreff: Fanpost.

Genau so beginnt die Mail auch.

Verehrte Derya Witt!

Ich hatte Ihr Buch schon seit Langem in meinem Regal stehen. Durch eine glückliche Fügung kam ich kurz nach der Veröffentlichung sogar an eine handsignierte Ausgabe von Ihnen, was mir immer viel bedeutet hat! Gelesen habe ich Ihr Werk dennoch erst vor Kurzem. Das müssen Sie entschuldigen, ich bin einfach kein großer Leser. Aber nun habe ich es gelesen. Und ich muss sagen, Ihr Buch SPIEGELTROPFEN hat mir die Augen geöffnet!!!

Deryas Nackenhaare richten sich auf, bevor sie begreift, woran es liegt. Die Ausrufezeichen sind es; sie verraten, dass etwas nicht stimmt. Mit ungutem Gefühl liest sie weiter.

Ich weiß nun, wer Sie sind, Derya Witt! Und ich weiß, wer Sie nicht sind!

Ihre Hauptfigur Martin, das sind SIE selbst, und Derya Witt gibt es gar nicht! Sie ist TOT! SIE haben sie umgebracht und dafür diesen Irren Martin erschaffen! Diesen beschissenen Dreckskerl, der nur Kummer bringt!! In der Hölle soll er schmoren!!!

Aber das tut er ja ohnehin.

Ein Zittern läuft über Deryas Körper.

Aber, Derya Witt, wie die Ironie des Schicksals es so will, werden Sie nicht mehr lange in dieser Maske herumlaufen und die Menschen narren. Sie werden eine weitere Parallele zu Ihrer Figur Martin entdecken, ich helfe Ihnen dabei. Sie glauben doch nicht, ich hätte schon aufgegeben, nur weil Sie jetzt einen Schatten an Ihrer Seite haben? Er kann nicht immer bei Ihnen sein.

Bald ist es so weit! Nur noch wenige Tage!

Sie werden sterben, wissen Sie? Wie er, ganz genau wie er!
Denken Sie an das Ende!!!

Ein Schluchzen quetscht sich aus Deryas Mund heraus. Hat sie sich die ganze Zeit geirrt? War es nicht Robert, der ihr nachstellte, sondern irgendein verrückter Kerl, der ihr Buch gelesen und es aus unerfindlichen Gründen auf sie abgesehen hat?

T. L. – was kann das heißen? Wer mag das sein? Wenn der Verrückte das ernst meint, wird er kaum seine wahren Initialen verraten – es kann alles oder nichts bedeuten.

Eine unfassbare Wut nimmt von Derya Besitz. Dieser feige Scheißkerl! Wie kann er es wagen, sie zu bedrohen? Was hat er davon? Sie hat einen verdammten Roman geschrieben – mehr nicht. Ein Buch, das Leute unterhalten soll.

Sie springt auf, läuft zum Bücherregal, in dem das erste Exemplar von *Spiegeltropfen* seinen Ehrenplatz hat. Am liebsten würde sie es unter ihre Bluse schieben und vor solch verrückten Lesern beschützen.

Sie schlägt die letzte Seite auf. Da steht es, ihr Ende; ein Ende, das sie gegen zwei Mitarbeiter ihrer Literaturagentur verteidigt hat, gegen ihre externe Lektorin, die den Text redigiert hat, und gegen Anne, die »das Ende ja nun nicht so schön« fand. Es war Derya scheißegal, was Anne und all diese Leute sagen. Das Ende ist nicht schön, nein. Das sollte es auch nie werden. Aber es ist das einzig mögliche Ende für Martin.

Für ihn. Aber doch nicht für sie.

Mit dem offenen Buch in der Hand geht Derya zum Laptop zurück und löscht alles. Zahlungserinnerungen, Werbung, Spam. Die Mail von Anne. Und die Mail von T. L. Er soll mitsamt seinen Zeilen und den verdammten Ausrufezeichen aus ihrem Leben verschwinden, als hätte es ihn nie gegeben.

Martin war ein lausiger Schachspieler. Dennoch wusste er immer lange vorher, wann ein Schachmatt anstand. Sein Instinkt war perfekt darin und trog ihn kein einziges Mal.

Und jetzt war es da, schon seit einiger Zeit. Dieses Gefühl von »Matt in einigen Zügen«.

Martin war kein Dramatiker. Er hatte kein Interesse daran, Hauptkommissarin Susanne Steiner die Botschaft zukommen zu lassen, dass er sich geschlagen gab. Er wusste, dass man das von ihm erwartete, dass sie Erklärungen, Geständnisse, Motive von ihm verlangten, und es amüsierte ihn köstlich, dass er ihnen nichts davon geben würde. Er würde ihnen zu guter Letzt dasselbe geben wie immer: eine Leiche. Und jede Menge Fragen. Und wenn man es genau nahm, war es damit vielleicht gar nicht er, der schachmatt war, sondern alle anderen.

Kapitel 23

»Ich werde meinen Job verlieren. Beide Jobs, um ehrlich zu sein.«

Kiwi hat ihre Mütze so tief ins Gesicht gezogen, dass Derya ihren skeptischen Blick mehr errät, als dass sie ihn sieht. Sie sitzen zu dritt zusammen: Kiwi, Derya und Jack Daniels, den Kiwi ihren besten Kumpel nennt. Sie hat Derya nicht erzählt, woher sie die Flasche hat. Gekauft wird sie sie nicht haben, dazu trinkt sie den Whiskey mit viel zu viel Widerwillen. Geschenkt ist noch unwahrscheinlicher als gekauft.

»Ja?«, fragt Kiwi und gibt vor, aus ihrem Pappbecher zu trinken, ohne dass der Whiskey ihre Lippen auch nur berührt. »Wieso 'n das?«

»Weil ich nicht hingehe.« Sie hat es versucht. Aber nach einer Stunde Herzrasen musste sie aufgeben. Toni ist ganz ruhig geblieben, als sie sich wegen Schwindel und Kreislaufproblemen entschuldigt hat, aber sein Blick sprach Bände. Er ist nicht die Art von Chef, der einen kurz vor Weihnachten rauswirft, Derya geht dennoch davon aus, zwischen den Feiertagen einen Brief von ihm zu bekommen – und darin ist sicher keine verspätete Weihnachtskarte.

Kiwi nickt. Dann zuckt sie mit den Schultern. »Du wirst deine Gründe haben, nehme ich an.«

»Ich habe Angst«, sagt Derya. Erstaunlich, wie leicht sie es aussprechen kann. Sie hat es sich viel schwieriger vorgestellt. Aber viel mehr als Angst ist da auch nicht – in ihrem Kopf, in ihrem Herzen, in ihrem Blut. Sie zittert noch immer. Der Jack Daniels sollte doch eigentlich helfen. Sie schüttet noch einmal einen großzügigen Schluck in ihren Becher und kippt ihn dann runter. »Da ist dieser Typ, der in meiner Wohnung war.«

»Dein Ex?« Kiwi winkelt die Beine an, schlingt die Arme darum und zieht den Kopf ein wie eine kleine Schildkröte. Sie muss frieren, selbst auf ihren Wangen erkennt Derya eine Gänsehaut.

Sie warten auf keinen Bus. Derya wäre gerne mit Kiwi zusammen in ihre Wohnung gefahren, aber so weit reicht die Freundschaft wohl noch nicht. Kiwi will nicht. Sie besteht darauf, draußen zu bleiben, egal wie kalt und nass es ist. Derya hatte zunächst gedacht, dass Kiwi Angst hat, Jakob über den Weg zu laufen. Ihre Angst vor fremden Männern ist offensichtlich. Also hat Derya ihr erzählt, dass Jakob nicht da ist, dass er seine Anrufe nicht annimmt und seine Nachrichten nicht liest. So ist er eben, vermutlich sitzt er an seinem Roman und braucht eine Überdosis Alleinsein dazu. Sie versteht das, es geht ihr in den entscheidenden Phasen ähnlich.

Kiwi überzeugt das nicht, sie will trotzdem draußen bleiben, und Derya wird sich daran gewöhnen müssen, angestarrt zu werden, als wäre sie eine Pennerin mit Wollmantel und Kaschmirschal. Es ist ihr überraschend egal. Beinah gefällt ihr der Gedanke, Teil einer Geschichte zu sein, die andere sich im Vorbeigehen ausdenken.

»Ich bin gar nicht mehr so sicher, dass es mein Ex ist.« Derya sieht sich um, betrachtet jedes Gesicht der vorbeiströmenden Passanten. Ist da irgendwer, den sie häufiger gesehen hat? Irgendjemand, der Interesse an ihr zu haben scheint? Sie erzählt Kiwi von der Mail des irren T. L. und seiner Drohung, sie würde enden wie ihr Protagonist. »Er bringt sich am Ende um.«

»Blödes Ende«, meint Kiwi.

Was versteht sie schon von Figurenpsychologie? »Es war das einzig konsequente Ende.«

Wieder zuckt Kiwi mit den Schultern. »Kann sein. Aber so ein Ende blöd zu finden, ist die einzig konsequente Reaktion meines Gemüts.«

Derya muss schwach lächeln. »Verstehe ich. Ich habe auch anderes mit meinem Leben vor.«

»Dann kannst du dich kaum selbst töten. Irgendwo macht der Spacko doch da einen gewaltigen Fehler.«

Derya widerspricht nicht. Aber wenn der Verrückte ihr Buch gelesen hat, hat es ihn vielleicht auf die Idee gebracht, dass ein Selbstmord durchaus vorgetäuscht werden kann. Martin hatte es einige Male so gemacht.

»Und die Mail bringt dich vom Gedanken ab, es könnte dein Ex sein?«, hakt Kiwi nach. »Er könnte dich auf eine falsche Spur bringen wollen, indem er diesen T. L. erfindet.«

Derya hatte die ganze Nacht darüber nachgedacht, ob es so sein könnte. »Dafür spricht einiges.« Roberts Verschwinden. Die Ausrufezeichen im Text. Es ist sogar möglich, dass Robert ihr Buch wirklich erst nach der Trennung gelesen hat. Soweit sie weiß, hat er es früher zwar angelesen, aber nie beendet. »Mein Gefühl sagt allerdings Nein. Ich habe die Mail gelesen und hatte nicht den Eindruck, dass Robert sie geschrieben hat. Geschrieben haben könnte.«

Kiwi kratzt sich unter der Mütze und rückt sie danach zurecht. »Ich verstehe ja nicht viel von Schreibstilen und so ... Aber meinst du wirklich, dass man jemanden anhand einer Mail erkennen kann? Handschriften kann man ziemlich sicher unterscheiden, das weiß ich aus 'm Fernsehen – aber eine Mail?«

»Es ist nur ein Gefühl«, sagt Derya. Sie weiß, wie vage das klingt. »Aber ich wäre doch blöd, wenn ich mich auf Robert versteifen würde, während der echte Stalker jeden Tag an mir vorbeispaziert und zusieht, wie ich mich in Sicherheit wiege.«

»Da ist was dran.«

»Jeder, der reinkommt, jeder, der an mir vorbeigeht. Es könnte jeder von denen sein. Genau das ist ja mein Problem.« Im Café wäre sie beinah durchgedreht. »Ich musste da raus.«

Kiwi stößt die Luft aus. »Versteh ich, Mann. Mich hat es schon vollkommen kirre gemacht zu wissen, dass mein Erzeuger hinter mir her ist. Aber die Fresse erkenne ich von Weitem. Und sobald ich ihn sehe, bin ich auf und davon. Wenn ich mir vorstelle ...« Sie schüttelt den Kopf und greift nach der Flasche. »Mehr Jacky?«

»Ich sollte nüchtern bleiben«, sagt Derya. Nach zwei Whiskeys auf fast leeren Magen kommt dieser Entschluss etwas spät, aber immerhin ist sie noch klar genug, um sich Gedanken über die Wirkung zu machen.

»Was tust du, wenn es wirklich so weit kommt, dass dein Chef dich rauswirft?«

»Dir keinen Kakao mehr spendieren.«

Kiwi klimpert mit den Wimpern. »Ernsthaft, jetzt.«

»Ich fluche. Und dann ... mache ich etwas anderes. Etwas Besseres, vermute ich. Das ist ja nicht besonders schwer.«

Kiwi nickt. »Zu deutsch: Es ist dir eigentlich egal. Du bekommst keine größeren Schwierigkeiten, weil du was Neues finden wirst. Warum machst du dir dann Sorgen?«

Derya muss zugeben, dass sie keine Antwort weiß, außer: »Von irgendwas muss man leben.«

»Du hast aber nichts zu verlieren. Nichts von Wert.«

»Und dem Rest meines Selbstbewusstseins. Wie tief muss man sinken, wenn man es nicht mal mehr schafft, Kaffee zu servieren?«

»Du hast Angst davor, befreit zu werden, das ist es.« Kiwi reibt ihre Hände, die vor Kälte ganz rot sind. »Aber das wird passieren, wenn du dich nicht selbst befreist. Dann regelt dein Leben das für dich. Du bist ein wenig wie ich. Du hältst dich ungern mit Dingen auf, die keinen Wert für dich haben.«

Sie ist kein bisschen wie Kiwi, die schon als junges Mädchen kurzen Prozess gemacht hat und vor ihrem Unglück geflohen ist. Einfach weg; ohne Rücksicht auf Verluste, ohne Angst vor den Risiken. Kiwi ist bereit, die Konsequenzen zu tragen. Derya dagegen hat vierzehn Jahre lang in einer unglücklichen Ehe gelebt, ohne besonderen Grund, einfach nur, weil sie nicht die Energie aufgebracht hat, es zu beenden.

»Hast du dir das auch gesagt«, fragt sie, »als du von zu Hause abgehauen bist? Dass das Leben, wie es war, keinen Wert für dich hatte?«

Die Frage geht zu weit. Derya erkennt es an dem kurzen Zucken von Kiwis Händen. Kiwi beginnt, am Nagel ihres Mittelfingers zu kauen. Dann sagt sie: »Wird wohl so sein. Nichts zu gewinnen und nichts zu verlieren. Also die perfekte Ausgangslage, um etwas Verrücktes auszuprobieren.«

Etwas Verzweifeltes, korrigiert Derya in Gedanken und kippt sich nun doch noch einen Schluck Whiskey ein. Sie bietet Kiwi ebenfalls welchen an, aber die hält sich noch immer an ihrem ersten Becher fest und sieht hinein, als stünde etwas darin geschrieben.

»Ich war siebzehn, als ich abgehauen bin«, sagt sie. »Mit dreiundzwanzig Euro siebzig, vier Unterhosen, einer Wechseljeans, einem MP3-Player und in meiner alten Kinderjacke.«

»Das ist ziemlich verrückt«, sagt Derya und meint erneut verzweifelt damit.

Kiwi lacht, leise und humorlos. »Absolut. Was tust du Verrücktes?«

Derya hat das Gefühl, dass auch Kiwi in Wahrheit verzweifelt meint. Sie seufzt. »Ich riskiere meine Jobs.«

»Das ist nicht verrückt.«

»Wohl.«

»Nee.« Kiwi unterstreicht ihre Aussage mit einem Schluck Whiskeys und schüttelt sich. »Du hast Scheißjobs, die dir nichts bedeuten. Das kommt an vier Unterhosen bei Weitem nicht ran. Ich rede von dem Typen, den du triffst.«

Jakob? Was bitte soll an ihm verrückt sein? »Jakob ist das Gegenteil von verzweifelt«, sagt Derya und fühlt sich sogleich von Kiwis scharfem Blick entlarvt. Sie hat hellbraune Augen, fällt ihr erst jetzt auf. Fast wie Jakob, nur grün gesprenkelt, während Jakobs Sprenkel ins Goldene gehen.

»Ich hab in dem ganzen Beziehungskram nicht so viel Erfahrung«, sagt Kiwi, »vor allem nicht mit Männern, die interessieren mich gar nicht. Aber ich sag mal so: Wenn ich einen Menschen lieben würde und derjenige hängt eine Woche wie eine Klette an mir, vereinnahmt mich völlig und verschwindet dann ohne ein Wort, dann würde, ich mir Gedanken machen. Du nicht. Das nenn ich verzweifelt. Und«, ihre Stimme wird sehr leise, »problematisch. In deiner Situation.«

»Er ist eben Künstler«, meint Derya. »Ich kenn das selbst. Wenn wir schreiben, dann …« Sie lässt offen, was dann passiert. Aus Erfahrung. Andere Menschen verstehen das nie, und sie fühlt sich albern beim Versuch, es trotzdem begreiflich zu machen.

»Er kam doch zum Schreiben zu dir«, sagt Kiwi, »weil er in seiner WG keine Ruhe dazu hatte.«

In Deryas Bauch beginnt sich so etwas wie Ärger breitzumachen. Es steht Kiwi nicht zu, über Jakob zu urteilen. Sie kennt ihn überhaupt nicht. »Und selbst wenn er nicht schreibt«, was er ja gar nicht kann, fällt ihr ein, denn seine Schreibmaschine steht in ihrer Wohnung, »dann bedeutet das doch nicht, dass er mir Rechenschaft schuldet, wenn er sich mal einen einzigen Tag lang nicht meldet.« Montagmorgen hatte er ihre Wohnung verlassen, jetzt ist Dienstagnachmittag. »Robert habe ich auch oft längere Zeit nicht zu Gesicht bekommen, und mit dem war ich immerhin verheiratet.« Mit Jakob dagegen ist alles offen. Sie kann nicht einmal sagen, ob sie offiziell ein Paar sind. Aus ihrer Sicht betrachtet, ja. Aber ob er das auch so sieht? Sie hat ihn nicht gefragt. Natürlich hat sie daran gedacht, aber sie will nicht riskieren, eine Antwort zu hören, die sie ein paar Tage schöne Illusion kosten könnte.

Kiwi nimmt einen weiteren Schluck, als müsse sie sich für irgendetwas Mut antrinken. Danach betrachtet sie ihre Füße, als wären diese ein unlösbares Problem. Derya rechnet nicht mehr damit, dass sie noch etwas sagt, aber dann tut sie es doch. »Es wundert mich einfach. Sei mir nicht böse, Derya, es ist nur …«

»Ja?«

»Er taucht haargenau in dem Moment auf, als in deine Wohnung eingebrochen wird und dich jemand verfolgt. Ist dir das nicht aufgefallen?«

»Der Stalker war zuerst da«, verbessert Derya. Der Ärger beißt inzwischen fester in ihre Magenwände. Sie zerdrückt den Becher zwischen den Händen und merkt es erst, als ihr das Plastik in die Finger schneidet. Ein Mann stellt sich zu ihnen ins Wartehäuschen, sein Blick ist abfällig; er sieht die Flasche und schüttelt verächtlich den Kopf. Ist es Einbildung, dass etwas zwischen seinen buschigen Augenbrauen bei dem Wort ›Stalker‹ zuckt? Kann er es überhaupt gehört haben?

Kiwi ignoriert ihren Einwand. »Solange er bei dir ist, taucht der Stalker nicht auf.«

»Natürlich nicht!«, erwidert Derya scharf. »Glaubst du etwa, dein Vater würde sich so aufführen, wenn du einen Beschützer an deiner Seite hättest?«

»Erzeuger«, sagt Kiwi leise. »Ich hab keinen Vater.« Wieder ignoriert sie Deryas Argument. »Und dann verschwindet er einfach. Und kaum ist er weg, taucht der Stalker wieder auf.«

»Du redest« … den gleichen Müll wie Sonne, will Derya sagen, aber dann verkneift sie sich den Kommentar. »Müll«, sagt sie schließlich und steht auf. Ihre Füße sind so kalt, dass sie von ihrem Gewicht schmerzen, und ihre Knie fühlen sich an, als wären sämtliche Bänder und Sehnen plötzlich zu lang geworden. Sie will hier weg. Der Mann macht sie nervös. Als Kiwi das Wort »Stalker« gesagt hat, wandte er sich zu ihr um. Seine Augen sind blau und kalt wie Eis.

»Ich gehe jetzt«, sagt sie und läuft los, ohne auf Kiwi zu warten. Erst nach zehn Metern sieht sie sich um. Kiwi ist hinter ihr, die Whiskeyflasche hält sie wie ein totes Huhn am Hals. Der Mann bleibt zurück. Er zündet sich eine Zigarette an und sieht ihnen nach.

»Was mache ich eigentlich hier?«, fährt sie Kiwi an, als diese zu ihr aufgeschlossen hat. »Kannst du diese Scheißflasche nicht mal wegtun? Wir laufen rum wie die Assis, die Leute gaffen uns schon an.«

Kiwi bleibt stehen. »Lass sie halt gaffen. Die gaffen immer.« Sie hat ihren Rucksack nicht bei sich und gar keine Möglichkeit, die Flasche einzupacken.

»Ich mag aber nicht begafft werden«, sagt Derya scharf, nimmt ihr den Jack Daniels aus der Hand und lässt ihn in ihrer Handtasche verschwinden. Die Flasche ist etwas zu groß, um den Reißverschluss der Tasche zu schließen, aber zumindest sieht man sie so nicht.

Schweigend trotten sie weiter. Derya gibt den Weg vor, auch wenn sie nicht wirklich weiß, wohin sie gehen sollen. Vielleicht zu ihr nach Hause?

»Du irrst dich«, sagt sie irgendwann, immer noch unschlüssig, ob Kiwi wohl sauer wäre, wenn sie ihren Plan umsetzt. »Du irrst dich auf ganzer Linie.«

»Kommt schon mal vor«, antwortet Kiwi.

»Ich meine mit Jakob.«

Kiwi grinst kurz und freudlos. »Du irrst dich nie, was?«

»Doch, ständig. Aber nicht, was ihn betrifft.«

»Ach. Ja? Woher weißt du das?«

»Ich weiß es eben«, entfährt es Derya lauter als beabsichtigt.

Sie atmet tief durch und wiederholt die Worte ruhiger. »Ich weiß es eben. Keine Ahnung, wieso, aber ich bin mir absolut sicher. Sicherer, als ich mir je in meinem Leben war.« Erstaunlich, denkt sie, denn um ehrlich zu sein, ist sie sich noch nie einer Sache vollkommen sicher gewesen. Alles war immer unbeständig, selbst das scheinbar Solide hat gewackelt, und jedes Versprechen ist über kurz oder lang gebrochen worden. Vermutlich handelt es sich dabei um ein Überbleibsel aus ihrer verkorksten Mutter-Tochter-Beziehung. Die Anlagen, sich sicher zu fühlen und Vertrauen zu entwickeln, wurden bei ihr vermutlich nicht im dafür typischen Zeitfenster entwickelt. Umso überzeugender ist die Zuversicht, die sie jetzt hat.

»Jakob ist keine Gefahr für mich.«

In Deryas Manteltasche vibriert ihr Handy lautlos. Sie zieht es heraus. »Da!«, ruft sie mit einem Anflug von Triumpf. »Wenn man vom Teufel spricht. Er ruft mich gerade an, siehst du?«

In Kiwis Gesicht steht geschrieben, dass sie die Diskussion nicht als beendet betrachtet, jedoch schweigen wird, solange Derya telefoniert. Auch gut, denkt Derya. Jakobs Name im Display verleiht ihr wieder Mut, ihn gegen jede böse Unterstellung zu verteidigen.

»Hallo Jakob«, zwitschert sie ins Telefon, wirft Kiwi einen Seitenblick zu und kommt sich im gleichen Moment lächerlich vor. »Schön, dass du anrufst. Wo bist du?«

»Hi, Liebes«, antwortet er mit weicher Stimme, und Derya ärgert sich ein wenig, dass Kiwi das nicht hören kann. »Entschuldige bitte. Jemand, den ich von früher kenne, war kurzfristig in Köln, und ich bin spontan hingefahren, um ihn zu treffen. Jetzt bin ich aber auf dem Rückweg.«

»Schön. Wollen wir uns sehen? Wir könnten zusammen essen und danach gemeinsam schreiben.«

»Sorry, Derya«, sagt er, und sie schluckt gegen einen Klumpen Enttäuschung an. »Heute geht es leider nicht.«

»Das macht nichts«, erwidert sie leise. »Ich bin eh noch mit einer Freundin unterwegs. Die möchte ich jetzt nicht abservieren.« Dumm nur, dass sie ihn gerade erst gefragt hat, ob er sich mit ihr treffen möchte. Neben ihr gestikuliert Kiwi wild. Vermutlich will sie ihr sagen, dass sie problemlos abserviert werden kann, aber Derya verabschiedet sich, haucht einen kaum zu hörenden Kuss ins Handy und legt auf.

»Siehst du«, sagt sie zu Kiwi, als wäre das Telefonat ein letztes Puzzleteil, um das Bild von Jakobs Unschuld zu vervollständigen. »Er hat bloß einen Freund besucht. Alles gut.«

»Meine Mutter«, sagt Kiwi, »hat in solchen Fällen immer aus dem Film Bambi zitiert: Wenn man nichts Nettes zu sagen hat, soll man den Mund halten.«

»Deine Mutter hätte sich gut mit meiner Oma verstanden.« Dieselben hohlen Worthülsen.

»Ich bin aber nicht meine Mutter.« Kiwi legt die Hände zusammen, als müsse sie sich an sich selbst festhalten. »Meine Mutter kuscht bis heute vor meinem Vater. Und darum sag ich es dir noch mal, auch wenn du es nicht hören willst. Da stinkt was, Derya. Ich rieche das. Ich bin eine Ratte von der Straße – und ich rieche Ärger. Das muss ich, um ihm aus dem Weg gehen zu können. Mein Instinkt rettet mir jede Nacht den Arsch. Dieser Typ, Derya, der riecht nicht. Der stinkt.«

Die Wut ist urplötzlich und mit voller Wucht zurück. »Du kennst ihn nicht. Wie kannst du jemandem etwas unterstellen, den du nie gesehen hast?«

Kiwi seufzt und sieht zu Boden. »In meiner Welt ist es zu spät, wenn du jemanden so nah an dich rankommen lässt, dass du ihn sehen kannst.« Sie flüstert beinahe. »Was immer du tust – tu einfach das Richtige, ja?« Sie verzieht die Lippen zu dem ungelenksten Lächeln, das Derya je gesehen hat. Trotz ihrer Wut ist sie gerührt.

»Ich geh dann jetzt besser«, sagt Kiwi.

Erst Minuten später kommt Derya die Erkenntnis, dass sie ihr vielleicht lieber nachgegangen wäre.

Derya bekommt Kiwi den ganzen Tag nicht aus dem Kopf. Eine nervöse Mischung aus Ärger und der Abneigung, ihr böse zu sein, beschäftigt sie. Sonne präsentiert ihre neuesten Entwürfe für Accessoires, aber Derya kann sich nicht darauf konzentrieren.

»Was hältst du von Schutzhüllen für Fotorahmen und Gemälde?«, fragt Sonne irgendwann.

»Sieht sicher nett aus.«

»Du hörst mir nicht zu.«

»Was? Doch, natürlich. Wie kommst du –«

»Derya, ich bitte dich! Wer verhüllt seine Bilder mit Stoff? Bilder sind dazu da, um angesehen zu werden.«

Derya reibt sich die Schläfen. »Okay, ertappt. Kann sein, dass ich mit den Gedanken woanders bin.«

»Und wo genau?« Sonnes Lächeln bekommt etwas Ironisches. »Bei Jakob vielleicht?«

»Nein, bei Kiwi.«

»Von Kiwis bekomme ich Ausschlag auf der Zunge.«

Derya schnalzt. »Ich meine kein Obst. Ich habe dir doch von diesem jungen Mädchen erzählt, das auf der Straße lebt.«

»Der Obdachlosen, ach so. Was ist denn mit ihr?« Sonne sagt nichts weiter, und auch ihre Mimik verrät nicht, was sie denkt. Trotzdem bemerkt Derya die Missbilligung deutlich.

»Ihr Schicksal nimmt mich mit.« Eine ausgesprochen oberflächliche Zusammenfassung des Problems. Eigentlich würde Derya gerne über den Streit mit Kiwi sprechen und sich einen Rat von Sonne geben lassen. Aber die scheint Kiwi gegenüber negativ eingestellt zu sein, einzig und allein, weil sie auf der Straße lebt. Außerdem will Derya ungern verraten, dass auch Kiwi Misstrauen gegenüber Jakob geäußert hat. Ihre beiden ungleichen Freundinnen haben sich – ohne voneinander zu wissen – gegen sie verschworen.

»Sie braucht nicht zufällig Geld?«, fragt Sonne. Sie hat die Augenbrauen weit angehoben, sodass ihre Stirn in Falten liegt. »Ich habe gewisse Erfahrungen mit solchen Leuten, daher kann ich dir nur abraten, ihr etwas zu geben. Du tust ihr damit keinen Gefallen.«

Warum läuft das schon wieder alles schief, kaum dass Derya mit drei Worten das anspricht, was ihr auf der Seele liegt? Sie versucht ruhig zu bleiben. »Zum einen irrst du dich. Du hast keine Erfahrung.«

»Mein Bruder –«

»Dein Bruder ist spielsüchtig. Das ist wohl kaum vergleichbar. Er ist nicht obdachlos, und Kiwi ist nicht suchtkrank.«

»Es ist meist Sucht, die auf die Straße führt«, sagt Sonne, schüttelt bedauernd den Kopf und gießt ihnen Tee aus der Kanne nach.

»Bei Kiwi steckt etwas anderes dahinter. Sie raucht nicht mal. Und um Geld geht es nicht. Sie hat mich nie um welches gebeten.« Derya muss lächeln, als sie sich erinnert, wie viel Überredungskunst vonnöten war, bevor Kiwi sich einen Kakao und ein Brötchen spendieren ließ. Die Sache mit der Jacke lässt sie unter den Tisch fallen. Sonne ist zuzutrauen, dass sie den Vorfall für Berechnung von Kiwi hält.

»Aber falls sie es tut –«

»Sonne«, sagt Derya lang gezogen. »Ich verliere die Geduld und die Lust an diesem Gespräch.«

Sonne hebt die Hände, als würde sie sich ergeben. In ihren Augen steht noch das obligatorische »Aber beschwer dich nicht, wenn es zu spät ist und du über den Tisch gezogen wirst«, doch sie spricht es nicht mehr aus. »In Ordnung, schon gut«, sagt sie auf eine versöhnliche Art, die fast schon Misstrauen erregt. »Dann erzähl mal, warum sie dich so beschäftigt. Machst du dir Sorgen um sie?«

»Sie hatte Ärger mit ihren Eltern.«

Sonne stößt die Luft aus. »Ich bitte dich! Das haben sie alle in dem Alter. Hatten wir doch genauso.«

Ich nicht. Ich habe in dem Alter meine Oma langsam dahinsterben sehen.

»Stress mit den Eltern gehört zur Pubertät dazu. Die Straßen wären voller Teenager, wenn sie alle ausreißen würden.«

»Ihr Vater war wohl gewalttätig.« Derya würde das Thema gerne umlenken. Es fühlt sich falsch an, mit Sonne über Kiwis Privatangelegenheiten zu sprechen. »Aber so genau weiß ich es nicht. Sie redet ungern darüber.«

»Dafür gibt es das Jugendamt«, erwidert Sonne.

Derya fühlt sich in die Ecke gedrängt. Als richte sich jeder von Sonnes Kritikpunkten gegen sie und ihre Verfehlungen.

»Sonne, sei mal ehrlich. Bin ich selbst schuld, so viele Jahre an Robert und diese miese Ehe verloren zu haben? Ich hätte die Scheidung einreichen können. Die Drohungen ignorieren. Mich der Polizei anvertrauen. Ich habe das nicht gemacht. Ist es meine Schuld?«

Sonne greift über den Tisch und nimmt ihre Hand. »Nein. Du hättest das alles tun können, aber du hattest nicht die Kraft dazu. Und keine Hilfe. Du hast dich nie jemandem anvertraut, oder?«

»Bloß Hanna.« Hanna, das erkennt Derya nun, hat ihr immer wieder geholfen, sich kurzfristig besser zu fühlen, indem sie sie in ihrem Nichtstun bestätigt hat. Derya hat genau das hören wollen – dass sie nichts tun muss, dass sich sowieso alles regeln, alles wieder gut werden wird. Und Hanna hat es ihr gesagt.

Irgendwann kommt Ihr Engel, Derya. Er mag in einer Gestalt kommen, die Sie nicht erwarten. Vielleicht in Ihrer eigenen. Aber er wird kommen, und dann werden Sie wissen, was zu tun ist.

Einerseits hat Hanna am Ende tatsächlich recht behalten. Jakob ist zurückgekehrt. Andererseits fragt Derya sich hin und wieder, was gewesen wäre, wenn sie so eine kritische, ehrliche Freundin wie Sonne schon früher gehabt hätte. Jemanden, der ihr schonungslos die Wahrheit sagt, ob es ihr passt oder nicht, und sie danach darin unterstützt, die unbequemen Schritte zu gehen, weil das getan werden muss.

»Manchmal braucht man jemanden, der einen rettet«, sagt Sonne. »Es ist nichts Schlechtes, sich auf Freunde zu verlassen.«

Für mich schon, denkt Derya, denn ich bin allein.

Aber das kann sie ihrer Freundin natürlich kaum ins Gesicht sagen.

Kapitel 24

In der Nacht fällt Derya einen Entschluss. Sie gibt sich noch den Dezember Zeit zum Überlegen. So lange will sie weiterhin ins Toni's und zu REWE an ihre Kasse gehen. Sie wird ihren Chefs keinen Grund mehr geben, ihr zu kündigen. Und zum Jahreswechsel wird sie dann eine Entscheidung treffen.

Bei Toni's ist sie am nächsten Tag besonders zuvorkommend und flink, und an der Kasse bei REWE schenkt sie jedem Kunden ein Lächeln. Wie schön wäre es, wenn Jakob sie nach der Schicht abholen und nach Hause begleiten würde. Aber der Parkplatz liegt dunkel, leer und regenverhangen vor ihr, und so seufzt sie und ruft sich sicherheitshalber ein Taxi, womit das Trinkgeld aus dem Café gut investiert ist.

Zu Hause angekommen, zieht es sie an ihr Notebook. Anne war nicht einverstanden mit dem Plotvorschlag, aber vielleicht führt sie einer ihrer zwölf ersten Sätze zu einer neuen Idee.

Vielleicht kann sie ihre Jobs kündigen, weil sie endlich wieder eine Autorin sein wird.

Sie klappt das Notebook auf. Während es hochfährt, füllt sie Odins Näpfe frisch auf. Ihr fallen feuchte Stellen auf dem Küchenboden auf. Seltsam – sie hat ihre Schuhe doch an der Tür ausgezogen. Ihr Mantel ist fast trocken geblieben und kann unmöglich getropft haben. Vielleicht hat Odin mit den Pfoten im Wassernapf geplanscht? Unwahrscheinlich. Zwischen ihren Schulterblättern kribbelt es, und sie ärgert sich darüber.

»Werd nicht paranoid«, sagt sie zu sich selbst. »Das Schloss ist ausgetauscht. Es kann niemand hier gewesen sein.«

Liegt da ein fremder Geruch in der Luft? Nach Aftershave oder einem Männerparfum? Odin verhält sich ganz normal. Sie bildet sich das nur ein. Kein Wunder, nach all den Strapazen.

Verdammt, sie sollte das alles aufschreiben, möglichst heute noch, es ist doch bestes Material für einen Thriller. Derya geht ins Bad, um Odins Katzentoilette zu kontrollieren. Sie schaltet das Licht ein. Und ihr Herz bleibt stehen.

Blutrot steht auf ihrem Spiegel: »Seite 376!«

»Es ist jemand in Ihre Wohnung eingedrungen, ich verstehe«, sagt der Beamte. Er hat weiche, fast hängende Wangen, nach unten geneigte Mundwinkel, rot geränderte Augen und spricht enervierend langsam. Offenbar will er damit bezwecken, dass Derya sich entspannt, will Ruhe vermitteln. Doch das geht völlig daneben. Er hat sich ihr als Holger Fast vorgestellt: »Fast, wie schnell auf Englisch.« Ob er die Ironie darin verstanden hat? Derya bezweifelt es.

Während er ihr Bad inspiziert, blickt er sie nur durch den Spiegel an, was ihr unheimlich ist, da immer noch diese drohenden Buchstaben und Zahlen darauf stehen. Sie will sie wegputzen, hat den Glasreiniger schon in der Hand, aber die Beamten lassen es nicht zu, obgleich sie ihre Fotos längst angefertigt haben.

»Was lässt Sie davon ausgehen, dass es eine Drohung sein soll?«, fragt Holger Fast. »Seite 376 – das klingt nicht besonders bedrohlich. Ich kenne einen, bei dem war das so was wie ein Heiratsantrag. Die Frau hat das Buch aufgeschlagen und auf der Seite hat der Held die Heldin gefragt, ob –«

»Das war in einem Film!«, entfährt es Derya. Sie wollte sich Mühe geben, besonders kooperativ sein, damit die Polizisten sie ernst nehmen. Aber es hilft nichts. Sie sieht, wie sie die Nase über sie rümpfen und sich gegenseitig Blicke zuwerfen, als würden sie sich signalisieren: Bekloppte Frau, oder? Derya macht das wahnsinnig, weil sie den Grund dafür nicht erkennt. Ihre Nerven sind ohnehin zum Zerreißen gespannt. Der Stalker – dieses verfluchte Arschloch! – war schon wieder in ihrer Wohnung. Und dafür erntet sie nun schräge Blicke von der Polizei.

»Was war in einem Film?«, fragt der Beamte.

»Dieser Heiratsantrag über das Lieblingsbuch. Das ist eine Filmhandlung. Irgendeine romantische Komödie. An den Titel kann ich mich nicht mehr erinnern.« Sie ist eingeschlafen, der Film war weder lustig noch romantisch.

»Das kann sein«, sagt Holger Fast nach langem Nachdenken.

»Ich habe Ihren Kollegen am Telefon alles zweimal erklärt.«

»Sie werden es mir noch einmal erklären müssen. Ich verstehe ja, dass Sie beunruhigt sind, aber das Ausmaß«, er mustert sie kurz, als stünde sie kreischend vor ihm, »müssen Sie mir noch mal begreiflich machen.«

»Ich kann Ihnen die Seite zeigen.« Sie drückt ihm *Spiegeltropfen* aufgeschlagen in die Hände. Seite 376 ist die letzte Seite. Derya kann sie auswendig.

Martin fuhr in ein Parkhaus in der Altstadt, zog ein Ticket und steckte es in die rechte Innentasche seiner Jacke. Den Autoschlüssel warf er in einen Mülleimer. Er kaufte bei Galeria Kaufhof einen Gutschein über 250 Euro – für Hauptkommissarin Steiner, weil sie sich den Kopf darüber zerbrechen würde – und schob ihn in die linke Innentasche. Von den zehn Euro in bar, die er noch im Portemonnaie hatte, kaufte er ein Taschenbuch, einen historischen Roman über den Zweiten Weltkrieg, den er seit Monaten hatte lesen wollen. Obwohl er das dicke Portemonnaie kurz darauf einer Punkerin am Straßenrand in die Hand drückte, passte der Roman noch immer nicht in seine Jackentasche. Er behielt ihn in der Hand. Gemütlich schlenderte er durch die Stadt, wich Passanten aus, ließ sich anrempeln. Die Sonne schien, die Einkaufsstraßen waren voller Menschen. Er war mitten unter ihnen, als hätte er einfach nichts Besseres zu tun. Am Reiterdenkmal blieb er stehen. Warum nicht gleich hier? Der Ort war so gut wie jeder andere.

Martin zog die Waffe. Es sollte nicht wie ein Unfall aussehen, er ging auf Nummer sicher. Mit Hirnmasse in der Fußgängerzone machte man nichts falsch. Er entsicherte die Pistole in aller Ruhe und sagte leise: »Ich erschieß euch alle, also lauft lieber weg.«

Jemand rannte los. Jemand schrie. Jemand riss jemanden mit sich.

Nein, es sah nicht wie ein Unfall aus.

Martin steckte sich die Jones 1911 in den Mund und drückte ab. Am Ende endete es.

Sie sieht zu, wie der Polizeibeamte liest, zuerst mit ausdruckslosem Gesicht, nur die Augen kneift er ein wenig zusammen, vielleicht braucht er eine Brille. Er liest noch langsamer, als er spricht. Dann bildet sich plötzlich eine knubbelige Falte zwischen seinen Augenbrauen. Er sieht vom Buch auf und schaut Derya an.

»Das klingt wirklich nicht besonders freundlich.«

»Sehen Sie? Und das soll mir keine Angst einjagen?« Ihre Stimme wird ungewollt laut. Sie muss sich unbedingt besser beherrschen. Wenn Fast sauer auf sie wird, ist dadurch nichts gewonnen.

»Für mich«, sagt der Polizist mit langen Pausen zwischen jedem Wort, »klingt es aber eher nach einer Selbstmorddrohung.«

»Das ist es aber nicht!«, ruft Derya. »Sie haben in Ihren Akten stehen, was er das letzte Mal getan hat. Fragen Sie Ihre Kollegen, ich habe hier irgendwo noch das Protokoll und eine Visitenkarte von der Frau, mit der ich gesprochen habe.« Sie geht in die Diele, reißt hastig alle Schubladen der Kommode auf. Wo hat sie den Kram nur hingelegt? Sie kann die Visitenkarte nicht finden, läuft in die Küche, wühlt zwischen Zeitungen, Werbeblättchen und alten Kartons. Ihre Hände zittern und machen nicht, was sie sollen. Sie schneidet sich den Finger an Papier. »Verflucht!«, schreit sie und tritt gegen das Tischbein. »Wo ist der Dreck?«

»Frau Witt«, sagt Holger Fast, der ihr gefolgt ist und im Türrahmen stehen bleibt. »Lassen Sie es gut sein. Wir werden das selbstverständlich gleich morgen im Team besprechen.«

»Damit Sie im Bild sind: Ich hatte ein halb verwestes Lammherz in meinem Bett!«

Er sieht nicht aus, als wäre diese Information neu für ihn, denn es scheint ihn nicht zu schockieren. »Schlimm«, sagt er bloß, und ganz professionell klingt ein Hauch von Mitgefühl in seiner Stimme durch.

»Und die Tage kam eine E-Mail, die …« Die sie gelöscht und sogar aus dem Papierkorb entfernt hat. Sie ist eine solche Idiotin.

»Frau Witt«, beginnt Holger Fast und macht eine lange Pause, »sagen Sie mir doch mal bitte, wie Sie darauf kommen, dass der Einbrecher ausgerechnet dieses Buch meint.«

»Wie ich …« Sie muss durchatmen, sonst platzt sie. »Vielleicht, weil ich dieses Buch geschrieben habe?«

»Sie?«, fragt er, als wäre das vollkommen abwegig. Sein Blick schweift durch den Flur bis zu ihrer kleinen Küche. »Sie haben ein Buch geschrieben?«

»Weiß auch nicht, wie das wieder passiert ist«, murmelt sie

und zerbeißt dann hastig allen weiteren Sarkasmus zwischen den Zähnen.

»Das erinnert mich an einen Fall, der mal durch die Medien ging. Da war diese Frau, die ihren Lieblingsschriftsteller entführt hat, um ihn zu zwingen, ein anderes Ende für ihr Lieblingsbuch zu schreiben.«

»Misery«, sagt sie sehr leise, um den Polizisten nicht anzuschreien. »Ein Roman von Stephen King. Sie haben vermutlich den Film gesehen.«

»Ja, kann sein. Das müssen wir natürlich in Betracht ziehen. Ein geisteskranker Fan.« Er wirft einen prüfenden Blick auf die letzte Buchseite. »Besonders nett ist das Ende bei Ihnen ja auch nicht.«

Derya gibt ihren Gefühlen erst die Zügel frei, nachdem die Beamten wieder weg sind. Sie weint bitterlich.

»Können Sie vorübergehend bei jemandem übernachten?«, hat Holger Fast sie gefragt, bevor er gegangen ist. »Vielleicht sollten Sie vorerst nicht allein in der Wohnung sein. Dass es keinerlei Einbruchsspuren gibt, lässt uns leider befürchten, dass der Täter einen Schlüssel hat.«

Sie nickte. Holger Fast hat nicht die geringste Ahnung, was seine Befürchtung wirklich bedeutet. Wenn der Täter einen Schlüssel hat – einen Schlüssel zu dem neuen Schloss in ihrer Tür – dann muss er ihn aus ihrer Tasche genommen und nach dem Kopieren wieder hineingelegt haben. Vollkommen unbemerkt. Vielleicht im Toni's oder in der Bahn. Vielleicht auch bei REWE; sie hat zwar einen abschließbaren Spind, aber den hat sie selbst schon einmal mit einer Haarnadel geknackt.

Derjenige, der das getan hat, ist ihr ganz nah. So nah, dass ihr seine Nähe nicht auffällt.

Als Holger Fast ihr vorhin geraten hat, nicht allein zu sein, klang das wie eine vernünftige Idee. Sobald der Polizist weg ist, greift Derya daher zum Telefon. Vielleicht kann Sonne kommen, und wenn nicht, wird sie Jakob anrufen. Hauptsache, diese fremden Leute sind aus ihrer Wohnung raus. Die Polizisten haben sie angesehen, als hätte sie einen nässenden Ausschlag im Gesicht: halb angewidert, halb mitleidig. Vielleicht muss sich eine geschiedene Frau, die terrorisiert wird, einfach daran gewöhnen, so angesehen zu werden.

Sonne geht nicht ran, was vermutlich bedeutet, dass sie bei ihrem Bruder ist. Es hätte Derya auch sehr gewundert, wenn Sonne zu Hause gewesen und die Polizei überhört hätte. Sonne entgeht nichts. Derya überlegt kurz, ob sie zu ihr hochgehen und kontrollieren soll, ob der Irre wieder etwas auf ihre Tür geschmiert hat. Sie schämt sich, weil sie die Polizei nicht gleich auf die Möglichkeit aufmerksam gemacht hat. Aber es ist ihr einfach nicht in den Sinn gekommen. Noch mehr Scham empfindet sie, weil sie sich nicht traut hochzugehen.

»Zu viele Horrorfilme gesehen«, erklärt sie dem Kater, der sie ansieht, als wäre Feigheit schon okay, solange sie ihn dafür an der Schwanzwurzel kratzt. »Da laufen sie immer die Treppen hoch, und alle Zuschauer stöhnen. Und immer endet es wie erwartet.«

Sie ruft Jakob an. Mailbox. Kurze Nachricht.

»Ruf zurück. Egal wann. Bitte.«

Als sie das Telefon ablegt, treffen Enttäuschung und Müdigkeit sie unerwartet wie Schläge ins Gesicht. Von einem auf den anderen Moment kann sie sich kaum noch auf den Beinen halten. Gleichzeitig rotieren die Gedanken zu wild in ihrem Kopf umher, als dass sie Schlaf finden könnte.

In ihrer Handtasche findet sie Kiwis Whiskeyflasche. Sie hat kein passendes Glas und kippt sich eine Kaffeetasse halb voll. Der Alkohol schmeckt abscheulich und brennt in ihrer Kehle. Arme Irre, nennt sie sich, weil es arm und irre ist, sich in ihrer Situation zu betrinken. Aber sie weiß nicht, wie sie nüchtern die Nacht überstehen soll.

Sie geht zum Notebook zurück, will es eigentlich nur noch zuschlagen. Eine ungelesene Mail blinkt. Noch etwas, das sie vergessen hat: Hätte sie die Beamten nicht bitten sollen, nachzusehen, ob neue Mails gekommen sind oder sich die alte wiederherstellen lässt?

Mit pochendem Herzen klickt sie auf das Symbol. Die Mail ist von Anne. Derya überfliegt die Zeilen. Ihre Lektorin entschuldigt sich für die vielleicht etwas demotivierende letzte Nachricht.

Derya habe ja gar nicht mehr geantwortet – ob denn alles in Ordnung sei? Sie dürfe nicht den Mut verlieren, sich nur keinen Stress machen. Mit den gemeinsamen tollen Ideen würde das alles ganz großartig werden. Anne habe sich schon so viele Gedanken gemacht und ein paar ganz tolle Einfälle – das könne nur gut werden!

Darunter ein Bild mit Blumen und einer leeren Phrase in schnörkeliger Schrift mitsamt falsch gesetzten Punkten und Ausrufezeichen. Es ist eines dieser Bilder, die gerne über Facebook geteilt werden, weshalb Derya nicht mehr bei Facebook ist, weil der Schmerz von den Augen aus direkt in den Kopf schießt, wenn sie so etwas lesen muss.

Lache nicht über jemanden, der einen Schritt zurück macht. Er könnte Anlauf nehmen . . . !

Ich brauche deine Ideen nicht, denkt Derya, und ihr Gefühlskarussell bleibt für den Moment stehen, sodass eine einzige Empfindung in den Vordergrund tritt: die Wut auf Anne – beleuchtet von einem grellen Spotlight.

Anne hat doch keine Ahnung! Keine Ahnung und keine Phantasie, sie ist einfach nur voll von Frust, weil sie eigentlich lieber ihre eigenen Geschichten erzählen statt andere lektorieren will. Das ist ihr aber trotz ihres ach so wertvollen Literaturstudiums noch immer nicht gelungen. Und nun versucht sie, ihre Ideen bei ihr, Derya, der Autodidaktin, unterzubringen, wozu sie ihre Arbeit permanent schlechtredet, um sich selbst fähiger zu fühlen. Feindliche Übernahme – mehr fällt Derya dazu nicht ein. Und dazu Phrasenbildchen. Irgendwo muss Schluss sein.

In ihrem Kopf glüht es vor Zorn, und ihr Magen ist zu einem eisigen Klumpen zusammengezogen, gegen den nicht einmal der Jack Daniels etwas ausrichten kann, während sie sich setzt und mit kratzendem Füller einen wütenden Brief schreibt. Nicht an Anne, sondern an deren Chefin Babette, die Programmleiterin. Sie hat viel zu lange damit gewartet, Tacheles zu reden, hat viel zu lange versucht, es Anne recht zu machen. Wenn sie keine andere Lektorin bekommt, schreibt sie, dann geht ihr neues Projekt eben an einen Konkurrenzverlag. Sie ist so aufgebracht, so voller Wut und Verzweiflung, dass sie nach einem Druckmittel sucht.

Etwas, das ihren Standpunkt klarstellt und dazu führt, dass man sie hören und ernst nehmen wird.

Sie weiß, dass es falsch ist. Trotzdem greift sie nach Jakobs Manuskript. In der Schreibtischschublade ganz unten – unter Klarsichthüllen, Briefpapier, Rechnungen und jeder Menge Werbung – findet sie noch einen zerknickten DIN-A4-Umschlag. Briefmarken liegen dort auch noch herum. Sie kleben nicht mehr mit Spucke, sind vielleicht staubig geworden. Derya pappt sie mit Klebestift fest. Sie klebt zu viel darauf, weil sie das Porto nicht im Kopf hat. Beim Adressaten verschreibt sie sich zweimal.

»Ich kann es hinterher richtigstellen. Sie werden es lesen, und ich werde es gleich richtigstellen. Es wird eine Chance für Jakob sein – sie werden es verlegen wollen.«

Derya ist betrunken und wütend und kennt sich gut genug, um zu wissen, dass das eine gefährliche Kombination ist. Aber für den Moment ist es ihr egal. Dann ist sie eben gefährlich.

Sie steigt in ihre Schuhe, zieht den Mantel über. Zum Briefkasten sind es nur dreihundert Meter, und den Brief abzuschicken ist die einzige Chance, die sie hat, in dieser Nacht schlafen zu können.

Ist es klug, nach draußen zu gehen?, fragt der Kater.

»Nein, ist es nicht.« Sie geht in die Küche, holt ein Filetiermesser und steckt es in die Manteltasche. »Aber heute Nacht soll der Irre ruhig kommen.«

Odin nickt das auf erhabene Katzenart ab.

Kapitel 25

Sie kann schwer verstehen, wie sie einschlafen konnte, aber Derya wacht nach einer auffallend ruhigen Nacht am Morgen durch einen Nasenstüber von Odin auf. Der Vorabend scheint weit weg. Die Erinnerung ist verschwommen sichtbar, wie durch Nebel. Ihr Kopf dröhnt ein wenig, aber nicht so stark, dass sie es als Schmerz einstuft. Sie fühlt sich überraschend gut und den Anforderungen gewachsen, die auf sie warten. Vielleicht hat der Brief doch geholfen.

Sie will zur Arbeit gehen, und sei es nur, um dem Verrückten keine Macht über ihr Leben zu geben. Doch sie kann Odin schlecht allein in der Wohnung lassen. Bisher hat dieser Irre ihm nichts getan, aber es ist nicht gesagt, dass es dabei bleibt. Allerdings hat Derya Glück, denn eine übernächtigte Sonne taucht vom nächtlichen Familienkrisenstab auf, bittet um einen Kaffee und erklärt sich bereit, in Deryas Wohnung zu bleiben und den Kater zu bewachen.

Als sie die Wohnung verlassen will und ihren Mantel anzieht, verrät bloß noch das Messer in der Tasche, dass der Vortag kein schlechter Traum war. Sie schüttelt den Kopf und bringt es in die Küche.

Am Nachmittag telefoniert sie mit Sonne und bittet sie um eine weitere halbe Stunde Geduld. Es gibt noch etwas Wichtiges, das sie erledigen muss. Sonne antwortet gut gelaunt, Derya solle sich so viel Zeit nehmen, wie sie wolle. Sie habe das Handy ausgeschaltet und würde die Ruhe in der Wohnung genießen, wo weder der verärgerte Bruder noch die besorgte Mutter sie erreichen könnten. Außerdem sei Katzenfell unter den Händen und lautes Schnurren im Ohr bekanntlich die beste Therapie nach Stress und Streit.

Derya prüft die Stellen, an denen Kiwi sich für gewöhnlich

aufhält, kann sie aber nirgendwo entdecken. Seltsam. Es ist ein kalter, aber trockener Tag, die Sonne scheint sogar. Viele Menschen sind in der Stadt und genießen die ersten zaghaften Vorweihnachtsgefühle. Für Kiwi ist die Gelegenheit damit günstig, Passanten nach etwas Kleingeld zu fragen. Doch sie ist nicht zu finden. Schließlich geht Derya zu dem Treffpunkt hinter dem Bahnhof, wo sich wieder ein paar Obdachlose versammelt haben. Der alte Mann, mit dem sie schon einmal gesprochen hat, ist auch dabei. Er kann ihr genauso wenig helfen wie beim letzten Mal. Sie ist nicht sicher, ob er überhaupt versteht, was sie von ihm will. Ganz in der Nähe erhebt sich allerdings ein junger Mann mit ausgeblichenem blaugrünen Irokesenschnitt und einem überdimensionalen schwarzgrauen Palituch, das außer seinem Hals auch seinen Mund verdeckt. Er nuschelt durch das Tuch hindurch, sodass Derya zuerst gar nicht versteht, was er ihr sagen will. Dann zieht er geräuschvoll die Nase hoch und sagt es noch einmal verständlicher.

»Was ist denn los mit der Fee, dass plötzlich alle nach ihr fragen?«

Fee? Offenbar ist das ein weiterer der vielen Namen, die Kiwi trägt. »Wer hat denn nach ihr gefragt?« Die Information behagt ihr ebenso wenig wie ihr Überbringer. Die Art, wie dieser Typ sie mustert, hat etwas Herrisches. Als würde sie unberechtigterweise nach etwas fragen, das ihm gehört und das er nicht zu teilen bereit ist.

Er legt den Kopf schräg. »Wer will 'n das wissen?«

»Ich bin eine Freundin.«

»Das stimmt«, sagt der alte Obdachlose und nickt heftig, als wäre er nur für diese wichtige Information aus einer tiefen Starre erwacht. »Das stimmt, was sie sagt. Ist 'ne Freundin.«

Der Punk überlegt kurz. Dann zuckt er mit den Schultern. »Die Fee hat heut Morgen mal wieder wie 'ne Furie hier rumgekeift. Voll aggro, die Kleine.«

Das klingt gar nicht nach Kiwi. Sprechen sie von derselben Person?

»Und dann«, fährt der junge Mann fort, »ist sie abgehaut.«

Das wiederum passt zu Kiwi. »Wohin?«, will Derya wissen. Sie muss es wissen – Kiwi kann doch nicht einfach so verschwinden, ohne ein Wort zu sagen. Wenn es Probleme gibt, kann Derya ihr doch helfen. Oder ist Kiwi nach dem Streit etwa so verletzt, dass sie ihre Hilfe nicht mehr will? Glaubt sie etwa, Derya wolle ihr nun nicht mehr helfen? »Sagen Sie schon, wohin ist sie gegangen und warum?«

»Ey, ich hab keine Ahnung«, erwidert der Punk und verzieht das Gesicht beinahe entschuldigend. »Sie wollte nix sagen, wollt keine Hilfe. Hat vollkommen dichtgemacht. Hat bloß geschrien, dass der Kerl sie gefunden hat, und war fott, eh einer was machen konnt. Wir können hier ja keinen festhalten, ne?«

»Nein«, sagt Derya. Das kann sie selbst ebenso wenig. »Wer hat sie gefunden?«, fragt sie. Sie muss die Nerven behalten und versuchen, Hinweise zu bekommen. »Weiß jemand, wer das war?«

»Nee. Ich hab sie nich gefragt.« Wieder ein entschuldigendes Schulterzucken. »War bloß ganz erschrocken, dass die Fee sich so aufgeregt hat. Ich hab ja nich mal einen bei ihr gesehen. Dachte ...«

»Was dachten Sie?«

»Na ja«, sagt der Punk. »Dass sie sich da vielleicht reinsteigert. Sie rannte plötzlich los, dabei war da gar keiner. Aber in die Richtung is sie gerannt.« Er deutet zum Bahnhof. Deryas Hoffnungen fliegen im Wind davon. Kiwi kann überall sein.

»Könnte sie sich ein Zugticket gekauft haben?«, fragt sie. »Wissen Sie, ob sie Geld hatte?«

Doch die Erinnerungen des jungen Mannes sind mit den wenigen Angaben, die er gemacht hat, erschöpft. Mehr kann er ihr nicht sagen, und als Derya ihn drängt, nachzudenken, beginnt er zu raten.

Derya bedankt sich, lässt ihre Telefonnummer zurück, für den Fall, dass Kiwi zurückkommt, und macht sich auf den Heimweg.

Wo mag sie hingegangen sein?

Sie grübelt den ganzen Weg zur Straßenbahn, ob Kiwis Vater aufgetaucht ist. Das passt zu Kiwis hastigem Verschwinden. Doch Derya lässt die böse Ahnung nicht los, dass der mysteriöse Mann, den niemand gesehen hat, mehr mit ihr als mit Kiwi zu tun hat. Dass er womöglich derselbe ist, der ihr das Leben zur Hölle macht.

Angenommen, ich habe recht, überlegt sie, und der Stalker ist tatsächlich Robert, der mir Angst einjagen will, liegt es da nicht nahe, dass er meine Freundinnen vertreibt, die, bei denen ich Halt finden kann?

Sie korrigiert ihre Gedanken dahingehend, dass Robert weit über den Punkt hinaus sein dürfte, an dem es ihm noch darum geht, sie zu verunsichern. Inzwischen hat er es längst darauf angelegt, sie zu zerstören. Das passt zu ihm: Was ich nicht haben kann, muss zerstört werden, denn es soll auch kein anderer bekommen. Derya wird jäh von Sorge um Jakob erfasst. Wenn sie wirklich recht hat, muss er der größte Dorn in Roberts Auge sein.

Sie holt ihr Handy aus der Tasche, um ihn anzurufen, da sieht sie, dass er ihr bereits eine Nachricht geschrieben hat.

Muss dich sehen. Hast du Zeit?

Gern, schreibt sie, löscht es wieder und tippt: *Ja. Ich muss unbedingt mit dir sprechen. Kommst du zu mir?*

Sekunden später erscheint ein Ja, das ihr auffallend kurz angebunden vorkommt. Sie wischt die Bedenken beiseite und steigt in die Bahn. Zu viel geht ihr im Kopf umher. Sie muss Jakob unbedingt sagen, dass sie betrunken sein Manuskript an den Verlag geschickt hat. Nur mit Ehrlichkeit kann sie diese Kurzschlussreaktion ohne weitere Peinlichkeit wiedergutmachen. Sie muss ihn vor Robert warnen, intensiver noch als bisher. Und sie muss ihn bitten, ihr zu helfen, Kiwi zu finden. Das vor allem anderen.

Jakob trifft kurz darauf bei ihr ein. Derya hatte gerade noch Zeit, Sonne zu verabschieden und einen Tee aufzusetzen, da klingelt es auch schon. Er steht vor der Tür, eine einzelne rote Rose in der Hand. Sein Lächeln ist eine verstörende Mischung, es scheint schelmisch, entschuldigend und betrübt zu gleichen Teilen. Etwas stimmt nicht, sie weiß es sofort.

Doch er ist derjenige, der fragt: »Was ist los, was ist passiert?« Dann zieht er sie fest an sich. Ist sie so leicht zu durchschauen, oder hat er ein besonderes Talent, sie zu lesen wie ein Buch?

»Er war wieder hier«, sagt sie leise.

Jakob fasst sie an den Schultern und drückt sie ein Stück von sich weg, um sie mit vor Schreck leerem Gesicht anzusehen. »Hier? In der Wohnung? Hat er … ist dir …?«

Sie schüttelt rasch den Kopf. »Mir ist nichts passiert. Er war in der Wohnung und hat den Spiegel beschmiert. Ich war nicht zu Hause.«

Jakob sieht an ihr vorbei ins Wohnzimmer. »Und der Kater?«, fragt er.

»Er hat ihm nichts getan. Odin war ganz entspannt, als ich nach Hause kam.«

»Ihr habt noch mal Glück gehabt.«

»Ja. Allerdings …«

»Was?«

»Ich fürchte, dass der Irre meine Freundin erschreckt hat. Das Punkmädchen – Kiwi. Sie ist abgehauen.«

Jakob lässt sie los. Er reibt sich Stirn und Nasenwurzel. Dann schlägt er unvermittelt mit dem Handballen auf den Türrahmen. Derya schrickt zusammen.

»Scheiße!«, stößt er zwischen den Zähnen hervor. »Ich hätte dich nicht allein lassen dürfen.«

»Hey, alles gut.« Sie geht zu ihm und legt ihm beruhigend die Hand auf die Schulter. »Ich bin ein großes Mädchen. Ich kann selbst auf mich aufpassen.« Sollte sie zumindest können. Sie hat jahrelange Übung darin, musste schon als kleines Mädchen auf sich selbst und noch dazu auf ihre Oma aufpassen. Warum fällt es ihr immer noch so schwer?

»Er hat uns nur in Sicherheit gewiegt«, spricht Jakob aus, was Derya nicht hören will. »Er ist vollkommen unberechenbar. Und gefährlich.« Er sieht sie scharf an. »Was hat er auf den Spiegel geschmiert?«

Derya holt das Buch und schlägt die Seite auf. »Einen Hinweis hierauf. Vorher kam eine anonyme Mail, in der stand, ich würde enden wie Martin. Ich kann mir keinen Reim darauf machen – Martin hat Selbstmord begangen. Das ist das Letze, was ich tun würde, egal, wie sehr er mich tyrannisiert.«

»Manipulation«, murmelt Jakob, der laut nachzudenken

scheint. »Er will dir weismachen, dass er Kontrolle über dein Handeln hat.«

Derya nickt. Es passt wie die Faust aufs Auge zu Robert. Sie nimmt Jakob das Buch aus der Hand, hält seine Finger dabei lange in ihren. Sie fühlen sich ganz kalt an, kälter als ihre eigenen. »Ich muss jetzt erst mal Kiwi finden. Hilfst du mir dabei?«

Jakob nimmt sie in den Arm, küsst ihre Stirn und lehnt dann seine Wange dagegen. »Er will das«, flüstert er. »Du spielst sein Spiel mit, wenn du jetzt nach ihr suchst. Vermutlich rennst du ihm in die Falle.«

»Ich kann sie doch nicht im Stich lassen!«

»Das tust du nicht. Überleg doch mal, Derya: Statt irgendwo draußen rumzuirren, bleibst du besser hier und damit ansprechbar für das Mädchen. Sie wird zu dir kommen, wenn sie dich braucht.«

Sie will sich von ihm lösen, aber er hält sie sanft fest.

»Und wenn nicht? Wir hatten Streit.«

Jakob legt ihr zwei Finger über den Mund. »Dann gib ihr Zeit. Sie weiß, wo sie dich findet, hm?«

Er hat nicht ganz unrecht. Sie muss auch bedenken, dass sie sich irren könnte.

»Okay, wenn du meinst«, sagt sie schließlich müde. Ehrlich gesagt wüsste sie auch gar nicht, wo sie jetzt nach Kiwi suchen sollte. Alle bekannten Plätze hat sie abgeklappert. Was würde es bringen, wie ein kopfloses Huhn in der Stadt herumzulaufen?

»Komm her«, sagt Jakob und drückt sie an sich.

Es tut gut, sich in seine Umarmung fallen zu lassen. Er wärmt sie, er hält sie, er nimmt ihr einen Moment lang den Druck von den Schultern und verspricht still und glaubhaft, dass ihr nichts passieren kann. Seine Küsse trösten sie lange und ausgiebig, bevor ihr Körper zur Lust bereit ist, und er gibt ihr alle Zeit der Welt und wartet immer, bis sie die Initiative ergreift. Sie fühlt sich von ihm umhüllt, als sie ihn in sich aufnimmt, warm umhüllt und von einer sicheren Blase umschlossen, in der außer ihm und ihr nichts und niemand auch nur das kleinste bisschen Platz findet.

Kurz vor ihrem Höhepunkt schließt er plötzlich seine Hände

um ihren Hals. Durch das Wohlgefühl sticht ein Schmerz. Kurz, scharf und tief bis ins Mark, aber ehe sie begreift, was geschehen ist, küsst Jakob sie und murmelt an ihrem Mund, dass er sie liebt, dass er sie unglaublich liebt. Und dass er nie anders empfunden hat – seine Gefühle für sie sind stärker als jede Trennung und jede andere Liebe.

Sie versteht nicht, was er meint, aber sie zweifelt es nicht an. Ihr Körper wird heiß und süß geflutet von dem Orgasmus, und ihr Geist ist hell erleuchtet von dem Gefühl, endlich erreicht zu haben, wonach sie sich seit Jahren sehnte. Sie hat ihn zurück.

»Ich gehöre nur dir«, flüstert er, und ihr Herz zerspringt fast vor Leben und vor Lieben, »wenn du mich noch haben willst.«

Was in dieser Welt sollte sie haben wollen, wenn nicht ihn?

»Warum sollte ich dich nicht haben wollen?«, fragt sie etwas später und malt mit dem Zeigefinger ein Herz in den feinen Schweißfilm auf Jakobs Brust. Sie hat sich in ihre Decke gehüllt; er liegt nackt neben ihr und strahlt Hitze ab wie ein Reaktor. Völlig unvermittelt bricht sie plötzlich aus dem Nichts hervor – die Erinnerung an Jakobs Manuskript. Und zugleich der Gedanke, dass sie sein Vertrauen verraten und verkauft hat, indem sie den Text an den Verlag geschickt hat. Nur, um sich besser zu fühlen und um Anne eins auszuwischen.

Sein Lächeln erlischt im selben Moment wie ihre Unbeschwertheit. »Ich habe gelogen.«

Dann sag's mir nicht, denkt sie unweigerlich. Es ist mir egal. Heute Nacht fühle ich mich wie eine Frau, die alles hat, was jemals wichtig war. Lass mir das Gefühl bis morgen früh. Wir beichten dann, was es zu beichten gilt.

Doch etwas in ihr verweigert, die Worte laut auszusprechen. »Erzähl's mir.«

»Kannst du mir verzeihen?«, fragt er stattdessen.

»Ich glaube, ich kann dir viel verzeihen.« Sie hat so lange darauf gewartet, dass er zurückkommt. Sie kann ihm alles verzeihen. »Ich nehme an, wenn du etwas getan hast, wirst du einen Grund gehabt haben.« Sie betet still, dass er ihren Fehler ebenso betrachtet.

»Du kennst die Gründe«, sagt er schlicht, erhebt sich vom Bett und greift nach seiner Hose.

»Ich versteh nicht, was du meinst.«

Er zieht die Brauen zusammen und schüttelt den Kopf, als hätte er etwas Abwegiges gesagt und müsse sich selbst korrigieren. »Ich war nicht in Köln.« Er zieht die Hose hoch, schließt die Knöpfe über seinem flachen Bauch und strafft den Gürtel mit einem festen Ruck.

Derya fühlt sich bestraft durch seinen jähen Rückzug und weiß nicht wofür. »Nicht?« Ihr wird mulmig. Sie weiß nicht, was er ihr zu sagen versucht, aber die Gewissheit, dass sie es nicht hören will, wird stärker. Sie steht auf. Nackt geht sie zu ihm hin, überspielt ihre Verunsicherung, indem sie ihre Finger spielerisch in seinen Hosenbund einhakt und ihn zu sich zieht. »Wo warst du denn?« Ihre Brüste streifen seine Brust, aber er lässt sich weder durch ihren Körper ablenken, noch hat er es nötig zurückzuweichen. Jakobs Dickkopf war schon immer stärker als seine Triebe. Das hat Derya früher an ihm geliebt. Heute macht es ihr ein bisschen Angst. »Sag mir sofort, was los ist. Habe ich etwas falsch gemacht?«

Er stöhnt. Leise, geschlagen. Dann schüttelt er den Kopf. »Natürlich nicht. Derya, nein.«

Scham steigt ihr heiß in den Kopf. Denn sie *hat* etwas falsch gemacht. Kann er es erfahren haben? Hat er bemerkt, dass sein Originalmanuskript verschwunden ist, und scheut sich nun, sie zu fragen, wo es ist und was sie damit gemacht hat?

Sie muss es ihm sagen. Sie muss. Aber sie bringt es nicht über die Lippen. Was, wenn er ihr nicht verzeiht und sie ihn verliert? Wenn es doch nur eine andere Möglichkeit gäbe.

»Ich«, sagt Jakob tonlos und schaut ins Leere, »habe etwas falsch gemacht. Das mit Köln, das war gelogen. Ich brauchte ein bisschen Zeit für mich.«

»Das ist doch kein Problem.« Hat er sich eingeengt gefühlt?

Er nickt, zögernd. »Ich musste mir überlegen, wie ich mit einer ganz bestimmten Sache umgehe. Wie ich eine Frage für mich beantworte.«

»Nun sag doch endlich, worum es geht.«

»Um mein Buch.« Er sagt das, als wäre es völlig selbstverständlich. Als hätten sie die ganze Zeit nur darüber gesprochen. »Ob ich es weiterschreibe. Und ob ich zulasse, dass du es liest.«

Sie stößt die Luft aus. Das ist alles? Künstlerische Selbstzweifel, Angst vor dem Scheitern? Mit diesen Schatten, die seit Jahren auch an ihren Fersen haften und an die sie sich gewöhnt hat, wie an die Notwendigkeit, zu essen und zu trinken, jagt er ihr solche Angst ein? Sie lächelt erleichtert. »Das kannst du ruhig. Ich bin sicher, dass ich es mögen werde.«

Er sieht sie irritiert an. Fast, als hätte sie etwas total Abwegiges gesagt.

»Und selbst, wenn nicht«, fügt sie schnell hinzu, denn sie weiß um die leeren Phrasen, die die Leute sagen und die Künstler nicht glauben können, »dann werde ich es dir sagen, und du kannst mit meiner Kritik machen, was immer du möchtest. Vergiss sie – oder nutze sie für Änderungen.«

Nun lächelt auch er, aber es ist ein Lächeln voller Schmerz. »Du verstehst nicht, fürchte ich.«

»Dann erkläre es mir.«

»Nein. Du … Du verstehst nichts.«

»Jakob, ich …«

»Nein. Es gibt keine Änderungen.« Jakob bleibt bei diesem Nein und lässt sie mit ihrer ganzen Irritation allein. Er löst sich von ihr, geht einen Schritt weg, kehrt zu ihr zurück und küsst sie so vorsichtig auf die Stirn, als bestünde sie aus hauchdünnem Glas. Dann holt er seine Jacke, zieht sie über seine nackte Brust und schließt die Knöpfe.

»Wo gehst du hin?« Derya kann nicht fassen, dass er im Begriff scheint zu gehen. Das kann doch nicht sein Ernst sein.

»Keine Angst«, sagt er. »Ich bin in deiner Nähe. Du bist sicher, das schwöre ich dir. Dir kann nichts passieren.« Er geht in den Korridor. Steigt barfuß in seine Schuhe und lässt die Schnürsenkel offen.

Sie steht mitten im Schlafzimmer, noch immer nackt, gedemütigt, auf eine Weise, die sie nicht versteht, und beobachtet ihn durch die Tür.

Jakob kommt noch einmal zu ihr zurück. Sein Gesicht ist

weich, als käme er, um mit ihr ins Bett zu gehen, statt ihre Wohnung zu verlassen.

»Warum gehst du?«, fragt sie. »Geh nicht.«

Er sagt bloß: »Du musst keine Angst mehr haben.« Dann holt er etwas aus der Jackentasche. Einen dünnen Stapel Papier. »Ich habe mich entschieden, dass du es lesen sollst. Egal, welche Konsequenzen es hat.«

Was geht hier vor sich? Bei allen künstlerischen Bedenken – wie kann er sich solche Gedanken um einen bloßen Text machen?

Sie nimmt die Blätter an sich.

Jakob hebt ihre Hände an seine Lippen, küsst ihre Knöchel und geht. Erst als die Tür hinter ihm ins Schloss fällt, spürt Derya eine Träne auf der Wange. Sie rinnt ihr langsam über die Haut und fällt dann auf das Papier. Im gleichen Augenblick steigt Wut in ihr auf. Wut auf ihn, der so eiskalt mit ihren Gefühlen spielt. Wut auf sich, weil sie es zulässt. Wut auf ihr Herz, weil es jetzt so verzweifelt schlägt, obwohl es eben noch glücklich war.

Wäre es doch verrottet!

Sie knallt das Papier auf ihre Kommode, rennt ins Bad, um zu duschen, und zieht sich hastig an. Viel zu verwundbar fühlt sie sich nackt, mit seinem Sperma zwischen den Beinen. Dann nimmt sie die Seiten und faltet sie mit abgehackten Bewegungen auseinander. Ein Falz reißt ein. Es ist ihr egal. Sie will nur noch wissen, was darauf steht und was in seinen Augen so bedeutsam ist, dass er deshalb meint, sie so grausam behandeln zu müssen.

Sie setzt sich auf die Couch. Odin kommt zu ihr, reibt sein Köpfchen an ihrem Kinn und rollt sich dann auf ihrem Schoß zu einer sanft vibrierenden Kugel zusammen. Er kann sie ein wenig beruhigen. Vorerst. Denn dann beginnt sie zu lesen. Und versteht.

VI

Meine Welt hatte sich in eine neue Richtung gedreht. Eine bessere Richtung. Und dann, unerwartet, blieb sie stehen.

Ellen machte sich nicht die Mühe, mich anzurufen. Sie schrieb mir eine Textnachricht aufs Handy, und aus irgendeinem Grund reichte das leise Summen auf dem Nachttisch, um mich zu wecken.

Du wirst jetzt zurückkommen.

Die Nacht war fast zu Ende, hinter der Skyline vor dem Fenster zerfaserte der dunkelblaue Himmel bereits in ein farbloses Nichts, in dem sich irgendwann in den nächsten Momenten eine erste Ahnung blaues Tageslicht ausbreiten würde. Ruth atmete leise neben mir, als wäre nichts geschehen. Die Tage des Glücks waren so fragil wie ihr Schlaf und ebenso endlich. Ich biss die Zähne aufeinander, um nicht laut loszubrüllen, dass ich den Teufel tun würde. Ellen konnte mich nicht herumschubsen wie ein Spielzeug. Ich würde mir das nicht gefallen lassen. Nicht jetzt, da ich alles erreicht hatte, für die Grey Lady schrieb und darüber hinaus endlich wieder eine Frau gefunden hatte, deren Liebe ich erwidern konnte. Mühelos.

Ich strich Ruth mit den Fingern eine Haarsträhne glatt, und sie seufzte benommen. »Musst du etwa schon los?«

»Nein«, sagte ich und zog sie an mich. Ich log.

Mein Apartment in Washington war trotz des angespannten Wohnungsmarktes noch frei. Ich hätte keinen weiteren Hinweis darauf gebraucht, dass Ellen alles geplant hatte. Sie hatte mich bloß aus einem Grund nach New York geschickt. Um mich zurückzuholen.

Natürlich versuchte ich zu kämpfen. Aber um Erfolg zu haben, hätte ich sie früher durchschauen müssen und nicht erst, als sie mich wissen ließ: Baby, dein Kopf steckt in der Schlinge, und deine Hände sind gebunden.

Sie erklärte mir am Telefon, dass ein Wort gegenüber ihren vier Freundinnen ausreichen würde, damit sehr bald die ganze Stadt wissen würde, dass ich nicht der erfolgreiche deutsche Journalist war, für den ich mich ausgegeben hatte – nein, für den wir mich ausgegeben hatten.

»Es ist kein Verbrechen, eine Mäzenin zu haben«, erwiderte ich.

»Du hast recht.« Ich hörte das kühle Lächeln in ihrer Stimme. »Du bringst mich auf eine viel bessere Idee. Sollte ich nicht Bill Carlisle das Gerücht zukommen lassen, dass in deiner Vergangenheit womöglich etwas anders verlaufen ist, als du behauptest? Ich weiß, Jakob, dass Bill alt geworden ist. Aber glaube mir eins, denn ich kenne ihn besser, als du dir vorstellen kannst: Er war ein neugieriger Mann, besessen von Geheimnissen, genau wie du es warst. Er wird sich an seine Triebe erinnern, wenn die Geheimnisse den Zukünftigen seiner Tochter betreffen. Soll er herausfinden, was du wirklich bist, Jakob?«

Sie brauchte nicht weiterzusprechen. Ich hob die Hände und senkte den Blick.

Ellen ließ es sich dennoch nicht nehmen, noch einmal zuzuschlagen, lächelnd und süß. »Oh, und was Ruthie wohl dazu sagt, wenn sie erfährt, dass das Leben, das du mit ihr teilen willst, nichts als eine Lüge ist?«

Ich lebte bereits seit einigen Monaten wieder in meinem alten Apartment. Aus schierer Frustration hatte ich halb Washington gevögelt, während ich mich nach der einen Frau verzehrte, die ich mit gebrochenem Herzen zurückgelassen hatte. Ellen war zufrieden mit ihrem Werk – jedenfalls nahm ich das an. Sie hatte mein Leben geformt, um es dann in ihrer schlanken kleinen Faust zu zerdrücken, als wäre es eine dieser Origamifiguren aus Papier. Ihr übliches Hobby, naiven Männern das Vermögen abzuluchsen, genügte ihr schon lange nicht mehr.

Ich hätte ahnen müssen, dass sie gelangweilt war, nun einen Schritt weiter ging, Menschen ihr Glück stahl und am Ende auch den letzten Rest ihrer Würde. Sie tat es mit euphorischer Begeisterung, versteckt hinter einem Hauch von Amüsement.

Und so kam sie zu mir, besuchte mich in meinem Apartment und ließ ihren Blick so wissend über meine wenigen Möbel schweifen, dass mir die Scham heiß in den Kopf stieg. Mit überschlagenen Beinen thronte sie auf der Armlehne meiner abgewetzten Couch, fuhr sich mit der Zunge über die Lippen und behielt mich im Blick, während ich mich bewegungslos vor ihr hin und her wand.

»Warum bist du hier?«, wollte ich wissen. Gibt es noch weitere Gründe außer deinem Sadismus?

Sie hob das Kinn und entblößte ihre Kehle beim Lachen. Dann wurde sie wieder ernst und sagte: »Weil du mir gefehlt hast«, als wäre es ihr Ernst. »Das war weder geplant, noch habe ich es kommen sehen.«

»Du lügst doch.«

»Ja. Oft. Aber zu dir bin ich ehrlich.«

»Schön«, sagte Pete wenige Tage darauf, »dass du wieder da bist, Jake. Der Typ, den wir zwischenzeitlich hatten, taugte nichts.«

»Er hat mir auf den Arsch gestarrt«, wisperte Ellen. »Und Pete hat es bemerkt.«

Was für ein Idiot, dachte ich. Was für ein Glückspilz.

Jedoch verging mir der Zynismus, als Pete sich am Nachmittag hinlegte und Ellen die Tür zu ihrem Badezimmer mit einem nackten weißen Fuß einen Spalt weit aufstieß und damit eine Einladung aussprach, der mein Körper weit mehr zu folgen bereit war, als mein Kopf protestierte. Sie sagte kein Wort, als ich zwischen ihren Beinen atmete, und sie sagte kein Wort, als sie mich auf den Mund küsste, während ich in ihr kam. Aber ihr ganzes Wesen ließ mich wissen, dass ich ihr gehörte, ihr allein. Die Teile von mir, die das verabscheuten, und jene, die es zum Weiterleben brauchten, brachen lautlos auseinander.

Ich lebte ein Jahr lang mein zerbrochenes Leben.

Dann beschloss ich zu gehen. Der Auslöser für meine Entscheidung war, dass mir das Entscheiden immer schwerer fiel. Ich lebte in Ellens Welt wie ein Hund, der sämtliche Erinnerungen an sein wahres Wesen vergessen hat und dem Hasen nicht einmal mehr nachschaut. Meine Sinne wurden trüb und mit jedem Tag versickerte die Chance mehr, einen Grund zu finden, sie endgültig zu verlassen.

Schließlich wurde mir klar, dass meine Tage gezählt waren. Ich konnte sie heute noch verlassen, heute bestand noch der Hauch einer Chance, genug Kraft übrig zu haben. Morgen war es vorbei. Dann würde es mir nie gelingen, und ich würde alt werden – und irgendwann uninteressant für Ellen.

»Notwehr«, erklärte ich mir selbst, als ich Geld und die Pistole aus Ellens Safe nahm. Sie sah gerade zu, wie Pete zu Abend aß. Heute hatte sie sein Leibgericht für ihn gekocht, einen Filettopf mit Zwiebeln, von dem sie nichts anrühren würde, da sie danach noch joggen wollte, bevor es dunkel wurde. Pete wusste gar nicht, dass ich hier war. In einer Stunde würde er sich auf den Weg zum Flughafen machen, und ich würde allein mit ihr sein. Eine Stunde kann sehr lang werden, wenn man Möglichkeiten hin und her schiebt, Eventualitäten durchgeht und gegen sich selbst im Kopf eine Partie Schach spielt – mit dem einen einzigen Ziel: die Dame zu schlagen.

Am Ende fiel der arme Pete meiner blühenden Fantasie zum Opfer. Es war zu riskant, ihn gehen zu lassen, es könnten Szenarien eintreten, die ich nicht zu überschauen vermochte. Ich bewegte mich lautlos in sein Schlafzimmer, wo er vermutlich die letzten Sachen für die Reise packte. Zu meiner Verwunderung war es leer. Doch die Tür zu seinem Bad stand auf, und gerade hörte ich, wie das Wasser zu rauschen begann. Ich trat näher und sah ihn im Spiegel. Er rasierte sich mit Seife, Pinsel und einem altmodischen Messer.

Ich kam nicht umhin, ihm zu sagen, dass es besser lief, als ich es mir erträumt hatte.

»Was?«, erwiderte Pete verwirrt. »Was willst du denn hier?«

Sein Rücken hatte die Güte, die Pistole in meiner Hand zu verdecken, solange er mich durch den Spiegel anglotzte. Zu einem direkten Blick kam er nicht. Ich fasste nach seiner Hand, die das Messer hielt, und führte es in einem ebenso geraden wie tiefen Strich über seine Kehle. Noch in derselben Bewegung versetzte ich ihm einen Stoß, sodass er in die Dusche stürzte. Dort konnte er zappeln, röcheln und sterben, während ich zu Watte und seinem Rasierwasser griff, um ein paar einzelne Bluttropfen wegzuwischen, die auf den Fliesen zerplatzt waren. Bis ich fertig war, war kein Laut mehr zu hören. In der Dusche stand zentimeterhoch das Blut. Der Trottel lag auf dem Abfluss.

Ich wollte bereits nach dem Wasserhahn greifen, als mir die Frage durch den Kopf schoss, ob feuchte Kleidung womöglich anders brennt als nasse. Also ließ ich Pete liegen und schob ihn bloß ein wenig zur Seite, sodass sein Blut abfließen konnte.

Anschließend ging ich in Ellens Schlafzimmer und wartete dort.

Sie kam rasch. Ich hatte das erwartet. Sie wollte es sich nicht entgehen lassen, mit dem Vögeln zu beginnen, bevor Pete das Haus verließ. Weit konnte sie nicht gejoggt sein, bloß ein hauchfeiner Schweißfilm bedeckte ihre Stirn. Während sie das Schlafzimmer betrat, schlüpfte sie aus ihrer Jacke, ließ die Hose über die Hüften rutschen und schleuderte sie mit dem Fuß in eine Zimmerecke.

»Warum bist du noch angezogen?«, fragte sie mich, lächelte und griff nach dem Verschluss ihres BHs. Sie erstarrte, als sie ihre Pistole in meinen Händen entdeckte.

»Es ist an der Zeit, Ellen.«

Zum ersten Mal, seit ich sie kannte, fehlten ihr die Worte.

»Leg dich aufs Bett«, befahl ich ihr.

Sie zögerte. »Jakob. Herrgott, sei vernünftig. Was tust du denn?«

Ich holte mir mein Leben zurück.

»Leg die Waffe weg. Was willst du? Das Geld? Grundgütiger – Jakob! Nimm doch einfach das verdammte Geld!«

Langsam ging ich auf sie zu, sodass sie zurückweichen musste, bis ihr die Bettkante in die Kniekehlen drückte. Sie glotzte abwechselnd in mein Gesicht und in den Lauf der Waffe.

»Nimm es dir, und fang irgendwo neu an. Mit dem Mädchen, mit Bills Tochter.«

Wir wussten beide, dass dieses Leben zerstört war.

»Ich würde doch nie ... Ich verspreche es, keiner erfährt etwas! Jakob!«

Ich tippte ihre Schulter mit der freien Hand an, und Ellen kippte um wie ein Dominostein. Da lag sie nun auf ihrem Bett, damit ich sie mir ein letztes Mal nehmen konnte, aber mein Interesse verlosch, während ihr Gewimmer zunahm.

Das also war am Ende von ihr übrig: eine Frau voller Angst. Nirgends ein Schatten oder Nachhall ihrer Macht. Es war kaum noch mitanzuhören, wie sie flehte und heulte und Versprechungen machte, was ich alles haben und nehmen konnte, um mein neues Leben zu beginnen.

»Halt den Mund, Ellen«, sagte ich leise, aber sie hörte nicht. Ich konnte dieses demütige Geschwafel kaum ertragen. Es beleidigte mich, verhöhnte mich. Ich ließ all meine Pläne Pläne sein, und die Waffe blieb neben ihr liegen, als ich mich auf sie legte. Dann schloss ich meine Hände um ihren Hals und drückte zu. Sie zappelte, vor lauter Angst zunächst völlig unkontrolliert. Doch gleich darauf begann sie zu kämpfen, versuchte, mich zu kratzen, an meinen Haaren zu reißen. Ich schlug mit der Waffe zu. Ein Hieb zwischen die Augen war genug, und sie erschlaffte, glitt in eine Ohnmacht, aus der sie nie wieder aufwachen würde. Fast war ich enttäuscht, wie unspektakulär die Sache zu Ende ging. Das war schon alles?

Ich presste ihr die Kehle zu, bis ihre Beine zitterten, ihre Zehen und Finger krampften und sie sich einnässte. Erst ließ ihr Herzschlag nach, dann das Zucken. Ich hatte das Gefühl, dass sie mich trotzdem noch anstarrte. Ihr rechtes Auge klappte immer wieder auf, auch wenn ich es zudrückte. Ich ging auf Nummer sicher und hielt ihren Hals noch ein wenig länger umklammert. Ihre Haut wurde blau unter meinen Händen, und ich fragte mich, ob ihr das gefallen hätte. Während ich ihre Kehle quetschte, überlegte ich mir, wie ich hinterher trauern würde.

Ich würde eine Therapie benötigen. Immerhin war meine Geliebte gestorben – und ich trug Mitschuld daran. (Bei einem Eifersuchtsdrama musste ein guter Liebhaber sich schuldig fühlen, oder nicht?) Ich stellte mir die einfühlsamsten (und schönsten) Therapeutinnen vor, die meine geschundene, einsame Seele heilen würden, bevor ich irgendwann zurück nach Deutschland ging, um Abstand zu gewinnen.

Endlich war ich sicher, dass Ellen Geschichte war. Sie allerdings würde noch eine letzte Geschichte zu erzählen haben. Zwar war mir zu diesem Zeitpunkt längst bewusst, dass ich das Land verlassen wollte, aber eine Fahndung wegen Mordes wollte ich nun wirklich nicht im Nacken sitzen haben.

Ich erhob mich von ihrem Bett, klappte den blauen Teppich zusammen, der davor lag, und trug ihn auf meiner Schulter ins Bad. Dort rollte ich den guten alten Pete (blass und blau geworden) darin ein wie ein Stück rohen Thunfisch in Reis. Ich schleppte Pete in Ellens Zimmer und legte ihn neben ihr ab.

»Siehst du, Ellen? Er gehört in dein Bett. Nicht ich. Aber darauf bist du inzwischen bestimmt auch selbst gekommen.«

Anschließend reinigte ich das Bad ein letztes Mal sehr sorgfältig. Kein Blutstropfen sollte von unserer hübschen Geschichte ablenken.

Diese Geschichte war leicht erzählt. Ellen – mausetot, aber das machte ja nichts – bekam einen aufgesetzten Schuss ins Herz. Das erforderte ein wenig Geschick, denn die Waffe musste sich natürlich in Petes Hand befinden, und die begann bereits, störrisch zu werden.

Abschließend verteilte ich großzügig Benzin und Brandbeschleuniger im und um das Bett sowie auf dem Teppich. Ich musste Hellseher sein, dass ich beides mitgebracht und in Ellens Zimmer versteckt hatte. Pete bekam eine Extraportion, immerhin brauchte nicht jeder zu erfahren, dass der Arme seine Frau in einem nahezu blutleeren Zustand und mit durchtrennter Kehle erschossen und angezündet hatte. Nach dem Feuer würde niemand diese kleine Ungenauigkeit erfahren.

Ich atmete tief durch. Gleich musste alles sehr schnell gehen. Ich würde unbemerkt verschwinden und zurückkehren, sobald die Rauchsäule der brennenden Villa bis zum Stadtrand zu sehen war. Vor dem Haus würde ich schreiend zusammenbrechen; vielleicht würde ich sogar versuchen, in das brennende Haus zu gelangen, und in Panik auf die Feuerwehrmänner einschlagen, die mich daran hindern wollten.

»Ellen! Großer Gott, Ellen! Lasst mich – sie ist doch dort drin! Ich muss sie rausholen! Ellen!«

Eine bessere Gelegenheit für ein großes Drama würde sich mir nie wieder bieten, also nur keine falsche Bescheidenheit.

Meine letzte Amtshandlung im Kapitel Ellen war, ein paar Streichhölzer zu entzünden und dem bläulichen Paar wie Blumen zuzuwerfen.

Kapitel 26

Bebend legt Derya das Blatt Papier auf den Couchtisch. Sie starrt es an, als könnte es explodieren oder plötzlich giftige Gase verströmen und sie töten.

Jetzt versteht sie es. Warum hat sie nicht früher erkannt, was so offensichtlich vor ihr lag? Jakob hat nie behauptet, der Text sei ein Roman. Er hat ihn ihr vorgelegt und sie glauben lassen, was immer sie glauben wollte.

Die Erkenntnis sickert in ihre Gedanken, arbeitet sich als Schaudern durch ihren Körper und lässt Derya nach wenigen Augenblicken vor Entsetzen zittern und leise wimmern.

Denn was sie vor sich hat, hier und in dem ersten Teil des Manuskripts, ist kein Roman. Es war nie ein Roman.

Es ist ein Tagebuch.

Ihre Knochen fühlen sich an wie Blei. Es gelingt ihr kaum, die Gelenke zu bewegen. Sie bewegt sich mühsam zum Schreibtisch, startet ihren Laptop und beginnt zu googeln.

Ellen und ihr Mann haben existiert. Der Artikel zu ihrem tragischen Unfalltod beinhaltet ein Foto, auf dem Ellen die Kamera mit dem scharfen Blick eines Raubvogels fixiert. Sie scheint Derya direkt in die Seele zu schauen. Jedes Detail stimmt mit Jakobs Tagebuch überein. Das Foto ist schwarz-weiß, trotzdem bleibt kein Zweifel daran, dass sie Blau trägt.

Und nun, Derya? Was tust du mit deiner Erkenntnis?

Ihr Herz müsste stehen bleiben, aber es schlägt einfach weiter. Was soll sie tun? Was *kann* sie tun?

Die Polizei, schießt es ihr durch den Kopf. Sie stürzt fast, so heftig wirft sie sich in Richtung des Telefons, umfasst es so hart, dass das Plastik zwischen ihren Fingern knirscht, und starrt es dann nur an. Sie drückt es an ihr Ohr und lauscht der Stille. Lange sitzt sie so da. In ihrem Kopf ist Leere. Wenn sie nachdenkt, dann geschieht es tief unter der Oberfläche. Dort, wo Gedanken keine

Worte oder Sätze formen, sondern Entscheidungen durch die Intuition übermitteln. Sie legt den Hörer wieder hin.

»Nicht jetzt«, flüstert sie dem Kater zu, der sie gelassen anblinzelt und meint, sie würde übertreiben. »Ich muss es nicht jetzt entscheiden. Zur Polizei kann ich jederzeit gehen. Wir müssen es nicht überstürzen. Mir würde er niemals etwas antun.« Da ist sie sich sicher, absolut sicher.

Und Gerechtigkeit für die Opfer?, fragt etwas in ihr. Aber dafür ist nicht sie zuständig. Sie kann weiter glauben, einen Roman gelesen zu haben.

Was sie dagegen tun muss – dringend und ohne jeden Aufschub –, ist, das Manuskript zurückfordern. Die Programmleiterin darf es auf keinen Fall lesen. Niemand darf Jakobs Tagebuch lesen.

Derya öffnet ihr Mailprogramm und schreibt von einer dummen Verwechslung der Manuskripte und dass man ihr »Jakob« bitte unverzüglich zurücksenden solle. Sie sendet die Mail ab und kann nun nur noch warten.

Kapitel 27

»Ruhig, Liebes, ganz ruhig.« Sonne nimmt Deryas Hände in ihre und atmet ihr langsam vor. Derya versucht mitzuatmen, aber ihr gesamter Körper ist außer Kontrolle. Krampfartige Anfälle schütteln sie, ihr Brustkorb scheint sich immer enger zusammenzuziehen, und aus ihrem Mund würden Schreie quellen, hätte sie nicht die Hände darauf gepresst. Sie kann es sich nicht erklären. Die ganze Nacht lang hat sie die Situation kühl analysiert, hat Pläne geschmiedet, verworfen und neue angesetzt. Und jetzt, kaum dass sie nicht mehr allein ist, bekommt sie einen Nervenzusammenbruch. Der rationale Teil in ihr findet es nicht nur unnötig und lächerlich, sondern in erster Linie beschämend. Aber dieser Teil hat längst keine Gewalt mehr über ihren Körper.

»Prima«, lobt Sonne gedehnt, als die Hysterie langsam abebbt und Derya sich Stück für Stück wieder in den Griff bekommt. Sie tupft Derya mit einem Taschentuch die Augen ab und gibt es ihr in die Hand. »Und jetzt ganz ruhig, Liebes. Was ist passiert?«

Wieder bricht ein Schluchzen über ihre Lippen. Irgendwas in ihr will die ganze Wahrheit ausspucken, als könnte sie sie erbrechen und sich danach besser fühlen:

Er hat keinen Psychothriller geschrieben. Sondern ein Tagebuch.

Er ist ein Mörder. Er hat ein Ehepaar getötet. Ich habe es gegoogelt, es ist wahr.

Und ich bin wohl irre, denn ich kann trotzdem nicht aufhören, ihn zu lieben – was soll ich nur tun?

Sie kann einfach nicht glauben, dass er – Jakob, der so sanft und zärtlich ist – jemanden getötet haben soll. Das kann doch nicht stimmen. Als sie blinzelt, meint sie für den Bruchteil des Augenblicks sein Gesicht zu sehen. Blutverschmiert. Die Augen gebrochen. Sie schüttelt sich vor Entsetzen. Bekommt sie jetzt Halluzinationen?

Sie muss mit jemandem reden. Aber selbst die warmherzige

Sonne erreicht irgendwann ihre Grenzen. Sie wird die Polizei oder den Notdienst der Psychiatrie verständigen, wenn Derya ihr die Wahrheit sagt.

»Kiwi«, schluchzt sie daher. »Sie ist verschwunden.«

»Kiwi«, wiederholt Sonne irritiert. »Und da klappst du mir gleich vollkommen zusammen?«

Derya gräbt in ihrem Hirn nach Erklärungen. »Sie ist doch … so jung«, presst sie hervor.

»Glaubst du denn, dass ihr etwas passiert ist? Vielleicht ist alles ganz harmlos.«

Derya greift nach einem weiteren Taschentuch, um sich zu schnäuzen. Und um ihr Gesicht zu verstecken. »Ich muss es herausfinden.«

»Kann ich irgendetwas für dich tun?«, fragt Sonne.

Derya schnieft und reibt sich die Augen trocken, bis sie sich wund anfühlen, dann sieht sie Sonne an. »Ja. Ja, das kannst du. Würdest du heute noch einmal auf Odin aufpassen? Ich kann ihn nicht allein lassen, ich habe Angst, dass der Stalker …«

»Sicher«, sagt Sonne sofort. Sie scheint erleichtert zu sein, dass Deryas Zustand nicht allein auf Kiwi zurückzuführen ist. Wenn sie wüsste … »Überhaupt kein Problem.«

»Wirklich? Vielen Dank.«

»Natürlich, ich helfe dir gern, wenn ich kann. Es ist so viel, was du momentan zu tragen hast.« Sonne seufzt. »Du lässt gerade keine Katastrophe aus, nicht wahr?«

»Abofalle«, versucht Derya zu scherzen.

»Du willst zu deinem Jakob, nehme ich an.«

Erneut lässt Derya das so stehen. In Wahrheit ist sie nicht sicher, ob sie Jakob je wiedersehen will oder kann. Sie kann ihn lieben – wird es immer tun –, aber ob sie ihn in ihrer Nähe ertragen kann, ist fraglich.

Doch darüber wird sie später nachdenken. Nein, eigentlich ist sie sicher, dass er ihr die Entscheidung ein weiteres Mal abnehmen wird. Er wird auftauchen oder nicht.

Vorerst hat sie anderes zu tun. Sie checkt ihre Mails. Vom Verlag hat ihr noch niemand geantwortet. Sie muss Geduld haben. Es ist erst halb sieben. So früh am Morgen ist die Programmleiterin natürlich noch nicht im Büro. Auch die Post wird noch nicht angekommen sein.

Gegen neun sperrt sie sich auf der Mitarbeitertoilette im Toni's ein und ruft im Verlag an. Sie erreicht ihre Programmchefin auf Anhieb.

»Frau Witt, wie schön, von Ihnen zu hören. Wir haben uns so lange nicht gesehen. Anne berichtete mir, Sie wollen uns zur Messe besuchen? – Das fände ich so großartig, Frau Witt, wirklich. Wir buchen Ihnen ein Hotel und –«

»Haben Sie meine E-Mail bekommen?«, unterbricht Derya sie und zuckt angesichts ihrer eigenen Unbeherrschtheit zusammen. »Verzeihen Sie vielmals. Wir sprechen ganz bald über die Messe. Es ist nur so, dass ich gerade vom Handy anrufe und der Akku ist gleich leer.«

»Verstehe«, sagt die Programmleiterin. Hinter ihr rauscht lautstark ein Kaffeevollautomat. »Ich habe Ihre E-Mail eben geöffnet, Frau Witt, aber ich muss Ihnen leider sagen, dass ich Ihren Brief zwar auf dem Tisch hatte, ihn jedoch Anne gleich mitgegeben habe. War das nicht richtig?«

Derya versucht, auf und ab zu gehen, um die Nervosität zu mindern, aber in der winzigen Kabine hat sie nur einen Schritt Platz. »Er … war an Sie adressiert.«

»Oh, ich bitte um Entschuldigung, aber da Anne Ihre betreuende Lektorin ist …«

Derya kämpft gegen das Bedürfnis an, einfach aufzulegen. Mühsam reißt sie sich zusammen, erklärt alles für nicht so schlimm und verabschiedet sich, um Anne anzurufen. An deren Platz geht nur das Band dran, und Derya unterbricht die Verbindung. Wenig später versucht sie es erneut, bekommt aber nur eine andere Lektorin an die Leitung, die sich mit Anne das Büro teilt.

»Leider ist Anne eben nach Hause gegangen, Frau Witt«, teilt diese ihr in zwitscherndem Tonfall mit. »Sie fühlte sich nicht wohl und wollte lieber von daheim arbeiten.«

»Können Sie mir bitte Ihre Privatnummer geben?«

»Hmm. Frau Witt, verstehen Sie mich nicht falsch. Aber es ging ihr wirklich nicht gut. Sie möchte vielleicht nicht gestört werden.« Die Lektorin macht eine Pause, dann scheint ihr noch etwas einzufallen. »Schreiben Sie ihr doch eine Mail. Wenn es ihr gut genug geht, um zu arbeiten, ruft Anne ihre Mails sicher von daheim ab.«

»Das mach ich.« Scheiße, scheiße, denkt Derya. Sie muss unbedingt wissen, wo das Manuskript ist. Geht es Anne wegen des Briefs nicht gut? Wegen der Beschwerde über sie? Wenn es doch nur so wäre, denkt Derya. Was Anne von ihr hält, ist egal. Wichtig ist nur, dass sie nicht nach Hause gegangen ist, um in Ruhe in Jakobs Leben zu lesen. »Würden Sie mir noch einen Gefallen tun? Ich habe einen Brief abgeschickt, er müsste heute im Haus eintreffen oder schon da sein. Können Sie für mich nachschauen, ob er zufällig auf Annes Tisch liegt? Anne hat ihn durch ein Versehen bekommen.«

»Ein Brief, sagen Sie? Mit einer Textprobe darin?«

Deryas Mund wird trocken. »Richtig.«

»Den hat Anne bekommen, ja.« Die junge Lektorin klingt, als wäre das die beste Nachricht des Tages. »Sie hat ihn mitgenommen, um den Text zu Hause im Bett zu lesen.«

Derya muss einen Moment die Augen schließen. Toni ruft im Korridor nach ihr. Sie verabschiedet sich, schickt ihrer Lektorin über das Handy eine kurze, dringliche Mail mit der Bitte um Rückruf und versucht im Internet sowie bei der Auskunft ihre private Nummer zu bekommen. Anne scheint sie nirgendwo angegeben zu haben. Auch bei Facebook ist sie nicht. Toni ruft noch einmal.

»Komme schon, komme schon«, gibt sie zurück. »Sollte es nicht in deinem Interesse liegen, dass ich mir nach der Toilette noch die Hände wasche?«

»Luxus, Derya«, sagt Toni lachend. »Werden eh wieder dreckig, wenn du kassierst. Weißt ja – Geld ist schmutzig. Nun hopp, hopp, da warten Gäste!«

Derya eilt wieder an die Arbeit. Nun kann sie ohnehin nur noch warten. Stunde um Stunde passiert nichts, und dieses Nichts frisst an ihren Nerven.

Doch am frühen Nachmittag geschieht das, was sie sich erhofft und Jakob ihr vorausgesagt hat: Kiwi erscheint im Café. Sie trägt diesmal eine andere Jacke, einen schmutzig grauen Anorak mit Kordelzug um die Taille. Die Kapuze hat sie wie immer tief ins Gesicht gezogen, doch Derya erkennt sie sofort an ihrer Haltung und der auffälligen Unauffälligkeit. Kiwi setzt sich an einen Tisch am Fenster, ganz in der Nähe der Tür, und verfolgt Derya mit dem Blick.

Derya geht zu ihr. Es fühlt sich scheußlich an, am Tisch stehen zu bleiben, als nähme sie bloß eine Bestellung auf, aber Kiwis spürbare Unruhe färbt auf sie ab. Sie will nicht auffallen.

»Wo warst du denn?«, fragt sie Kiwi. »Und was ist passiert?«

Kiwi sieht auf den Tisch. »Steht dein Angebot noch, mir zu helfen?«

»Natürlich.«

»Er hat mich«, flüstert Kiwi, »gestern um ein Haar erwischt.«

»Dein Vater?«

Kiwi fährt zu ihr herum. »Nenn ihn nicht so!« Ihre Worte sind leise, aber so scharf, dass ein Gast drei Tische weiter ihnen einen Blick zuwirft.

Derya malt Vierecke auf ihren Bestellzettel. »Bist du sicher, dass er es war? Hast du ihn gesehen?«

»Das nicht.«

»Woher weißt du dann …?«

Kiwi schüttelt den Kopf, als hätte Derya etwas sehr Offensichtliches übersehen. »Ich merke es! Wer sollte sonst nach mir suchen?«

»Ich weiß nicht«, muss Derya zugeben. »Aber ich habe den Verdacht, dass der Verrückte, der mich stalkt, dafür verantwortlich sein könnte.«

»Was hat der mit mir zu tun?«

»Du bist meine Freundin«, sagt Derya und zuckt zurück, weil es sich so selbstverständlich anfühlt, etwas so Ungewöhnliches auszusprechen. »Und er will mich isolieren, um ungestört sein Spiel mit mir zu treiben. Es war nur ein Gedanke. Eine Möglichkeit, die ich nicht außer Acht lassen wollte.«

»Vielleicht hast du recht«, sagt Kiwi. Ein winziges Lächeln umspielt ihren Mund. »Das wäre gut.«

Derya kann sich nicht ansatzweise vorstellen, wie viel Angst

Kiwi vor ihrem Erzeuger haben muss, wenn ihr der Gedanke, dass ein Psychopath Interesse an ihr hat, sympathischer erscheint.

Sie kommen nicht bis zu Deryas Wohnung.

Als sie am Hauptbahnhof umsteigen, bleibt Kiwi plötzlich stocksteif stehen und starrt auf eine Gruppe von Menschen, die aus der Halle kommen.

»Was ist?«, fragt Derya.

Kiwi wirkt innerlich zerrissen. Ein Teil von ihr scheint wegrennen zu wollen. Der andere will bleiben oder sogar näher an die Menschenmenge herangehen, um besser sehen zu können. Sie kneift die Augen zusammen. »Ich hab was gesehen«, flüstert sie. »Ihn. Ich bin nicht ganz sicher. Er ist wieder weg.«

Derya nimmt ihre Hand, um Kiwi zu trösten und um zu verhindern, dass sie wegläuft. Sie sieht sich um. Auf diese Entfernung ist es schwer, in der Menge der Passanten ein bestimmtes Gesicht zu erkennen. Zudem weiß Derya gar nicht, nach wem sie Ausschau hält, und es ist schwierig, einen Mann allein daran zu erkennen, dass er in irgendeiner Form wie Kiwis Vater aussieht.

»Komm, weiter«, sagt sie zu Kiwi. »Es wird sich alles aufklären. Du siehst Gespenster.« Damit kennt sie sich inzwischen aus. Das Gefühl, verfolgt zu werden und nichts dagegen tun zu können, macht jeden hysterisch. Sie ist nicht mehr sicher, ob sie Kiwi festhält oder sich an ihr festklammert.

»Wir sollten eine Gitarre für dich kaufen«, sagt sie.

Kiwi lacht nervös auf. »Wie kommst du jetzt darauf?«

»Um dich auf andere Gedanken zu bringen.«

»Vergiss es. Ich bin multitaskingfähig. Außerdem kann ich nicht Gitarre spielen.«

»Da haben die Männer am Brunnen aber etwas anderes behauptet«, sagt Derya, doch im nächsten Moment kreischt Kiwi auf.

»Still!«, zischt Derya. Für einen Moment will sie Kiwi am liebsten den Mund zuhalten. Sie macht durch ihr Geschrei auf sich aufmerksam. Mehrere Leute starren in ihre Richtung. Dann erkennt Derya, dass es längst zu spät ist. Der Mann hat Kiwi entdeckt und stürmt auf sie zu. Er stößt zwei junge Leute beiseite und ist gleich darauf nur noch wenige Meter von ihnen entfernt. Derya kann Kiwis Angst sofort nachvollziehen. Im Gesicht des Mannes steht keinerlei Sorge um sein Kind, kein Funken Erleichterung, seine Tochter gefunden zu haben. Nur blanke Wut.

Kiwi schreit etwas und reißt an Deryas Hand. Zu spät begreift Derya, dass sie Kiwi immer noch festhält und ihre Flucht dadurch verhindert. Aber kann eine Flucht überhaupt Erfolg haben?

»Polizei!«, schreit Derya aus vollem Hals und spult rasend schnell alle Verhaltensratschläge im Kopf ab, die sie kennt. »Sie da! Im braunen Mantel! Rufen Sie die Polizei!«

Der Mann im braunen Mantel tut so, als hätte er sie nicht gehört. Auffallend viele Köpfe drehen sich weg.

Kiwis Vater ändert seine Strategie: Er stoppt abrupt und zeigt mit etwas Abstand seine offenen Hände, als wolle er beweisen, dass er unbewaffnet ist.

Kiwi zieht immer noch an Deryas Hand. Doch Derya ist stärker und kann die zarte Kiwi problemlos in Schach halten. Einen Moment lang verspürt sie ein schlechtes Gewissen, als Kiwi sie fassungslos ansieht und offenbar denkt, sie würde sie verraten. Aber Kiwi wird das im Nachhinein verstehen, auch wenn sie jetzt zu aufgewühlt ist: Die Menschenmengen auf dem Bahnhofsvorplatz garantiert ihre Sicherheit. Hier kann er ihr nichts anhaben.

»Ich weiß, was ich tue!«, ruft sie Kiwi zu, aber die scheint ihre Worte gar nicht wahrzunehmen. Sie sieht inzwischen fast genau so wütend aus wie ihr Vater – die Ähnlichkeit ist gravierend –, nur dass in ihrem Gesicht auch Panik zu erkennen ist.

Der Mann zeigt mit dem Finger auf Kiwi. »Marie. Es ist vorbei. Du kommst augenblicklich mit mir nach Hause!«

»Bleiben Sie weg!«, ruft Derya und weicht zwei Schritte zurück. »Lassen Sie uns in Ruhe. Hören Sie sofort auf, uns zu belästigen!«

Der Mann blickt sie an, und sein Zorn weicht einem anderen Ausdruck, der Derya noch weniger gefällt: Spott. Er scheint sich über sie lustig zu machen. »Wer sind Sie denn? Und wie kommen Sie dazu, sich in unsere Angelegenheiten einzumischen?«

Derya hatte sich Kiwis Vater anders vorgestellt. Wie einen

Biertrinker: mit Bauch und Jogginghosen. Dieser Mann hier ist schlank, gepflegt und teuer gekleidet. »Sie sehen doch, dass sie nicht mit Ihnen mitkommen will«, sagt Derya entschieden. Wenn er meint, sie mit seiner George-Clooney-Coolness beeindrucken zu können, hat er sich geschnitten. Leider scheinen die Passanten ihn wenig bedrohlich zu finden; Derya bemerkt zwar den einen oder anderen kritischen Blick, aber niemand mischt sich ein. »Gehen Sie weg!«, sagt sie betont und laut, aber auch das führt nur zu einem Kopfschütteln bei einer Frau, die vorbeieilt.

Der falsche Clooney grinst trocken. »Vielleicht ist Ihnen nicht klar, dass Marie meine Tochter ist.«

»Vielleicht interessiert es mich einen Dreck«, gibt Derya zurück.

Kiwi hat endlich aufgehört, an ihr zu zerren. Sie bleibt einen halben Schritt hinter Derya stehen und senkt den Kopf zu Boden, als müsse sie zwingend jede Art von Blickkontakt meiden. Vor lauter Panik scheint sie völlig erstarrt zu sein, und Derya mag sich nicht vorstellen, was ihr in der Vergangenheit passiert sein muss.

»Seien Sie nicht albern. Ich habe die Verantwortung für mein Kind.«

»Sie ist alt genug, um das selbst zu entscheiden«, sagt Derya und hofft mit aller Kraft, dass der Ausweis, den sie gesehen hat, keine Fälschung ist. »Und sie will keinen Kontakt mit Ihnen. Nur für den Fall, dass Sie das noch nicht bemerkt haben.«

Kiwis Vater stöhnt genervt. »Wie alt sie ist, spielt keine Rolle. Sie ist unreif und nicht in der Lage, für sich selbst zu sorgen. Das kann mir jeder Psychiater bestätigen. Oder wollen Sie behaupten, sie hätte ihr Leben im Griff? Sie gibt sich verschiedene Namen, spricht mit sich selbst und hat Wahnvorstellungen. Sie ist schizophren – schauen Sie sie doch an!« Er macht einen Schritt nach vorne; Kiwi und Derya weichen gemeinsam zurück.

»Marie«, sagt er dann, seine Stimme klingt fast versöhnlich, »sei bitte vernünftig. Du kannst doch nicht immer weglaufen.«

»Dann hör auf, mich zu verfolgen.« Kiwis Stimme ist bloß ein heiseres Wispern. »Verschwinde endlich.«

»Denk doch einen Moment an deine Mutter. Was tust du ihr an?«

»Lassen Sie sie in Ruhe«, sagt Derya, aber der Mann ignoriert sie völlig.

»Wir werden nicht zulassen, dass du dein Leben zugrunde richtest, Marie.«

»Das hast du doch längst getan!« Kiwi schluchzt auf, und Derya reicht es.

»Sie gehen jetzt!«, entscheidet sie. »Auf der Stelle. Wir melden uns bei Ihnen, falls Ki... Marie sich entschließen sollte, mit Ihnen zu reden. Gemeinsam mit einem Anwalt oder einem Sozialarbeiter, nur damit wir uns richtig verstehen.«

Der falsche Clooney schüttelt den Kopf und kommt erneut näher. Schnell und entschlossen. Derya und Kiwi stolpern fast rückwärts und stoßen zusammen. Hinter ihnen ist nicht mehr viel Platz, nur noch wenige Meter bis zu den Schaufensterscheiben der Geschäfte. »Hauen Sie sofort ab!«, schreit Derya. »Hau ab! Ich ... ich rufe die Polizei!«

»Die Polizei?« Kurz bleibt er stehen, lacht freudlos auf. »Das ist eine hervorragende Idee.« Er öffnet den Knopf seines Mantels, greift in die Innentasche und zieht ein Smartphone hinaus. »Hat Marie Ihnen schon erzählt, dass sie bei ihrem *Auszug* knappe tausend Euro Haushaltsgeld mitgenommen hat? Wir haben sie angezeigt – die Polizei freut sich über jeden Hinweis, wo sie zu finden ist.«

Es ist Derya egal, ob er recht hat oder lügt, aber seine Worte verunsichern sie, und ihre Entschlossenheit gerät ins Wanken. Dass die Polizei auf seiner Seite sein könnte, scheint nicht so unwahrscheinlich. Sie spürt, dass sie zittert. Ihr fällt kein Ausweg ein, und sie sieht sich um, verzweifelt auf der Suche nach einer Rettung. Nach jemandem, der ihr hilft. Einer Idee.

Jakob – wenn Jakob doch hier wäre!, schießt es ihr durch den Kopf. Sie hasst die Gewissheit, allein schwach und hilflos zu sein.

»Was ist jetzt?«, blafft der Mann Kiwi an. »Kommst du freiwillig mit, oder müssen wir wirklich die Polizei rufen?«

Derya fängt einen Blick von Kiwi auf, aus dem sie nicht schlau wird. Kiwi zittert und beißt sich so fest auf die Unterlippe, dass sie blutet. Sie sieht zu Boden und geht an Derya vorbei.

»Na also!« Ihr Vater packt ruppig nach ihrem Handgelenk. Ob geplant oder spontan – Kiwi reagiert blitzschnell und wendig wie eine Schlange. Sie reißt den Arm hoch, und ihr Vater gibt einen erschrockenen Schmerzlaut von sich. Das Blut an seiner Hand zeigt, dass sie ihn gebissen haben muss. Sie macht eine kreisende Bewegung mit dem festgehaltenen Arm, sodass er sie loslassen muss, und schießt im gleichen Moment davon. Es geht so schnell, dass ihr Vater perplex Derya anstarrt. Dann will er Kiwi nachrennen. Derya macht einen weiten Ausfallschritt und hakt ihren Fuß an seinem Schienbein ein. Die Wucht, die er in seinen Sprintstart legen wollte, wirft ihn zu Boden und lässt ihn der Länge nach aufschlagen.

Einen Augenblick lang weiß sie nicht, ob sie auch losrennen oder ihn noch länger aufhalten soll. Letztlich entscheidet sie sich gegen die Flucht, weil sie auf ihren hohen Stiefeln ohnehin nicht schnell wäre.

»Damit Sie es wissen«, sagt sie, »Ihre Tochter geht morgen früh als Erstes zu einem Anwalt. Und wenn ich sie hinschleifen muss. Und danach zur Polizei. Lassen Sie sie gefälligst in Ruhe. Sie haben in ihrem Leben keinen Platz mehr.« Sie hebt den Kopf und geht davon, versucht ihr Möglichstes, sich nicht ansehen zu lassen, wie sehr ihr Herz rast. Ein einziges Mal sieht sie sich nach dem falschen Clooney um, dem zwei junge Frauen wieder auf die Beine helfen und ihn hoffentlich ablenken, bis sie weg ist. Seine teure Stoffhose ist am Knie zerrissen, darunter blutet er. Sein Kinn ziert eine breite Schürfwunde. Er starrt ihr wortlos nach, und Derya kriecht bei jedem Schritt mehr Kälte unter die Kleidung.

Die nächsten beiden Stunden fährt Derya planlos in der Stadt umher, steigt von einer Straßen- oder U-Bahn in die nächste und fragt sich nicht ein einziges Mal nach dem Ziel.

Anne ruft weder zurück, noch schreibt sie ihr eine Mail. Derya versucht noch zahllose Male, sie zu erreichen, immer vergebens.

Kiwi wird so schnell nicht an den üblichen Orten auftauchen, denn dort wird auch ihr Vater sie vermuten. Hoffentlich hat sie einen Platz gefunden, an dem sie sich verkriechen kann. Es ist inzwischen stockdunkel und die Temperaturen sollen in der Nacht unter null fallen.

Der Zusammenstoß mit Kiwis Vater hallt in all ihren Gehirnwindungen nach und lässt ihre Nerven pochen. Ein paar der Dinge, die er gesagt hatte, vermehren sich wie giftige Schimmelpilze in ihren Gedanken.

Schizophren. So hat er Kiwi genannt. Derya hat schon über Schizophrenie recherchiert, für einen Roman, dessen Handlung Anne mal wieder nicht überzeugend fand. Sie weiß genug, um sicher zu sein, dass Kiwi nicht schizophren ist.

Sie lehnt den Kopf an die kühle Fensterscheibe und ruft Hanna an. »Können Sie mir einen Rat geben?«, bittet sie. »Es geht diesmal nicht um mich, sondern um …« Verdammt. Hanna wird ihr keinen Rat für eine Freundin geben. Das wäre vollkommen unprofessionell. Ihre Faust zuckt, am liebsten würde sie sich vor den Kopf schlagen. Es ist die reinste Zumutung, Hanna überhaupt danach zu fragen.

»Derya?« Hannas Stimme klingt, als würde sie lächeln. »Sagen Sie – schreiben Sie wieder?«

»Ja!«, ruft Derya erleichtert. Warum hatte sie nicht selbst daran gedacht. »Ich schreibe, genau. Sie würden mir so sehr helfen, wir können die Zeit auch gerne abrechnen.«

Hanna lacht. »Unsinn, Derya. Ein Exemplar mit Widmung würde mir schon reichen. Sie wissen doch, dass ich auf Ihren nächsten Roman warte.«

Derya atmet durch. »Es geht um eine Figur, ein Mädchen. Sie hat etwas Traumatisches erlebt. Ich weiß noch nicht genau, in welcher Hinsicht. Aber sie … sie gibt sich unterschiedliche Namen, verstehen Sie?«

»Denken Sie dabei an unterschiedliche Persönlichkeiten?«

»Gut möglich.« Der Punk am Brunnen hat sie Fee genannt und sie als jemanden beschrieben, der zu hysterischen Schreianfällen neigt. Der Alte, der dachte, dass sie Lola heißt, sprach davon, dass sie Gitarre spielt. Nichts davon trifft auf die Frau zu, die Derya kennt und die sie Kiwi nennt. »Mein erster Gedanke war Schizophrenie.«

»Nein«, erwidert Hanna rasch. »Das wird zwar oft verwechselt, aber Schizophrenie ist etwas vollkommen anderes. Wäre Ihre Figur schizophren, hätte sie permanent Geräusche im Ohr, die ihr Gehirn zu vertrauten Worten formt; sie hörte Stimmen. Ihre Figur klingt aber eher, als könnte da eine dissoziative Identitätsstörung vorliegen. Die Patienten bilden parallele, von ihnen selbst abgespaltene Persönlichkeiten.«

»Das könnte es sein«, murmelt Derya. Sie hat bereits von dieser Erkrankung gelesen. »Kann so etwas durch ein Trauma verursacht werden? Vielleicht durch Misshandlung in der Kindheit?«

»Unverarbeitete Traumata aus Kindheit und Jugend sind sogar ganz üblich, ja. Frauen sind wesentlich häufiger betroffen als Männer.«

Derya beißt sich auf die Lippe. »Wissen diese Identitäten voneinander?«

»Das ist schwer zu verallgemeinern. In vielen Fällen wissen die Persönlichkeiten, dass sie sich einen Körper teilen, können sich aber zumeist nicht oder nur vage erinnern, was unter Kontrolle der anderen Identitäten geschehen ist. Andere Betroffene lassen nicht den Hauch einer Erkenntnis an sich heran. Und wieder andere unterhalten sich sogar miteinander. Passt das in Ihr Konzept, Derya?«

»Ja«, murmelt sie und versucht Parallelen zu ziehen. Was, wenn Kiwis Vater recht hat und sie tatsächlich eine psychische Erkrankung hat?

»Ich maile Ihnen gern weitere Informationen, wenn Sie möchten.«

»Danke, das wäre sehr nett. Sie haben mir sehr geholfen, Hanna.«

»Gern geschehen«, erwidert Hanna mit einem Lächeln in der Stimme. »Denken Sie an meine Widmung.«

Als Derya Stunden später auf dem Heimweg die Bahn an ihrer Haltestelle verlässt, steigt ihr Puls plötzlich sprunghaft an. Zunächst weiß sie nicht, woran es liegt. Dann macht sie ein Geräusch aus. In der Hecke knackt es – und zwar zu laut, als dass es sich um einen Vogel handeln könnte. Zunächst kann Derya im

Dunkeln nichts erkennen. Sie weiß nur: Da ist jemand. Alles in ihr schreit nach einer schnellen Flucht, aber der Instinkt ist der Panik einen Schritt voraus.

Flucht provoziert den Jäger.

Sie entfernt sich langsam, als hätte sie nichts gemerkt. Wie der Vogel Strauß, Derya, denkt sie. Einfach vorgeben, nichts zu bemerken. Du perfektionierst diese Technik langsam.

Und dann hört sie die leise, raue Stimme, die ihren Namen haucht.

Derya dreht sich um und sieht noch einmal hin. Zwischen den winterkahlen Ästen ist auf den ersten Blick alles dunkel, doch dann schält sich ein bleiches, schmales Gesicht hervor. Kiwi. Sie hockt im Gebüsch, als hinge sie dort fest.

»Mein Gott«, flüstert Derya, »wo warst du denn nur? Ich habe die ganze Stadt nach dir abgesucht. Geht es dir gut?«

»Ist er weg?«, fragt sie. »Ich wusste nicht, wohin ich gehen soll. Aber dann hab ich mich erinnert, dass du hier in der Straße wohnst. Tut mir sehr leid, aber …«

»Alles ist gut, Kiwi.« Das Mitleid mit dem armen Mädchen sticht ihr in die Magengrube. »Komm da raus. Komm, ich helfe dir. Er ist ganz sicher weg. Du musst keine Angst mehr haben.«

Kiwi krabbelt aus dem Gebüsch, und Derya mustert sie. Auf den ersten Blick scheint sie unverletzt, bloß ihre Lippen sind vor Kälte blau.

»Ich musste die Jacke tauschen«, flüstert Kiwi und zupft an ihrem grauen Anorak. »Sie war so auffällig, und ich brauchte etwas Geld für die Bahn. Hat aber nicht gereicht.«

»Du kommst erst mal mit zu mir«, sagt Derya entschieden. »Da kann dir nichts passieren.« Gleichzeitig weiß sie, dass sie Kiwi zwar mit nach Hause nehmen, aber kaum dauerhaft verstecken kann. Wenn ihre Vermutung wahr ist, braucht Kiwi Hilfe, die sie ihr nicht geben kann.

Kiwi scheint dasselbe zu denken. »Das ist nett von dir. Danke. Ich werde auch nicht lange bleiben. Morgen bekomme ich bestimmt genug Geld zusammen, um an die holländische Grenze zu fahren. Da kann ich leicht eine Weile untertauchen.«

»Ich weiß nicht«, sagt Derya. »In dieser einen Sache muss ich deinem Va … Erzeuger recht geben. Du kannst nicht immer weglaufen.«

»Muss ich aber«, erwidert Kiwi trotzig. »Der erwischt mich nicht. Eher sterb ich.«

Derya glaubt sofort, dass Kiwi das ernst meint. »Du bist gar nicht fatalistisch, oder? Kennst du den Spruch: Angriff ist die beste Verteidigung?«

Kiwi lugt misstrauisch zu ihr herüber. »Ist dir aufgefallen, dass er doppelt so schwer ist wie ich und ungleich stärker?«

»Nein«, sagt Derya ironisch. »Gar nicht. Du bist ganz gut mit ihm fertig geworden.«

Kiwi schluckt so schwer, dass Derya es hören kann. »Das … das war schon mal ganz anders.«

Nun hat Derya einen Kloß im Hals. »Kiwi, ich weiß, dass das vermutlich ein schwieriges Thema ist, aber …« Nein, sie sollte Kiwi nicht auf der Straße nach den heikelsten Geschehnissen der Vergangenheit fragen. Das kann sie später machen, in Ruhe, bei einem Tee.

Doch Kiwi springt bereits auf ihren Halbsatz an. »Aber was?«, ruft sie. »Willst du wissen, was er mir angetan hat? Vergiss es, so spannend ist das nicht. Denk dir etwas aus. Du bist Autorin, dir fällt bestimmt etwas ein.«

»Ich dachte nur …« Wie seltsam, sich neben der kleinen Frau plötzlich so klein zu fühlen. Wie ein Kind, das das Falsche gesagt hat.

»Was dachtest du?«, fragt Kiwi. Sie tut genervt, aber die Maske bröckelt. Dahinter ist sie kurz vor einem verzweifelten Zusammenbruch.

Derya fühlt sich unter Druck gesetzt. Ein falsches Wort, und ihre Freundin ist weg. Also darf sie nicht zu rasch vordringen. Aber Kiwi, aufgewühlt und bis an ihre Grenzen belastet, lässt keinen Rückzug zu.

»Na komm«, sagt sie provokant, »was dachtest du? Du hast gesagt, dass du mir helfen willst. Aber eigentlich geht es dir nur darum, in allen Details zu erfahren, was er mit mir getrieben hat, nicht wahr? Nicht wahr!«

»Ich will dir wirklich helfen«, widerspricht Derya.

Kiwi bleibt stehen, verschränkt die Arme vor der Brust und starrt sie trotzig an. In ihren Mundwinkeln hat sich getrocknete Spucke gesammelt, und auf ihren Lippen ist frisches Blut. Sie hat sich die Wunden wieder aufgebissen. »Das tust du aber nicht. Du regst mich voll auf, das ist alles.«

Vielleicht hat sie recht. Vielleicht überfordert Derya sie und muss ihr mehr Zeit geben. Und erst mal einen heißen Tee, eine Badewanne, ein Bett.

Vielleicht ist sie auch kurz davor, zu einer anderen Person zu werden. Derya hat Hanna noch fragen wollen, ob abgespaltene Persönlichkeiten gefährlich werden können, aber sie konnte sich nicht überwinden.

Kiwi zieht laut die Nase hoch. »Ich bin mal gespannt, was du gleich aus dem Ärmel schütteln wirst. Natürlich irgendetwas Schlaues, das mir in hundert Nächten voller Grübeleien nicht eingefallen ist. Du scheinst ja viel ...« Kiwi stockt. Die Wut bricht schlagartig zusammen, ihre Stimme wird schwach und leise, als hätte man sie von der Stromzufuhr getrennt. »... viel klüger zu sein als ich. Tja. Das bist du wohl.«

»Unsinn«, sagt Derya. Erfahrener vielleicht, das machen wohl die Jahre. Wie Kiwi so dasteht, zitternd und sich selbst umklammernd, als würde sie sonst auseinanderbrechen, erinnert sie sie schmerzlich an sich selbst mit achtzehn. Sie hat sich ebenso verletzt gefühlt. Betrogen, allein gelassen und verloren. Nur war sie nie so entschlossen.

Kiwi muss es unter allen Umständen besser machen. Ihr zu helfen, ist die einzige Chance, die Derya hat, um mit ihren eigenen Fehlern abzuschließen.

»Wir müssen dem Mistkerl zuvorkommen«, sagt sie. »Weglaufen und alles totschweigen scheint die einfachere Lösung zu sein, aber, Kiwi, glaub mir das, du schiebst damit alles nur auf. Und jeder Tag, den du wegläufst, macht dich schwächer und ihn stärker.«

»Du weißt doch gar nicht, wie das ist.«

»Doch, das weiß ich. Ich bin auch weggelaufen. Vor der Wahrheit, vor dem Unausweichlichen. Jahrelang. Ich habe auch den vermeintlich einfacheren Weg genommen. Bis es zu spät war und es nur noch eine Möglichkeit gab.« Sie bricht ab. Sie versteht ihre eigenen Worte nicht. Aber Kiwi scheinen sie Mut zu machen.

Sie ruft zwar: »Aber wie denn?«, doch es klingt nicht mehr hoffnungslos, sondern wie die ehrliche Frage nach einer Lösung.

»Wir gehen zusammen zur Polizei.« Es wundert sie selbst, dass dieser Vorschlag von ihr kommt. Um ihr Vertrauen in die Polizei steht es nicht zum Besten.

»Polizei«, echot Kiwi fassungslos. »Konnten die dir denn helfen?«

»Nein, aber bei dir ist das etwas vollkommen anderes.«

»Warum sollten die mir glauben?«

»Wie könnten sie nicht?« Man muss sie nur ansehen – dieses Kind, das nie erwachsen, sondern vorzeitig uralt geworden ist – und hat sofort die schlimmsten Dinge vor Augen. »Ich habe die Nummer einer sehr netten Polizistin. Wir melden uns bei ihr, nur bei ihr. Wenn du möchtest, können wir auch Hanna anrufen. Das ist meine Psychologin, sie ist der reinste Engel. Du redest mit ihr und kannst allein entscheiden, wie weit du gehen und was du sagen möchtest. Sie wird dir glauben.«

»Und wenn nicht?« Kiwis Stimme wird wieder schärfer. Sie fährt sich mit der Hand über den kurz geschorenen Kopf, greift zu, als versuche sie, sich büschelweise Haare auszureißen. »Warum sollte mir einer glauben? Warum plötzlich! Warum nicht damals!«

Derya versucht, Kiwis Hand festzuhalten, aber sie entreißt sie ihr.

»Nicht, Derya! Fass mich nicht an! Du hast keine Ahnung. Die werden uns nie glauben.«

Uns? Meint sie sich und Derya oder sich und Fee und Lola?

»Die glauben ihm! Nur ihm!«

»Hat er dir das eingeredet?«, fragt Derya und versucht, Kiwi an den Schultern zu fassen. Sie will sie schütteln, all die Lügen, die ihr Vater in das Mädchen gepflanzt hat, aus ihr herausschütteln. Noch lieber würde sie sie an sich ziehen und unter ihrem Mantel verstecken und vor der Kälte bewahren. Doch Kiwi lässt weder das eine noch das andere zu.

»Es stimmt aber!« Sie ist vollkommen aufgelöst. Tränen laufen ihr übers Gesicht. »Alle wissen es! Du hast keine Ahnung!«

Derya muss sie irgendwie beruhigen, murmelt, dass alles gut werden wird und sie Kiwi zu nichts zwingen will, aber Kiwi scheint ihre Worte nicht mehr wahrzunehmen. Sie schlägt nach Derya. Erst mit den offenen Händen, dann mit steinharten kleinen Fäusten.

»Die werden uns nicht glauben!«, schreit sie. »Die glauben uns nicht! Sie glauben ihm, und er sagt, wir lügen, und dann schleifen sie mich zu ihm zurück, und ich bin allein und dann ...«

Ein Auto fährt langsam vorbei, der Fahrer ruft: »Woohuu, Catfight!«, und hupt, bevor er wieder Gas gibt.

Kiwi versagen die Worte, sie schlägt nur noch um sich. Ihre Fäuste treffen Derya an den Schultern, an der Brust, am Kinn. Derya kann sie nicht abwehren, die Schläge folgen zu schnell aufeinander.

»Hör auf!«, ruft sie. »Kiwi, hör auf, komm zu dir!«, aber nichts dringt mehr zu der kleinen Frau durch. Derya kassiert einen schmerzhaften Treffer gegen die Unterlippe. Sie schmeckt Blut, es läuft ihr übers Kinn. Der Schmerz rüttelt die Wut in ihr wach. Es reicht! Sie versetzt Kiwi einen Stoß. Nicht stark. Nur, um etwas Abstand zu schaffen. Doch Kiwi strauchelt und muss mehrere Schritte rückwärts machen, um nicht zu fallen. Beim letzten Schritt gerät ihr Fuß zur Hälfte auf die Bordsteinkante. Sie verliert das Gleichgewicht. Es dauert quälend lange und geht doch ganz schnell. Derya schreit etwas Wortloses, macht einen Sprung, streckt ihre Hand nach Kiwi aus, streift aber nur noch deren Fingerspitzen. Kiwi kippt rücklings auf die Straße. Während sie stürzt, wird sie grell beleuchtet und wirft einen ellenlangen Schatten. Derya presst die Augen zu. Ein Auto hupt, laut und durchdringend, der alarmierende Ton hört überhaupt nicht mehr auf. Bremsen quietschen, kreischen, schreien. Vielleicht auch Kiwi, Derya, alles.

Dann ein dumpfer Knall. Und daraufhin Stille.

Alles, was Derya hört, ist ihr eigener, hastiger Herzschlag.

Kapitel 28

Die Sanitäter haben Kiwi auf eine Trage gelegt. Ihre Arme sind mit Gurten festgebunden; wohl, damit sie im Rettungswagen in den Kurven nicht hinunterfällt, aber Derya hat das Gefühl, sie wollen ihre Flucht vereiteln. Kiwi rührt sich nicht, nur ihre Blicke hetzen hin und her. Als Derya in ihr Blickfeld kommt, beruhigen sich ihre ängstlichen Augen ein wenig. Kiwis Hand zuckt, ihre Finger bewegen sich in Deryas Richtung. Derya tritt an die Trage heran und umfasst Kiwis Hand.

»Alles okay?«, fragt sie. Ihre Stimme ist ein Krächzen, aber Kiwi versteht sie und nickt schwach. Derya ist nicht sicher, ob Kiwi ihr verziehen hat oder sich nur nicht erinnern kann, was passiert ist. Ist es überhaupt Kiwi, dieses Mädchen, das da auf der Trage liegt? Ihr Gesicht sieht blau aus im Licht der um sie herumstehenden Polizei- und Rettungsfahrzeuge.

Die Sanitäter bitten Derya, zurückzutreten. Sie heben die Trage an und bringen sie zum Krankenwagen. Derya sieht, wie Kiwi sich windet und den Hals verdreht, um sie nicht aus den Augen zu verlieren.

»Ich fahre mit!«, ruft sie ihr nach.

»Tut mir leid«, sagt eine Stimme hinter ihr, »aber daraus wird nichts.«

Derya dreht sich um. Sie steht einer sehr jungen Polizistin mit großen Rehaugen und olivfarbenem Teint gegenüber. »Wie meinen Sie das? Kiwi … meine Freundin hat sicher Angst, ohne mich.«

»Ich möchte gerne von Ihnen hören, wie es zu dem Unfall kam«, sagt die Polizistin, ohne auf Deryas Worte einzugehen. »Die zweite Zeugin berichtete von einem Streit am Straßenrand.«

Derya fühlt sich, als hätte sie eine undichte Stelle, aus der langsam alle Luft ausströmt. Das Atmen fällt ihr schwerer. »Ich habe sie gestoßen.«

Verwirrt registriert sie, dass die junge Polizistin sie nicht festnimmt. Sie macht ihr auch keine Vorwürfe, bleibt sogar ausgesprochen freundlich, lächelt und tätschelt ihr mehrere Male tröstend die Hand. Derya entspannt sich ein wenig, während sie ihre Personalien angibt. Danach berichtet sie von dem Streit, und als die Polizistin fragt, worum es ging, legt sie alle Karten auf den Tisch und erzählt die Wahrheit. Kiwi wird sie dafür hassen, aber sie hat jetzt beim besten Willen keine Kraft übrig, sich Geschichten auszudenken. Die junge Polizistin reibt sich mit dem Zeigefinger über die Oberlippe, während Derya spricht. Dann macht sie sich einige Notizen und stellt danach ihre Fragen. Derya kommt zum Ende, erzählt, wie Kiwi nach ihr geschlagen hat und wie sie sie irgendwann vor Schmerz von sich gestoßen hat.

Die Polizistin wirft einen Blick auf Deryas Kinn, vermutlich sind da noch Blutspuren zu sehen. Schließlich lässt sie sie das Protokoll unterschreiben, sagt ihr, dass sie sich bei weiteren Fragen schriftlich bei ihr melden würden, und verabschiedet sich.

Erst als Derya allein ist und sich niemand mehr um sie kümmert, realisiert sie, dass sie wirklich gehen darf. Sie sieht sich um. Der Krankenwagen ist längst weg, und auch die Fahrerin des Wagens, der Kiwi zum Glück nur gestreift hatte, ist nicht mehr da. Ein Polizist bietet ihr an, ein Taxi zu rufen, und Derya nickt, ohne zu überlegen. Sie wohnt keine fünfhundert Meter weit weg, aber sie kann jetzt unmöglich nach Hause gehen. Sie muss ins Krankenhaus, sie muss zu Kiwi.

Sie schreibt Sonne eine Nachricht, damit sie sich keine Sorgen macht, wo sie bleibt. Ihre Finger zittern immer noch wie verrückt, sie braucht eine gefühlte Ewigkeit für jedes Wort.

Kann das nicht bis morgen warten?, kommt von Sonne zurück.

Bis morgen ist Kiwi weg, will Derya schreiben, aber beim zweiten Wort kommt das Taxi. Sie wirft das Handy in die Tasche, ohne die Nachricht fertig zu schreiben oder abzusenden.

Der Taxifahrer ist von der kommunikativen Sorte, aber Derya hört ihm kaum zu, registriert nur Bruchstücke, auf die sie mit »Hmm« antwortet oder gar nichts sagt. Sie ist erleichtert, als ihr Handy klingelt und sie eine Ausrede hat, dem Fahrer nicht mehr bei seinem Monolog zuhören zu müssen. Sie wühlt in ihrer Tasche danach, aber der Anrufer hat schon aufgegeben, bis sie es gefunden hat. Sie tippt auf die Anruferliste. Nadine. Und offenbar hat sie es schon ein halbes Dutzend Mal in den letzten zwanzig Minuten versucht. Eine Textnachricht geht ein – ebenfalls von Nadine.

Ruf mich an ruf mich ganzschnell zurck

Derya ahnt sofort, dass etwas passiert sein muss. Felix!, ist ihr erster Gedanke. Sie muss mehrmals heftig auf ihrem Handy herumdrücken, bis es die Verbindung aufbaut. Nadine geht vor dem ersten Freizeichen dran, und das Einzige, was Derya versteht, ist ihr Name und fürchterliches Schluchzen.

»Was ist passiert?« Sie schreit die Worte fast ins Telefon. Der Fahrer dreht sich zu ihr um und sieht sie beängstigend lange an, statt auf die Straße zu schauen.

Nadine heult.

»Felix?«, ruft Derya. »Ist etwas mit Felix?«

»Nein.« Nadine atmet einige Male schluchzend durch. »Ro bert. Robert. Er ist tot.«

»Tot«, echot Derya. Das Wort klingt eigenartig in Bezug auf Robert. Robert und tot, das passt nicht zusammen. »Quatsch«, hört sie sich sagen.

»Doch.« Nadine weint noch immer. Im Hintergrund hört Derya noch jemanden jammern und schluchzen. Es klingt nach Felix, und ihr zieht sich vor Mitleid der Magen zusammen.

»Derya, es ist so schrecklich«, sagt Nadine. Das Weinen im Hintergrund wird leiser und verstummt, vermutlich ist Nadine in einen anderen Raum gegangen. »Robert wurde ermordet.«

»Was?«

»Es ist wahr. Derya, ich kann es kaum aussprechen. Aber er … seine Leiche … Robert … trieb im Rhein.«

Ein Unfall, denkt Derya. Vielleicht einfach nur ein Unfall. Womöglich hat er getrunken. Oder sich selbst …

»Er ist schon länger tot«, fährt Nadine fort. Sie muss mehrfach nach Luft schnappen, aber sie spricht noch weiter. »Sagen die Polizisten. Wir dürfen ihn nicht mehr sehen. Das geht nicht, sagen sie. Sie haben ihn an seinen Zähnen identifiziert, weil … Und es war Mord, Derya, jemand hat ihn umgebracht. Sein Kopf …

sie sagen, dass ihm jemand … oh Gott, Derya! Dass ihm einer … den Schädel eingeschlagen hat.«

Derya lauscht Nadines Schluchzen. Ihr ist klar, dass sie etwas sagen muss. Nadine wartet darauf, dass sie etwas sagt. Aber sie weiß nicht, was. Sie fühlt nichts, kann nicht denken. Wie soll sie antworten? In ihrem Kopf ist nur Leere. Sollte sie nicht betroffen sein? Und wenn sie schon nicht erschüttert oder traurig über seinen Tod ist, sollte sie doch wenigstens schockiert sein. Hat sie noch nicht begriffen, was die Worte bedeuten?

Robert ist tot.

»Dann ist er es nicht«, entfährt es ihr ungewollt. Dann kann er nicht der Stalker sein; nicht, wenn er schon länger tot ist.

»Was sagst du da?«, fragt Nadine.

»Kann es wirklich kein Irrtum sein?« Was stellt sie für dumme Fragen? Die Identifikation anhand der Zähne ist sicher, das weiß sie genau. Es ist kaum denkbar, dass ein Fehler gemacht wurde. Und doch fragt sie Nadine ein weiteres Mal: »Ist es ausgeschlossen, dass Robert noch lebt?«

»Ja, Derya. Er ist wirklich tot. Ich will es auch nicht begreifen. Aber es stimmt wirklich.«

Das Taxi hält vor dem Krankenhaus. »Ich muss das erst mal verdauen«, sagt Derya und legt auf, ohne Nadine Zeit zum Antworten zu geben. Sie atmet ein und aus. Ihr Herz schlägt weiter, als wäre nichts geschehen. Ein paar lächerlich banale Gedanken treiben ihr durch den Kopf. Das muss der Schock sein.

Der Taxifahrer sieht sie bestürzt an. »Ich wollte nicht lauschen, junge Frau, aber ich konnte nicht anders. Was auch passiert ist, es klingt schrecklich. Darf ich Ihnen mein Beileid aussprechen?«

»Danke«, erwidert Derya tonlos.

Der Fahrer deutet mit dem Kinn zum Eingang des Krankenhauses. »Müssen Sie denn überhaupt noch dahin? Oder soll ich Sie woanders hinfahren?«

Sie begreift zuerst gar nicht, was er meint. »Oh. Das. Nein. Nein, ich besuche hier jemanden. Eine Freundin. Ihr geht es gut. Hoffe ich.«

Der Fahrer nickt. »Na, Gott sei Dank. Und wer ist gestorben, wenn ich fragen darf?«

Derya sieht auf das Taxameter, nimmt ihr Portemonnaie aus der Tasche und zählt das Geld ab. Aus dem Fach für die Scheine rutscht ein zusammengefalteter Zettel; sie kann sich nicht erinnern, ihn hineingelegt zu haben. »Niemand«, sagt sie, bezahlt und steigt aus. Ihre Knie zittern nicht mal. Als wäre es ihr egal.

Es ist ihr nicht egal. Sie will nicht glauben, dass es ihr egal sein kann. Es *muss* der Schock sein.

Sie wartet, bis das Taxi abgefahren ist. Es hat zu regnen begonnen. Die Tropfen sind winzig, kalt und nadelspitz. Sie verursachen ihr in Sekunden stechende Kopfschmerzen hinter der Stirn.

Derya schützt den Zettel mit den Händen vor dem Regen, während sie ihn aufklappt. Im Dunkeln kann sie nur schwer erkennen, was darauf steht. Die nächste Straßenlaterne ist weit entfernt. Sie sieht aber sofort, dass der Notizzettel mit Schreibmaschine beschrieben wurde. Und sie erkennt das schüchterne kleine r.

Die drei Zeilen ergeben erschreckend viel Sinn und zugleich überhaupt keinen.

Ich war es, Derya.
Ich musste es tun, es war Zeit.
Jakob

Kapitel 29

Derya findet Kiwi in der Ambulanz. Gefolgt von einer molligen Krankenschwester, eilt sie durch einen der langen Flure in Richtung Ausgang. Kiwi trägt einen Verband um den Kopf, der eine Kompresse am Haaransatz festhält. Als sie Derya bemerkt, ist ihre Erleichterung überdeutlich. Mit einem leisen Wimmern fällt sie ihr um den Hals und klammert sich an ihr fest. Einen Moment weiß Derya nicht, wie sie reagieren soll. Dann schließt sie die Arme um den kleinen, immer noch oder schon wieder zitternden Körper. Sie wirft der Krankenschwester einen Blick zu und zuckt zusammen. Sie kennt dieses Gesicht. Aber woher?

Die Schwester scheint ebenfalls erleichtert, Derya zu sehen. »Sind Sie eine Freundin?«, fragt sie und stemmt eine Hand in die breiten Hüften. »Bitte reden Sie mit ihr. Sie will gegen den ärztlichen Rat nach Hause gehen. Und sie weigert sich, uns ihren Namen zu nennen.«

»Tut mir leid«, sagt Derya tonlos. Sie zermartert sich das Hirn. So viele Fragen wirbeln in ihrem Kopf umher und bringen alles durcheinander. Wann und wie hat Jakob ihr das Geständnis untergejubelt? Kennt sie Kiwis Namen überhaupt? Woher wusste er, dass sie heute von Roberts Tod erfahren würde? Woher, dass sie den Zettel finden würde. Wer ist der Stalker, wenn nicht Robert? Und wer, verdammt noch mal, diese Frage regt sie absurderweise am meisten auf, ist die Krankenschwester, und warum kommt sie ihr so bekannt vor?

»Ich kenne selbst nur ihren Spitznamen«, erklärt Derya entschuldigend und wendet sich an Kiwi. »Wie geht es dir? Was sagen die Ärzte? Und warum bleibst du nicht eine Nacht lang hier?«

Kiwi blickt zu Boden. »Kann ich nicht bei dir übernachten? Ich hab bloß etwas Kopfschmerzen.«

»Kopfschmerzen«, wiederholt Derya tonlos. »Du wurdest von einem Auto angefahren.«

Kiwi grinst sarkastisch. »Hatte meinen Schutzengel dabei. Okay, ich hab eine Gehirnerschütterung. Ich gehe trotzdem. Wenn ich nicht zu dir kann, dann –«

»Ja, okay.« Derya kennt Kiwis Sturheit gut genug, um sofort nachzugeben. »Tut mir leid«, sagt sie an die Schwester gewandt. »Sie hat ein Problem mit Fremden.«

Die Schwester sieht einen Moment lang aus, als sei sie froh, die schwierige Patientin los zu sein. Dann kneift sie die Augen zusammen. Sie sind von einem kühlen, nein, von einem kalten Graublau. »Falls ich mich irre, tut es mir leid«, sagt sie. »Aber Sie sind doch … Du bist doch Derya, oder? Derya Witt.«

Und da fällt Derya endlich ein, woher sie die Frau kennt. »Christina Stahlmann.« Das Mädchen aus Jakobs Klasse.

»Ja, richtig.« Christina Stahlmann scheint plötzlich hocherfreut. »Inzwischen heiß ich Schwaiger, ich habe geheiratet. Dass du dich an mich noch erinnerst! Ist ja ein Ding. Früher hatte ich zehn Kilo weniger auf den Rippen.«

Eher dreißig, korrigiert Derya in Gedanken. Wenn nicht mehr.

»Aber du – meine Güte –, du hast dich kein bisschen verändert. Ich habe dein Buch gelesen, weißt du! Dass ich dich noch mal treffe.« Sie schlägt die Hände zusammen und verzieht plötzlich das Gesicht, als hätte sie beim letzten Wort auf etwas Bitteres gebissen. »Als wir uns das letzte Mal gesehen haben …« Sie lässt den Satz in der Luft hängen und drängt Derya eine Erinnerung auf, auf die sie lieber verzichtet hätte.

Sie sieht die junge Christina Stahlmann, die ihren Jakob weinend im Arm hält.

Jakob.

Deryas Hand fährt unweigerlich in ihre Manteltasche, und ihre Fingerspitzen berühren den Zettel. Es sind nur drei Zeilen, aber in der Botschaft steht so viel mehr. Dass sie sich etwas vorgemacht hat, indem sie versuchte zu glauben, Jakobs Manuskript wäre ein Roman. Dass er verschwinden und nie wieder zurückkehren wird. Dass er es für sie getan hat.

Unsichtbar steht all das zwischen den Zeilen.

Derya bemerkt, dass Kiwi und die Krankenschwester sie anstarren. Rasch schüttelt sie den Kopf. »Ich erinnere mich. Das war auf meiner Abschlussfeier.« Sie bemüht sich, freundlich zu lächeln. »Ich war nicht besonders gut auf dich zu sprechen. Aber was soll's, das ist ja ewig her.«

Die neue, mollige Christina Stahlmann-Schwaiger runzelt die Stirn. »An eine Abschlussfeier kann ich mich gar nicht erinnern.«

»Du warst ganz sicher da. Ich wollte jahrelang nichts anderes, als dich umzubringen, weil du Jakob umarmt hast.« Sie lächelt, um zu zeigen, dass sie einen Scherz gemacht hat, aber sie spürt selbst, dass ihr nur ein maskenhaftes Grinsen gelingt.

Christina schluckt. »Derya, ich … Ich war in Jakobs Klasse, zwei Stufen über dir. Als deine Abschlussfeier stattfand, war ich längst in der Ausbildung. Ich war hier. Wir …« Sie schluckt erneut, es scheint ihr Mühe zu bereiten. »Wir haben uns hier gesehen. Hier in der Klinik.«

»Unsinn.« Hat diese Frau Halluzinationen? »Das wüsste ich doch wohl. Es war der schlimmste Abend meines Lebens. Jakob hat mit mir Schluss gemacht und …«

Etwas in Christinas Blick lässt Derya verstummen. »Aber das war doch der Abend, als ihr den Unfall hattet, oder nicht?«

»Unfall?« Plötzlich wird Derya ganz schwindelig, und ihr Herz scheint zu klemmen. Sie beginnt zu zittern. Muss hier raus. Braucht dringend frische Luft. Muss Kiwi fortbringen.

»Können wir gehen?«, fragt diese, als wolle sie Derya zu Hilfe kommen.

Sie kann nicht verhindern, dass Christina sagt: »Ihr habt doch beide im Auto gesessen.«

»Du irrst dich«, sagt Derya und nimmt Kiwi an die Hand. Diese verfluchte Christina Stahlmann war früher schon so komisch. Richtig hinterhältig. Vermutlich ist das wieder eine ihrer Maschen.

»Als ob ich das je vergessen würde«, kontert Christina. »Hier kamen fünf Schwerverletzte gleichzeitig rein, zwei davon kannte ich. Die Ärzte rannten von einem zum anderen, aber sie konnten nicht alle retten.«

»Wer immer diesen Unfall hatte – wir waren es nicht. Du verwechselst uns.«

Christina schnaubt, als hätte Derya ihr eine Beleidigung ins

Gesicht geworfen. Die Art, wie sie ihr Haar zurückwirft, erinnert Derya so deutlich an das Mädchen aus der Schulzeit, dass es ihr das Herz zusammenschnürt. Christina Stahlmann, die versucht hat, ihr Jakob wegzunehmen. Sie muss hier dringend weg. Ganz fest umfasst sie Kiwis dünnes Handgelenk und zieht sie hinter sich her. Nur raus hier.

»Ich frag Jakob gleich!«, ruft sie über ihre Schulter, auch wenn sie bezweifelt, dass er ihr antworten wird. »Mal sehen, ob er sich an diesen ominösen Unfall erinnert.«

»Derya.« Christinas Stimme ist nicht laut. Aber um sie herum scheinen für einen Moment alle Geräusche zu verstummen, sodass die Worte überdeutlich zu Derya durchdringen.

»Jakob ist bei diesem Unfall gestorben.«

Kapitel 30

Derya rennt, erhöht das Tempo immer weiter.

Erst als Kiwi atemlos »Nicht so schnell« flüstert und fast stürzt, bleibt sie stehen.

Tot.

Das Wort verfolgt sie. Robert. Tot. Jakob. Tot. Alle tot.

Sie lebt. Plötzlich lebt sie. Ihr Herz donnert in ihrer Brust, in ihrer Kehle, in ihren Fingerspitzen. Der Boden schwankt.

Sie muss sich zusammenreißen. Kiwi starrt sie erschreckt an, ihr Kinn zittert. Wenn Derya ihr helfen will, muss sie sich zusammenreißen. Sie will ihr helfen – sie muss ihr helfen. Jakob ist fort, fort für lange Zeit. Derya kann jetzt nicht allein sein. Sie braucht Kiwi; Kiwi ist die Einzige, die …

Sie reibt sich über das Gesicht. Wird sie jetzt hysterisch?

»Entschuldige«, sagt sie und räuspert sich. »Aber ich musste da weg. Diese Frau. Die ist verrückt geworden. Die war schon in der Schule komisch. Und neidisch, weil sie Jakob wollte, aber der wollte nur mich. Weißt du, was ich glaube? Dass die mich fertigmachen will. Daher das ganze dumme Gequatsche über einen Unfall.«

Kiwi sagt nichts, aber es ist auch zu viel von ihr verlangt. Sie hat eine Gehirnerschütterung und gehört, wenn schon nicht ins Krankenhaus, dann doch wenigstens ins Bett.

Zwanzig Meter die Straße runter stehen zwei Taxen. Derya bugsiert Kiwi dorthin, schiebt sie auf den Rücksitz und setzt sich dazu. »Mal ehrlich«, sagt sie und muss fast lachen, »sieht Jakob für dich besonders tot aus?«

»Weiß ich nicht«, sagt Kiwi schwach. »Hab ihn ja noch nicht gesehen.«

Und das bleibt auch besser so, denkt Derya. Sie vergisst immer wieder, was Jakob getan hat – es ist so leicht zu vergessen –, aber von Zeit zu Zeit blitzen Namen und Bilder vor ihren Augen auf.

Ellen und ihr Mann. Robert.

Und dann, noch schneller, kaum zu erkennen, Bilder von Blut und Tod. Kaltes Grauen.

Derya reibt sich die Augen und die Stirn. Sie muss sich diese Gedanken verbieten. Später kann sie darüber nachdenken. Nicht jetzt. Es besteht auch gar kein Grund zur Sorge. Ellen und Ruth – das ist vor langer Zeit passiert. Oder nur in Jakobs Fantasie. Ja, das ist doch möglich, oder? Vielleicht hat er für seinen Roman Namen aus der Zeitung benutzt, Namen von wahren Mordfällen. Warum auch nicht? Natürlich. Dass sie daran nicht gedacht hat. Das passt zu Jakobs Art zu schreiben, es ist so etwas wie seine Handschrift. Es hätte sie, ehrlich gesagt, auch ziemlich verstört, wenn er wirklich jemanden umgebracht hätte. Aber nein. Doch nicht Jakob. Jeder andere eher als er.

Eine Erinnerung drängt sich ihr auf, flüchtig wie ein Atemwölkchen. Jakob und sein verdammtes Cabrio. Er wartet darin vor dem Schulhof, am Abend ihrer Abschlussfeier. Derya trägt zwei Gläser Sekt nach draußen und klettert über die Tür zu ihm ins Auto. Er küsste sie zärtlich, fährt los, und sie balanciert den Sekt in den Gläsern, um an einem anderen Ort mit ihm anzustoßen.

Jakob war ein herzensguter Mensch. Jakob *ist* ein herzensguter Mensch.

Und Robert? Der war gefährlich. Jakob hat sie vor ihm schützen müssen.

Jakob hätte doch nie …

Noch eine Erinnerung. Bremsen quietschen, kreischen, schreien. Vielleicht auch Derya. Dann knallt es dumpf. Stille folgt. Blut und … kaltes Grauen.

Sie schüttelt den Kopf, reibt sich die Augen. Ein Nervenzusammenbruch, denkt sie. Ich bekomme einen Nervenzusammenbruch. Es war alles etwas zu viel an diesem Tag.

Christinas Stimme hallt in ihren Ohren wider. Wie ein Echo. Jakob ist tot.

Das Cabrio.

Sie muss immerzu an Jakobs blödes altes Cabrio denken. In ihrer Erinnerung ist das Verdeck zerrissen. Aber wann war das passiert?

Das Cabrio. Gelächter und laute Musik. Ein Kuss. Er schmeckte nach Sekt und etwas Stärkerem.

Der Wagen auf der Gegenfahrbahn. Der Knall.

Blut und Tod und kaltes Grauen. Jakobs Kopf hängt kraftlos auf dem Lenkrad. Sein Gesicht ist kaum zu erkennen. Derya wimmert. Minuten. Stunden. Ewig. Sie kann nicht mehr aufhören. Ihr Bein schmerzt, aber der eigentliche Schmerz ist ein anderer. Jakob ignoriert all ihr Betteln und Flehen. Und irgendwann – inmitten eines Wirbels hektischer Stimmen, gefolgt von der plötzlichen Stille des Krankenzimmers – taucht sie auf. Christina Stahlmann. Mit weißem Gesicht in einem weißen Kittel, wie sie weinend über der Trage hängt, auf der Jakob gestorben ist.

Blut und Tod und kaltes Grauen.

»Ich muss …« Hastig presst sich Derya eine Hand vor den Mund, als eine Welle der Übelkeit sie unvermittelt überrollt.

Der Taxifahrer ruft etwas und fährt rechts ran, aber es geht zu schnell. Derya übergibt sich auf ihre Beine, ihre Hände, auf den Sitz. Kaum steht das Taxi, taumelt sie nach draußen. Ihr Körper krampft sich zusammen. Sie würgt. Viel kommt nicht, aber das Gefühl wird nicht besser. Sie muss sich mit beiden Händen an einer Hauswand abstützen, um auf den Füßen zu bleiben.

Wo kommen nur diese Gedanken her?

Sie sind falsch, sie sind von Grund auf falsch.

»Alles in Ordnung?«, fragt Kiwi und fasst Derya vorsichtig, als wäre sie aus Papier, an den Schultern.

Der Taxifahrer reicht ihr mit verkniffenem Gesicht eine Rolle Küchenpapier. Zu zweit reiben sie das Erbrochene weg, so gut es eben geht. Derya sagt kein Wort und hält den Blick nach unten gerichtet. Zu der ganzen Verwirrung, der Hilflosigkeit und der Angst, was um sie herum geschieht, kommt Scham. In ihrem ganzen Leben hat sie sich nicht so gehen lassen. Sie muss dringend aus diesen beschmutzten Sachen raus. Die restlichen Minuten Fahrt sind eine Qual.

»Vielleicht ist jetzt nicht der richtige Moment, um darüber zu sprechen«, flüstert Kiwi, als das Taxi in Deryas Straße einbiegt und sie die Stelle passieren, wo keine zwei Stunden zuvor der Unfall passiert ist. »Aber du hast recht, glaube ich.«

Derya fällt es schwer, den Kopf zu heben und Kiwi anzusehen. Sie ist so müde. »Womit?«

»Damit, dass ich zur Polizei gehen und kämpfen muss.« Kiwi versucht sich an einem Grinsen. Es wirkt ein wenig verkrampft, aber entschlossen. »Ich brauchte nur einen Schlag vor den Kopf – und schon sehe ich es ein.«

»Das ist schön, Kiwi«, sagt Derya. Die Worte ihrer Freundin verleihen ihr Kraft. Egal wie groß die Verwirrung und die Furcht auch sein mögen – sie hat etwas zu tun. »Ich helfe dir.«

»Danke. Für alles. Vergess ich dir nicht.«

Wenig später öffnet Derya Kiwi ihre Wohnung. Sonne ist gegangen, ohne etwas zu sagen. Kein Wunder bei der Uhrzeit.

»Fühl dich wie zu Hause«, sagt Derya und geht ins Wohnzimmer. Kiwi folgt ihr zögerlich, sieht sich aus tellergroßen Augen um und bewegt sich, als hätte sie Angst, etwas anzustoßen.

»Vielleicht magst du ein Bad nehmen«, schlägt Derya vor.

»Oh. Ähm. Ich weiß nicht.«

»Nein, ich glaube, damit warten wir wegen deiner Kopfverletzung doch lieber bis morgen. Setz dich erst mal, ich spring schnell unter die Dusche, dann koche ich uns Tee.«

Kiwi lässt sich gehorsam an der äußersten Kante des Sofas nieder. In einer Wohnung fühlt sie sich offenbar vollkommen überfordert. Vielleicht engt es sie ein. Sie wirkt wie ein eingesperrtes Tier, seit sie Deryas vier Wände betreten haben. Irgendwie … fremd.

»Kiwi?«, fragt Derya vorsichtig. Ist sie es überhaupt noch?

»Ja?«

»Ach. Schon gut.« Derya eilt ins Bad, duscht hastig und läuft, in ein zu kleines Handtuch gewickelt, ins Schlafzimmer, um sich frische Kleidung anzuziehen. Danach fühlt sie sich wie ein neuer Mensch. Was immer auch geschehen ist, es wird sich alles klären. Sie muss nur wieder richtig zu sich kommen, dann wird sich für alles eine Lösung finden.

Odin beobachtet sie vom Bett aus mit kritischer Miene.

»Hast du mir etwas zu sagen?«, fragt sie ihn. »Nein? Dann spar dir diesen Blick, bitte.«

Der Kater gähnt.

In der Küche setzt Derya Teewasser auf und trägt schon mal die Tassen ins Wohnzimmer.

Kiwi hat ihr altes Telefon entdeckt und betrachtet es. »Würde so eins heute noch funktionieren?«, fragt sie, steckt einen Finger in die Wählscheibe und dreht sie ein Stückchen herum.

»Das ist aus meiner Kindheit, nicht aus dem Mittelalter«, sagt Derya und lächelt. »Natürlich funktioniert das. Du kannst gerne jemanden anrufen, um es auszuprobieren.« Sie geht zurück in die Küche. »Schwarzen oder Früchtetee?«, ruft sie Kiwi zu.

»Besser Früchtetee«, antwortet Kiwi zurückhaltend. »Wenn ich jetzt schwarzen Tee trinke, kann ich sicher nicht schlafen.«

Derya löffelt Tee in ein Teesieb und gibt es in die Kanne. Dann kehrt sie ins Wohnzimmer zurück und klappt ihr Notebook auf. Kiwi hat jetzt erste Priorität, aber sie will trotzdem nachsehen, ob Anne sich in der Zwischenzeit gemeldet hat. Jakobs Manuskript muss verschwinden. Das Mailprogramm braucht wieder ewig zum Hochfahren. Derya trommelt mit den Fingern neben der Tastatur herum.

»Ich frage mich eh, wie das mit dem Schlafen klappen soll«, sagt Kiwi. »Ich fühle mich total unter Strom. Vielleicht gehe ich besser.«

»Auf keinen Fall. Es wäre … unverantwortlich, dich gehen zu lassen. Gegen Schlaflosigkeit und Unruhe habe ich außerdem die beste Medizin der Welt.« Derya hockt sich hin und macht Lockgeräusche mit den Lippen. »Odin? Wo bist du denn, mein Katerchen? Na, komm. Er ist taub«, sagt sie zu Kiwi, »aber irgendwie nimmt er mich trotzdem wahr, wenn ich ihn rufe. Und wenn nicht, muss ich bloß auf den Boden klopfen, dann kommt er sofort. Er spürt die Schwingungen. Ah, da ist er. Hallo, Odin.«

Derya, sagt der Kater und blinzelt in Kiwis Richtung. Hältst du das für eine gute Idee?

»Natürlich, Odin, vertrau mir.« Sie nimmt den Kater auf den Arm und drückt ihr Gesicht in sein weiches Fell. Sofort beginnt Odin zu schnurren. Sie trägt ihn zu Kiwi und findet, dass er ganz schön zugelegt hat, dafür, dass er so heikel mit dem Fressen ist.

»Nimm ihn ruhig«, sagt sie zu Kiwi, die sie äußerst kritisch ansieht.

»Findest du das jetzt witzig?«, fragt sie.

»Du brauchst keine Angst zu haben. Odin mag dich und würde dich niemals kratzen. Er wird dich im Nu beruhigen. Es gibt nichts Beruhigenderes als eine schnurrende Katze auf dem Schoß.«

»Derya«, sagt Kiwi. Ihre Stimme zittert. »Mir wird komisch.«

»Was denn? Hast du Angst vor Katzen? Hast du eine Allergie – dann sag das doch.«

»Hör auf damit.« Kiwi scheint mit der Rückenlehne der Couch verschmelzen zu wollen, so weit beugt sie sich von ihr und dem Kater weg.

Es war ein Fehler, sagt Odin.

»Was ist denn los?«

»Derya«, wiederholt Kiwi. »Da … da ist keine Katze.«

Odin blinzelt. Ich habe es dir gesagt.

»Was?«, fragt Derya. »Was meinst du denn?«

»Da ist nichts. Da ist keine Katze.«

Derya hört die Worte, und im selben Moment zerfasert ihr Kater. Er löst sich auf wie eine Wolke, wie ein Atemhauch in kalter Luft. »Nein«, flüstert Derya und presst ihn an sich, versucht, sein weiches weißes Fell festzuhalten, indem sie ihre Finger tief hineingräbt. Aber sie bohrt ihre Nägel bloß in ihre Handflächen. »Nein, Odin, nein. Bitte. Bitte nicht, bitte nicht meine Katze, bitte nein!« Doch es ist zu spät. Ihr geliebter Kater ist fort, fort für immer.

Kapitel 31

»Derya?«, fragt Kiwi. In ihren Augen haben sich Tränen gesammelt. Tränen der Schuld.

»Was hast du getan?«, flüstert Derya. »Wie konntest du das tun? Was hab ich dir getan, dass du …«

Kiwi steht auf und geht in Richtung Tür. Aber Derya kann sie keinesfalls ohne eine Erklärung gehen lassen und tritt ihr entschieden in den Weg.

»Nein! Du bleibst hier. Du sagst mir sofort, wo meine Katze ist!«

»Aber, ich …«

Sie gibt Kiwi ein Zeichen, sich wieder hinzusetzen. Kiwi gehorcht und schlingt die Arme um sich selbst.

»Bleib da sitzen.« Derya muss nachdenken. Der Verlust zerreißt ihr das Herz. Jakob. Odin. Wie kann ihr Kater einfach verschwinden? Wer hat das getan? Kiwi? Wer sonst?

Sie treibt im Chaos. Aber sie muss sich jetzt zusammenreißen und das Durcheinander ordnen. Mit bebenden Fingern wählt sie Jakobs Nummer auf ihrem Handy. Seins ist ausgeschaltet.

Scheiße! Er hat die Verbindung gekappt. Dieser verdammte Mistkerl. Wie kann er ihr das antun? Er muss doch wissen, dass sie zu ihm hält. »Ich würde ihn doch nie verraten, egal was er getan hat. Ich würde ihn nie verraten!« Die Wut zieht sich heiß und hart in ihrem Kopf zusammen. Sie holt aus und wirft das Handy gegen die Wand. Der Akku fliegt heraus und trifft Kiwi an der Schulter. Die schreit auf, als wäre es ein Schuss gewesen. Kann sie sich nicht zusammenreißen?

»Sei still, mein Gott!«

Derya reibt sich die Stirn. Allein kriegt sie die Sache nicht unter Kontrolle. Aber wer kann ihr jetzt helfen? Sonne! Nein, die hat Jakob ohnehin verdächtigt. Sie muss Hanna anrufen – Hanna wird sie verstehen.

Kiwi weicht vor ihr zurück, als sie zum Telefon stürmt und Hannas Nummer wählt. Mit der Wählscheibe dauert es quälend lange. Kiwi sagt irgendetwas, es klingt verzweifelt, aber Derya kann ihr jetzt nicht zuhören, denn Hanna geht sofort dran.

»Gut, dass ich Sie erreiche!«, ruft Derya. Vor Erleichterung kommen ihr die Tränen. Sie wirft einen Blick zu Kiwi hinüber, auch sie weint. Aber warum nur? Immerhin hat *sie* ihren Kater nicht verloren. Nein, Kiwi hat nicht den geringsten Grund zu heulen. »Hanna, ich brauche Sie. Es ist etwas Schreckliches passiert.«

»Ich habe es schon gehört, Derya. Das tut mir sehr leid. Wie immer Sie inzwischen zueinander standen – einen Menschen, der einem mal wichtig war, so zu verlieren, ist schrecklich.«

Sie redet von Robert. Den hatte Derya schon wieder ausgeblendet. Robert war nicht wichtig. »Mein Kater«, sagt sie, und sofort kommt ein neuer Schwall Tränen. »Odin. Er ist verschwunden. Und Jakob – diese irre Krankenschwester behauptet, Jakob wäre tot! Sie will mich fertigmachen. Inzwischen glaube ich, sie hat mich verfolgt. Es passt alles zusammen. Bloß Odin … ich kann es mir nicht erklären.«

Hanna sagt eine ganze Weile nichts.

»Hallo?«, ruft Derya.

Dann fragt Hanna: »Wollen Sie denn wirklich über Odin reden, Derya? Sind Sie schon so weit?«

»Was soll das heißen?«, schreit Derya. »Natürlich will ich das! Sagen Sie mir, wie ich ihn zurückbekomme!«

Hanna seufzt, leise, als hätte Derya es nicht hören sollen. »Ich fürchte, das kann ich nicht. Sie waren einsam, Derya. Einsamer, als Sie es aushalten konnten. Sie haben Odin erschaffen, wie eine Figur in Ihren Büchern.«

Derya versucht es zu unterdrücken, aber sie muss lachen. Kiwi rutscht auf dem Sofa hin und her. Besser, sie stellt sich so vor die Tür, dass die kleine Frau nicht an ihr vorbei nach draußen schlüpfen kann. Sie wird diese Wohnung nicht verlassen, bevor Derya ihren Kater zurückhat.

»Sie glauben mir nicht«, sagt Hanna.

»Nein. Weil Sie verrückt geworden sind!« Sie will den Hörer

auf die Gabel knallen, aber Hanna erwidert etwas, das ihre Aufmerksamkeit bannt.

»Hatten Sie bei Ihren Figuren nicht auch manchmal das Gefühl, sie würden ein Eigenleben entwickeln? Einen eigenen Charakter, den Sie nicht mehr willentlich steuern, der seine eigenen Pläne verfolgt?«

Derya schluckt. Woher weiß sie das?

»Der Unterschied ist, dass Sie Ihre Buchfiguren für die Leser ins Leben gerufen und ihnen daher nur einen ganz bestimmten Freiraum eingeräumt haben: das Buch. Mit Ihrem Kater verhält es sich etwas anders. Sie haben Odin für sich allein geschaffen, daher hatte er die Möglichkeit, sich in Ihrem gesamten Leben zu bewegen. Nun frage ich Sie: Weiß eine Figur im Buch, dass sie eine Figur ist und ihre Geschichte Fiktion?«

»Dann wäre es wohl ein schlechtes Buch«, flüstert Derya.

»Genau!« Hanna klingt begeistert darüber, dass Derya sie versteht. »Sie haben die Geschichte eines Katers geschrieben. Und zwar so gut, dass die Geschichte real für Sie wurde. Und damit auch Odin.«

Es klingt verstörend logisch, was Hanna sagt. Es ist die einzige Erklärung für Odins Verschwinden. Die Einsicht nimmt Derya jedoch nichts von dem Schmerz. Es soll nicht logisch klingen. Sie will ihn zurück, sie braucht ihn viel dringender als die Erkenntnis, warum das nicht möglich ist.

»Ihre Situation«, fährt Hanna fort, »ist wirklich ganz außergewöhnlich. Nehmen Sie es mir nicht übel, wenn ich von großartig spreche! Ihr Gehirn und Ihr Unterbewusstsein im Speziellen müssen Unglaubliches geleistet haben. Sie müssen permanent geplant und organisiert haben, wie Sie die Illusion aufrechterhalten können – und das, ohne überhaupt je davon gewusst zu haben. Das ist bemerkenswert.«

»Eigentlich nicht«, sagt Derya. »Ich hatte doch nie viel Besuch.« Und plötzlich schießen ihr mehrere Gedanken wie Pfeile in den Kopf. Pfeile, die wehtun, mit denen sie sich allerdings endlich verteidigen kann. »Sie reden Unsinn«, flüstert sie. »Sie lügen, Hanna! Sie wollen … ihr wollt mich fertigmachen!«

Es gibt keine andere Erklärung. Hanna und Kiwi versuchen,

sie in den Wahnsinn zu treiben. Vielleicht arbeiten sie mit Christina Stahlmann zusammen?

»Ich kann es beweisen. Sonne hat meinen Kater gesehen. Jakob hat meinen Kater gesehen! Wir haben – ha. Wir haben Fotos gemacht. Selfies.«

Ihr Blick fällt auf das Handy, das in Einzelteilen auf dem Boden liegt. Sie hebt das größte Teil auf. Ein Riss zieht sich quer über das Display. So eine Scheiße!

Hannas Worte am anderen Ende der Leitung erreichen ihr Ohr als Geräusche, sie kann den Sinn dahinter nicht erfassen; hört bloß Murmeln und Rauschen, was ihre Wut weiter anfacht.

»Wenn mein Kater nur ein Hirngespinst wäre«, schreit sie in den Hörer, »würde ich kaum Leute mit in meine Wohnung schleppen, damit sie mir dann sagen, da wäre keine verdammte Katze! Nichts anderes hat sie doch getan, dieses Mädchen!«

»Welches Mädchen?«, fragt Hanna alarmiert.

»Kiwi.« Oder wie sie sonst noch heißen mag. »So nenne ich sie.«

Kiwi fängt schon wieder an zu weinen, kaum dass ihr Name fällt. Derya muss diese Therapeutin loswerden. Sie hat überhaupt keine Zeit für dieses irre Gerede.

»Dieses Mädchen – Kiwi – ist sie jetzt bei Ihnen, Derya?«

»Ja.«

»Schön. Wie geht es Kiwi?«

»Gut. Sie ist müde. Ich muss mich um sie kümmern. Ich muss den Tee holen.« Sie muss dafür sorgen, dass Kiwi ihr ihren Kater zurückgibt.

»Gleich, Derya«, sagt Hanna sanft. »Bitte, machen Sie sich erst bewusst, dass es keinen Grund gibt, wütend zu werden. Entspannen Sie sich. Sie sind doch zu mir gekommen, damit ich Ihnen helfe, richtig?«

»Richtig«, versetzt Derya. »Und ich bezahle Sie dafür.«

»Schmerz gehört zum Heilungsprozess leider dazu. Sehen Sie, ich vermute einfach, dass Odin nicht die einzige Persönlichkeit ist, die Sie erschaffen haben. Er war vermutlich die erste. Ihr Testobjekt. Eine Übung.«

Es tut weh, sie so über Odin sprechen zu hören. Er war keine Übung. Sie hat ihn geliebt.

»Aber so talentiert wie Sie sind, Derya, haben Sie es bestimmt nicht bei einer Katze belassen. Nein, das wäre unwahrscheinlich.«

Derya sieht misstrauisch in Kiwis Richtung. Sie wagt es sogar, mit zugehaltenem Hörer den Satz leise auszusprechen: »Da ist keine Kiwi.«

Doch Kiwi ist und bleibt dort, sitzt auf ihrem Sofa, beißt sich auf die Lippe und starrt sie an, als hätte sie den Verstand verloren.

»Derya?«, sagt Hanna sehr ernst. »Sie sprachen eben von Jakob.«

»Nein!«, schreit Derya, denn ihr ist sofort klar, worauf die Therapeutin hinauswill. »Nein! Wenn Sie sagen wollen, dass … Nein!«

Hanna antwortet irgendetwas, aber Derya hört der Irren nicht mehr zu.

»Ihr wollt mich fertigmachen!« Es erscheint ihr plötzlich alles glasklar. Hanna kennt jedes ihrer Geheimnisse. Als Kiwi in ihr Leben trat, tauchte der Stalker auf. Eine von den beiden ist es – vielleicht beide gemeinsam. Wie hat sie all das übersehen können?

Kiwi weicht zurück. »Bitte, Derya, hör mir eine Sekunde zu.«

Sie muss zu Sonne. Sonne kann ihr helfen. Sie kann ihr versichern, dass alles gut ist und nichts von den Dingen, die Hanna sagt, der Wahrheit entspricht. Denn Sonne kennt Odin, sie kann beweisen, dass er real ist.

Derya rennt aus ihrer Wohnung und stürmt die Treppen hinauf. »Bitte beruhigen Sie sich«, hört sie Hanna sagen. »Sie haben mich angerufen, damit ich Ihnen helfe. Sie wollen die Wahrheit wissen, auch wenn sie Ihnen wehtut. Wir würden anderenfalls nicht telefonieren. Es ist jetzt an der Zeit, Derya.«

»Scheren Sie sich zum Teufel!«

Jakob!, denkt sie. Jakob, du hattest unrecht. Ich brauche dich, ich brauche dich jetzt. Lass mich nicht allein zurück. Lass mich diesmal mit dir gehen.

Oben angekommen hämmert sie mit den Fäusten gegen Sonnes Tür. Niemand macht auf. Aber Sonne ist ganz sicher zu

Hause – Derya spürt, dass sie da ist. Sie klopft, bis ihr die Haut an den Fingerknöcheln aufspringt. Dann rüttelt sie an der Klinke. Die Tür springt sofort auf – es war gar nicht abgeschlossen!

»Sonne!«, ruft Derya. Ihre Stimme hallt nicht durch die Wohnung. Da ist keine Wohnung.

Derya presst die Augen zu. Sie hört Hanna reden und hebt den Hörer an ihr Ohr. »Was passiert hier?«, flüstert sie. »Sonne. Sie ist weg!«

»Ich hatte es befürchtet«, sagt Hanna. »Sonne also auch.«

Die wenigen Worte reichen aus, um aus Derya den einsamsten Menschen der Welt zu machen. Langsam öffnet sie die Augen. Vor ihr liegt ein Abstellraum. Und dort steht sie.

Jakobs Schreibmaschine.

Kapitel 32

»VII

Ich dachte nicht oft an sie, aber wenn, dann bekam ich sie eine Weile kaum aus dem Kopf.«

Derya liest die Seiten, die neben der Schreibmaschine sorgfältig gestapelt auf sie gewartet haben. Das nächste Kapitel von Jakobs Roman. Das letzte Kapitel. Und Jakob schreibt … von ihr.

Die Erinnerungen kommen bruchstückhaft. Die Teile wie im Nebel verborgen, nur Details dringen hervor, um schnell wieder zu verschwinden. Ihre Hände auf der Schreibmaschine. Das kleine r ist schüchtern. Sie möchte es beschützen.

Wer wird sie beschützen? Sonne und der Kater können es nicht.

Jakob. Ja, Jakob hätte es geschafft. Aber Jakob ist fort, seit Langem. Warum ist ihr eigentlich nie die Idee gekommen, dass er zurückkehren könnte? Er könnte wieder auftauchen. Verändert. Kein Junge mehr. Ein Mann, der weiß, wie man Fesseln sprengt.

Er könnte Robert in die Schranken weisen. Robert würde nie mehr wagen, sie erneut an sich zweifeln zu lassen.

Neben der Schreibmaschine findet sie ihren Lippenstift. Und zwischen vielen Kassenzetteln den einen aus der Tierhandlung. Sie muss nicht draufschauen, sie kann sich schemenhaft wieder erinnern.

»Ein Geschenk«, hat sie der Kassiererin erklärt. »Der Hund meines Exmannes hat Geburtstag.«

»Na, da ist so ein saftiges Lammherz doch genau das Richtige«, hat die Verkäuferin mit einem vulgären Zwinkern geantwortet.

Derya reibt sich mit einer eiskalten Hand über Augen und Stirn. In der Kammer ist noch mehr. Sie sieht eine Kiste und zieht sie zu sich heran. Hauptsächlich enthält sie Papier. Ein paar sehr alte Zeitungen aus den USA, ihre Augen sind zu wund, um sie zu lesen, aber auf einem Foto erkennt sie diese schöne, ältere Dame mit dem wissenden Gesichtsausdruck und dem Kleid, das unter der Schwarz-Weiß-Aufnahme mit Sicherheit blau sein muss. Ein Pfennig, den jemand finden soll, um sich zu freuen. Deryas Körper gefriert um sie herum, als ihre Finger auf etwas Hartes, Schweres am Boden der Kiste stoßen.

Eine Jones 1911. Mit einer Lilie auf dem Griff.

»Ich habe eine Pistole gefunden«, flüstert Derya ungläubig. In ihrem Kopf sind so viele Erinnerungen aneinandergepresst, dass sie sie nur mit größter Mühe einzeln betrachten kann. Aber ganz langsam löst sich eine von den anderen ab: Robert und sie, gemeinsam auf Reisen. Der kleine Laden, in dem sie die Waffe entdeckt haben. Robert hat lachend damit herumgefuchtelt und sie dem Verkäufer dann zurückgegeben. Gekauft hat er etwas anderes. Derya ist später allein zurückgekommen, um die Jones mitzunehmen. Nur die Pistole. Keine Munition.

»Sie inspiriert mich«, hat sie dem Verkäufer gesagt. »Ich schreibe nämlich einen Roman, wissen Sie?«

Sie hat Martins Waffe gefunden und mit ihr die Idee zu *Spiegeltropfen*.

»Derya?«, fragt Hanna. »Haben Sie sie benutzt?«

»Nein. Sie wurde nur ein einziges Mal benutzt. Auf Seite 376 … Nein, Unsinn. Sie wurde nie benutzt. Nie. Wissen Sie auch, warum? Weil sie nicht real ist.«

Doch sie irrt sich. Und diesmal weiß sie es.

Kapitel 33

Ihre Beine sind schwer wie Blei, als sie sich die Stufen hinabquält. Mehrmals fällt sie fast. Die Waffe ist schwer.

Hanna redet auf sie ein, aber sie hört nicht mehr zu. Ihr Geist ist leer. Vielleicht ist einfach nichts mehr von ihr übrig geblieben, jetzt, nachdem sich alles als Fiktion herausgestellt hat. Hoffentlich, denkt sie, bin ich selbst auch nur Fiktion.

Sie schleppt sich in ihre Wohnung, aber von ihrer geordneten, sauberen Zuflucht ist nichts mehr übrig. Überall auf dem Boden liegt Müll. Leere Becher, platt getretene Tetrapaks. Auf den Schränken Papier und Kartons. Daneben Einkaufstüten, die nie jemand ausgepackt hat. Lebensmittel, Kleidung, sie will gar nicht wissen, was sonst noch alles. Auf dem Wohnzimmertisch stapeln sich Tassen, aus denen der Schimmel wächst, sowie zahllose leere Flaschen. Der Geruch verklumpt ihr die Atemwege.

Aber Kiwi ist noch da. Sie hat Deryas Handy wieder zusammengesteckt. Rasch will sie es hinter ihrem Rücken verschwinden lassen, aber Derya hat es gesehen.

»Du hast das hier gemacht«, sagt Derya. Sie erkennt ihre eigene Stimme nicht, so schwach und tonlos klingt sie. »Du hast alles kaputt gemacht. Warum bist du überhaupt noch hier?«

»Ich wollte gehen«, sagt Kiwi mit tränenerstickter Stimme. Sie hält den Kopf gesenkt. »Aber dann bin ich geblieben. Wir sind doch Freunde, oder?«

»Sind wir das?« Sie hat keine Freunde. Sie hat nichts außer der Waffe in der Hand. Außer ihr ist nichts real.

Kiwi nickt hastig. »Ich helfe dir. Ich habe keine Ahnung, was mit dir passiert, aber ich helfe dir. Ich dir, du mir. Wir bleiben uns nichts schuldig.«

Derya schüttelt den Kopf. Gerade ist ihr Leben zusammengebrochen. Wie soll eine kleine Frau ihr da helfen können? »Geh. Geh weg, ich will allein sein.«

Andererseits … Derya bleibt in der Tür stehen. Kiwi darf die Wohnung nicht verlassen, sie würde sie verraten. Sie soll sich auflösen, wie Odin sich aufgelöst hat. Wie Sonne. Und Jakob.

»Warum habe ich Kiwi hergebracht?«, fragt sie Hanna. Ihr Blick folgt dem Kabel, das aus ihrem Telefon kommt. »Sie ist schuld. Ohne sie wäre alles gut. Jakob hat Robert für mich erledigt – er kann mir nichts mehr tun. Ich wäre doch glücklich mit Jakob geworden.«

Das Ende des Kabels liegt tot mitten im Raum.

»Er hat mir versprochen zu bleiben, solange ich ihn brauche.«

»Es war einfach an der Zeit«, sagt Hanna bedauernd. »Sie haben das gewusst. Sie haben eine Grenze überschritten und Hilfe gebraucht.«

Derya schüttelt den Kopf. »Sie lügen. Es war alles in Ordnung, nachdem Jakob –«

»Die Träume kommen«, sagt Hanna scharf. Zum ersten Mal nach all den Jahren klingt ihre Stimme nicht mehr sanft und verständnisvoll, sondern drohend. »Früher oder später kommen sie und holen sich Ihren Schlaf, Derya. Anschließend Ihren Verstand und am Ende Ihr Leben.«

Einen Wimpernschlag lang wiegt ein großer Stein schwer in Deryas Hand, und an ihren Fingern haften Blut und ausgerissene Haare. Bevor sie aufschreien kann, ist alles wieder verschwunden.

Dann registriert die Leitung endlich, dass sie vor Langem schon gestorben ist. Draußen erhebt sich das Geräusch von Sirenen.

»Ich helfe dir«, wiederholt Kiwi schrill, als Derya sie ansieht. »Ich musste die Polizei anrufen, aber die wissen sicher, was zu tun ist. Sie helfen dir. Es wird alles wieder gut.«

Derya bricht zusammen und kippt auf ihren Stuhl am Schreibtisch. Sie stößt gegen ihr Notebook, der Bildschirm wird durch den Ruck zum Leben erweckt. Im geöffneten Mailprogramm ist eine neue Mail zu sehen.

Derya blinzelt. Ob das, was sie vor sich sieht, auch eingebildet ist? »Kiwi? Komm her.«

Die kleine Frau zögert. Derya hat keine Zeit, die Sirenen

werden lauter. »Komm her!«, wiederholt sie und hebt die Waffe. »Lies mir vor, was hier steht.«

Kiwi hält so viel Abstand, wie es ihr möglich ist. Doch sie liest. »Maileingang. Absender Anne Weniger, Bürke Verlagshaus.«

»Meine Lektorin«, erklärt Derya. Schade, dass ausgerechnet diese dumme Kuh real ist. »Lies weiter.«

»Betreff: Jakob-Manuskript.«

»Weiter?« Sie hat keine Zeit mehr, die Sirenen werden lauter und lauter.

»Liebe Derya«, liest Kiwi und zieht die Nase hoch. »Ich habe gerade deine Textprobe in einem Zug durchgelesen und gleich auch ein paar Kollegen gezeigt.«

»Genug«, sagt Derya schroff. Die Mail ist also echt. Sie überfliegt sie, bis sie am Ende der Zeile angekommen ist. »Wir sind uns im Verlag alle einig: Derya ist zurück!«

Durchs Fenster fällt das blaue Licht der Polizeiwagen. In Deryas Ohren klingt Jakobs Stimme.

»Noch kommst du da raus. Komm zu mir.«

Sie betrachtet die Waffe in ihrer Hand. Sie ist nur einmal benutzt worden. Auf der allerletzten Seite. Dafür hat sie sie gekauft.

»Sie wollen ein Exposé zu dem Roman«, sagt Kiwi. »Hast du es gelesen? Da steht es.«

Derya nickt, den Blick nach unten auf die Pistole gerichtet. Sie ist zu schwer, um sie anzuheben, wie Jakob es will. Und dann lässt sie die Waffe fallen.

Derya hat ein Buch zu schreiben.

»›The Couple Next Door‹ ist der Thriller, über den in diesem Jahr am meisten gesprochen werden wird.« STYLIST

Shari Lapena
THE COUPLE NEXT DOOR
Thriller
Aus dem amerikanischen Englisch von Rainer Schumacher
352 Seiten
ISBN 978-3-7857-2585-6

Deine Nachbarin möchte nicht, dass du dein Baby zur Dinnerparty mitbringst. Dein Ehemann sagt, das sei schon in Ordnung. Ihr wohnt ja gleich nebenan. Außerdem habt ihr ein Babyfon und könnt abwechselnd nach der Kleinen sehen. Deine Tochter schläft, als du das letzte Mal nach ihr siehst. Doch jetzt herrscht Totenstille im Haus. Du rennst ins Kinderzimmer – und dein schlimmster Alptraum wird wahr: Die Wiege ist leer.
Es bleibt nur eins: die Polizei zu rufen – doch wer weiß, was sie finden wird …

»Hochspannung bis zur letzten verblüffenden Seite.« THE TIMES

Bastei Lübbe